LA CIGALE DU HUITIÈME JOUR

D0943238

DU MÊME AUTEUR

CELLE DE L'AUTRE RIVE, Actes Sud, 2008.
LA MAISON DANS L'ARBRE, Actes Sud, 2014.

Titre original :
Yôkame no semi
Éditeur original :
Chuokoron-Shinsha Inc., Tokyo
© Mitsuyo Kakuta, 2007
Édition française publiée avec l'accord de Mitsuyo Kakuta
par l'intermédiaire du Bureau des Copyrights Français, Tokyo

© ACTES SUD, 2015
pour la traduction française
ISBN 978-2-330-04819-8

MITSUYO KAKUTA

La Cigale
du huitième jour

roman traduit du japonais
par Isabelle Sakaï

ACTES SUD

CHAPITRE 0

Elle saisit la poignée de la porte. Elle était glacée. Il lui sembla que ce contact lui indiquait que tout retour en arrière serait impossible.

Kiwako savait que les jours de semaine, à partir de huit heures dix du matin, pendant environ vingt minutes, la porte de cet appartement n'était pas fermée à clé. Elle savait qu'à part un nourrisson laissé seul, il n'y avait plus personne à l'intérieur. Un instant auparavant, cachée dans l'ombre d'un distributeur automatique, elle avait vu le couple sortir de l'appartement. Sans hésiter, elle tourna cette poignée glacée.

Elle ouvrit la porte et une odeur de pain grillé, d'huile, de poudre de riz, d'adoucissant pour le linge, de nicotine et de torchon humide la submergea, tempérant le froid de l'extérieur. Elle se glissa dans l'appartement. Alors que tout ici lui était étranger, elle trouvait curieux de s'y mouvoir avec autant d'aisance, comme si elle se trouvait chez elle. Elle était pourtant loin de se sentir sereine. Son cœur palpitait, faisant frémir son corps, ses mains et ses jambes tremblaient tandis qu'elle ressentait au fond de son crâne de douloureuses pulsations.

Debout dans l'entrée, Kiwako porta son regard vers le fusuma* hermétiquement fermé, au fond de la cuisine. Elle fixa le panneau jauni dans les coins et aux couleurs défraîchies.

Elle n'avait pas d'intention particulière. Elle voulait juste voir. Juste voir l'enfant de cet homme. C'est tout. Et tout serait fini. Le lendemain, ou non, l'après-midi même, elle irait acheter de nouveaux meubles et chercher du travail. Elle allait tout oublier et recommencer une nouvelle vie, se répétait-elle en boucle en se déchaussant. Réprimant l'envie de courir et d'ouvrir le fusuma d'un coup, elle se contenta d'embrasser la cuisine du regard. Au milieu se trouvait une petite table ronde. Sur celle-ci, pêle-mêle, des assiettes avec des miettes, un paquet de pain de mie, un cendrier plein de mégots, de la margarine, des épluchures de mandarines. Sur le plan de travail près de l'évier, une bouilloire, une boîte de lait en poudre et des canettes de bière aplaties. Devant ce spectacle de vie quotidienne aussi crûment exposé, Kiwako eut presque le souffle coupé.

C'est alors que de l'autre côté de la cloison, comme pour demander ce qui se passait, de faibles pleurs se firent entendre. Kiwako sursauta et se figea. Son regard fut à nouveau attiré par le fusuma. Elle avança pas à pas sur le linoléum froid. Elle s'arrêta devant le panneau du fusuma qu'elle ouvrit d'un coup. Une chaleur moite se répandit hors de la pièce en même temps que les pleurs ininterrompus du bébé.

Dans la pièce de style japonais les futons étaient restés en désordre. Les couettes retournées, les couvertures

---

* Panneau coulissant servant à délimiter les pièces d'une maison. *(Toutes les notes sont de la traductrice.)*

8

en boule. Au-delà des deux futons, un lit de bébé. Sous les rayons du soleil à travers les rideaux de dentelle, le lit blanc semblait scintiller. Au pied du lit, un radiateur électrique diffusait une lumière rouge. Kiwako s'approcha du petit lit en marchant sur les futons. L'enfant pleurait en gigotant. La petite voix se faisait de plus en plus forte. Sa sucette était tombée près de son oreiller. L'extrémité de celle-ci, humide de salive, brillait.

Un bruit métallique résonna dans la tête de Kiwako. Il s'amplifia en même temps que les pleurs du nourrisson. Les deux sons se mêlèrent et Kiwako eut la sensation que les vagissements de l'enfant venaient de son propre corps.

Tous les matins en semaine, la femme accompagnait son mari en voiture jusqu'à la gare. Elle n'emmenait jamais l'enfant. Kiwako pensait que le bébé dormait et que sa mère sortait, le laissant endormi. La femme revenait quinze ou vingt minutes plus tard. Kiwako voulait simplement regarder l'enfant dormir paisiblement. Elle pensait que le voir une fois l'aiderait à se résigner définitivement. Elle serait repartie à pas feutrés pour ne pas le réveiller.

À présent le bébé pleurait dans son petit lit, le visage rouge. Kiwako tendit la main avec précaution comme si elle s'apprêtait à toucher un explosif. À l'instant où elle allait soulever l'enfant, il leva les yeux vers elle en faisant la moue. Il la regardait de ses yeux parfaitement limpides. Ses cils étaient mouillés. Des larmes s'écoulaient vers sa tempe, au-dessus de l'oreille. Les yeux encore baignés de larmes, l'enfant sourit. Il sourit vraiment. Kiwako s'immobilisa, comme pétrifiée.

Elle pensa sans raison : Je connais cet enfant et cet enfant me connaît. Lorsqu'elle approcha son visage au point d'en voir le reflet dans les yeux du bébé, il sourit de plus belle. Il se tortillait en gigotant, un filet de salive coulait du coin de sa bouche. La petite couverture roulée à ses pieds tomba. Ses pieds nus, incroyablement petits, apparurent. Une plante des pieds toute blanche qui n'avait jamais encore foulé le sol, des ongles minuscules. Kiwako serra l'enfant sur son cœur. Elle enfouit son visage dans les cheveux vaporeux du bébé en inspirant profondément.

C'était doux. C'était chaud. De ce petit corps si souple qu'il en semblait si fragile émanait pourtant une robustesse inébranlable. Si frêle et si fort. Une petite main effleura la joue de Kiwako. Un contact humide et chaud. Kiwako se dit qu'elle ne devait pas le laisser. Moi je ne te laisserai jamais tout seul, comme ça. Je vais te protéger. De tous les ennuis, de toutes les tristesses, de la solitude, de l'inquiétude et de la peur, je te protégerai. Kiwako était incapable de réfléchir. Elle continua à murmurer, comme une incantation. Je te protégerai, je te protégerai, je te protégerai. Toujours.

Dans ses bras, le nourrisson continuait à lui adresser un sourire espiègle. Lui offrant reconnaissance, consolation et pardon.

CHAPITRE I

3 février 1985.

L'enfant dans mes bras, bien serré dans les pans de mon manteau, je me suis mise à courir à perdre haleine. Alors que je n'avais aucune idée de l'endroit où je me trouvais, j'ai eu la présence d'esprit de me dire qu'en me dirigeant vers la gare, je risquais de tomber sur la mère de l'enfant, si bien que mes jambes me portèrent dans la direction opposée. Apercevant un panneau de signalisation indiquant la direction de la route nationale Koshu-kaido, je me suis précipitée. Dès que j'ai vu un taxi libre, j'ai aussitôt levé la main.

Installée à l'arrière de la voiture je me suis rendu compte que je ne savais pas où aller. Je voyais seulement les yeux du chauffeur dans le rétroviseur.

— Au parc de Koganei, s'il vous plaît.

Le taxi a démarré. Je me suis retournée pour voir ce quartier inconnu s'éloigner lentement. Le bébé, enfoui dans mon manteau, a commencé à geindre doucement. Sois sage. Ces mots étaient sortis spontanément et j'en ai été surprise. Allons, sois sage, ai-je répété en lui caressant le dos.

La route était encombrée et le taxi n'avançait pas. Le bébé, qui un instant auparavant pleurnichait, avait maintenant son pouce dans la bouche et commençait à somnoler. Il a ouvert les yeux, soudain éveillé, et a semblé laisser échapper un léger sanglot pour se rendormir aussitôt, paupières mi-closes. Les pensées se bousculaient dans ma tête. Il fallait acheter des couches. Du lait. Décider d'un endroit où dormir le soir. Les pensées tourbillonnaient dans ma tête.

Que vais-je faire ? Et maintenant, que faire ? Plus je réfléchissais plus le sommeil me gagnait. Comme l'enfant, plusieurs fois, j'ai somnolé puis me suis éveillée en sursaut au contact sur mon nez de sa chevelure douce, j'ai ouvert les yeux et j'ai serré sur mon cœur le bébé qui sentait le lait.

— L'entrée du parc, ça ira ? a dit le chauffeur d'un ton bourru, j'ai regardé dehors.

— Tournez à droite au prochain carrefour, lui ai-je indiqué sans réfléchir.

Se rendre dans un parc à une heure aussi matinale pouvait éveiller les soupçons. Il était plus judicieux de descendre dans les parages d'un quartier résidentiel.

— À la prochaine rue, laissez-moi devant la maison là-bas, ai-je dit, comme s'il s'agissait de ma destination et j'ai réglé la course. J'ai pris ma monnaie, ai remercié en souriant et suis descendue du taxi. Étonnée d'avoir pu esquisser un sourire.

J'ai attendu que le taxi ait disparu pour faire demi-tour. J'ai longé la route nationale, cherchant une boutique ouverte. J'ai tourné à un carrefour portant l'indication "Sekinobashi". Il y avait bien quelques boutiques mais toutes étaient encore fermées. J'ai marché un peu plus et suis retournée au parc. J'ignorais pourquoi j'avais indiqué le parc Koganei au chauffeur du taxi. Peut-être parce que j'y étais venue autrefois avec cet homme. Le parc à cette heure matinale était peu fréquenté. Seulement un jogger en survêtement et une femme qui promenait son chien. Je me suis assise sur un banc près de l'entrée et j'ai regardé l'enfant endormi. De sa bouche légèrement entrouverte, un trait de salive translucide s'écoulait lentement. Je l'ai essuyé de mon doigt.

Ce que je devais faire tout d'abord. Choisir le prénom, oui, le prénom.

Kaoru. C'est ce qui m'est d'abord venu à l'esprit. Le prénom que nous avions choisi. Nous avions sélectionné plusieurs prénoms avec une jolie sonorité convenant à une fille ou un garçon et nous avions opté pour Kaoru.

Kaoru, ai-je dit au bébé endormi. Sa joue a eu un tressaillement. L'enfant savait qu'on lui parlait.

Kaoru, Kaoru-chan, ai-je répété joyeusement.

Il n'était pas loin de dix heures lorsque je suis sortie du parc. J'ai refait le chemin en sens inverse et suis entrée dans une pharmacie. Je suis restée devant le rayon des couches jetables, des lingettes et du lait en poudre. Il y avait bien du lait et des biberons, mais je ne savais même pas comment préparer un biberon. Je me suis accroupie devant le rayonnage et me suis mise à lire les indications sur une boîte de lait, le bébé a commencé à remuer puis s'est mis à pleurer d'une voix fluette. Je me suis levée précipitamment et l'ai bercée doucement. Je lui ai tapoté le dos, l'ai caressé et lui ai parlé à voix basse en le regardant. Ça va aller, ce n'est rien, Kaoru-chan. Loin de s'apaiser, ses pleurs se sont amplifiés.

— Que se passe-t-il ? C'est pour le lait ? m'a demandé une femme en tablier derrière moi en scrutant Kaoru.

— Une amie m'a demandé de garder son bébé mais elle est partie sans rien m'expliquer pour les couches et les biberons, ai-je dit aussitôt.

La femme m'a lancé un regard étonné, a pris une boîte de lait et un biberon en disant "Lequel voulez-vous, ça ira celui-ci ?", elle s'est dirigée vers le fond de la pharmacie. Au milieu de l'officine vieillotte, je regardais les tubes de pommade contre les piqûres d'insectes recouverts de poussière tout en caressant le dos de Kaoru qui continuait de pleurer. J'avais la tête embrumée par ces pleurs incessants. Au fait, qu'avais-je l'intention de faire au juste ?…

— Les jeunes de maintenant, tout de même, a dit la femme, réapparaissant du fond de la pharmacie un biberon de lait à la main. Ils pensent d'abord à s'amuser, c'était dans les journaux l'autre jour, des parents qui ont frappé leur enfant à mort, à mon époque ça ne serait jamais arrivé, une chose pareille, a-t-elle ajouté d'une voix plutôt forte pour un monologue et elle m'a pris le bébé… Oh oui ! On avait faim, n'est-ce pas ? a-t-elle dit d'une voix doucereuse avant de lui présenter le biberon.

Le bébé en pleurs a secoué la tête plusieurs fois comme pour repousser le biberon mais a enfin pris la tétine et, les yeux ouverts, s'est mis à boire le lait.

— Vous le gardez toute la journée ? La quantité de lait est indiquée ici, il faut lui donner toutes les trois ou quatre heures, c'est ça, environ quatre fois par jour, sans oublier de lui faire faire son rot… Oh là là, mais vous faites la même tête que le bébé !

À la plaisanterie de la femme, je me suis rendu compte que je fixais Kaoru d'un regard pénétrant et me suis empressée de sourire. Après avoir payé j'ai remercié la femme et suis sortie de la pharmacie.

Portant l'enfant, le sac en plastique plein accroché au bras, je me suis dirigée vers le parc, m'arrêtant plusieurs fois pour changer le sac de bras. Je suis entrée dans les toilettes publiques mais il n'y avait pas de table à langer. Je me suis donc résignée à chercher un banc libre, y ai allongé Kaoru pour défaire doucement sa couche qui était trempée. J'ai essuyé soigneusement sa peau douce avec une lingette avant de lui mettre une couche propre.

Donner le biberon, changer les couches, je l'avais répété dans ma tête tant de fois. J'avais donné le sein à une Kaoru imaginaire, j'avais changé ses couches, lui avais donné son bain, je l'avais couchée, bercée.

Je m'étais déjà occupée d'un bébé. Lorsque Yasue Niikawa, une amie de l'université, avait eu sa fille, je m'en étais occupée chaque fois que j'étais allée la voir. J'avais changé ses couches, lui avais donné le biberon, je l'avais couchée et l'avais bercée dans mes bras. Tout en gardant le souvenir de ce contact, j'avais toujours pris soin de ma Kaoru imaginaire. Je devais donc y arriver sans problème, la couche que j'avais mise avec soin bâillait pourtant en haut des cuisses et j'ai dû décoller les bandes adhésives pour les ajuster à nouveau.

Yasue.

J'ai levé la tête. Un ciel d'hiver sans nuages s'étendait au-dessus de moi. Mais oui. Yasue. Il y avait Yasue.

Bien entendu il n'en était rien, mais avec le sentiment que tout se résolvait d'un coup, j'ai soulevé le bébé. Je l'ai porté haut à bout de bras et il a fait entendre de petits éclats de rire. Il a frotté ses petits pieds l'un contre l'autre et je les ai posés sur mon visage. Ils étaient glacés.

Kaoru. Ma Kaoru. Ça va aller maintenant. Ne t'en fais pas. Je lui parlais. Comme si elle me comprenait, elle me regardait, souriante, en suçant son pouce.

J'ai pris un autobus devant le parc jusqu'à la gare de la ligne centrale pour me diriger vers Shinjuku. Dans un grand magasin de Shinjuku j'ai acheté un porte-bébé et un burnous, une combinaison et des sous-vêtements et à un autre étage un sac de voyage et me suis rendue aux toilettes. J'ai changé Kaoru et j'ai mis mes achats dans le sac.

J'ai téléphoné à Yasue depuis un téléphone public au pied du grand magasin.

— Depuis le temps ! a fait Yasue d'une drôle de voix, je lui ai demandé si je pouvais lui rendre visite. Mais oui, viens ! Tu es où, là ? m'a-t-elle répondu d'une voix enjouée.

— Eh bien, en fait, je ne suis pas seule, ai-je dit en essayant d'avoir une voix tout aussi joyeuse.

— C'est-à-dire ?

— Yasue, ne sois pas surprise. Je suis mère maintenant. Je suis devenue maman !

— Quoi ? C'est vrai ? Depuis quand ? Bien sûr que c'est une surprise ! Tu ne m'as rien dit… et quand, quand as-tu accouché ? Non, c'est vrai ?

— Désolée, je n'ai plus de pièces de dix yens. Je t'expliquerai après, je prends le train tout de suite.

Interrompant Yasue qui répétait ses questions d'une voix haut perchée, j'ai raccroché.

J'ai pris la ligne Sobu. Kaoru était de bonne humeur et ne cessait de sourire en tendant le bras vers le jeune homme assis à nos côtés. L'homme semblait ennuyé et je devais retenir chaque fois le bras potelé de Kaoru. De ses petits doigts elle serrait alors fermement ma main et levait vers moi un visage ébahi.

Nous sommes descendues à la station de Motoya-wata et pendant le trajet jusqu'à la résidence de Yasue, j'ai répété plusieurs fois ce que je devais dire. Je me persuadais que tout irait bien. J'avais rendu visite à Yasue pour la dernière fois juste avant d'arrêter de travailler, cela faisait donc un an. La rue qui longeait la voie ferrée à partir de la gare était plus animée que dans mon souvenir. Pharmacie, magasin de location de disques, fleuriste, restaurant familial.

Yasue attendait devant l'immeuble. En me voyant, elle a agité la main et s'est approchée en courant pour voir Kaoru. Ouah ! Comme elle est mignonne ! Dire que tu es sa mère ! s'est-elle exclamée d'une voix haut perchée avant de prendre Kaoru dans ses bras avec beaucoup plus d'assurance que moi. Kaoru a eu une grimace, hésitant à pleurer. La bouche ouverte, elle a émis l'amorce d'un sanglot mais s'est figée avec la même expression pour fixer Yasue de ses yeux lim-pides.

— Et Miki-chan ? ai-je demandé.

— Elle est chez sa grand-mère, répondit Yasue.

La mère de Yasue qui autrefois habitait seule à Yoko-hama avait emménagé dans un lotissement non loin de chez sa fille.

— De temps en temps elle me la garde. Je n'ai même pas besoin de lui demander, elle vient d'elle-même chercher sa petite-fille, a-t-elle ajouté en riant. Dis, comment tu t'appelles ? Tu es une petite fille, non ? a-t-elle demandé en scrutant le visage de Kaoru.

— Moi, c'est Kaoru. Bonjour, ai-je dit en prenant une voix enfantine.

Yasue s'est mise à rire et Kaoru a eu un sourire aussi. Je me suis sentie soulagée. J'avais eu raison de venir la voir.

Dans un immeuble de huit étages, l'appartement de Yasue, situé au cinquième, s'était rempli depuis ma dernière visite et donnait une impression de bric-à-brac. Dans la pièce de style japonais, le fusuma était griffonné, des livres d'images et une maison de poupée jonchaient le sol.

— Quand on a acheté, c'était tout neuf mais cela fait déjà cinq ans. Je dis à mon mari d'arrêter de fumer, mais rien à faire. Quant à Miki elle est dans sa période "génie de la fresque", a dit Yasue en riant, comme si elle avait lu dans mes pensées tandis qu'elle alignait les chaussons dans l'entrée.

— Yasue, j'ai besoin que tu m'aides, ai-je dit, assise sur le canapé.

— Que je t'aide, comment ça ? m'a-t-elle demandé d'un ton nonchalant tout en préparant du thé dans la cuisine.

J'ai inspiré profondément avant de continuer.

— Cette enfant n'est pas à moi. J'ai eu une relation avec un homme… et c'est sa fille. On vit ensemble. Enfin, on vivait ensemble jusqu'à maintenant. Sa femme a connu quelqu'un et l'a quitté en laissant la petite. Il est venu habiter chez moi avec Kaoru mais le divorce n'est pas encore prononcé, nous avions l'intention de nous marier une fois que tout serait réglé. Mais, il frappe la petite. Il boit de plus en plus, alors… alors je me suis enfuie. Et j'ai l'intention de continuer à fuir. Dis, Yasue, je ne te causerai pas d'ennuis. Aide-moi.

J'avais parlé d'une seule traite. Yasue, sortie de la cuisine avec les tasses de thé à la main, absorbée par mon récit, oubliait de les poser sur la table basse. Dans le salon silencieux on entendait les gazouillis de Kaoru.

— Dis-moi Kiwa-chan, ton compagnon, est-ce que

ce serait ce…, a-t-elle dit, légèrement gênée, posant enfin les tasses sur la table.

— Mais non, pas du tout ! Un type pareil, il y a longtemps que je l'ai quitté.

Les souvenirs me revenaient. Comme lorsque nous étions étudiantes, j'avais raconté à Yasue tout le déroulement de l'histoire. Au fur et à mesure nos conversations au téléphone s'éternisaient, le contenu devenait de plus en plus pesant. À cette époque sa fille devait avoir deux ans. Alors qu'elle devait être fatiguée de ses activités de mère de famille, Yasue m'écoutait toujours jusqu'au bout. Mais à la fin elle m'avait dit "Arrête !" : " Je ne peux plus entendre ça. Si c'est pour parler de lui, ne m'appelle plus", m'avait-elle déclaré, cinglante, elle d'ordinaire si calme. Il était clair qu'elle avait dit cela pour mon bien et non parce qu'elle était fatiguée, je l'ai compris plus tard.

— Ah bon, heureusement. C'était vraiment un sale type. Mais comment fuir, Kiwa-chan, c'est impossible. Quand il est à jeun, vous pouvez discuter, n'est-ce pas ? Je pense que vous pouvez en parler et régler le problème.

J'ai fixé Yasue. Elle avait sa propre opinion et essayait de la transmettre sans louvoyer.

— Tu me dis que tu t'es enfuie parce qu'il boit et qu'il frappe la petite, mais tu as l'intention de séparer l'enfant de son père définitivement ? Je crois que ce serait encore plus néfaste pour cette pauvre petite.

Un souvenir m'est revenu à l'esprit, lorsque nous étions étudiantes, un de nos professeurs faisait cours en fumant et un jour Yasue s'était levée pour protester. Elle avait toujours raison. Finalement le professeur en question avait cessé de fumer, du moins dans notre classe.

Pendant un court instant, j'eus illusion que nous avions remonté le temps. Nous avions encore de l'acné sur les joues, devant nous se dressait un tableau noir couvert de phrases de français incompréhensibles, du couloir nous parvenait une rumeur joyeuse et, dehors, le feuillage touffu d'un séquoia baignait dans le soleil – je me suis rendu compte que je pleurais. Le visage enfoui dans mes genoux, repliée sur moi-même, je pleurais.

Pardon. Pardon Yasue. Je suis désolée. Vraiment. Je ne peux pas faire marche arrière. Toi tu n'as pas changé depuis cette époque, mais moi je ne peux pas retourner en arrière, me suis-je dit.

— Mais attends, attends. Je ne te dis pas de repartir tout de suite. Reste autant que tu veux. Mais tu ne peux pas fuir indéfiniment. Quand tu seras calmée, tu rentreras et vous discuterez, l'idéal est de reconstruire une famille, papa, maman et Kaoru.

Papa, maman et Kaoru. J'étais incapable de relever la tête. J'ai tenté de réprimer un sanglot qui montait en moi comme une nausée mais le spasme qui m'a secoué le cœur a été plus violent et mes larmes ont jailli.

— Il ne me reste plus grand-chose des jouets et des vêtements de Miki, j'ai presque tout donné à des amies mais il y en a un peu, je sortirai tout du placard tout à l'heure. Tu peux rester tant que tu veux. Ne t'inquiète pas pour mon mari. Regarde, tu connais ça ? Un jeu vidéo qui est sorti l'an dernier. À Noël l'année dernière il a fait la queue toute la nuit pour l'acheter, c'est incroyable, non ? Dès qu'il rentre, il passe son temps à jouer. C'est comme s'il faisait partie des meubles, maintenant. Alors, inutile de t'inquiéter, et moi je suis ravie d'avoir quelqu'un à qui parler ! Allez, Kiwa, arrête de pleurer !

Yasue me consolait sur un ton préoccupé. Tout en m'efforçant d'articuler des mots de remerciements et d'excuses, j'ai pris une décision inébranlable.

Je ne devais en aucun cas causer de problèmes à mon amie. Il ne fallait pas que je lui fasse partager une once de ce que j'avais à assumer. En conséquence, je ne devais rien lui dire de la vérité. Même si cela paraissait insurmontable.

Le soir, son mari est rentré avec un sachet de haricots de soja grillés. Effectivement c'était le jour de Setsubun*. Il a mis un masque de démon en papier avant de lancer les haricots, Kaoru s'est mise à pleurer, le visage cramoisi. Si bien que Miki a fini par pleurer aussi.

Son mari avait un peu grossi depuis que je l'avais vu la dernière fois. Je trouvais que c'était ça une vie de famille normale, avec le père, la mère et l'enfant. Comme me l'avait dit mon amie, après le dîner, son mari est resté rivé à l'écran de télévision, absorbé dans son jeu vidéo.

4 février.

Laissant Kaoru à la garde de Yasue, je suis sortie de la résidence peu après midi. J'ai pris la ligne Sobu jusqu'à Kichijoji et la correspondance pour la ligne Inokashira. C'était pourtant un itinéraire que j'avais fait la veille au matin mais le quartier m'a paru complètement différent. Je me sentais curieusement légère.

---

* Fête de l'arrivée du printemps selon le calendrier lunaire, célébrée le 3 février. Il est de tradition de lancer des haricots par les fenêtres de la maison en criant : "Dehors les démons, dedans le bonheur !"

Comme réincarnée en quelqu'un de totalement différent. J'avais la certitude que tout se passerait bien.

Mais plus je m'approchais de l'appartement où j'avais vécu jusqu'alors, plus mon cœur palpitait. J'avais dans la tête les images de l'immeuble cerné par les forces de police. Le matin, chez Yasue, j'avais parcouru le journal mais rien de ce qui s'était passé la veille n'y était relaté. Il n'y avait donc pas d'inquiétude à avoir, je me suis forcée à chasser les images qui me venaient naturellement à l'esprit. Rien ne s'était passé la veille. Aucun fait divers susceptible d'être relayé dans la presse. J'ai pressé le pas vers l'appartement.

J'ai ouvert la porte et suis entrée. Le studio que je louais depuis seulement quatre mois m'a semblé totalement étranger. J'ai ouvert le placard à chaussures de l'entrée et j'ai pris les documents rassemblés au milieu d'une étagère. Accroupie dans l'entrée, j'ai sorti les papiers de l'agence immobilière et j'ai pénétré dans la pièce. J'ai pris le combiné du téléphone resté sur le sol et j'ai fait un essai de voix, "Ah", pour vérifier que ma voix ne tremblait pas et j'ai composé le numéro.

— Kiwako Nonomiya de l'appartement 102 de l'immeuble Sky Heights.

Ça allait, je ne tremblais pas et j'étais naturelle.

— Ah, oui, oui, Sky Heights. – Une voix d'homme aimable.

— Je suis désolée, en fait mon père est tombé malade et je dois retourner chez mes parents en urgence…

— Je me rappelais avoir dit la même chose l'année précédente. Je me rappelais même qu'à ce moment-là, alors que je ne mentais pas, ma voix tremblait. D'inquiétude, de colère et de désespoir.

— Même si vous déménagez tout de suite, comme vous nous prévenez aujourd'hui, il faudra payer le

22

loyer du mois prochain aussi, ça ne pose pas de problème ? demanda l'agent immobilier.

— Non, aucun problème, ai-je répondu.

— Bon, alors, quand vous aurez fixé la date du déménagement, venez à l'agence. Il y a des formalités à
régler. Et rapportez les clés.

— Je ne peux pas le faire par courrier ? Je dois rentrer le plus vite possible.

— Par courrier, hum… Bon, étant donné les circonstances, je vous envoie les papiers, lisez-les, vous
n'allez pas déménager aujourd'hui ou demain, n'est-
ce pas ?

Il s'agissait d'un studio loué sans caution ni com-
mission au propriétaire, j'étais donc étonnée par la
complexité des formalités.

— D'accord, dès que la date de mon déménagement sera fixée, je vous téléphonerai et passerai à
l'agence, dis-je avant de raccrocher, alors que je n'avais
aucunement l'intention de le faire.

J'ai pris des sacs-poubelles sous l'évier, que j'ai
bourrés de tout ce qui était dans la pièce. Serviettes,
affaires de toilette, chaussons, autocuiseur à riz, lecteur de cassettes audio. Par bonheur, je n'avais pas
encore acheté de gros meubles. Les futons n'entraient
pas dans les sacs. J'ai débranché le petit réfrigérateur presque vide. Où pouvais-je jeter les futons et
le réfrigérateur ? À l'endroit où étaient déposées les
ordures devant l'immeuble, il y avait toujours des
déchets déposés par les locataires qui ne respectaient
pas les jours de collecte, il suffirait d'y laisser mes
sacs-poubelles. En prenant soin de ne pas être vue.
Les fragments de ma vie passée dans cet appartement
tenaient dans cinq sacs. Après avoir vérifié par l'œil-
leton qu'il n'y avait personne dans les parages, je suis

sortie jeter les sacs un par un. Lorsqu'un locataire du premier a descendu les escaliers je me suis précipitée dans l'appartement en retenant mon souffle. Inutilement, j'ai réprimé ma respiration jusqu'à ce que je ne sente plus aucune présence.

Un sac de voyage à la main, j'ai parcouru le rayon enfants d'un grand magasin de Kichijoji. Mais je ne savais pas quoi acheter. Des couches, j'en avais. Du lait aussi. Il fallait peut-être me procurer un thermomètre et des cotons-tiges. Sans m'en rendre compte, je me suis retrouvée au rayon des vêtements d'enfants aux couleurs pastel, avec un choix impressionnant. J'ai déplié une combinaison, replié un petit jean, contemplé un joli pull dont le prix était le même qu'un vêtement d'adulte. Je me suis revue soudain parcourir cet étage deux ans plus tôt. Ignorant le rayon de prêt-à-porter par lequel je ne manquais jamais de passer auparavant, j'étais venue directement ici et avais déplié et tenu devant moi des vêtements aussi petits que des habits de poupée. Le sourire aux lèvres.

J'étais sur le point de m'effondrer en pleurant sur cet amoncellement de petits vêtements et je me suis raisonnée, je n'avais plus aucune raison de m'apitoyer sur celle que j'étais alors. Puisque Kaoru m'était revenue.

J'ai acheté une combinaison à capuche bordée de fourrure, des bavoirs et des sous-vêtements, des purées pour bébé sous vide et en pots, un canard en tissu éponge. Pour un total de seize mille yens. Au sous-sol j'ai acheté un gâteau pour Yasue qui m'a coûté deux mille cinq cents yens.

J'avais presque quarante millions de yens sur mon compte bancaire. Cela correspondait au montant de l'assurance que j'avais perçu à la mort de mon père, ses économies dont j'avais hérité et environ huit cent mille yens que j'avais mis de côté en travaillant. Cela représentait pour moi une somme énorme mais jusqu'à la veille, ce montant n'avait à mes yeux aucune signification. Cela voulait seulement dire que je n'avais pas à chercher de travail dans l'immédiat. Mais à présent c'était différent. Avec cet argent, j'allais vivre avec Kaoru. J'étais presque persuadée que c'était la raison pour laquelle mon père m'avait laissé cet argent. Mais même s'il s'agissait d'une belle somme, un jour il n'en resterait rien. Il valait mieux ne pas faire de dépenses inconsidérées et rester économe. J'ai mis les reçus de mes achats dans mon portefeuille et je suis sortie du magasin.

Le soir j'ai donné son bain à Kaoru. Yasue est entrée dans la salle de bains tout habillée pour m'aider. C'était pour moi une première expérience mais il fallait éviter que Yasue s'en aperçoive. Je craignais de lâcher Kaoru dans la baignoire, d'avoir les mains glissantes avec le savon, je faisais tout avec maladresse. Kaoru s'est mise à pleurer à grands cris.

— Tu le fais toujours aussi soigneusement ? L'été, c'est bien, mais en hiver, tu vas lui faire attraper froid ! m'a dit Yasue sur un ton maternel pour finalement laver tranquillement les cheveux de Kaoru toujours en pleurs, ses vêtements trempés.

Lorsque Kaoru a été entièrement lavée, je me suis immergée dans la baignoire avec elle.

— Appelle-moi pour la sortir, j'attends là-bas, a dit Yasue en sortant de la salle de bains.

J'ai contemplé le corps nu de Kaoru. Ses bras, ses jambes, son ventre étaient si blancs dans l'eau de la baignoire qu'ils semblaient presque évanescents.

Kaoru avait cessé de pleurer et esquissait un sourire. Je lui ai dit doucement : "Tu es bien ? Tu es bien, n'est-ce pas ?" L'air absent, elle me regardait bouche bée.

J'ai tendu Kaoru à Yasue qui attendait dans le cabinet de toilette attenant à la salle de bains et me suis hâtée de me laver le corps et les cheveux. J'entendais la voix de Yasue : "Alors, on est bien, hein ?" Lorsque je suis sortie du bain, Kaoru, vêtue de sa grenouillère, souriait dans les bras de mon amie. J'ai eu la sensation que dès que cette enfant souriait, tout s'illuminait autour d'elle. Ce bébé avait vraiment un sourire adorable.

5 février.

Vers quatre heures du matin, Kaoru s'est mise à pleurer, j'ai eu beau lui changer ses couches, essayer de lui donner son biberon, la bercer, rien n'y faisait. Ses pleurs résonnaient dans l'appartement silencieux. Perdue, je la regardais et sentais l'inquiétude monter en moi. L'enfant pleurait de toutes les forces de son corps si petit, après un gros sanglot, elle a inspiré fortement comme avant une convulsion, si bien que j'ai eu peur qu'elle ne s'étouffe. Pourquoi n'arrêtait-elle pas de pleurer ? Pourquoi ? Je l'ai prise dans mes bras et me suis mise à arpenter la pièce. Yasue, son mari et sa fille ne pouvaient sans doute pas dormir. Au moment où j'ai eu l'idée de sortir, Kaoru, qui pleurait la bouche ouverte, s'est mise à vomir le lait qu'elle avait bu avant le coucher. Je me suis empressée de lui essuyer la bouche avec une lingette avant de nettoyer le tatami.

J'ai réalisé alors qu'elle n'allait pas bien. L'hôpital ? Non, je ne pouvais pas aller à l'hôpital. Je n'avais ni carte de Sécurité sociale ni carnet de santé. Que faire alors ? Kaoru continuait à pleurer. J'avais la tête embrumée.

Le fusuma s'est ouvert doucement et Yasue, en chemise de nuit, est entrée dans la pièce.

— Elle a vomi ? a-t-elle demandé à voix basse avant de prendre Kaoru dans ses bras.

Elle l'a déshabillée et lui a essuyé le cou avec une lingette. Puis elle lui a mis les sous-vêtements propres que je lui tendais, s'est dirigée vers la cuisine pour revenir avec un biberon contenant un liquide doré. Elle m'a dit que c'était du jus de pomme. Kaoru l'a bu avec avidité.

— Je vais faire tout mon possible pour t'aider, mais ce que je peux faire pour toi est limité, m'a dit Yasue, le visage bouffi de sommeil. – J'ai acquiescé. – Tu l'as appelé ? Tu lui as dit où tu te trouvais, j'espère.

J'ai acquiescé à nouveau. Yasue s'est tue et a bercé Kaoru. J'ai fixé Yasue.

Kaoru, épuisée d'avoir pleuré, s'est endormie à plus de cinq heures du matin. J'ai posé ma main sur son front mais elle n'avait pas de fièvre. Yasue, les yeux gonflés, m'a dit "Bonne nuit" avant de sortir de la pièce. L'appartement était silencieux. Incapable de me rendormir, j'ai regardé vaguement le dos des livres alignés sur les étagères de la bibliothèque. Il y en avait peu, j'ai lu tous les titres. J'ai remarqué un livre épais intitulé *Encyclopédie de puériculture*. Un vieux livre aux couleurs passées que Yasue avait dû recevoir de ses parents à la naissance de sa fille. Je le feuilletais lorsque j'ai vu tomber un morceau de papier. Il ressemblait à un prospectus.

"Bienvenue chez Angel Home" était-il écrit en gros caractères. Puis, en dessous, on pouvait lire : "Seul l'acte de renoncer nous libérera." On y voyait l'illus-tration d'un ange qui paraissait avoir été dessiné par un enfant et en arrière-plan des photos floues accom-pagnées de divers témoignages. "Depuis ma rencontre avec Angel Home, j'arrive à me réjouir de faits insigni-fiants. Ma mère à qui l'on avait annoncé qu'elle n'avait plus que trois mois à vivre est installée depuis trois ans à Angel Home. Mon fils qui souffrait d'eczéma a maintenant retrouvé une peau normale grâce à des bains d'eau d'Angel." Cela faisait penser à une secte ou à une escroquerie. Je me suis demandé pourquoi Yasue avait gardé ce papier mais je l'ai remis à la page d'où il était tombé et j'ai continué à feuilleter le livre.

Divers noms de maladies m'ont sauté aux yeux. Poliomyélite, rougeole, varicelle, roséole, en cas de vo-missements et diarrhées à répétition… En cas de fièvre de plus de 40° pendant plus de trois jours… J'ai détourné le regard du livre et ai regardé Kaoru. J'ai réalisé soudain que cette enfant qui dormait paisi-blement pouvait s'arrêter de respirer, avoir de la fièvre ou être prise de vomissements à répétition. Tout cela était normal mais je ne le savais pas. J'avais cru qu'elle grandirait en continuant à me sourire indéfiniment. Comme j'étais sotte ! Kaoru n'était plus un bébé ima-ginaire, c'était un véritable être humain susceptible de souffrir de diarrhées ou de vomissements. Afin de réprimer l'angoisse qui montait en moi, j'ai refermé le livre. Je n'aurais jamais dû l'ouvrir, me suis-je dit, imputant la cause de mon angoisse à l'ouvrage en question. Il fallait que je dorme. Et qu'après un peu de sommeil, je réfléchisse à ce que j'allais faire le len-demain. J'ai éteint la lumière et me suis glissée sous la couette. Plus j'essayais de dormir plus mon esprit restait en éveil.

6 février.

Dans la matinée, Yasue m'a montré comment préparer un repas pour le sevrage. Dehors il faisait beau et le salon était ensoleillé. Miki regardait une vidéo de dessin animé. Kaoru, assise par terre et adossée au canapé comme si elle y était collée, tétait sa sucette et gigotait de temps à autre. Miki lui lançait des regards et lui souriait, ou lui chatouillait les doigts de pieds.

— Kaoru a six, sept mois maintenant ? m'a demandé Yasue qui écrasait du potiron cuit à la vapeur.

Agacée d'être incapable de répondre aussitôt, j'ai fouillé ma mémoire pour dire :

— Bientôt six mois. Comme le temps passe vite !

J'ignorais la date de naissance de Kaoru. Je savais que la date qui avait été prévue pour l'accouchement était le 12 août. La femme était revenue chez elle avec le bébé le 25 août, Kaoru était donc née le 20, ou peut-être le 15.

L'enfant que j'aurais prénommée Kaoru aurait dû naître le 30 juillet. Encore insouciante à ce moment-là, comme c'était en plein milieu des vacances d'été, je m'étais fait la réflexion qu'elle ne pourrait pas fêter son anniversaire avec ses camarades de classe.

— Elle est née le 30 juillet, ça lui fait donc juste six mois, ai-je rectifié. – Oui, c'était mon bébé, je l'avais appelée Kaoru et elle était bien venue au monde le jour prévu.

— Elle est du signe du lion, alors, a dit en souriant Yasue qui semblait vouloir dire autre chose.

À midi nous avons fait manger à Kaoru ce que Yasue avait préparé. Une purée de potiron et de carottes et du bouillon de riz aux épinards. Miki observait la scène avec attention, je lui ai demandé si elle voulait manger la même chose, mais elle m'a répondu fermement qu'elle n'était plus un bébé. Pourtant, lorsque Kaoru ouvrait la bouche, inconsciemment elle ouvrait la sienne à son tour de façon attendrissante.

Je finissais par m'illusionner.

J'étais venue rendre visite à Yasue avec ma fille Kaoru née le 30 juillet. Je n'avais aucun souci, aucun problème, j'étais pleinement satisfaite de ma vie. Ma seule préoccupation consistait à réfléchir au menu du dîner. J'allais rentrer chez moi et préparer tout ce que Yasue m'avait appris, j'étais sur le point de croire que c'était là ma vraie vie.

J'essayais de me convaincre qu'il ne s'agissait pas d'une illusion. Que c'était la réalité. Je menais vraiment cette vie-là. J'avais obtenu cette vie-là. Un après-midi ensoleillé, une vidéo de dessin animé, le repas de midi préparé dans la cuisine, les rires d'enfants.

— Miki-chan, le dessin animé est fini ! a dit Yasue s'apercevant que l'écran du téléviseur était tout bleu, et elle a éteint le magnétoscope.

L'écran est revenu aux images de la télévision avec une publicité assourdissante. J'ai porté la cuillère à la bouche de Kaoru qui a tout recraché.

— Pour un début, c'est suffisant, a dit Yasue. J'ai essuyé alors soigneusement la bouche de Kaoru.

Un journal mal replié se trouvait sur le canapé. Kaoru dans les bras, je me suis assise et je l'ai feuilleté en regardant la télévision. On ne parlait de rien ni dans le journal de l'avant-veille, ni dans celui de la veille. Je me disais qu'aujourd'hui aussi ça irait, mais j'étais également inquiète de ne pas savoir ce qui se passait réellement. Les parents de Kaoru n'étaient-ils pas à sa recherche ? C'était impensable. Les journaux n'en parlaient pas. Il était donc impossible de savoir quelles étaient les actions entreprises par la police. Où en étaient-ils ? À quelle distance se trouvaient-ils de Kaoru et moi ?

— Qu'y a-t-il ? Une information qui te tracasse ?

J'ai sursauté en entendant la voix de Yasue. Je me suis rendu compte que j'avais été totalement absorbée dans la lecture du journal et j'ai relevé la tête précipitamment. Derrière le comptoir de la cuisine, Yasue me regardait.

— Au fait, ai-je dit d'une voix rauque. – Je me suis éclairci la voix et j'ai affiché un sourire. – Au fait, Yasue, c'est quoi cet Angel Home ? – Ça allait, j'avais pu le dire.

— Ah, tu as vu le prospectus ? a-t-elle fait d'un air gêné.

— Hier soir, j'ai feuilleté ton encyclopédie de puériculture. Et j'ai trouvé ce papier entre deux pages, je me suis demandé ce que c'était, ai-je dit en m'efforçant de sourire.

— Vers l'âge de trois ans Miki souffrait d'un grave eczéma, maintenant elle va beaucoup mieux mais elle pleurait tout le temps à cause des démangeaisons, quand on sortait tout le monde la regardait, j'étais très inquiète. Et un jour, dans une librairie, j'ai vu le prospectus et j'ai téléphoné – comme si c'était mon dernier espoir. Et là je suis tombée sur une drôle de communauté.

Soulagée que le sujet de conversation ne soit plus autour du journal, j'ai hoché la tête avec conviction.

— Je croyais qu'ils vendaient des produits bios et des médications traditionnelles chinoises, mais pas du tout. Ces gens vivaient en communauté au fin fond des montagnes, ils voulaient m'embrigader absolument, ça m'a fait peur. Ce genre de groupes, c'est à la mode en ce moment, tu te souviens de Tani-san, qui était en cours de français avec nous ? Il paraît qu'elle s'est complètement embarquée dans un système de séminaires, a continué Yasue, lancée dans l'évocation de notre ancienne camarade. Cet après-midi je dois aller visiter l'école maternelle de Miki, tu viens avec nous, Kiwa ? m'a-t-elle proposé avec insouciance, après avoir raconté de bout en bout l'histoire de Tani-san.

— Je vais plutôt rester ici, lui ai-je répondu.

Après le départ de Yasue, incapable de rester en place, je suis sortie avec Kaoru. Je lui avais mis un ancien bonnet de la petite Miki et je l'ai installée dans le porte-bébé l'enveloppant de son burnous. Pour cacher son visage. Dans la rue aux abords de la gare, ainsi que dans le train, j'avais l'impression que l'on nous fixait. Je craignais que Kaoru ne se remette à pleurer, mais elle était de bonne humeur, souriait ou me regardait longuement avec de grands yeux.

Après une correspondance, je suis arrivée à la gare proche de l'appartement. J'ai regardé autour de moi mais personne ne semblait surveiller l'endroit. Une affiche était collée sur les futons et le petit réfrigérateur que j'avais jetés, indiquant la nécessité de faire une demande d'enlèvement des objets encombrants. Je suis passée devant et j'ai ouvert la boîte aux lettres. J'y ai trouvé des prospectus et une enveloppe de l'agence immobilière. J'ai mis le tout dans mon sac avant de repartir rapidement vers la gare.

Alors que cela n'était pas envisageable, des silhouettes de policiers postés autour de l'immeuble de Yasue ne cessaient de me traverser l'esprit. J'avais beau me dire que c'était une idée puérile, ces scènes m'obnubilaient.

Allait-on m'arrêter ? Allait-on me séparer de Kaoru ? Elle dormait, le front contre ma poitrine. Une main accrochée à mon pull. On ne pouvait m'arrêter. On ne pouvait pas me prendre Kaoru. Tôt ou tard, il me faudrait quitter l'appartement de Yasue. Partir, mais pour aller où ?

Il n'y avait aucun policier devant l'immeuble. Yasue et sa fille se tenaient devant l'entrée, dans le soleil.

— Mais où étais-tu passée ? Tu nous as laissées à la porte ! J'y crois pas ! s'est exclamée Yasue, aussitôt imitée par la petite : "J'y crois pas !"

7 février.

L'après-midi, j'ai laissé Kaoru à Yasue pour aller rendre les clés à l'agence immobilière. Une jeune employée s'est occupée de moi. Je croyais que l'on me parlerait des objets encombrants mais il n'en fut rien. Les formalités se sont déroulées de façon administrative.

Je suis allée à Kichijoji me faire couper les cheveux chez un coiffeur près de la gare. Afin de ne pas avoir à répondre à la coiffeuse qui parlait sans arrêt, je me suis plongée dans la lecture des hebdomadaires et magazines féminins.

Il y avait des vêtements de créateurs à toutes les pages, et j'ai trouvé cela étrange. Deux ans auparavant, je lisais ce genre de magazine avec attention, notant les prix, réfléchissant aux façons de coordonner mes vêtements et j'attendais mon salaire avec impatience. J'étais quelqu'un d'autre.

Maintenant tout cet étalage de mode me faisait le même effet que les chansons de Cindy Lauper diffusées à fond dans le salon de coiffure, ce n'était rien d'autre qu'une pollution.

Dans l'hebdomadaire que j'ai feuilleté ensuite, ma main s'est arrêtée sur une page. Sous le titre "Ces affaires, que s'est-il passé ensuite ?" – l'incendie de l'autobus à Shinjuku* cinq ans plus tôt, l'empoisonnement Glico-Morinaga** de l'année précédente… –, l'article relatait ce qui était arrivé après plusieurs faits divers plus ou moins importants. Mon regard a été attiré par ce titre : "Disparu pendant un mois. Enlèvement d'un nouveau-né à Osaka." Il s'agissait de l'enlèvement d'un bébé dans une clinique d'Osaka, environ deux ans auparavant. Les coupables étaient un couple ne pouvant avoir d'enfant, ils avaient pris soin du bébé clandestinement pendant un mois.

Craignant qu'on ne trouve étrange que je lise ce sujet avec autant d'attention, j'ai fait semblant de lire l'article sur une affaire de lynchage qui se trouvait plus haut et, ne remuant que les yeux, j'ai parcouru l'article du bas de la page. Il n'y avait aucun commentaire de la part des parents qui souhaitaient "qu'on les laisse en paix", quant à l'enfant, il grandissait normalement, des gens du voisinage disaient les voir souvent se promener tous les trois les jours de congé. J'ai rapidement fermé le magazine lorsque la coiffeuse s'est mise à défaire ma blouse.

Au moment de payer, j'ai fait attention à ce que mes mains ne tremblent pas mais j'avais du mal à me contrôler si bien que j'ai fait tomber la monnaie à mes pieds.

Sans même vérifier ma coupe, j'ai repris le train. Ayant un peu froid au cou, j'ai passé la main dans

---

* Autobus incendié au terminal de la gare routière de Nishi-shinjuku en 1980. Il y eut six victimes.
** Affaire Morinaga : en mars 1984, des biscuits de la marque Morinaga contenant du cyanure ont été découverts dans des rayons de supermarchés.

mes cheveux et me suis rendu compte qu'il s'agissait de la coupe à la mode, avec la nuque rasée.

À mon retour, Yasue a éclaté de rire en passant sa main sur ma nuque. Avec ma nouvelle coupe, Kaoru ne m'a pas reconnue tout de suite et s'est mise à pleurer quand je l'ai prise dans mes bras.

Tout en la berçant, je me disais que j'étais en train de faire la même chose que ce couple de kidnappeurs deux ans auparavant. Mais, en réalité, non, c'était différent. Quelqu'un, Dieu peut-être, allait me comprendre. Cela n'avait rien à voir avec le fait de kidnapper un bébé dans une maternité. Rien à voir. Pourtant une autre voix en moi continuait à murmurer que si, c'était bien la même chose. Où était la différence ? N'était-ce pas le même crime ?

8 février.

Yasue m'a donné des vêtements ayant appartenu à la petite Miki. Avec les couches, les biberons, le lait et les vêtements, mon sac était plein à craquer.

J'avais décidé de quitter l'appartement de Yasue l'après-midi après avoir déjeuné toutes les quatre, Yasue, Miki, Kaoru et moi.

— Discute bien avec lui. Ça va aller, ne t'en fais pas. Une fois marié, un homme se tient tranquille, dépêche-toi de régulariser ta situation.

Persuadée que je retournais vers le père de Kaoru, Yasue ne cessait depuis le matin de me répéter la même chose.

— Mais je suis contente pour toi, m'a-t-elle dit, se tenant à mes côtés tandis que je lavais la vaisselle du déjeuner. Kiwa-chan, l'an dernier tu as perdu ton père, n'est-ce pas ? Et tu n'as plus ta mère, tu n'as pas de frères et sœurs. Je me demandais si tu allais t'en sortir. Et en plus, je t'avais demandé de ne plus me téléphoner. Mais maintenant que tu connais un autre homme, qu'il y a Kaoru, tu n'es plus seule. Dépêche-toi de te marier et fais plein d'enfants à toi.

Yasue. Je n'ai pas d'autre homme. Je ne peux plus avoir d'enfant. Je n'ai plus que Kaoru. Quel soulage-ment, si j'avais pu lui dire cela ! Je me suis contentée d'acquiescer à chacune de ses phrases. En me disant qu'elle était juste et bienveillante parce qu'elle avait tou-jours vécu dans un environnement juste et bienveillant.

Au moment de se quitter, Yasue m'a demandé mes coordonnées et avec un sentiment de culpabilité, je lui ai écrit sur un papier l'adresse de l'appartement que je venais de quitter à Eifuku et j'ai inventé un numéro de téléphone.

Yasue et la petite Miki nous ont accompagnées jusqu'à la gare. Elles m'ont fait signe aux tourniquets et je me suis retournée plusieurs fois, leur faisant signe en retour. Je n'allais peut-être jamais les revoir.

Dans le train en direction de Tokyo, mes yeux se sont remplis de larmes. Sans me soucier des regards, je les ai laissées couler sur mes joues. De la paume de ses petites mains chaudes, Kaoru me touchait le visage. Avec ses grands yeux ronds, elle me regardait. J'avais l'impression que cette enfant lisait vraiment dans mes pensées. Il m'a semblé qu'elle essayait de me consoler.

J'avais décidé la veille au soir de changer de train à Mitaka pour aller jusqu'à la ville où mon amant habi-tait et me rendre dans le premier poste de police. Je n'avais pas peur de ce que je venais de faire. Je savais quel acte j'avais commis. J'avais alors le sentiment que tout allait bien se passer. La veille j'avais réfléchi toute la nuit et m'étais dit que c'était impossible. Que pouvais-je faire pour Kaoru ? Quand elle aurait de la fièvre, des nausées, quand elle irait à l'école. Je ne pouvais rien pour elle. Tant qu'elle serait avec moi, elle n'aurait pas de père, ni de famille.

— Oh, elle sourit. Elle sourit ! Comme elle est sage ! a fait une voix tout près de moi. – Je me suis dépêchée d'essuyer mes larmes.

Une dame âgée à côté de moi regardait Kaoru. Et la petite se penchait vers la vieille dame en souriant.

— Comme elle est sage, et quel beau sourire ! a dit celle-ci, ravie, sans la quitter des yeux.

Oui, me suis-je dit. Elle est sage, calme, et toujours souriante. Quand elle sourit, tout s'illumine, vous ne trouvez pas ? On se sent rempli de joie, n'est-ce pas ?

— Elle a vos yeux, de grands yeux, n'est-ce pas ? a dit la vieille dame en pointant son index sur la joue de Kaoru.

Kaoru a éclaté de rire la bouche grande ouverte et a attrapé le doigt de la femme.

— Et elle n'est pas du tout timide, quel charmant bébé ! a-t-elle répété.

Elle ressemble à sa mère. J'ai répété en moi-même ce que venait de dire la femme. Trait pour trait. Elle me ressemble trait pour trait. M'ignorant tandis que je gardais le silence, la vieille dame a continué à s'adresser exclusivement à Kaoru avant de descendre à Asakusabashi. Nous sommes descendues à Akihabara, la station suivante.

Un mois. Je me suis ravisée. Le couple d'Osaka s'était occupé du bébé pendant un mois. Il suffisait d'un mois. Si je commettais le même acte, n'avais-je pas droit au même nombre de jours qu'eux ? J'ai enlevé le bonnet en laine de Kaoru dont le sourire était comme un rayon de soleil, et je me suis mise à marcher, la tête haute, sur le quai de la ligne circulaire Yamanote.

J'ai pris le Shinkansen à la gare de Tokyo en direction de Hakata. J'avais acheté un billet jusqu'à Nagoya mais je ne savais pas où aller. De la fenêtre du train j'ai regardé la ville de Tokyo défiler rapidement.

Je ne reviendrais pas à Tokyo. Ce n'était pas ma volonté mais un pressentiment. Kaoru dans les bras, j'avais les yeux rivés à la fenêtre. Elle aussi, comme une adulte, contemplait le paysage qui défilait sous nos yeux. J'étais arrivée à Tokyo à dix-huit ans et j'avais rencontré cet homme à vingt-six. Je croyais passer ma vie à Tokyo. Mais je n'y retournerais pas. Le soleil se couchait derrière les immeubles au loin. Sur la ville aux teintes orangées du crépuscule, d'innombrables néons diffusaient leur lumière. Les discothèques, les cafés, les musées et les centres commerciaux dédiés à la mode s'éloignaient à vue d'œil. Les premiers rendez-vous, les petites chamailleries entre amies, moi-même qui me battais comme un diable, les pieds rivés au sol, tout cela disparaissait. Y compris le temps passé avec cet homme et les souvenirs du temps où je l'aimais.

Je me suis dit sereinement que c'était bien comme ça. Que tout cela disparaisse de ma vue n'avait plus aucune importance. Je n'étais plus la même. J'étais la mère de cette enfant.

En sortant de la gare de Nagoya je me suis mise à la recherche d'un *love hotel*. Il devait bien exister des hôtels de ce genre-là, avec enregistrement automatique et sans employé. Quelques années plus tôt, nous y allions souvent tous les deux. Il voulait venir chez moi mais je préférais ce genre d'hôtel. Si on était allés chez moi, j'aurais craint d'avoir l'illusion qu'il allait passer la nuit avec moi jusqu'au matin, j'aurais été prête à y croire.

Avant d'aller pour la première fois avec lui dans un de ces établissements, jamais je n'aurais pensé devenir une adulte fréquentant ce genre d'endroits. Et maintenant, sans y être invitée par un homme, j'en cherchais un.

Après avoir longé une rue où s'alignaient les hôtels de tourisme, je suis entrée dans une ruelle où j'ai trouvé ce que je cherchais. "Hôtel Le Récif de Corail." Je me suis approchée de l'entrée, prête à rebrousser chemin si un employé se trouvait à l'accueil. J'avais de la chance, il n'y avait personne. Je me suis glissée furtivement à l'intérieur et j'ai inséré un billet de dix mille yens dans le distributeur automatique de clés. J'ai pris rapidement ma clé et ma monnaie et me suis pressée vers l'ascenseur.

Je t'en supplie, ne pleure pas, ai-je pensé en entrant dans la chambre avant de déposer Kaoru sur le lit *king size*. Le lit au centre de la pièce, le luminaire en forme de chandelier, cette atmosphère indéfinissable qui évoquait le secret, tout cela ne semblait pas gêner Kaoru le moins du monde et elle suçait son pouce en gazouillant. Dans un coin de la pièce était aménagée une minuscule kitchenette, comme un élément de dînette. Il y avait une bouilloire électrique, un four à micro-ondes et une cafetière électrique. J'ai fait bouillir de l'eau, j'ai lavé la vaisselle et j'ai réchauffé un petit pot pour bébé avant de m'asseoir sur le lit pour faire manger Kaoru.

À l'époque où aller dans un *love hotel* avec lui ne me posait aucun problème, jamais je n'aurais imaginé me retrouver un jour dans un de ces hôtels en train de donner à manger à un enfant. À cette idée, je me suis mise à rire. Mais j'ai réalisé aussitôt qu'il n'y avait vraiment pas de quoi.

Après avoir nettoyé soigneusement la baignoire, je l'ai remplie d'eau chaude afin de prendre mon bain avec Kaoru. Une fois dans l'eau, elle avait la mine d'une adulte. Elle plissait les yeux, la bouche ouverte et a poussé un soupir. J'ignorais qu'un tel bonheur pouvait exister.

J'avais prévu qu'après le bain j'allais réfléchir au programme du lendemain mais aussitôt allongée sur le lit auprès de Kaoru pour la faire dormir, j'ai sombré à mon tour dans le sommeil.

Au cours de la nuit je me suis réveillée et, entrouvrant les paupières, j'ai vu, tout près de moi, le visage de Kaoru. Son petit visage, sa bouche entrouverte, dc la salive qui s'écoulait, transparente. Je sentais son souffle chaud. Quel bonheur ! Même dans mes moments les plus heureux avec cet homme, jamais je n'avais ressenti une telle béatitude. J'ai caressé sa joue toute douce avant de refermer les yeux.

9 février.

J'ai quitté la chambre à neuf heures et demie. Je supposais que personne ne m'avait vue mais quand je suis sortie de l'hôtel, une jeune employée de bureau m'a lancé un regard étonné. J'ai fait mine de me retourner, feignant d'attendre quelqu'un mais cela a dû paraître encore plus étrange. Je me suis éloignée de l'hôtel en pressant le pas.

Pendant une journée entière, j'ai erré dans la ville de Nagoya. J'ai déambulé autour de la gare puis, quand j'avais froid, j'entrais dans une galerie commerçante en sous-sol. J'entrais dans un café et demandais de l'eau chaude, donnais son biberon à Kaoru, changeais ses couches dans les toilettes, quand j'étais fatiguée je me reposais sur un banc. La galerie marchande en sous-sol était une sorte de labyrinthe infini. Je savais qu'en se promenant ainsi nous avions l'air d'une mère et d'une fille tout à fait normales. Personne ne faisait attention à nous. Même lorsque Kaoru, si sage d'habitude, se mettait à pleurer, le visage tout rouge. Seules s'approchaient de nous des femmes d'un certain âge ou des grands-mères qui aimaient les enfants. Elles regardaient Kaoru en disant : "Ça va aller, maintenant." Et si, l'air de rien, je cachais son visage, elles lui tapotaient le bas du dos ou serraient sa petite main.

Une mère et un bébé comme on peut en voir partout. Qui ont une maison où rentrer, qui font partie d'une famille qui les attend. J'étais si heureuse de passer inaperçue que j'ai marché plus que de raison à travers la ville. J'ai enfin réalisé que j'étais épuisée par les pleurs incessants de Kaoru. J'avais les épaules endolories à cause des bretelles du porte-bébé. Je suis remontée de la galerie souterraine pour sortir dans la rue et me diriger vers le parc.

Nagoya. Kyoto. Okayama. Hiroshima. Assise sur un banc, j'ai énuméré quelques noms de villes. Toutes correspondaient à une gare où s'arrêtait le Shinkansen. J'étais déjà allée à Kyoto et Hiroshima. En voyage de fin d'études. Et toute petite durant un voyage en famille. Mais si j'y étais allée, cela ne signifiait pas que j'allais y trouver un endroit où m'installer.

Comment nous assurer un gîte sans éveiller de soupçons ? Il n'était pas possible de continuer d'aller à l'hôtel. J'ai décidé de louer un appartement, même petit, quelque part.

Kaoru s'est mise à pleurer, je me suis levée pour la bercer, mais elle a continué. Ces pleurs qui semblaient résonner en moi jusqu'au cœur me vrillaient la tête. Je ne savais d'où lui venait cette force, arc-boutée comme pour me fuir, elle s'obstinait à pleurer. Ne pleure pas, dis, ne pleure pas, Kaoru. Je ne savais que répéter cette supplique dans la pénombre du parc.

Une voix m'a interpellée soudain : "Hé, vous ! Vous n'avez nulle part où aller ?"

Surprise, j'ai levé la tête, une femme se tenait devant moi. Elle portait une superposition impressionnante de vêtements et alors qu'elle n'était pas très grande, le haut de son corps était si volumineux qu'elle me sembla immense. Elle portait d'épais collants sous une longue jupe en lainage bouloché, avec des sandales aux pieds. Elle avait plutôt un joli teint mais ne semblait pas si jeune. Elle avait une apparence si étrange qu'il était impossible de lui donner un âge.

— Non, je me repose, c'est tout, ai-je dit avec méfiance.

L'air sérieux, la femme a laissé échapper un grognement.

— Mais ça fait un moment que vous êtes là, non ?

Effectivement le soleil couchant qui un moment plus tôt semblait effleurer les buildings avait laissé un peu de sa lumière vers l'ouest, tandis que le ciel à l'est commençait à se teinter de bleu outremer.

— Vous n'avez nulle part où aller, c'est ça ? a dit la femme avec aplomb avant de tendre la main vers Kaoru.

Instinctivement, j'ai reculé, serrant l'enfant sur mon cœur afin de la cacher. À nouveau, la femme a

42

émis un grognement. Enfouie dans mon giron, Kaoru a pleuré de plus belle.

— Ah, là là, elle pleure, ne craignez rien, je ne vais pas lui faire de mal. Faites-la taire, a dit la femme en fronçant les sourcils.

Lui tournant le dos, je me suis mise à bercer Kaoru.

— Elle doit avoir froid, non ? Vous ne voulez pas venir chez moi ? a fait la voix derrière moi.

Je me suis retournée prudemment. Les sourcils toujours froncés, la femme regardait Kaoru par-dessus mon épaule.

— Je ne vous ferai rien, c'est juste que je m'inquiète pour la petite, a-t-elle marmonné.

— Je vous remercie, je vais rentrer.

— Vous n'avez nulle part où aller, hein ? Puisque je vous dis que vous pouvez venir chez moi.

J'ai fixé la femme. Qui était-elle ? Avait-elle de mauvaises ou de bonnes intentions ? Quel était son but ? J'avais beau l'observer, il m'était impossible de discerner si elle manigançait quelque chose, quelle était sa véritable intention. Kaoru, le visage cramoisi, continuait à pleurer. Pouvais-je suivre cette femme ? Ses yeux, telles des billes de verre ne trahissant aucun sentiment, étaient rivés sur moi.

J'ai ajusté les pans de mon manteau pour envelopper Kaoru et j'ai pris mon sac. Alors qu'une petite voix en moi me le déconseillait, je m'apprêtais à suivre la femme. Si elle devait me prendre quelque chose, il n'y avait guère que l'argent. C'était bien mieux que de risquer de perdre Kaoru, ai-je pensé, comme pour me justifier.

La femme est sortie du parc et s'est mise à marcher sans se retourner, longeant une large avenue. Je la suivais à quelques mètres. Sa volumineuse silhouette se détachait par intermittence sous la lumière des phares de voitures et les néons des boutiques pour se fondre ensuite dans la nuit. Les pleurs de Kaoru m'obstruaient les tympans. Ses cris résonnaient. Pourquoi pleurait-elle ? Me disait-elle de ne pas suivre cette femme ? C'était sans doute cela, elle me disait de ne pas y aller. Pourtant, les yeux rivés sur le dos de la femme, j'ai poursuivi mon chemin.

La femme a tourné soudain au coin d'une rue. Inconsciemment, je m'étais mise à presser le pas. Au coin de la rue, je l'ai vue marcher loin devant moi. Après avoir traversé une rivière aux eaux sombres, le quartier commerçant animé a disparu comme par enchantement. Les alentours étaient plongés dans une pénombre éclairée çà et là par quelques réverbères. Certains étaient éteints, d'autres diffusaient une lumière vacillante, accentuant encore la profondeur de la nuit alentour. La rue n'était pas déserte, quelques maisons se détachaient dans la lueur pâle des réverbères. Après avoir traversé la rivière, comme si nous avions remonté le temps, seules d'anciennes maisons basses de plain-pied s'offraient à notre vue. Et curieusement, aucune n'était éclairée, toutes étaient plongées dans le noir et le silence.

Elle a disparu de ma vue, comme désintégrée dans les ténèbres. Je me suis hâtée pour rejoindre l'endroit où elle s'était évaporée et me suis retrouvée devant un portail. Au-delà de celui-ci, la femme ouvrait la porte coulissante d'une maison. Figée devant le portail, j'ai examiné la demeure. Il s'agissait d'une maison basse de plain-pied, comme celles du voisinage. Quelques dalles de pierre menaient du portail à la porte à claire-voie de l'entrée. La maison était enfouie au milieu des arbres aux branches foisonnantes, les dalles de pierre disparaissaient presque entièrement sous les touffes de mauvaise herbe. Sous la pâle lueur d'un réverbère, seuls quelques emballages de glace et de lait se détachaient vaguement dans la pénombre.

Gyaa, gyaa, gyaa… Les pleurs de Kaoru m'ont semblé s'amplifier avec plus de désespoir encore. Comment une telle voix pouvait-elle sortir d'un corps aussi petit ? Ses cris assourdissants m'embrumaient la tête. J'étais incapable de réfléchir.

Sans un mot, la femme est entrée dans la maison. Devant moi, la porte était restée ouverte. Une lumière orangée s'est allumée soudain. Comme attirée par cette lueur, j'ai posé le pied sur une des dalles menant à la maison.

De l'entrée partait un couloir. Et de part et d'autre, une rangée de portes coulissantes. Tout au fond à droite, l'une d'elles était ouverte, par où s'échappait une lueur orange. J'ai fait glisser la porte vitrée derrière moi et j'ai essayé d'évaluer du regard ce que je pouvais voir sans trop m'avancer, toujours accompagnée par les pleurs de Kaoru.

Cette maison a quelque chose d'étrange, ai-je pensé, le cerveau embrumé. Quelque chose clochait. Mais quoi ? Sans faire le moindre mouvement, j'ai tenté d'appréhender uniquement du regard ce qui pouvait donner cette étrange sensation. Les chaussures usées abandonnées dans l'entrée, les cartons empilés dans le couloir, les sacs-poubelles noirs. Le couloir au parquet noir et luisant, la poussière dans les coins, le téléphone en bakélite noire recouvert d'une housse aux couleurs fanées. Le silence.

Rien de bizarre. Une maison ordinaire dont les occupants n'étaient pas particulièrement soucieux de propreté. Pourtant la sensation persistait, quelque chose clochait.

J'ai posé mon sac sur le seuil surélevé de la maison avant de me déchausser pour entrer. Le long du couloir, je sentais les irrégularités du sol sous mes pieds. J'ai risqué un regard dans la pièce restée ouverte et y ai vu la femme, debout, qui n'avait toujours pas quitté son manteau. Dans la mesure où elle ne m'invitait pas à m'asseoir, j'ai embrassé la pièce du regard. Le tatami fané, les commodes, aux tons flétris aussi, qui occupaient tous les murs. Çà et là, des piles de journaux et de magazines ficelés. Ce n'était pas vraiment net, c'est tout ce que l'on pouvait dire mais il n'y avait rien d'étrange. Pourtant, je restais en proie à une sorte d'intranquillité.

— Ah, elle pleure toujours ! Dépêchez-vous de la calmer ! a crié soudain la femme pour couvrir les cris de Kaoru, je suis entrée dans la pièce précipitamment. C'est sûrement pipi ou caca, ou alors elle a faim.

La femme semblait prête à pleurer elle aussi. J'ai enlevé mon manteau, j'ai défait les bretelles du porte-bébé avant d'allonger Kaoru sur le tatami pour lui enlever sa combinaison. La femme s'est empressée d'enclencher le climatiseur, puis, comme un chat de gouttière, s'est glissée près de moi sans bruit pour observer ce que je faisais.

J'ai sorti de mon sac des lingettes humides et une couche propre et quand j'ai retiré la couche de Kaoru, une odeur d'excréments a envahi la pièce.

— Ouah, quelle infection ! a crié la femme.

Elle s'est bouché le nez dans un geste exagéré. C'était pourtant elle qui m'avait demandé de la changer. Sans lui prêter attention, j'ai essuyé soigneusement les fesses de Kaoru.

J'ai réalisé alors. Il ne flottait aucune odeur dans cette maison. Dans l'entrée, le couloir, aucune odeur n'était perceptible. C'était probablement la raison de cette sensation bizarre. J'en avais pris conscience lorsque l'odeur des selles de Kaoru, que pourtant j'avais du mal à supporter en temps normal, a provoqué en moi une sorte de nostalgie. Ces effluves si humains se répandant soudain dans ce lieu dépourvu de toute odeur, même s'ils étaient loin d'être agréables, avaient sur moi, étrangement, un effet apaisant.

— Oh, qu'est-ce que ça sent mauvais ! C'est insupportable ! s'est-elle exclamée, les deux mains croisées sur son visage à moitié caché par les manches de son manteau.

— Puis-je utiliser votre cuisine ? lui ai-je demandé, tout en mettant une couche propre à Kaoru.

— C'est en face. Dépêchez-vous de me faire disparaître ça !

Avant même qu'elle ne me le demande, j'avais replié la couche souillée pour la mettre dans un sac en plastique, puis j'ai sorti de mon sac un biberon et les purées pour bébé avant de traverser le couloir. La cuisine aussi était en désordre. Des bouteilles de sauce de soja et de saké, vides ou pleines, étaient posées en désordre sur le sol, des cartons étaient empilés dans un coin et sur la table qui se dressait au centre de la pièce on trouvait en vrac des boîtes de conserve, des boîtes en plastique vides et du film alimentaire. J'ai trouvé une bouilloire sur la paillasse de l'évier que j'ai pris soin de nettoyer avant d'y faire bouillir de l'eau. J'ai pris une assiette du vaisselier que j'ai soigneusement lavée avant d'y verser la purée. De retour dans l'autre pièce avec le repas du bébé, j'ai vu la femme tendre la main vers Kaoru.

— Ne la touchez pas ! ai-je crié sans réfléchir, la femme a sursauté et s'est relevée aussitôt pour reculer en chancelant.

— Qu'est-ce qui vous prend de crier comme ça ! Elle n'arrête pas de pleurer, j'ai juste essayé de la calmer, a répliqué la femme, furieuse.

— Je suis désolée, ai-je répondu. – Elle m'accueillait chez elle, me prêtait sa cuisine, je n'avais pas le droit de lui parler ainsi.

Kaoru pleurait toujours. Elle ne voulait pas boire son lait et tournait la tête quand je voulais lui donner à manger, continuant à pleurer. J'étais perdue. La femme restait debout dans un coin de la pièce, ses regards allant de Kaoru à moi.

— Euh, est-ce que nous pouvons rester ici ce soir ? dis-je en levant les yeux vers elle.

— Vous n'avez nulle part où aller, hein ? a-t-elle répété. Les futons sont dans le placard.

Balayant l'air des deux mains comme pour chasser les pleurs de Kaoru, elle sortit de la pièce.

Y avait-il une salle de bains ? Pouvait-on l'utiliser ? Où étaient les toilettes ? Et le lavabo ? Qu'allais-je manger ? Toutes ces pensées furent interrompues par les pleurs incessants de Kaoru, je me suis relevée mollement pour ouvrir le placard. J'ai tiré le futon et l'ai étendu sur le sol. Il n'y avait pas de drap. Je me suis allongée dans mon manteau. Il m'a semblé que je ne m'étais pas allongée depuis très longtemps. La couette sentait vaguement l'encens. J'ai couché Kaoru toujours en pleurs près de moi. J'ai somnolé puis me suis réveillée en sursaut aux pleurs de l'enfant. Le vrombissement du climatiseur résonnait bruyamment dans la pièce. Était-il normal qu'elle pleure autant ? Pourquoi ne cessait-elle pas ? Des larmes perlaient à mes yeux. Quelle sotte j'étais ! Cela ne servait à rien de pleurer aussi !

10 février.

De la musique résonnait au loin. Qui ressemblait à celle que l'on entendait à six heures du soir dans le quartier commerçant de la ville où j'habitais dans mon enfance. C'était une mélodie joyeuse mais quand on l'écoutait un moment, il en émanait une tristesse qui donnait envie de fuir.

J'ai ouvert les yeux. Kaoru dormait à côté de moi. Il y avait vraiment eu de la musique. Une camionnette, celle du collecteur de vieux journaux ou celle des éboueurs, s'éloignait lentement.

Les fusumas scintillaient d'un éclat blanc. Encore allongée j'ai examiné la pièce où nous étions. Le panneau coulissant du placard avait pris une teinte marron avec le temps. L'abat-jour du luminaire était poussiéreux. En me levant je me suis sentie lourde. Depuis la veille je n'avais mangé qu'un sandwich dans un café à midi et pourtant je n'avais pas faim. Dans la nuit, Kaoru avait dormi, épuisée par ses pleurs puis s'était réveillée à nouveau pour pleurer et cela s'était répété plusieurs fois, je n'avais pratiquement pas dormi de la nuit. J'ai ouvert le fusuma. La maison était silencieuse. Le couloir glacial. Les toilettes se trouvaient au bout du couloir. À côté il y avait la salle de bains. J'ai ouvert la porte, les joints du carrelage étaient noirs, l'ensemble était poussiéreux. Si je voulais donner un bain à Kaoru il me faudrait d'abord nettoyer soigneusement. Je me suis lavé le visage dans le lavabo. L'eau froide m'a remis un peu les idées en place. J'aurais voulu ouvrir tous les fusu-mas le long du couloir et visiter la maison de fond en comble mais la femme rencontrée la veille dormait probablement dans l'une de ces pièces.

Je suis retournée auprès de Kaoru qui dormait encore. J'ai parcouru à nouveau le couloir jusqu'à l'entrée. J'ai descendu la marche, tourné la clé et j'ai fait coulisser la porte. Le ciel haut était bleu et les rayons purs du soleil s'étendaient alentour mais les vieilles maisons du voisinage semblaient mal assor-ties à cette pureté limpide. Le quartier était désert. Pas une âme dans les rues étroites. Au-delà du por-tail dans le jardin de la maison d'en face on voyait des jardinières mais toutes les plantes étaient fanées. Les volets étaient fermés. Était-ce une maison aban-donnée ? J'ai vu un journal dépasser de la boîte aux lettres. Je l'ai pris et suis retournée à l'intérieur. J'ai lu le journal près de Kaoru endormie. Je l'ai parcouru de bout en bout mais aucun article ne mentionnait la disparition d'un bébé. Cela m'a rassurée mais je ne comprenais pas ce qu'il se passait.

Kaoru s'est réveillée en pleurant. J'ai préparé du lait en hâte et lui ai donné le biberon. Je craignais qu'elle ne pleure sans cesse comme la veille mais après avoir fini son biberon, Kaoru m'a regardée en souriant. J'étais contente. Kaoru-chan. Tu vas bien aujourd'hui, n'est-ce pas ? On va changer ta couche. Et tes vête-ments. Comme le bain n'est pas prêt, je vais juste te laver avec une serviette humide. Elle m'a fixée avec ses yeux limpides et a souri, la bouche entrouverte.

Je suis retournée dans la cuisine que je pensais vide et j'ai été surprise d'y trouver la femme. Debout, elle mangeait une tranche de pain de mie. Je l'ai saluée mais elle ne m'a pas accordé un regard. Les yeux dans le vide, le paquet de pain serré sur sa poitrine, elle mangeait en silence.

— Excusez-moi, je vais prendre de l'eau et la bouilloire.

Contournant la femme, j'ai rincé la bouilloire puis j'ai emprunté une casserole afin de stériliser le biberon.

— Si quelqu'un vient, il faudra partir, a-t-elle dit brusquement.

— Quelqu'un ? ai-je questionné, mais elle n'a rien répondu.

— Si quelqu'un vient, j'ai bien dit "si". Quoi qu'on vous dise, il suffira de les envoyer paître, a-t-elle marmonné en mangeant.

— On va me dire quelque chose ? ai-je encore demandé sans obtenir de réponse.

— Vous pouvez rester autant que vous voulez, a-t-elle lâché dans un murmure avant d'émettre une sorte de grognement.

Autant que je veux, non, non pas du tout. Qui était cette femme ? Elle avait l'air normal, je savais qu'elle n'allait pas nous faire de mal mais pourquoi me proposait-elle à moi, parfaite inconnue, de rester dans cette maison autant que je le voulais ?

— Euh, je… ai-je commencé avant d'être interrompue.

— Dépêchez-vous donc de lui donner son lait ! m'a dit la femme les yeux rivés sur le biberon, je l'ai saluée d'un signe de tête avant de quitter la cuisine.

L'après-midi, j'ai mis Kaoru dans le porte-bébé, j'ai passé mon manteau et j'ai franchi la marche du seuil lorsque le fusuma de la pièce jouxtant l'entrée s'est ouvert brusquement, laissant apparaître la femme.

— Vous allez où ? m'a-t-elle dit, l'air furieux.

— Euh, je vais faire des courses…

— Et vous revenez quand ?

— Tout de suite. Vous avez besoin de quelque chose ?

— Non, rien, a-t-elle éructé avant de refermer la porte.

Je suis sortie de la maison et j'ai débouché sur une petite rue. Pas la moindre boutique dans les environs. C'était un quartier étrange. Il y avait bien des rangées de maisons mais aucune ne semblait habitée. Des volets fermés, une bicyclette rouillée couchée sous un auvent, on aurait dit une ville fantôme. Et la tour en acier qui se détachait au-delà de cette ville m'a fait penser à un décor en carton-pâte.

Il était possible que cette femme occupât la maison illégalement. Ou ayant commis un délit quelconque, elle était en fuite et se cachait là. D'un côté je trouvais louche cette femme étrange et de l'autre j'étais rassurée d'avoir un toit au-dessus de la tête au moins jusqu'à ce que je trouve un appartement. La salle de bains, si on la nettoyait, serait tout à fait convenable et il y avait le gaz et l'électricité.

J'ai acheté un hamburger dans un fast-food et l'ai mangé dans le parc. Il y avait plusieurs mères de famille avec leurs enfants.

— Tu as quel âge ? Tu t'appelles comment ? a demandé une jeune mère à Kaoru.

— Six mois, son nom est Kaoru, ai-je répondu.

La jeune femme a pris son bébé sur ses genoux et a dit :

— Moi c'est Takumi. Bonjour.

Manipulant les bras de son enfant comme une marionnette, elle plaisantait. Kaoru, curieusement, regardait le bébé. Je me demandais quel âge pouvait avoir ce petit garçon un peu plus grand que Kaoru.

— Vous habitez où ? m'a demandé la mère, cette fois-ci directement.

— Il faut traverser le pont, c'est de l'autre côté de la rivière, là-bas, ai-je dû répondre, ignorant le nom du quartier.

— Ah bon ? Peu de gens vivent encore là-bas, pourtant. Il paraît qu'il y a eu beaucoup d'expropriations.

— Ah, euh, oui, c'est vrai, ai-je répondu, pour aller dans son sens. – Cela signifiait-il que les habitants des maisons avaient été expropriés ?

— Alors, pour les visites médicales de contrôle, vous allez à l'hôpital universitaire de Nagoya ?

Tout en acquiesçant, j'ai senti mon visage se crisper. Si elle me posait d'autres questions, j'allais être incapable de répondre. Je me suis empressée de chercher un prétexte pour quitter l'endroit. Mais après plusieurs hochements de tête, la jeune femme, le regard fixé sur les enfants qui jouaient au soleil, a commencé à parler d'elle-même et cela m'a soulagée. Elle était arrivée de Tokyo un an auparavant, elle vivait avec ses beaux-parents mais cela ne se passait pas très bien.

— Alors je quitte la maison tôt le matin, je fais un tour complet, la Maison des enfants, la bibliothèque et le parc, et je rentre le soir. De temps en temps je me demande ce que je fais là, je me trouve pathétique. J'ai l'impression de vagabonder.

Le petit Takumi a commencé à pleurer, elle a sorti une sucette de son sac et la lui a mise dans la bouche. Elle a saisi la main de Kaoru qui cherchait à prendre la sucette et lui a dit d'un ton plaisant : "Kaoru-chan, tu seras amie avec Takumi, n'est-ce pas ?"

Vous habitiez où à Tokyo ? Que fait votre mari ? Vous allez où pour les visites médicales ? Où se trouve la Maison des enfants ? Je mourais d'envie de poser toutes ces questions à cette jeune femme à l'air enjoué. Nous aurions pu devenir amies tout de suite, sans doute. Nous aurions pu laisser Takumi et Kaoru jouer ensemble sans les quitter des yeux tout en bavardant sur d'innombrables sujets. L'angoisse d'élever un enfant. Les médisances sur les membres de la famille. Les échanges d'informations au sujet des vêtements ou des institutions publiques.

Mais il n'y avait aucune chance que cela arrive.

— Je dois aller à la banque, ai-je dit en me levant.

— Demain je serai ici, faites-moi signe si vous venez !

La jeune femme a souri avec insouciance. Elle a pris les bras du petit Takumi qui avait sa sucette dans la bouche et a fait "bye-bye". J'ai fait de même avec Kaoru qui a éclaté de rire.

Je suis entrée dans chaque agence immobilière sur mon chemin. Chaque fois on s'est adressé à moi avec arrogance. Lorsque je travaillais il suffisait pourtant que je tende ma carte de visite professionnelle pour que l'on me montre des appartements.

Mon mari et moi sommes séparés et je cherche un appartement.

Mon mari travaille le week-end et c'est moi qui suis chargée de chercher un appartement.

Mon mari va être muté en avril, je suis venue avant son arrivée pour trouver un appartement.

Tous me montraient que cela les ennuyait. Certains même faisaient la moue en me disant sans ménagement qu'il y avait beaucoup d'appartements où les bébés n'étaient pas admis. J'avais envie de leur répliquer : "Alors, dans ce pays on ne peut donc pas avoir d'enfant ?"

J'ai pourtant pu en visiter deux. L'un était un deux-pièces au-dessus d'un marchand de primeurs. L'autre un studio sombre. Celui au-dessus du marchand de primeurs était vétuste mais bien exposé. On m'a demandé un certificat de domiciliation et un extrait d'acte de naissance ainsi qu'un certificat de travail de mon mari. J'ai menti en disant que je présenterais les papiers le lendemain puis je suis sortie de l'agence.

Dans la galerie marchande souterraine, dans une boutique de vêtements, j'ai acheté un *mama-coat*, manteau qui me permettait d'envelopper entièrement Kaoru. J'ai pris aussi des petits pots, des couches, un bento pour moi et suis retournée chez la femme. La porte n'était pas fermée à clé. Elle a ouvert le fusuma pour vérifier que c'était bien moi avant de le refermer violemment. Derrière la porte un magnéto, sans doute, diffusait une chanson populaire traditionnelle à fond.

J'ai enveloppé Kaoru dans mon manteau, l'ai allongée dans le cabinet de toilette attenant à la salle de bains et me suis mise à nettoyer. J'ai récuré la baignoire, et, accroupie, j'ai entrepris de frotter le carrelage. La moisissure des joints entre les carreaux de faïence ne partait pas mais lorsque j'ai passé le jet de douche partout, la sensation poussiéreuse a disparu. J'ai fait couler l'eau chaude abondamment. Le liquide transparent jaillissait en dégageant de la vapeur.

Pendant que la baignoire se remplissait, j'ai préparé le biberon. J'ai fait réchauffer mon bento au micro-ondes, ai choisi le torchon le moins sale pour essuyer la table encombrée d'une multitude de choses. J'ai pris Kaoru sur mes genoux et lui ai donné le biberon, tout en picorant dans mon bento. La chanson populaire traditionnelle soulignait le silence de la maison. La voix de Kaoru, daa, daa, résonnait dans la cuisine.

J'ai embrassé la pièce du regard. Mes yeux se sont posés sur un buffet étroit placé à côté du vaisselier. Ce buffet vieillot, en bois, comportait de nombreux tiroirs. Kaoru dans les bras, je me suis levée pour ouvrir doucement le tiroir du haut, tout en prêtant l'oreille aux bruits du couloir. J'ai trouvé plusieurs sceaux dans leurs étuis et des factures de gaz et d'électricité aux couleurs fanées. J'ai ouvert le tiroir suivant. Il s'y trouvait des timbres. De dix et cinq yens, des timbres n'ayant plus cours. Dans le tiroir suivant j'ai trouvé des ciseaux de couture, des chutes de tissu et des boutons dans des boîtes. Je savais que c'était mal de fouiller dans les affaires de quelqu'un. Mais je voulais en savoir plus sur la femme. Lorsque j'ai ouvert un autre tiroir, mon regard s'est arrêté sur quelque chose. C'était un carnet de maternité aux couleurs passées.

Je l'ai effleuré. Je l'ai pris avant de m'accroupir, les yeux rivés sur le carnet.

La couverture à carreaux sur fond beige était usée aux coins et gondolée. Le carnet portait la date du 3 octobre 1958. Sur la ligne indiquant le nom de la mère il était écrit au stylo-plume Tomiko Nakamura. Était-ce le nom de la femme ? Rien n'était inscrit sur la ligne indiquant le nom de l'enfant. Je tournais les pages. Des bons pour les visites médicales et consultations inutilisés se succédaient. À la troisième page se trouvait le certificat de naissance de l'enfant. Rieko Nakamura. Née le 29 mai 1959. Si la femme était bien Tomiko Nakamura, elle avait une fille qui n'avait que quatre ans de moins que moi.

Il n'émanait de cette maison aucune sensation de vie, une famille y avait-elle vécu autrefois ? Cette femme était-elle un membre de cette famille ?

J'ai tourné les pages fébrilement. État de santé de la mère en début de grossesse. État de santé de la mère après l'accouchement. Le bébé pesait apparemment deux kilos deux cents à la naissance. Il était indiqué que l'enfant était prématuré. Il faisait quarante-cinq centimètres et son tour de tête était de trente et un centimètres. J'imaginais ce petit bébé. Un petit être d'un peu plus de deux kilos tel qu'il ne m'avait pas été donné de prendre dans mes bras. Cette femme avait-elle pu le faire ? Avait-elle souri à ce petit ?

Sur mes genoux, Kaoru tendait la main vers le carnet ouvert. Je le tenais haut, hors de sa portée, sans le quitter des yeux.

Je me suis rappelé soudain que la baignoire se remplissait, j'ai rangé précipitamment le carnet et refermé le tiroir.

Je vais prendre un bain ! ai-je crié devant la porte de la femme mais elle n'a pas répondu. Je me suis dirigée vers la salle de bains, Kaoru dans les bras. L'eau cristalline débordait de la baignoire. Portant toujours Kaoru, j'ai tourné le robinet et suis restée un moment à observer l'eau chaude et limpide s'écouler dans la grille d'évacuation. Sous la lumière du néon, elle brillait d'un éclat presque céleste.

12 février.

Ce jour-là, j'ai trouvé un article dans le journal acheté à la gare.

Le commissariat de police de Hino signalait un incendie qui s'était déclaré le 3 février chez Takehiro Akiyama (34 ans) domicilié à Hino, Tokyo, et que sa fille de six mois, Erina, avait disparu. Le matin même vers huit heures, l'épouse de Takehiro, Etsuko (32 ans), avait quitté la maison pour accompagner son mari à la gare en laissant l'enfant et un incendie s'était déclaré durant son absence. L'incendie avait été circonscrit environ une heure plus tard mais il avait été constaté que la petite Erina avait disparu. La police évoquait l'éventualité d'un enlèvement et n'avait pas divulgué l'affaire afin de préserver la sécurité de l'enfant.

J'étais absorbée dans la lecture du journal et Kaoru essayait de l'attraper et de taper dessus. Le papier du journal bruissait puis il a commencé à se déchirer à l'endroit des pliures. Kaoru riait joyeusement.

Un incendie ? L'appartement avait brûlé ?

Qu'est-ce que cela signifiait ? Que s'était-il passé ? J'ai essayé de me remémorer la scène. Effectivement il y avait bien un radiateur électrique allumé. Je revoyais les résistances rouges de l'appareil. Mais quelle était la cause de l'incendie ?

Ce n'était pas le moment de penser à cela. L'affaire avait éclaté au grand jour. Cela signifiait que ceux qui cherchaient Kaoru étaient tout près.

Plus je relisais les caractères imprimés et plus il me semblait que cet événement se passait très loin. La même impression que lorsque j'avais lu l'année précédente dans les journaux "Poison, danger*". Un fait qui n'avait aucun lien avec Kaoru et moi.

---

* Évocation de l'affaire d'empoisonnement des biscuits Morinaga en mars 1984 (voir note p. 34).

Cette enfant était Kaoru et non pas "Erina". Était-ce parce que je voulais m'en persuader ou bien avais-je eu une défaillance ?

Mais qu'en était-il de l'incendie ? Je me focalisais sur ce point. Des pensées terribles me traversaient.

Étais-je responsable ? Avais-je fait tomber la couverture tout près du radiateur électrique ? Avais-je renversé le radiateur ? Ou avais-je ramassé le briquet par terre pour mettre le feu aux futons ? Avais-je attendu de reconnaître cette odeur de brûlé pour quitter l'appartement ?

Non, je n'avais rien fait de tout cela. D'abord je n'avais aucune raison d'agir ainsi. – Aucune raison ? Vraiment ? Alors que je ne pouvais oublier ce que cette femme m'avait dit ? – Non, ce n'était pas cela. Souhaiter la mort de quelqu'un et passer à l'acte étaient deux choses bien différentes. Je n'avais pas provoqué l'incendie. J'avais seulement sauvé Kaoru du feu. Bien sûr, si je n'avais pas emmené Kaoru à ce moment-là, elle serait restée prisonnière des flammes. Ces pensées tourbillonnaient dans ma tête.

Je me suis levée, et j'ai chiffonné le journal avant de le jeter. Comme si je ne l'avais jamais lu.

Inquiète de ne faire manger à Kaoru que des petits pots et des plats instantanés, je suis allée faire des courses au supermarché, et, prenant possession de la cuisine, j'ai préparé le dîner. Je me suis demandé si l'autocuiseur à riz marchait mais il était simplement vétuste, il fonctionnait. Pour Kaoru j'ai fait cuire du bouillon de riz aux épinards et une omelette aux alevins. J'ai mis le reste des épinards dans la soupe miso et j'ai préparé des légumes sautés et du radis blanc râpé avec les alevins. J'ai recouvert les restes du dîner de film alimentaire et lorsque je suis sortie de la salle de bains, la femme avait apparemment tout mangé, les assiettes étaient empilées dans l'évier.

J'ai fait une jolie découverte. Je me suis aperçue que Kaoru, quand elle posait ses mains à plat devant elle, pouvait s'asseoir. Elle était assise sur le tatami et me regardait tranquillement. Je l'ai invitée à venir me rejoindre. Elle ne marchait pas encore à quatre pattes, elle essayait de bouger mais tombait en avant. Mais elle ne pleurait pas.

La femme m'avait demandé d'ouvrir si quelqu'un venait mais pour le moment aucun visiteur ne s'était présenté. Avec un sentiment de culpabilité, j'ai encore ouvert le tiroir. J'ai feuilleté à nouveau les pages du carnet que j'avais feuilleté déjà plusieurs fois en commençant par la première page. À trois mois, l'enfant pesait quatre kilos et mesurait soixante-cinq centimètres. Le mois suivant elle pesait cinq kilos cinq et mesurait soixante-dix centimètres. Après ses six mois, les cases étaient vides, peut-être la mère n'était-elle pas allée à la visite médicale. Plusieurs certificats de vaccination en papier fin étaient insérés dans le carnet. Je ne savais encore rien de la femme mais à la lecture de ce petit carnet, j'avais le sentiment de la connaître un peu mieux. Cette femme ne disait que le strict nécessaire, avait un visage inexpressif et il était difficile d'imaginer qu'elle ait pu élever un bébé prématuré, mais cette hypothèse me procurait une étrange sensation d'apaisement. Assise sur le sol, Kaoru me regardait lire avec attention le carnet de maternité d'une inconnue.

13 février.

Le matin, après avoir donné à manger à Kaoru, la musique que j'avais cru entendre dans mon rêve quelques jours auparavant a retenti. Sur un fond de musique une voix légèrement réservée disait : "Bonjour, bonjour à tous !" Kaoru dans les bras, je suis allée jusqu'à la porte d'entrée pour voir de quoi il s'agissait. Dans la lumière du matin, une fourgonnette passait lentement, conduite par une femme, son regard croisa le mien. Le véhicule s'est arrêté. La femme a sorti la tête à la fenêtre et m'a invitée à approcher.

— Vous avez un bébé ? Alors, il faut passer aux légumes cultivés sans pesticide. Ça n'a rien à voir. Les tomates et les carottes ont le goût d'autrefois.

La femme au visage rond, sans maquillage, coiffée d'un foulard, est descendue de la fourgonnette et a ouvert le coffre. Le véhicule n'avait rien de spécial mais l'intérieur était agencé comme une vraie boutique. Les légumes multicolores, le rayon réfrigéré pour la viande, les biscuits aux emballages inconnus, tout attirait mon regard.

— Allez-y, regardez. Vous pouvez même goûter. Oh comme il est mignon, ce bébé ! Quel âge as-tu ? Oh il sourit ! Qu'il est mignon !

Elle m'a pris Kaoru et l'a soulevée dans ses bras à plusieurs reprises sur la chaussée baignée de soleil.

— Ah, mais ce ne serait pas de l'urticaire, là ? – Je me suis dépêchée de sortir de la fourgonnette. – Regardez, là. Un petit bouton rouge, et ici aussi.

La femme a tiré le col de la combinaison de Kaoru pour examiner sa peau. Effectivement, cela n'avait pas encore l'ampleur d'une crise d'urticaire mais on distinguait çà et là des petits boutons. Je n'avais rien remarqué la veille dans le bain.

— Il y a donc encore des gens qui vivent ici. Vous buvez l'eau du robinet, n'est-ce pas ? Presque plus personne n'habite dans le coin, et la qualité de l'eau laisse à désirer.

J'ai repris Kaoru pour relever son pull et examiner son ventre et son dos. Les petits boutons rouges n'étaient visibles qu'autour du cou.

— Pour la cuisine et pour boire, vous devriez essayer ça. On achète l'eau maintenant, c'est l'époque qui veut ça, a-t-elle dit en plongeant dans sa fourgonnette avant d'en ressortir une bouteille de plastique à la main.

Elle m'a montré la bouteille à moitié pleine. J'ai failli pousser un cri. L'étiquette de la bouteille indiquait "Angel Water".

— Laissez-vous faire, essayez, vous verrez. Non seulement elle a bon goût, mais au bout de trois jours, vous vous sentirez mieux, a-t-elle dit en versant de l'eau dans un gobelet en plastique avant de me le tendre.

J'ai pris le gobelet d'une main et en ai bu quelques gorgées avec précaution. Effectivement, cela n'avait rien à voir avec l'eau du robinet. Elle était plus douce avec une sorte de rondeur. Mais qu'avait dit Yasue ? Elle avait parlé d'une communauté bizarre. D'embrigadement.

— Évidemment pour le bain ce n'est pas possible mais il y a un bain public appelé Takara-yu, il faut marcher un peu mais pourquoi n'iriez-vous pas quelques jours dans la semaine ? Jusqu'à ce que votre bébé n'ait plus de boutons. Ce serait sûrement mieux que l'eau du quartier. Je vous donne ça. Essayez. Je passe de temps en temps dans le coin, si vous avez besoin de quelque chose, faites-moi signe.

Sans plus insister la femme a mis la bouteille dans un sac en papier avant de me le tendre, puis elle a pris place rapidement dans le véhicule. "À la prochaine fois !" Elle m'a gaiement fait un signe de la main et a pris le volant. La musique a retenti et la fourgonnette a avancé doucement dans la rue déserte.

Kaoru dans un bras et le sac en papier dans l'autre, je suis retournée à la maison. La femme a seulement sorti la tête et m'a dévisagée.

— On m'a donné ça ! me suis-je exclamée, pour voir.

Sans un mot, elle a refermé le fusuma brutalement. De l'autre côté de la cloison on entendait une chanson populaire traditionnelle à plein volume.

J'ai décidé de faire le ménage. La poussière et la saleté invisibles étaient peut-être la cause de l'urticaire. D'autre part, ces derniers temps, Kaoru avait tendance à saisir n'importe quoi pour le porter à sa bouche. La femme ne prendrait sûrement pas ombrage que je fasse un peu de ménage. J'ai commencé par la cuisine. Alors que j'allais ranger dans le réfrigérateur la bouteille d'eau qu'on venait de m'offrir, un morceau de papier est tombé du sac. Il y était écrit "Bulletin de l'association Angel". J'ai jeté le papier et ai commencé à ranger l'intérieur du réfrigérateur. J'ai jeté dans un sac-poubelle noir la viande et les plats cuisinés périmés ainsi que les légumes flétris.

J'ai allongé Kaoru sur le sol, étendu les futons au soleil pour les aérer et j'ai essuyé les tatamis avec un chiffon humide. Kaoru jouait avec le canard. J'ai essuyé le parquet du couloir et nettoyé les toilettes. De la pièce où la femme était cloîtrée parvenaient sans discontinuer des airs populaires. La femme passait son temps à écouter cette musique ou bien elle partait quelque part. Si je préparais de quoi manger à son intention, le repas disparaissait sans que je puisse savoir à quel moment elle l'avait mangé. De temps en temps, il lui arrivait de nous observer par l'entrebâillement du fusuma, Kaoru et moi, lorsque nous étions dans la cuisine ou dans la chambre. Et lorsque nos regards se croisaient, elle disparaissait.

J'ai essuyé partout dans la maison au son éraillé des chansons. Il devait y avoir beaucoup de poussière accumulée car mon chiffon a noirci en très peu de temps.

Je me suis rappelé le malaise que j'avais ressenti au début. Quelque chose clochait dans cette maison et en faisant le ménage j'eus le sentiment de comprendre de quoi il s'agissait. Il n'en émanait aucun signe de vie quotidienne. Le téléphone, le réfrigérateur, les futons, les housses sur les poignées de portes, tous ces éléments dessinaient les contours d'une vie quotidienne mais il n'y avait aucun contenu. Le vide. J'avais beau essuyer et frotter, je n'arrivais pas à atteindre ce vide-là. Sans doute parce que la femme avait abandonné sa propre vie.

J'ai entendu Kaoru pleurer et me suis précipitée dans la chambre. La petite avait lâché son canard. Je l'ai prise dans mes bras et l'ai bercée mais elle a continué. Oui ma Kaoru, tu es gentille. Elle pleurait, bouche grande ouverte, laissant couler un filet de salive translucide. Des larmes coulaient de ses paupières fermement closes. Oui, oui, ça va aller.

Le vide. Tandis que je consolais l'enfant, j'entendais une autre voix. En fait vous n'êtes qu'une coquille vide. C'est ce que m'avait dit cette femme au téléphone. Vous avez tué votre propre enfant, n'est-ce pas ? Je ne peux le croire ! C'est ça votre châtiment. C'est l'enfant que vous avez tué qui se venge. Bien fait pour vous. La voix avait débité ces propos d'un trait.

Ce n'était pas la première fois qu'elle me téléphonait. Il lui était arrivé de me supplier de lui rendre son mari et aussi de me parler sur un ton mielleux. Évidemment elle m'avait également insultée. Il lui était aussi arrivé de me parler crûment de la vie sexuelle de son mari avant d'éclater de rire. J'étais résignée. J'étais convaincue de mériter ce traitement après ce que je lui avais fait subir. Mais je n'arrivais pas à accepter d'être traitée de "coquille vide".

C'était pourtant bien la vérité. J'étais dans l'incapacité de donner la vie. La femme l'avait bien senti, c'était certain. C'est pourquoi elle m'avait adressé la parole. Cette maison dénuée de toute sensation de vie humaine était parfaite pour moi.

J'ai baissé les yeux vers Kaoru. Ce bébé qui ne cessait de pleurer, le visage cramoisi et le dos arc-bouté. Pourquoi Kaoru était-elle ainsi ? Si souriante et soudain, sans raison, elle se mettait à pleurer. Et ne s'arrêtait plus. Sa voix résonnait et me vrillait les entrailles. Pourquoi pleures-tu ? Pourquoi n'arrêtes-tu pas ?

Le visage grimaçant et cramoisi de Kaoru se superposa soudain à celui de l'homme. Sa petite bouche en cœur lorsqu'elle souriait, ses petites oreilles. Kaoru. Kaoru ressemblait-elle aussi à sa mère ? Quelles parties du visage ? Je me suis mise à chercher les ressemblances. Les yeux un peu tombants, les sourcils bien dessinés. Non, c'était impossible. On m'avait bien dit dans le train que l'on se ressemblait beaucoup, la petite et moi, n'est-ce pas ? Pourquoi vous ressemblerait-elle ? Vous n'êtes qu'une coquille vide. Non, cette enfant est à moi. Je ne suis pas une coquille vide. Les sanglots de Kaoru, la voix de cette femme et mes propres cris résonnaient dans ma tête.

— Quel vacarme ! a hurlé soudain la femme et j'ai repris mes esprits. – Elle se tenait dans le couloir. Le regard rivé sur mes pieds, elle a crié : Je ne peux même pas écouter ma musique, faites-la taire !

Le souffle coupé, j'ai regardé Kaoru. Qu'avais-je dans la tête ? Que m'apprêtais-je à faire à cette enfant ? Alors que je n'avais qu'elle au monde.

— Avec vos cris, vous allez l'effrayer encore plus ! ai-je aussi crié, retournant ma colère contre elle.

— Vous êtes la mère, débrouillez-vous pour la faire taire, c'est insupportable !

— Elle va s'arrêter, retournez là-bas, vous lui faites peur !

— Ah là, je n'en peux plus, ça sent le caca et ça fait un bruit insupportable !

— Je suis vraiment désolée, veuillez nous pardonner ! ai-je hurlé puis, brusquement, comme si toute énergie quittait mon corps, la situation m'a paru comique.

Le rire montait en moi, telles de petites bulles qui surgissaient du fond de mon corps. Je n'ai pu m'empêcher de rire. Le souvenir du premier soir, lorsque la femme s'était agitée avec exagération en disant que la couche de Kaoru sentait mauvais me revenait en mémoire. Tout en riant, j'ai regardé Kaoru et j'ai remarqué une ligne blanche sur sa gencive inférieure. J'ai touché, c'était dur.

— Dites, regardez ce point blanc, ça ne serait pas une dent ? ai-je demandé à la femme sans réfléchir, en m'approchant d'elle.

— Ben oui, elle va en avoir des dents, c'est un être humain, non ? a-t-elle répondu en s'écartant de moi avant de s'éclipser de la pièce.

14 février.

Mon *mama-coat* sur le dos, je suis allée à la supérette. J'ai acheté trois journaux que j'ai lus entièrement dans le parc. On ne relatait rien des suites de "l'affaire".

J'ai jeté les journaux dans une poubelle et me suis dirigée vers le supermarché. Une fois dans le magasin, mon esprit s'est apaisé. J'ai pris de la sauce de soja, du riz et me suis demandé si je pouvais acheter ces produits. Je venais de réaliser. La sauce de soja, le riz ou autres denrées n'étaient pas seulement des produits alimentaires, ils étaient en quelque sorte la confirmation d'une vie quotidienne. La confirmation d'une vie paisible où l'on pouvait utiliser ces aliments le lendemain puis le surlendemain et prendre ses repas chez soi. Il y avait bien de la sauce de soja chez la femme mais on ne savait pas de quand elle datait, elle était noire et épaisse, sentait fort. Je voulais en acheter une bouteille neuve mais me demandais si j'aurais le temps d'en utiliser tout le contenu. J'hésitais même à en acheter une petite bouteille.

Finalement j'ai acheté deux kilos de riz et une petite bouteille de sauce de soja. Ensuite, j'ai acheté de la viande, des légumes et du poisson. Du lait en poudre, du jus de fruits. En sortant du supermarché, je me suis aperçue que mes sacs étaient incroyablement lourds. Kaoru serrée contre moi, le sac de riz dans une main et celui des légumes et de la viande dans l'autre, j'avançais cahin-caha. Je me suis dit que le poids des courses était également une preuve de vie quotidienne et cela m'a fait du bien.

Il y a eu un coup de téléphone dans l'après-midi. Le téléphone noir à cadran avait une sonnerie stridente qui faisait vibrer l'air dans toute la maison. Le corps tendu, j'avais les yeux rivés sur l'appareil. On m'avait donc trouvée. Ils avaient compris. La sonnerie du téléphone ressemblait à des cris.

Le volume de la musique a baissé et le fusuma s'est ouvert brusquement. "Répondez", a crié la femme. Comme je ne faisais pas un geste, elle a réitéré son ordre et j'ai pris le combiné craintivement.

"Je suis bien chez Mme Nakamura ?" a fait une voix d'homme. J'ai répondu affirmativement. J'avais émis un filet de voix enrouée, semblable à un soupir. "Vous êtes sa fille ?" a demandé la voix, et j'ai répondu de façon ambiguë : "Haa." Cette fois ma voix était normale. "Ah, tant mieux, si vous êtes là, ça sera plus simple. Avec votre mère, c'est un peu difficile. Demain, vous êtes là ? Est-ce que je peux vous apporter les documents à signer ?"

— Les documents, c'est-à-dire ?

Mon corps était sans force. Mais ça allait. On ne m'avait pas encore retrouvée.

"Les documents de l'agence immobilière. Je vous les ai bien envoyés, n'est-ce pas ? À votre nom. Vous m'avez bien répondu favorablement, n'est-ce pas ? – Aah, oui, ai-je répondu sans rien comprendre. – Bon, je viendrai demain matin. Après dix heures. Je vous remercie", répondit l'homme d'une voix enjouée avant de raccrocher.

— Vous savez, demain, vous aurez un visiteur.

J'ai crié devant la porte afin que ma voix recouvre la musique qui retentissait à fond. Il n'y a pas eu de réponse.

— Demain matin, quelqu'un va venir voir votre fille, un homme.

Après un bref silence, la femme a crié derrière le

fusuma : "Je n'en ai rien à faire !" Et moi donc ! ai-je pensé.

— Je vais au bain public !

Aucune réponse. Une chanteuse que je ne connaissais pas entonnait un refrain pathétique.

Kaoru fermement enveloppée dans mon manteau, j'ai pris la direction du bain public. Le Takara-yu que m'avait indiqué la femme au foulard.

Si ma mère était encore en vie, me suis-je prise à penser. Je ne m'entendais pas très bien avec ma mère. Je ne l'aimais pas et je pense que c'était réciproque. Elle avait l'habitude de dire à tous moments : "C'est sale." C'est sale, lave-toi les mains. C'est sale, change de vêtements. À force, j'avais vraiment l'impression d'être sale. La femme dans la maison, incapable de communiquer, me faisait penser de temps en temps à ma mère. Cette femme qui se plaignait sans cesse des couches qui sentaient mauvais et des pleurs bruyants de Kaoru. Si ma mère était restée en vie, elle serait sans doute devenue comme elle. Sans pouvoir communiquer vraiment, nous serions peut-être arrivées à vivre ensemble.

Mon souffle était blanc. J'ai chanté à Kaoru la chanson de l'ours dans la forêt et elle s'est mise à rire en disant : "Daa, daa." Je voyais une dent blanche pointer sous sa gencive. Comme une pierre précieuse.

15 février.

À dix heures, l'homme qui avait téléphoné la veille est arrivé. La femme n'est pas sortie de sa chambre. À l'entrée, tout en frappant à la porte, l'homme a appelé "Rieko-san ! Rieko-san !" à plusieurs reprises. Comme Kaoru dormait, j'ai fait coulisser la porte d'entrée sans faire de bruit. Ouvrant d'un coup la porte seulement entrouverte de dix centimètres, l'homme est entré d'un pas énergique. Il s'est assis sur la marche du seuil et a aligné les documents.

— Il me faudrait un cachet ici et ici et encore ici, s'il vous plaît, a-t-il dit aimablement.

J'ai jeté un coup d'œil aux papiers et j'ai vu avec étonnement qu'il s'agissait d'un avis d'expropriation. J'ai essayé de m'approcher pour mieux voir et l'homme a commencé à parler.

— Je ne vous demande pas de partir dès demain ou après-demain mais au plus tard avant la fin du mois. Nous ne voulons pas non plus aggraver la situation. Vous habitez où déjà ? Kawasaki ? Il faudrait emmener votre maman, m'a dit l'homme d'un certain âge en souriant.

— Euh, je ne sais pas très bien de quoi il s'agit… l'ai-je interrompu enfin.

L'homme a levé les yeux vers moi, toujours souriant.

— Vous êtes bien Rieko-san, n'est-ce pas ? Nous avons échangé des courriers, n'est-ce pas ? Vous savez l'autre jour, vous m'avez bien renvoyé en recommandé les documents de consentement, n'est-ce pas ? – L'homme s'est interrompu, retrouvant soudain son sérieux, et m'a demandé : Qui êtes-vous ? Vous n'êtes pas Rieko-san ? Vous êtes qui ?

J'ai eu un frisson dans le dos. La terreur me serrait la gorge. Ils allaient comprendre. On allait me retrouver. On allait comprendre que j'étais une femme sans domicile rencontrée dans un parc. On allait me prendre Kaoru.

— Euh, je suis là pour aider Mme Nakamura… ai-je dit d'un trait.

70

— Oh ! a laissé échapper l'homme d'une drôle de voix. C'est ennuyeux ! Et Tomiko-san est là ?

— Euh, elle s'est absentée… ai-je commencé avant qu'une voix retentisse derrière le fusuma.

— Si vous croyez que je vais vendre ! Je ne partirai jamais ! Je mourrai ici !

Surprise, j'ai regardé l'homme. L'air gêné il m'a lancé un regard en souriant.

— Je croyais qu'on avancerait aujourd'hui, comme sa fille était là. Les formalités ont été réglées grâce à elle et sur le papier, ce n'est plus sa maison, ici, m'a-t-il dit comme pour se justifier. Vous êtes l'aide-ménagère ? Une parente ? Vous pourriez contacter la fille de Mme Nakamura ? Si elle persiste, cela va se terminer par un procès et cela risque d'être compliqué.

— Je vais la contacter, ai-je répondu.

— Contactez-la maintenant.

L'homme restait souriant mais laissait entrevoir par moments un certain agacement.

— Maintenant c'est difficile, et Mme Nakamura, dans cet état… ai-je bredouillé. – D'ailleurs, j'ignorais où se trouvait sa fille.

— Bon, tant pis. Je reviendrai, mais essayez de faire en sorte que l'on puisse parler. Si cela traîne trop, nous allons devoir agir. Si je me suis déplacé, c'est parce que nous avons l'intention de respecter la position de Mme Nakamura. Quel est votre nom ?

— Pardon ?

— Donnez-moi votre nom, s'il vous plaît.

— Yasue Nakamura, ai-je improvisé.

— Très bien, Yasue-san, n'est-ce pas.

L'homme s'est levé en hochant la tête et au moment où il posait la main sur la porte, la voix fluette de Kaoru s'est fait entendre, tel un miaulement de chat.

L'homme s'est retourné, intrigué. Je me suis empressée de descendre la marche.

— Désolée de ne pouvoir vous aider. Je vais contacter Rieko-san au plus tôt.

J'ai poussé l'homme dehors. Avait-il entendu ? Avait-il compris qu'il s'agissait d'un bébé ? Cet homme savait-il où joindre la fille de Tomiko Nakamura ? Dans les jours suivants allait-il la contacter et lui demander si elle savait qu'une femme inconnue et un bébé habitaient la maison ? J'ai fermé la porte violemment et me suis précipitée dans le couloir.

On ne pouvait me retrouver. Une femme accompagnée d'un enfant n'avait rien de suspect. On ne pouvait pas savoir. Mais j'avais un mauvais pressentiment. Mon cœur battait la chamade.

J'ai pris Kaoru dans mes bras et je l'ai bercée. Tu es gentille ma Kaoru. Ma voix tremblait. Ses sanglots s'amplifiaient. Je les écoutais, des fourmillements dans la tête.

17 février.

Au petit matin, le téléphone a sonné. J'ai ouvert le fusuma et j'ai fixé le téléphone noir posé dans un coin du couloir. Le fusuma de la chambre de la femme s'est ouvert dans un claquement sec. J'ai tourné la tête vers elle, elle avait sorti la tête et avait les yeux rivés sur le téléphone. La sonnerie stridente retentissait.

— Répondez ! m'a-t-elle ordonné, constatant ma présence, et elle a refermé le fusuma brutalement. La musique, dont elle avait apparemment haussé le volume, a pris de l'ampleur.

La sonnerie a retenti dix fois, s'est interrompue et a retenti à nouveau. J'ai laissé Kaoru dans la chambre et me suis approchée lentement du téléphone. J'ai pris le combiné. Il m'a semblé lourd comme un bloc d'acier.

— Maman ? a crié une voix hystérique. Tout est réglé, jusqu'à quand as-tu l'intention de rester là ? Le contrat est terminé. Le terrain ne t'appartient plus. Il faut partir, tu peux aller n'importe où, je t'ai donné suffisamment d'argent, non ? Et tu l'as bien accepté, non ? hurlait la voix haut perchée comme un aboiement de petit roquet nerveux.

Je revoyais le carnet de maternité usé. Cette voix était-elle celle du bébé qui pesait deux kilos deux à la naissance ? J'ai vu une femme portant un petit bébé. Une femme qui souriait à son enfant, un bébé qui fixait longuement sa mère. Une mère et son enfant que je ne connaissais pas.

— Pourquoi est-ce que tu te cramponnes à cette maison ? Quelle idée as-tu derrière la tête ? Tu en veux encore plus ? C'est ça ? De toute façon, tu n'as aucun bon souvenir dans cette maison, alors laisse-les raser tout ça. Dis, tu m'écoutes ? Tu pourrais répondre !

La femme s'est interrompue un instant. J'ai entendu son souffle court dans le combiné.

— Vous êtes qui ? a-t-elle fait soudain. L'agent immobilier m'a dit qu'une parente était là mais qui êtes-vous ? Ma mère est là ? Et vous qu'est-ce que vous faites chez elle, je vais faire un signalement à la police, vous savez !

À ce mot, j'ai eu le souffle presque coupé. La voix continuait d'aboyer sans arrêt dans le combiné. J'ai voulu raccrocher mais le combiné est tombé sur le sol, le fil du téléphone se balançait. Je me suis dépêchée de le ramasser pour le poser à deux mains sur l'appareil.

J'ai raccroché, la maison est redevenue silencieuse. La musique qui résonnait dans le couloir se faisait plus forte par moments. Comme propulsée, j'ai quitté l'endroit et suis retournée dans notre chambre, j'ai rassemblé en vrac tout ce qui traînait sur le sol et j'ai tout fourré dans mon sac. J'ai pris Kaoru dans mes bras. Elle n'arrêtait pas de gazouiller. Sa voix aussi s'éloignait par moments puis se rapprochait. Je suis allée vers la chambre de la femme avec mes bagages.

Lorsque j'ai ouvert le fusuma, elle a levé les yeux vers moi, ébahie. La pièce était encombrée d'objets. Des commodes japonaises aux couleurs passées la cernaient, obstruant la fenêtre. Des journaux et des magazines ficelés étaient entassés çà et là, et devant les commodes se trouvaient des boîtes en plastique sur lesquelles en étaient empilées d'autres en carton. Sur le sol une peluche borgne, une boîte à couture, des coussins à volants et des serviettes de toilette jaunies. Une chanson interprétée par une femme s'échappait du lecteur de cassettes doré. Sur le poste de télévision éteint étaient posés une poupée dans sa boîte et un ours en bois sculpté. Il régnait un tel chaos dans la pièce qu'aucune odeur n'y était perceptible. Au milieu se trouvait une table chauffante qui faisait penser à une sorte de cavité béante. Sur un coin de la table, des épluchures de mandarine. Leur couleur orange m'a semblé éclatante. Tout baignait dans la lumière blafarde d'un néon. La femme assise à la table chauffante a levé les yeux vers moi, l'air toujours aussi étonné.

— Vous pouvez la prendre, vous savez, lui ai-je dit en lui tendant Kaoru.

Les yeux toujours écarquillés, elle a regardé Kaoru sans pour autant faire le geste de la prendre dans ses bras. Lorsque je l'y ai forcée, elle a ouvert les bras doucement pour y accueillir l'enfant. Comme s'il s'agissait d'une délicate boule de verre, elle portait Kaoru précautionneusement, puis, comme attirée inexorablement, elle a approché sa joue de celle de l'enfant. Kaoru s'est mise à pleurer. Mais la femme a continué. Elle a effleuré de sa joue flétrie la tête puis la joue de Kaoru comme si elle désirait y laisser son odeur. Pendant un instant le visage impénétrable de la femme s'est superposé à celui de l'inconnue portant un enfant dont l'image m'était apparue quelque temps auparavant.

— Je regrette de vous avoir dit de ne pas la toucher, je suis désolée, ai-je ajouté sans réfléchir.

La femme, gênée, s'est arrêtée aussitôt et m'a rendu brusquement Kaoru qui pleurait toujours.

— Quel boucan ! C'est vous la mère, faites-la donc taire ! s'est-elle exclamée avant de me tourner le dos, à croupetons, le postérieur en l'air, pour augmenter le volume du lecteur de cassettes.

La musique a retenti dans la pièce, si fort qu'on devait l'entendre de la maison voisine. J'ai mis Kaoru dans le porte-bébé avant d'enfiler mon *mama-coat* et d'empoigner mon sac pour quitter la pièce.

— Vous allez où ? a crié la femme, sortant la tête par l'entrebâillement de la porte tandis que j'enfilais mes chaussures.

— Je vais faire des courses, ai-je répondu sans oser lui avouer que je prenais la fuite. Vous avez besoin de quelque chose ? ai-je demandé comme d'habitude.

Les sourcils froncés, la femme m'a regardée puis a lancé un regard à mon sac.

— Des mandarines, a-t-elle lancé avant de refermer brusquement le fusuma.

Je suis sortie. Le ciel nuageux était pesant. J'ai refermé la porte et tout en caressant le dos de Kaoru toujours en pleurs, j'ai traversé jusqu'au portail le jardin envahi de mauvaises herbes. Je suis désolée. Je ne pourrai pas vous acheter de mandarines. Excusez-moi, me suis-je répété en pressant le pas. La femme qui m'avait parlé au téléphone allait-elle faire un signalement à la police ? Peut-être était-ce déjà fait. Je suis désolée. J'ai utilisé votre cuisine, j'ai pu y préparer les repas de Kaoru, j'ai emprunté vos futons, j'ai pu goûter aux joies de la vie quotidienne dans cette maison mais je ne pourrai pas vous acheter de mandarines.

Je me répétais ces phrases en me hâtant dans la rue déserte. J'avais l'impression que Kaoru était bien plus lourde depuis quelques jours. J'étais essoufflée. Mais je ne pouvais me permettre de ralentir. Où aller ? Quelle était ma destination ? Où aller pour rester introuvable ?

Je me suis d'abord dirigée vers la gare mais j'étais essoufflée, j'avais les jambes et les épaules douloureuses, je me suis assise sur un banc dans le parc où j'avais rencontré la femme. Il faisait beau mais l'air était froid. J'ai soufflé sur mes mains engourdies. Kaoru essayait de m'attraper les doigts. Ses mains étaient froides. J'ai sorti de mon sac un bonnet que je lui ai mis. J'ai soufflé sur ses mains pour les réchauffer.

Où pouvais-je aller ? Où fuir ? Où ? Les questions se bousculaient dans ma tête sans que je puisse faire un mouvement. Beaucoup de familles se promenaient dans le parc. De jeunes parents avec des poussettes. Un père qui marchait, son enfant emmitouflé dans les bras. Les rires retentissaient dans les rayons du soleil. Mais oui, bien sûr, on est dimanche, ai-je réalisé. Sur le banc d'en face un homme coiffé d'une casquette de base-ball lisait le journal. Instinctivement j'ai serré Kaoru et j'ai baissé la tête. Il y avait peut-être un article sur moi. J'ai lui ai jeté un regard discret. Un enfant qui savait tout juste marcher jouait à ses pieds. Il s'approchait craintivement des pigeons qui se posaient près de lui et s'adressait à son père en se retournant. Le jeune père lisait son journal sans se soucier de l'enfant. Une femme en manteau blanc est arrivée en courant. Sans doute la mère. L'enfant s'est mis à courir vers elle mais a trébuché tout de suite. Sa mère s'est précipitée pour le prendre dans ses bras. Les cris de l'enfant parvenaient jusqu'à moi.

De la musique retentissait au loin. La mélodie que j'avais déjà entendue quelque part s'amplifiait. Dans ce parc où se rassemblaient les familles les jours de congé, seule cette musique me semblait familière. J'ai enveloppé Kaoru dans les pans de mon manteau, j'ai pris mon sac et me suis levée. Une fourgonnette blanche longeait lentement le trottoir. Je suis arrivée dans la rue et je lui ai fait signe.

Le véhicule s'est arrêté. Une femme, à la place du conducteur, a mis sa tête à la fenêtre. Elle portait le même foulard que la dame qui m'avait donné une bouteille d'eau mais elle semblait un peu plus âgée.

— Euh, de l'eau, ai-je dit. J'ai pris de l'eau il y a quelques jours.

— Ah ! Vous êtes cliente ? Attendez un instant, je vais me garer un peu plus loin. Sinon je vais me faire gronder ! dit la femme en roulant au pas. Je l'ai suivie en courant.

Elle s'est arrêtée quelques dizaines de mètres plus loin avant de descendre de la fourgonnette pour en ouvrir le hayon.

— Il vous faut seulement de l'eau ? Oh ! Qu'il est mignon ! a-t-elle dit, tout en me poussant vers le véhicule.

— Non, en fait l'eau que l'on m'a donnée a eu de bons résultats sur l'eczéma de ma fille. Et puis euh, je souhaiterais vivre à Angel Home.

Ma voix, presque comme un cri, avait retenti à mes propres oreilles. La femme, sourcils froncés, m'observait.

— J'en ai entendu parler par l'intermédiaire d'une amie. Elle a vécu à Angel Home et l'eczéma de son enfant a totalement disparu. C'est pourquoi j'aimerais vivre là-bas avec ma fille. Je vous en prie, emmenez-moi, ai-je dit en m'inclinant.

J'ai remarqué ses tennis blanches. Leur blancheur immaculée était éblouissante.

— Mais ce n'est pas moi qui décide…

— Alors emmenez-moi auprès de la personne qui décide. Je vous en prie. Je vous en prie, ai-je répété. Kaoru gazouillait doucement.

La femme, le regard posé sur Kaoru, me demanda : "Une fille ?" Ne comprenant pas la question, j'ai dit : "Comment ?"

— L'enfant, c'est une fille ?

— Oui, elle a six mois mais elle ne causera aucun souci. Et moi je ferai tout ce que vous voulez. Je vous en prie, dis-je, persuadée à cet instant que c'était vraiment le seul endroit où je pouvais aller.

— Vous ferez tout ce qu'on veut, vous le dites, mais il ne s'agit pas d'entrer en service chez quelqu'un, vous savez… m'a répondu la femme interloquée, lançant un regard vers le siège du passager. Bon, allez-y, montez. Je ne sais pas si vous serez acceptée comme membre mais ça ne me dérange pas de vous y emmener. J'ai encore ma tournée à faire, on va arriver là-bas à la tombée de la nuit, ça ira ? a-t-elle demandé en m'ouvrant la portière avant.

Elle s'est arrêtée près de parcs et de grands ensembles

en parlant aux gens dans son micro d'une voix hésitante : "Bonjour tout le monde, bonjour !" À certains moments, il n'y avait personne et à d'autres des ménagères avec leurs enfants et des femmes d'un certain âge s'approchaient pour acheter des légumes et du pain. La femme m'a demandé de l'aider, je suis descendue de la fourgonnette avec Kaoru dans son porte-bébé et me suis chargée d'encaisser ou de donner leurs achats aux clientes. Je craignais que quelqu'un ne me reconnaisse mais on me regardait à peine, tandis que certains touchaient Kaoru, me demandant son nom ou son âge, je répondais évasivement.

À la tombée de la nuit, nous ne nous sommes plus arrêtées nulle part et avons pris la route nationale.

— On vous a mise dehors, c'est ça ? a lancé soudain la femme dans l'obscurité.

Ce n'était pas vraiment une question. Après avoir répondu affirmativement, je me suis demandé si je devais faire le même récit qu'à Yasue mais la femme a pris la parole avant moi.

— Dans mon cas, c'est une histoire d'adultère. À la fin, il ne se gênait pas, vous savez. Quand je rentrais du travail, mon mari était à table avec sa maîtresse. C'était l'enfer.

— Et alors…

J'ai voulu lui demander si elle s'était enfuie mais la femme a mis le clignotant en disant :

— C'est Angel Home qui m'a sauvée. Si je n'avais pas pu vivre là-bas, j'aurais sans doute tué mon mari et sa maîtresse, a-t-elle murmuré, comme pour elle-même.

Entendre cette quinquagénaire parler ainsi d'Angel Home m'a fait une impression étrange. Le souvenir de ce que Yasue m'avait dit m'est revenu à l'esprit.

— Mais tout ça c'est de l'histoire ancienne. À l'époque où je souffrais encore en ce bas monde, ajouta-t-elle comme pour se convaincre, avant de garer la fourgonnette sur le bas-côté de la route. Je dois téléphoner, attendez un peu, a-t-elle dit avant de descendre du véhicule pour se diriger vers une cabine téléphonique située près d'une série de distributeurs automatiques.

Une semaine ou ne serait-ce que trois jours, il me fallait nous trouver un toit. Je pourrais décider de la destination suivante pendant notre séjour. S'il s'agissait d'une communauté bizarre comme l'avait dit Yasue, il serait toujours temps de fuir. J'étais plongée dans mes pensées, le regard sur la silhouette de la femme éclairée par la lumière blanche d'un réverbère. Kaoru dormait les yeux mi-clos.

— On va récupérer quelqu'un d'autre, m'a-t-elle dit en revenant. Au fait, moi c'est Fumiyo. Fumiyo Komura. On m'a donné un autre nom à Angel mais ça m'embête un peu, a-t-elle ajouté, gênée, en démarrant.

J'ai incliné la tête en lui disant : "Enchantée de faire votre connaissance."

La fourgonnette a repris la route nationale plongée dans l'obscurité, sans un magasin ou un fast-food à l'horizon, on a tourné à gauche à un passage à niveau et on a longé une voie ferrée. Au bout d'un moment, on a distingué des lumières et une petite gare est apparue. Le nom de la gare était Okubo. J'ignorais dans quel département nous nous trouvions. Fumiyo est descendue de la fourgonnette et s'est dirigée vers la gare puis elle est revenue peu après, accompagnée d'une très jeune femme aux cheveux décolorés en châtain. Elle portait un jean, avait un sac à dos et un sac de supérette dans une main.

— En se serrant un peu, on peut tenir à trois, a dit Fumiyo en ouvrant la portière pour faire monter la nouvelle venue.

— Bonjour, a-t-elle dit en me souriant tandis que je me décalais pour lui laisser de la place.

C'était une voix enjouée, comme celle de la nouvelle élève qui salue la camarade de classe assise à ses côtés. Je l'ai imitée, la saluant aussi en inclinant la tête.

— Oh ! Un bébé ! Six mois ? Un peu plus ? Je peux le prendre ? a-t-elle dit avec familiarité en tendant les bras.

J'ai défait le porte-bébé pour lui confier Kaoru, elle l'a regardée dormir, lui a parlé. Fumiyo est remontée pour prendre le volant et se remettre en route.

— Vous avez fugué, vous ? a demandé Fumiyo en conduisant.

— Bien sûr que non ! J'ai l'air si jeune que ça ? Je n'ai plus l'âge, vous savez. J'ai décidé de rejoindre Angel Home de mon plein gré après mûre réflexion. Dites, Obasan*, pour entrer, est-ce qu'il y a un examen ou un stage, quelque chose ? Je suppose qu'il y a des cas où la candidature est refusée, n'est-ce pas ? Comment se fait la sélection ? Est-ce qu'il y a des choses à ne pas dire pendant l'entretien ? a-t-elle ajouté, Kaoru dans les bras.

Fumiyo lui a jeté un regard courroucé.

— Ne m'appelez pas comme ça, j'ai un nom, Fumiyo Komura, lui a-t-elle répondu sur un ton soudain brutal.

La jeune fille, sans gêne aucune, se présenta :

— Fumiyo-san, enchantée. Moi c'est Kumi Sawada. Comme le chanteur Kenji Sawada et pour Kumi,

* Désigne familièrement une femme d'âge mûr.

le caractère *hisashii* (depuis toujours) et le caractère *utsukushii* (joli). Et toi, tu t'appelles comment ? a-t-elle ajouté à l'adresse de Kaoru qui dormait le sourire aux lèvres.

À la suite d'une légère secousse, Kaoru a fait entendre un petit grognement. Si elle se réveillait, elle allait sûrement pleurer. Je me suis empressée de lui enlever l'enfant.

Et Kumi a continué à questionner Fumiyo. Comment faisait-on pour avoir le droit de résider à Angel Home, était-il vrai que tous les biens que l'on possédait étaient confisqués, quel genre de travail pouvait-on faire, depuis combien de temps Fumiyo résidait-elle là-bas, était-il vrai que l'on n'y mangeait que des légumes… Fumiyo restait silencieuse.

Lorsqu'elle s'est enfin aperçue de la mauvaise humeur de Fumiyo, Kumi m'a regardée en haussant les épaules avant de sortir un journal du sac de la supérette.

— Il est interdit d'introduire ce genre de choses à Angel Home ! a fait remarquer Fumiyo tandis que Kumi ouvrait son journal à la lueur du plafonnier.

— D'accord, je le jetterai avant d'arriver, ça ira ?

Fumiyo a soupiré sans la regarder.

— Ah bon, les journaux sont interdits. Les magazines aussi je suppose, a murmuré Kumi en lisant son journal replié à la lueur de la veilleuse. Alors que mon regard s'était posé inconsciemment sur ses mains, j'ai eu l'impression que des mots familiers entraient dans mon champ de vision et j'ai alors porté mon regard plus avant. J'ai failli pousser un cri et j'ai plaqué ma main sur ma bouche.

Une femme de vingt-neuf ans est recherchée… Une femme connue de M. Akiyama… Qui avait dans le passé causé des problèmes au couple… Demeurant à Ichikawa dans le département de Chiba… La suspecte Kiwako Nonomiya mesure 1 m 60… Les mots déferlaient devant mes yeux. J'eus la sensation que si j'ouvrais la bouche, mon cœur allait jaillir de ma poitrine et j'ai gardé la main sur mes lèvres. Je me suis mise à trembler, mes genoux s'entrechoquaient. Kumi avait replié son journal dans cet espace exigu et mon nom disparut.

Vous pouvez me montrer ce journal ? Je voudrais lire l'article. J'ai réprimé cette phrase que j'avais pourtant au bord des lèvres.

Finalement ils étaient là. Ils m'avaient rattrapée. C'était si rapide ! Je me suis mordu les doigts afin de ne pas pousser un cri. J'ai serré Kaoru très fort.

— Dites, Fumiyo-san, c'est encore loin ? a demandé Kumi d'une voix nonchalante tout en continuant à feuilleter son journal.

— Vous avez froid ? m'a demandé Fumiyo, ignorant la question de Kumi.

La fourgonnette qui nous emmenait parcourait une interminable route de montagne sans croiser la moindre lueur d'une boutique ou d'un réverbère. À un moment, Fumiyo a ordonné à Kumi de jeter son journal.

— Les magazines aussi ? a demandé Kumi. – Fumiyo a acquiescé en silence. – Où dois-je les jeter ?

— Jetez ça par la fenêtre, a répondu Fumiyo sur un ton péremptoire.

Après m'avoir lancé un bref regard, Kumi a ouvert la vitre, a jeté le journal, sorti des magazines de son sac à dos avant de les jeter. Curieusement, il s'agissait de magazines de puériculture. Le journal où figurait mon nom, les revues aux couvertures où souriaient des bébés filaient derrière nous à vue d'œil, avant d'être engloutis dans la nuit noire. J'avais des nausées tant mon cœur palpitait. Je n'avais rien vu. Mon nom n'était pas dans le journal. De toutes mes forces, j'essayais de me convaincre.

Nous avons enfin aperçu au loin devant nous une clôture blanche. La fourgonnette a tourné à gauche et a longé la barrière en cahotant sur le chemin. Kumi s'étirait. Était-ce bien Angel Home, là-bas ?

La clôture a fait place à un solide portail métallique. Une arche le surmontait mais tout était plongé dans la pénombre. Fumiyo est descendue parler dans l'interphone. Le portail s'est ouvert lentement. Le véhicule a avancé. Les phares éclairaient des têtes d'enfants alignés, j'ai réprimé un cri, les yeux rivés à la vitre.

Ce n'étaient pas des enfants mais des statuettes qui étaient alignées en rangs serrés dans un coin du terrain recouvert de pelouse. Ces petites silhouettes en faïence blanche et lisse alignées sur plusieurs rangées faisaient penser aux statues de Jizo, divinité gardienne des enfants morts que l'on voyait souvent dans l'enceinte des temples bouddhiques mais il s'agissait bien de poupées. Lorsque la fourgonnette les a dépassées, les rangées de poupées ont disparu à nouveau dans les ténèbres. Et tandis que je me retournais, le véhicule s'est arrêté.

— Descendez, fit la voix de Fumiyo.

Kumi et moi nous sommes regardées en silence.

Devant nous se dressait un bâtiment en béton armé. Un bâtiment blanc rectangulaire et froid faisant penser à une école ou un hôpital. L'entrée et les fenêtres étaient éclairées et cela m'a soulagée. Nous nous sommes dirigées vers l'entrée en suivant Fumiyo.

— On dirait une maison hantée, a murmuré Kumi, Fumiyo s'est alors retournée pour lui lancer un regard noir.

Deux femmes se tenaient derrière la porte vitrée. Lorsqu'elles nous ont vues, elles ont ouvert la porte et nous ont invitées à l'intérieur.

— Merci pour votre travail de ce jour, ont dit les femmes en s'inclinant profondément devant Fumiyo avant de poser les yeux sur nous.

— Vous avez un bébé ! Je peux ? a dit l'une d'elles en me tendant les bras pour prendre Kaoru. – Elles l'ont regardée chacune à leur tour en conversant : Elle dort, elle doit avoir six ou sept mois, non ? Comme elle est mignonne, c'est une fille n'est-ce pas ?

Toutes deux m'ont paru avoir la trentaine ou à peine quarante ans. Elles portaient un survêtement. Kumi et moi détaillions les lieux tandis que Fumiyo préparait nos chaussons.

L'intérieur de la bâtisse ressemblait également à une école. À l'entrée se trouvait une étagère pour les chaussures et des tableaux aux couleurs pastel ornaient le mur blanc. Représentant des bouquets de fleurs ordinaires. Kumi et moi avons échangé un regard avant de nous déchausser. Le contact glacial des chaussons en plastique s'est propagé le long de mon corps.

Les deux femmes qui avaient accueilli Fumiyo parlaient à voix basse. Celle aux cheveux longs qui portait Kaoru a dit :

— Aujourd'hui il est déjà tard, nous nous occuperons des formalités demain. Je vais vous montrer les chambres.

Toujours avec Kaoru dans les bras elle s'est éloignée dans le couloir et nous l'avons suivie. Je craignais que Kaoru ne se réveille et se mette à pleurer mais elle dormait paisiblement. Le bâtiment était silencieux, le claquement de nos chaussons résonnait sur le sol. Le silence régnait, mais l'atmosphère d'une vie quotidienne demeurait. Une odeur suave de gâteau flottait légèrement dans l'air. Le couloir et les escaliers étaient d'une propreté irréprochable. Cela ressemblait certes à une école mais le silence et la propreté de l'endroit évoquaient plutôt un couvent. La femme nous a conduites dans une pièce de quatre tatamis et demi. Des rideaux écrus cachaient les fenêtres et un lit superposé se trouvait le long du mur, il y avait une table en métal. C'était l'unique mobilier de cette pièce impersonnelle.

— Les lavabos et les toilettes sont au bout du couloir. Pour l'eau chaude c'est au rez-de-chaussée. Le bain se prend à heures fixes, mais vous pouvez y aller maintenant si vous voulez, nous a dit la femme aux cheveux longs. Je vais vous apporter les papiers à remplir, il faudra les compléter et les rendre demain, a-t-elle ajouté calmement avant de s'apprêter à sortir de la pièce avec Kaoru dans les bras.

— Euh, vous me donnez Kaoru, ai-je dit, étonnée en me plantant devant elle.

— Ah, elle s'appelle donc Kaoru. Ne craignez rien, nous allons nous en occuper.

— Pardon ? Non, non, je vais m'en occuper moi-même.

La femme me lança un regard vaguement empreint de pitié.

— Eh bien, on dirait que tu vas dormir ici ce soir, a-t-elle dit doucement à Kaoru endormie avant de me la rendre.

Les documents que la femme a apportés ne comportaient que des questions étranges. Il y avait bien une ligne pour le nom et la date de naissance mais aucun endroit pour indiquer adresse et coordonnées. En revanche il fallait détailler son parcours scolaire complet depuis l'école primaire jusqu'à la fin des études. On devait également retracer sa carrière professionnelle. J'ai rempli le formulaire comme s'il s'agissait d'un curriculum vitae mais de temps en temps des questions plutôt puériles surgissaient, *votre couleur préférée* ou encore *les aliments que vous ne pouvez pas manger*. Tout en me demandant dans quelle mesure il fallait prendre tout cela au sérieux, j'ai néanmoins répondu à chaque question lorsque je me suis arrêtée sur la ligne où l'on demandait d'indiquer son numéro de compte bancaire et le montant déposé sur celui-ci.

Une communauté bizarre. Embrigadement. Les mots de Yasue me revenaient en mémoire. Si je désirais vivre ici, allais-je devoir me défaire de tous mes biens ?

La porte s'est ouverte brusquement et j'ai sursauté avant de me retourner. Kumi était là, les cheveux mouillés. Elle portait le même genre de survêtement que les deux femmes qui nous avaient accueillies.

— Le bain, on dirait une source thermale, c'est très agréable. Il n'y a personne et tout ce qu'il faut, du savon et des serviettes mais pas de sèche-cheveux, en revanche. Il y avait des survêtements et des sous-vêtements à disposition dans le cabinet de toilette. J'ai pris un survêtement mais tout de même pas de sous-vêtements. Si vous y alliez ? Si vous voulez je peux vous aider avec le bébé ? a-t-elle dit d'un trait avant de fixer mes mains. – Puis me lançant un regard furtif elle a ajouté : On raconte qu'ici on vous dépossède de tous vos biens.

— Il faut vraiment écrire la vérité ? Qu'allez-vous faire, Kumi ?

— Moi, je vais tout remplir. Je ne possède que trois cent mille yens, de toute façon. S'ils m'offrent le gîte et le couvert, ce n'est pas cher payé, a répondu Kumi.

Elle a regardé Kaoru qui dormait sur le lit du bas et lui a tapoté légèrement le ventre. Alors qu'encore hésitante, je fixais la mine de mon stylo, la voix grave de Kumi s'est élevée derrière moi.

— J'ai échoué ici parce que je ne savais pas où aller. D'après ce qu'on dit, à partir de demain on va suivre une sorte de stage. Si on réussit, on pourra rester sinon on nous demandera de partir. Pour rester, moi je suis prête à tout, je peux même faire semblant de croire à des choses auxquelles je ne crois pas. Et vous… vous vous appelez comment déjà ?

— Kiwako, ai-je murmuré, priant pour que Kumi n'ait pas retenu le nom paru dans le journal. Kiwako Nonomiya. J'avais pensé donner un faux nom mais avec mon livret bancaire, le mensonge aurait été découvert aussitôt.

— Kiwako-san, pourquoi êtes-vous ici ? Quelqu'un vous a sollicitée ? Ou vous avez été attirée par la philosophie d'Angel Home ?

— Moi non plus, je n'avais nulle part où aller, ai-je répondu, soulagée que Kumi n'ait pas réagi en entendant mon nom.

Je ne savais d'ailleurs pas ce qu'était Angel Home, s'il s'agissait ou pas d'une communauté religieuse. J'ai cru que Kumi allait demander des précisions mais il n'en fut rien.

— Alors, il faut écrire la vérité, non ? D'après ce que dit la rumeur, ici on vous déleste de votre argent, on vous fait travailler et quand on n'a plus besoin de vous on vous met dehors et vous vous retrouvez sans un sou. C'est ce que j'ai entendu dire mais en ce qui me concerne, je me dis que ce n'est pas la mort et même si tout cela est vrai, ça m'est égal.

C'est alors que l'image du journal englouti dans

les ténèbres m'a traversé l'esprit. Et cela a été comme une révélation. Fumiyo nous avait dit que les journaux et les magazines étaient interdits dans Angel Home. Ce qui signifiait que tant que j'étais ici, il n'y avait aucune chance que l'on découvre mon histoire. Je n'avais pas lu l'intégralité de l'article mais il était certain que mon nom était cité en tant que suspecte. Bien plus que Kumi, je n'avais vraiment aucun autre endroit où aller. Si personne ne découvrait mon passé, je pouvais peut-être rester ici avec Kaoru. J'allais pouvoir lui assurer un toit et de quoi manger.

Kaoru a émis un léger grognement. Je me suis approchée du lit. Elle a fait une grimace a secoué la tête comme pour repousser quelque chose, a laissé échapper un léger soupir. Alors que je la suppliais de ne pas pleurer, Kumi, lui caressant le front du doigt, a entamé une berceuse à voix basse : "Fais dodo, fais dodo mon petit…" Toujours endormie, Kaoru a porté son pouce à sa bouche. Dans la pièce plongée dans le silence, seule la mélodie de la berceuse s'élevait.

— Kumi-san, vous avez un enfant ? ai-je osé demander.

— Il aura trois ans en avril, mais on me l'a retiré, en fait, m'a-t-elle répondu en caressant le visage de Kaoru.

— Retiré, comment ça ? ai-je questionné, stupéfaite, sans comprendre. Elle a relevé la tête et a chuchoté :

— Mon ex-mari. Ou plus exactement, mes ex-beaux-parents. J'aurais dû avoir une fille moi aussi. On ne me l'aurait peut-être pas prise.

J'ai observé le profil de Kumi. J'ai eu un court instant la sensation d'entrevoir derrière ce visage caché par une chevelure en bataille le passé de cette jeune femme aux traits encore enfantins, un passé que je ne pouvais connaître.

2 mars.

Depuis deux semaines et jusqu'à ce jour, nous suivions une sorte de stage. Nous n'avons gardé que le strict minimum de nos affaires. Pendant les sessions intitulées "Étude", on me séparait de Kaoru et elle m'était rendue le soir, juste avant le coucher. Au début, je m'y étais opposée mais on m'a déclaré que si j'étais incapable de me plier au règlement il serait impossible de rester, j'avais donc été contrainte d'accepter. J'étais inquiète de la façon dont on s'occupait d'elle durant la journée mais quand je la retrouvais le soir, elle n'avait pas de boutons sur la peau, ses couches et ses vêtements avaient été soigneusement changés.

L'institution était habitée par d'autres personnes mais il était rare de rencontrer quelqu'un. De temps à autre je croisais des visages inconnus au lavabo ou à la salle de bains mais chacun se contentait de saluer d'un signe de tête, sans un mot.

En dehors de Kumi et moi, les stagiaires étaient Tokuda-san, une femme au foyer d'environ quarante ans, Sae-chan, dans la vingtaine, et Saegusa-san, à peu près du même âge que moi. Ces trois femmes étaient arrivées à l'institution un jour après nous dans l'après-midi.

Les responsables de stage devaient être appelées "Mère", et pendant deux semaines Elemiah Tanabe et Sarah Morohashi nous ont prises en charge, toutes les cinq. Elles avaient toutes les deux environ quarante ans et leurs curieux prénoms leur avaient apparemment été donnés par Angel Home. Elles n'étaient pas maquillées, Sarah était souriante et avenante mais Elemiah, elle, semblait plus revêche.

Le tout premier jour du stage, celle qui nous encadrait a commencé par nous dire qu'Angel Home n'était en aucun cas une communauté religieuse mais un groupe de bénévoles. Angel Home était la transposition ici-bas du paradis et son devoir était de transmettre la réalité de ce paradis à la société.

Sarah Morohashi nous a regardées et nous a demandé si nous étions des hommes ou des femmes. Ne comprenant pas le sens de la question, nous nous sommes toutes regardées.

— Ben, des femmes, c'est clair, non, a répondu la jeune Sae.

— Pourquoi ? Sur quoi est fondée cette affirmation ? lui a-t-on demandé.

— On a des seins, pas de zizi, a ajouté Sae.

— C'est tout ? Et qu'en pensent les autres ?

— On a des règles, on peut avoir des enfants, ont répondu doucement Kumi et Tokuda.

Sarah Morohashi n'a pas réfuté l'affirmation.

— Je pose à nouveau ma question. Vous avez des seins, vous avez des règles, donc vous êtes des femmes ? Vous n'êtes pas des hommes ? a-t-elle répété.

— On serait pas des femmes ? a demandé Sae, moins sûre d'elle.

— Expliquez-moi le fondement de votre pensée, alors, a questionné Sarah encore une fois. Ces échanges ont duré deux ou trois heures.

À midi, nos repas sont arrivés sur un plateau, les deux responsables sont parties et nous avons déjeuné toutes les cinq. Kumi avait dit que l'on ne mangeait

que des légumes mais le récipient de plastique contenait des légumes cuits à la sauce de soja accompagnés
de poulet à la vapeur.

— Ce sont de drôles de questions, tout de même !
Ça va durer un moment, non ? Cette fois, si on essayait de répondre qu'on est des hommes ? Mais si
on nous demande de le prouver ?

Les cinq femmes ne connaissaient que leurs noms
respectifs mais en l'absence des responsables du stage,
les langues se déliaient.

À treize heures, les responsables sont revenues et
ont posé les mêmes questions.

À quatorze heures passées, Sarah a enfin formulé
une autre question.

— Alors, je vous le demande, une enfant de dix
ans qui n'a pas de seins et pas de règles, est-elle un
garçon ?

— Mais un enfant qui n'a pas de zizi, c'est une
fille, non ? a répondu Sae du tac au tac.

— D'où tenez-vous que seules les particularités
physiques font la différence entre un homme et une
femme ? a répliqué Elemiah.

Je ne m'étais pratiquement pas exprimée, j'écoutais les échanges, sans bouger, sans saisir où voulait
nous mener la responsable du stage, ni ce qu'elle voulait nous faire comprendre. J'avais aussi l'impression
que nous perdions notre temps. Finalement, ce jour-
là, Elemiah et Sarah avaient posé leurs questions afin
que nous nous exprimions et le stage a pris fin sans
que nous sachions quelle était la réponse. Il était plus
de dix-neuf heures.

Les jours suivants des questions similaires se sont
succédé. Êtes-vous jeunes ? Êtes-vous âgées ? Êtes-
vous belles ? Êtes-vous laides ? Êtes-vous grosses ou

maigres ? Les deux femmes ont posé les questions, nous ont laissées nous exprimer et le stage s'est terminé sans qu'aucune réponse ne soit donnée. Êtes-vous des oiseaux, des poissons ? Il y avait également des questions complètement saugrenues.

Au bout de plusieurs jours de cette teneur, suivre le stage m'a paru ridicule. Je passais mon temps à me dire que peu importait que je sois un homme, une femme, un oiseau ou un poisson du moment que le stage s'arrêtait et que je pouvais retrouver Kaoru, c'était mon seul souci.

La veille, il y avait eu un drôle d'événement. Sarah ne nous a pas demandé de choisir entre deux propositions, homme ou femme, par exemple, mais nous a interrogées sur ce que nous souhaiterions posséder en premier lieu. Sae, qui s'était bien adaptée à ce genre de réunion et qui tenait le rôle de boute-en-train du groupe, a répondu la première "La beauté", quelques rires ont fusé.

— Avoir la beauté, alors que cela n'a aucune utilité, vous persistez à penser que c'est ce que vous voulez ? a insisté Sarah.

— La beauté n'est pas du tout inutile. Quand on est belle, les gens se retournent sur nous, on a du succès auprès des garçons. On peut devenir mannequin, chanteuse, se marier avec un homme qui a une bonne situation. Je pense que la beauté est une force.

Elemiah a rétorqué sans attendre.

— Ce que vous voulez dire, c'est que la beauté n'est pas un but, mais un moyen, n'est-ce pas ? Que voulez-vous vraiment obtenir par le biais de la beauté ? Le pouvoir ? Le travail ? Un bon mariage ? C'est ce que vous devez nous dire.

Elemiah, contrairement à Sarah, ne souriait jamais et sa façon de parler lorsqu'elle y mettait de l'ardeur, avec sa voix grave, donnait la sensation qu'elle réprimandait son interlocuteur. Sae, après un silence, a chuchoté : "Conquérir le cœur de l'amoureux qui m'a quittée."

— Ce qui veut dire ? a questionné doucement Sarah, comme si elle voulait apaiser un enfant.

Sae, enfiévrée, a raconté son chagrin d'amour d'un trait. Son petit ami, étudiant dans la même classe qu'elle, avait commencé à fréquenter une autre fille, il l'avait quittée et elle avait beau réfléchir, elle ne comprenait pas pourquoi ; et même si elle avait du mal à l'admettre, le seul point sur lequel sa rivale la surpassait était bien la beauté, elle était persuadée que si elle avait été la plus jolie, c'est elle que le garçon aurait choisie. J'avais écouté son récit en souriant, me disant que c'était un problème fréquent chez les jeunes filles de vingt ans, mais pendant qu'elle racontait son histoire, elle avait éclaté en sanglots et l'atmosphère qui régnait dans la salle de conférences s'était alors sensiblement modifiée. L'atmosphère de confusion et de timidité qui entourait les questions incompréhensibles que l'on nous posait a disparu peu à peu et toutes les stagiaires attentives au récit de Sae attendaient avec impatience la réponse qu'allaient donner les responsables du stage. C'est l'impression que j'ai eue.

— Alors, l'amour de l'homme qui vous a quittée est donc lui aussi un moyen, a dit Sarah doucement. Les sentiments de votre amoureux sont aussi un moyen. Ce que vous désirez obtenir vraiment, ce n'est pas cela. C'est quelque chose de beaucoup plus profond, a-t-elle ajouté.

Soudain, Kumi a pris la parole.

— Ce que je veux moi, c'est de l'argent. – Il s'agissait pratiquement de l'histoire de sa vie. – Je me suis
mariée à vingt-quatre ans, à la condition que nous ne
cohabiterions pas avec ses parents, mais lorsque j'ai été
enceinte, on a habité chez eux, à vingt-cinq ans j'ai eu
un garçon et ma belle-mère s'est approprié l'enfant,
s'en est occupée, m'empêchant de l'approcher, et au
fil du temps le bébé s'est mis à pleurer quand je le prenais dans mes bras, mon mari prenait la défense de ses
parents sans m'écouter, puis, peu à peu il n'est pratiquement plus rentré à la maison et j'ai compris qu'il avait
une maîtresse. Lorsque je lui en ai parlé il a simplement
rétorqué qu'il en avait assez de rentrer pour entendre
mes jérémiades. Ses parents, au courant des incartades
de leur fils, ont persisté à prétendre que c'était moi la
coupable ; je suis alors partie avec mon enfant mais
mon mari et ses parents m'ont retrouvée, m'ont repris
l'enfant, m'ont intenté un procès et j'ai perdu mon
autorité parentale, a raconté Kumi d'un trait.
Je l'ai écoutée et me suis dit qu'elle racontait peut-
être tout cela dans un but précis. Elle avait dit que
pour rester elle était prête à faire semblant de croire
à des choses auxquelles elle ne croyait pas vraiment,
elle racontait peut-être tout cela afin d'amadouer les
deux responsables du stage. Pourtant, Kumi n'avait
pu se battre au tribunal uniquement par manque
d'argent, pour la même raison on ne lui avait pas
reconnu son autorité parentale, et à cause du manque
d'argent aussi, elle n'avait pu s'échapper, loin avec
son fils, elle a achevé son récit dans un cri, "J'enrage, j'enrage !", avant d'enfouir son visage dans ses
genoux, puis elle s'est mise à pleurer, tout comme
Sae. Tokuda et Saegusa avaient les larmes aux yeux,
la salle restait silencieuse.

Ensuite une séance de confession générale a commencé.

Tokuda a raconté comment sa fille avait mal tourné et semait la violence dans la famille. "Ce que je veux, c'est le passé, a-t-elle dit. Je souhaiterais faire marche arrière et reconstruire une relation saine avec ma fille." Saegusa a dit qu'elle s'en voulait d'avoir eu une histoire avec un client dans le cadre de son travail. Elle voulait avoir le courage d'arrêter cette relation adultère. Comme si l'émotion était contagieuse, toutes pleuraient en racontant leur vie ou en écoutant les récits des autres femmes.

Qu'allais-je raconter quand mon tour viendrait ? Obnubilée par cette question, j'étais incapable de ressentir la moindre empathie pour les autres, pour quelle raison s'étaient-elles mises à pleurer, comme prises par une sorte d'hystérie collective, c'était pour moi un mystère.

Lorsque les quatre femmes ont terminé leurs récits, les deux responsables m'ont regardée.

— Vous n'êtes pas obligée de parler, vous savez, m'a dit Sarah, mais j'ai senti que si je me taisais, on pouvait me soupçonner de vouloir cacher quelque chose et j'ai pris la parole.

— Comme Saegusa-san, je suis tombée amoureuse moi aussi d'un collègue de bureau. J'ai cru qu'un jour nous pourrions nous marier. C'est ce qu'il me disait.

Dans la salle silencieuse, ma voix résonnait.

Afin de réajuster le récit que j'avais fait à Yasue, j'ai marqué une pause. Les six femmes avaient les yeux rivés sur moi. Certaines avaient les yeux rouges. Elles attendaient que je poursuive. Aucun bruit ne se faisait entendre. C'est alors que j'ai eu envie, je ne sais pourquoi, de raconter toute la vérité. Personne ici n'allait me faire de reproches. On n'allait pas me chasser. Personne n'allait me traiter de criminelle. Personne n'allait me séparer de Kaoru. J'en étais convaincue. Alors, pourquoi ne pas tout avouer ici ?…

Il était plus difficile que je ne le pensais de réprimer cette envie. Le peu de raison qui me restait m'a néanmoins permis d'y parvenir. J'ai respiré profondément et j'ai repris en choisissant mes mots.

— Je me suis trouvée enceinte alors que son divorce n'était pas encore réglé. Sa femme l'a appris. Elle m'a téléphoné pour me menacer. Maintes et maintes fois. Elle me disait qu'elle ne divorcerait jamais. Il m'a demandé d'interrompre ma grossesse. Mais j'ai gardé l'enfant. Seule, j'ai donné naissance à Kaoru.

Les mots que je choisissais avec soin au début de mon récit se sont mis à sortir de ma bouche directement sans passer par mon cerveau. Tandis que je parlais, des pensées me traversaient. C'était un mensonge. C'était la vérité. Non, tout cela n'était que ce que je désirais. Accoucher de cet enfant que je portais à ce moment-là. Lui donner naissance quoi qu'on me dise et l'élever seule. Ce que je racontais était le rêve que je n'avais pu réaliser.

— Ce que je veux, c'est un avenir, ai-je dit. Un avenir qui me permette de vivre avec l'enfant que j'ai eue. Un avenir où personne ne me la prendra, c'est tout ce que je veux.

J'ai réalisé que je pleurais également. Je ne m'étais pas ouverte sincèrement aux femmes qui étaient là, je ne leur avais pas dit toute la vérité, c'était une supercherie bien élaborée, pourtant je hoquetais, reniflais, je sanglotais tellement que j'ai été incapable de prononcer un mot de plus. À nouveau, on entendait les autres pleurer dans la salle.

— La beauté, l'argent, une vie tranquille, la garantie d'un bon mariage, l'avenir, vous ne pensez pas que tout cela, ce ne sont que des moyens ? Avant cela, vous devez réfléchir à la nature de ce que vous voulez vraiment dans votre vie, a dit Sarah comme si elle plaidait une cause. La journée s'est terminée là. Les deux responsables ont quitté la salle tandis que toutes les femmes restaient assises, abasourdies. Le soir, au moment de me coucher avec Kaoru, je me suis interrogée sur ce qui s'était passé l'après-midi. Il s'avérait effectivement que raconter sa vie devant quelqu'un, que cela soit vrai ou pas, avait quelque chose d'étrangement réconfortant. Toutes avaient peut-être été enivrées par ce plaisir.

Aujourd'hui, comme si rien ne s'était passé la veille, les questions du début de stage sont revenues. Êtes-vous un homme ou une femme ?

— Je pensais être une femme mais finalement je ne suis peut-être ni l'un ni l'autre, a déclaré Kumi, on lui a alors demandé d'expliciter le fond de sa pensée. Elle n'a pas été capable de répondre correctement.

Alors que presque personne ne prenait la parole, ma pensée divaguait. Si je n'avais pas été une femme, si Akiyama n'avait pas été un homme, toute cette souffrance qui me hantait depuis toujours, qui me hantait encore, tout cela n'aurait probablement pas existé.

— Nonomiya-san, qu'en pensez-vous ? m'a demandé Sarah.

— C'est peut-être un peu puéril… ai-je commencé avant d'exprimer ma pensée. S'il n'y avait pas d'homme ni de femme, la vie aurait été plus facile pour moi…

— Ce n'est pas du tout puéril ! a répondu Sarah. S'il nous était donné de rencontrer l'âme des gens, toute souffrance serait inutile, n'est-ce pas. Être une femme, ne plus être jeune, se trouver laide, vous ne trouvez pas que ces préjugés ne sont que fardeaux inutiles ? Si vous lâchez prise, cela vous allégera, vous ne pensez pas ?

Toutes les femmes l'ont regardée semblant convaincues et apaisées. J'ai eu le sentiment d'avoir compris la philosophie d'Angel Home et la signification du stage. L'essentiel n'était pas le corps, mais l'âme. À travers les questions insensées que l'on nous avait posées durant ces deux semaines, on avait essayé de nous faire appréhender l'existence de ce qu'on appelle l'âme. Quant à moi, j'étais partagée entre deux sentiments, j'approuvais les propos de Sarah mais je pensais également qu'il ne s'agissait pas d'une pensée si originale, après tout. Ce jour-là, le stage a pris fin plus tôt que d'habitude. Et l'on nous a annoncé que la session était terminée.

D'après ce que savait Kumi, des entretiens personnels allaient suivre et à l'issue de ceux-ci il serait décidé si les candidates seraient autorisées à rester ou non. Il ne s'agissait que d'une rumeur et aucune de nous cinq n'avait pu être informée du programme du lendemain.

Lorsque je suis retournée à la chambre, une femme inconnue m'a ramené Kaoru. Je voyais à sa mine qu'elle était soulagée de me retrouver. Au début des deux semaines, lorsque je la retrouvais, Kaoru portait encore sur son visage des traces de larmes, je ne savais pendant combien de temps elle avait pleuré et cela me brisait le cœur. Une fois le stage terminé, allais-je être autorisée à passer la journée avec elle ?

3 mars.

Le matin, vers neuf heures, Elemiah est venue nous chercher et nous a demandé de monter dans une fourgonnette. On ne m'avait pas séparée de Kaoru et j'étais soulagée. J'ai enfilé mon *mama-coat* sur mon survêtement et je suis montée dans le véhicule blanc garé devant l'entrée, en compagnie de celles qui avaient suivi le stage avec moi. Le véhicule n'était pas celui qui servait à vendre de l'eau et des légumes, c'était une vieille Toyota Hiace.

Sarah s'est assise au volant, Elemiah à ses côtés, et nous avons démarré. Le temps était nuageux. J'ai observé par la vitre le jardin que je n'avais pas vraiment vu lors de notre arrivée en pleine nuit. C'était un vaste terrain dont la pelouse était bien entretenue. Le jardin était désert et dans un coin se trouvaient les rangées de statuettes blanches. On ne voyait ni bouquets de fleurs ni offrandes, une cinquantaine de statuettes blanches et lisses étaient simplement là, en rangs. La scène m'a paru étrange mais personne dans la voiture ne semblait y prêter attention. Dans le silence, Kaoru gazouillait.

Nous sommes passées sous l'arche du domaine. J'eus la sensation de retrouver le monde extérieur après une longue absence.

— On va où ? a questionné Sae, sans pour autant obtenir de réponse des deux femmes assises à l'avant.

Le véhicule avançait, laissant la clôture blanche derrière nous. Le front sur la vitre, j'observais l'extérieur. La fourgonnette descendait un chemin de montagne bordé d'un ravin en pente douce sur la droite et de buissons sur la gauche, des déchets jonchaient le sol. Alors qu'Angel Home était d'une propreté irréprochable, trouver ce chemin de montagne jonché de déchets m'a paru insolite. Des sacs en plastique, des cassettes vidéo dont s'échappaient des rubans noirs, des draps et des vêtements en tas, des lecteurs de cassettes démantelés, des bicyclettes rouillées, des journaux et des papiers qui semblaient des documents, le tout exposé aux intempéries. Je me suis souvenue du soir où nous étions arrivées, Fumiyo avait dit à Kumi de jeter les magazines par la fenêtre.

Après vingt minutes de route nationale en montagne, la fourgonnette s'est garée devant un bâtiment sans âme qui ressemblait à Angel Home. On nous a demandé de descendre et nous nous sommes exécutées. Une femme d'un certain âge en train de promener son chien s'est arrêtée pour nous regarder descendre les unes après les autres. Je me suis dit que nous nous trouvions déjà bien loin du monde où vivait cette dame-là.

À l'entrée du bâtiment, une pancarte indiquait "Clinique Tanihara". Nous sommes entrées à l'intérieur à la suite des deux femmes. La salle d'attente et le couloir étaient déserts. Le guichet de l'accueil était fermé par un rideau à carreaux.

Les deux responsables nous ont invitées à prendre place sur la banquette de la salle d'attente et ont disparu derrière le guichet. Kaoru gazouillait et tendait la main vers le mur. Mon regard s'est alors posé sur un calendrier dont la photo représentait des poupées de la fête des Filles. Je me suis dit que nous étions déjà en mars.

Regarde, Kaoru, ce sont les poupées de la fête des Filles. Là, c'est l'empereur et ici l'impératrice, tu vois. Je me suis levée et me suis approchée du calendrier pour mieux voir la photo. J'ai calculé et j'ai réalisé que nous étions le 3 mars, justement le jour de la fête des Filles. C'était notre première fête et je ne pouvais offrir à Kaoru qu'une photo des poupées, je m'en voulais. Allais-je pouvoir un jour célébrer seulement pour elle la fête des Filles ?

Je me suis aperçue que nous étions dimanche. Il était normal que la clinique soit déserte.

— Qu'est-ce qu'on va nous faire ? a chuchoté Sae, l'air inquiet. Kiwako-san, quelle insouciance ! m'a-t-elle lancé tandis que je feuilletais le calendrier pour montrer les photos de Koinobori* à Kaoru.

— Tout à l'heure, j'ai vu un magasin. Je me demande si on pourra s'y arrêter au retour, a dit Kumi en regardant le plafond.

— Kumi-san, que voulez-vous acheter ? a demandé Saegusa.

— Je voudrais acheter des gâteaux. J'ai envie de manger quelque chose de très sucré ou de très gras. Les repas à Angel Home sont insipides, a répondu Sae.

— Moi j'aimerais bien lire des magazines ! a dit Kumi d'une voix traînante.

Des magazines. J'ai laissé le calendrier et j'ai jeté un regard sur la salle d'attente. S'il s'agissait d'une clinique fréquentée par des gens normaux, on aurait dû y trouver des journaux et des magazines. Je voyais déjà mon nom en gros caractères dans tous les journaux, tous les magazines. Mais sur l'étagère placée dans un coin ne se trouvaient que de vieux livres d'images, j'ai soupiré de soulagement.

Elemiah est revenue avec des gobelets à la main. Elle en a distribué à chacune d'entre nous et nous a

* Le 5 mai, jour des Enfants, des bannières en forme de carpes colorées sont hissées devant les maisons des familles qui ont des garçons. Les carpes symbolisant le courage et la ténacité.

dit que c'était pour l'analyse d'urine. Il s'agissait apparemment d'une visite médicale. Toutes les femmes se sont dirigées vers les toilettes et j'ai demandé si Kaoru aussi devait passer la visite. La femme a acquiescé sans un mot.

Mon Dieu ! me suis-je écriée intérieurement. J'y pensais constamment depuis que j'avais vu le carnet de maternité chez la vieille femme.

Depuis février, Kaoru n'avait subi aucun contrôle médical, aucune vaccination. Si je restais ici, j'allais pouvoir bénéficier des soins de base. Oh mon Dieu ! Merci ! Ces mots que je n'avais jamais murmurés de ma vie, je les criais dans mon cœur en me dirigeant vers les toilettes.

La visite médicale était semblable à celles que j'avais passées lorsque je travaillais. Analyse d'urine, prise de sang, radiographie, électrocardiogramme et examen gynécologique. Une doctoresse et seulement quelques infirmières s'occupaient de nous. La doctoresse apparemment connaissait Sarah et Elemiah, elles bavardaient toutes les trois gaiement pendant les examens. Dès que tout a été terminé, on a appelé Kaoru. On m'a demandé de la dévêtir et de l'asseoir sur mes genoux.

— Vous avez le carnet de maternité ? m'a demandé la femme dans le cabinet de consultation, j'étais interloquée.

— Je suis arrivée sans mon carnet, ai-je répondu en cachant mon angoisse.

— Quel âge a-t-elle ?

— Elle est née le 30 juillet, ai-je répondu.

Elle a mis son stéthoscope sur la poitrine de Kaoru, a examiné ses yeux, l'intérieur de sa bouche, a mesuré son tour de poitrine et écouté sa respiration. Kaoru, figée, avait les yeux écarquillés et n'esquissait aucun mouvement.

— Est-ce qu'elle pleure la nuit, a-t-elle souvent de la fièvre ? – Le médecin prenait des notes. – Bon, pour le BCG c'est terminé, et pour le vaccin DTP, elle a eu combien d'injections ? Pour la poliomyélite, c'était comment ? Pas d'allergie ? continuait-elle à un débit rapide.

J'avais la tête envahie d'un nuage blanc. Les remerciements dont j'avais gratifié Dieu flottaient misérablement au milieu de cette masse cotonneuse. La doctoresse m'observait, j'étais incapable de répondre à ses questions.

— Vous n'avez été enceinte qu'une seule fois ? m'a-t-elle demandé dans un murmure.

J'ai aussitôt détourné le regard et baissé les yeux vers le sol blanc et lisse de la salle de consultation. J'ai remarqué un cheveu fin tombé là. Mon cœur s'emballait.

— Elle n'a pas d'allergie, me suis-je contentée de dire, sans répondre à la question.

J'ai entendu ma propre voix éraillée. La doctoresse m'a observée un moment avant de soulever Kaoru pour l'allonger sur la table d'examen. Elle a gigoté, fait une grimace et commencé à se tortiller.

— Ah ! Elle va bientôt se retourner toute seule ! a dit le médecin en l'observant et en posant sa main sur son dos.

Kaoru s'est retrouvée sur le ventre, clignant des yeux, ébahie. J'avais encore le cerveau embrumé et tant de palpitations que je me sentais mal, mais la mimique de Kaoru était si touchante que j'ai laissé échapper un rire d'une voix encore tremblante. Le médecin a examiné ses bras et ses jambes avant de la soulever pour me la rendre. Elle s'est alors mise à pleurer comme si elle n'attendait que cela.

— Une fois par mois, un médecin passe à Angel Home, ce ne sera pas moi mais s'il y avait quoi que ce soit, n'hésitez pas à le dire à ma collègue. En cas d'urgence, il suffira de prévenir Sarah, m'a dit la doctoresse tandis que je rhabillais Kaoru, puis elle a quitté la salle de consultation.

Je suis sortie discrètement avec Kaoru dans les bras et j'ai trouvé la doctoresse, Elemiah et Sarah en train de bavarder dans un coin du couloir. C'était sans doute à mon sujet. À l'issue de l'examen gynécologique, elles avaient peut-être constaté que je n'avais jamais été mère. J'allais peut-être être expulsée.

— Ça va aller, ça va aller, ai-je dit à Kaoru toujours en pleurs.

— Ah là là, c'est un gros chagrin ! Ma petite Kaoru, je vais t'acheter une glace, tu veux ? a dit Kumi en la regardant mais Kaoru détournait la tête et pleurait, le visage cramoisi. C'est bizarre, le mien, quand je lui disais ça, il s'arrêtait net ! a remarqué Kumi en riant.

Comme à l'aller, nous sommes toutes montées dans la fourgonnette, laissant l'hôpital derrière nous.

Ah ! Je voulais m'arrêter à la supérette là-bas ! a dit Sae quand nous sommes passées devant celle de la route nationale mais Elemiah et Sarah n'ont pas répondu. Sae a soupiré et s'est tripoté les ongles d'un air boudeur. Par la vitre, j'ai observé la supérette que nous étions en train de dépasser. Elle m'a semblé avoir des couleurs éclatantes. Comme Sae, j'avais envie de regarder les rayons de biscuits et de boissons de ce magasin coloré. J'avais envie d'acheter une glace et des chocolats à Kaoru pour la féliciter de n'avoir pas pleuré pendant la consultation.

Je me suis penchée pour m'approcher de la fenêtre et me suis cogné le front à la vitre.

— Vous aussi vous voulez acheter des biscuits, n'est-ce pas Kiwako-san ? Et toi petite Kaoru, tu veux une glace, non ?

J'ai voulu répondre par un éclat de rire à la voix nonchalante de Sae, mais je n'ai émis qu'un souffle tremblotant. Après la supérette, à l'entrée de la ville, une pancarte affichait l'agrandissement d'une photo de femme. À moins d'une erreur de ma part, c'était moi. Moi, avec des cheveux longs et un visage joufflu.

— Si vous voulez grignoter, prenez donc ça ! a dit Sarah en se retournant pour donner quelque chose à Sae.

— Beurk, c'est du kombu au vinaigre ! Non merci !

De petits rires ont fusé dans l'habitacle. Serrant fort Kaoru, j'ai tenté de sourire. Je ne savais pas si j'y arriverais. On ne voyait plus la supérette, ni la pancarte derrière nous.

Je m'étais trompée. À l'évidence. J'étais tellement angoissée que l'on puisse me reconnaître et que l'on m'enlève Kaoru que je me voyais dans toutes les photos de criminels recherchés par la police.

Ça va aller, ça va aller, ai-je répété à Kaoru qui ne pleurait plus, je l'ai serrée très fort. Je veux rentrer vite. Me retrouver vite de l'autre côté de la clôture blanche. Pressant Kaoru contre moi, je répétais ces prières.

4 mars.

Ainsi que Kumi l'avait prévu, le matin nous avons été convoquées une par une dans la salle où nous avions suivi les sessions de stage. Kumi était passée la première mais nous avons eu beau la questionner sur ce qu'on lui avait demandé, ce qu'on lui avait dit, elle ne nous a pas répondu. Peu avant midi, Elemiah est venue me chercher. On m'a demandé de me présenter avec mes objets de valeur. Kaoru dans les bras, mon sac qui contenait tous mes biens à la main, je me suis rendue dans la salle où nous étions en stage jusqu'à la veille. Sarah et Elemiah étaient assises côte à côte avec deux inconnues devant une longue table. Les documents que j'avais présentés y étaient posés. Face à elles, une chaise sur laquelle Sarah m'invita à m'asseoir dans un sourire.

— Qu'allez-vous faire ? Vous restez ? Ou bien vous repartez ? m'a demandé la femme aux cheveux gris noués en queue de cheval.

— Si cela est possible, je souhaite rester.

— Pourquoi ? Y a-t-il une raison qui vous empêcherait de repartir ? a immédiatement demandé Elemiah.

— J'aimerais étudier un peu plus, ai-je répondu d'une voix si fluette que je n'étais pas sûre d'avoir été entendue. Les quatre femmes avaient les yeux rivés sur moi. J'ai baissé le regard et vu les quatre paires de tennis blanches. Alors que le propos n'était pas là, je me suis fait la réflexion que Fumiyo avait les mêmes. Je ne l'avais pas revue depuis, où pouvait-elle se trouver ?

Comme elles continuaient à me fixer en silence, j'ai pris la parole. Sans me soucier de la suite. Comme l'avait dit Kumi, j'étais déterminée à tout faire pour arriver à mes fins. Et si pourtant on me chassait, je devais me résigner. Je n'avais d'autre solution que trouver un endroit où vivre avec Kaoru.

— Le dernier jour du stage, ai-je dit avant de me faire aussitôt corriger par Elemiah.

— D'Étude.

— Le dernier jour d'Étude, on nous a dit que tous les préjugés que nous portions en nous n'étaient peut-être que des fardeaux inutiles. Et je me suis dit que c'était sans doute vrai. Mais je ne suis pas encore parvenue à en être totalement convaincue. Si l'on me demande si je suis un homme ou une femme, je réponds encore que je suis une femme. Je veux en savoir plus. Je veux apprendre à me délester des fardeaux inutiles et des souffrances. Si cela était possible, je souhaiterais que cette enfant sans père n'ait pas de fardeau à porter. Je voudrais qu'elle mène une vie libre, dénuée de peines et de souffrances, ai-je dit d'un trait.

Je ne savais pas si c'était vraiment ce que je pensais ou si j'avais dit cela pour leur plaire. Sans esquisser un geste, les quatre m'observaient. Je me suis tue et après un moment de silence la femme à la queue de cheval a dit, sans détourner le regard :

— Vous avez subi une interruption de grossesse, n'est-ce pas ?

Je l'ai regardée dans les yeux. Cette femme sans maquillage aux cheveux tirés en arrière. Alors, elles savaient tout. Ces femmes savaient que Kaoru n'était pas ma fille. Il fallait dire quelque chose. N'importe quoi, pour rester.

Mon cœur s'emballait, mes mains et mes genoux tremblaient, ma bouche était sèche, pourtant en une seconde, un point s'est illuminé dans ma tête et le calme est revenu. Toujours Kaoru dans les bras, j'ai quitté ma chaise et me suis assise sur le sol avant de me prosterner.

— Tout ce que j'ai dit pendant les sessions d'Étude n'était que mensonge. C'était mon rêve. Je voulais avoir un enfant. Kaoru est la fille de l'homme que je fréquentais. Je voulais un enfant de lui. Mais je ne peux pas avoir d'enfant. J'ai rêvé que cette enfant était la mienne. Il m'arrive de ne plus savoir. De me dire que c'est moi qui lui ai donné naissance.

Ma voix a retenti à mes oreilles comme un aboiement, issu du point lumineux dans ma tête. Les larmes sont arrivées. Je ne savais pas si j'étais réellement triste ou si je voulais leur montrer que je pleurais. Mes larmes gouttaient sur le sol.

— L'enfant de l'homme que vous fréquentiez ? Vous ne voulez pas dire que vous l'avez enlevée, n'est-ce pas ? a dit une voix au-dessus de ma tête inclinée.

— Non. Quand sa femme a su que nous avions une relation, elle a quitté le domicile conjugal en laissant l'enfant. Et depuis, je me suis occupée seule du bébé. Il ne s'en occupait pas du tout. Sa femme a exigé des dommages et intérêts. Il a commencé à m'accuser de lui avoir gâché la vie et a passé sa colère sur moi. Il m'a dit qu'il n'avait aucune intention de m'épouser et qu'il voulait confier l'enfant à une institution. Je lui ai demandé de me laisser élever la petite. Mais il a déclaré qu'il n'avait pas l'intention de vivre avec Kaoru et moi.

Ma voix, qui s'exprimait avec aisance, me semblait celle d'une autre. Kaoru, serrée dans mes bras, a commencé à remuer comme pour échapper à mon étreinte.

— J'ai décidé de l'élever seule. Mais je n'ai plus d'espoir. Si nous menions une vie normale toutes les deux, un jour Kaoru apprendrait que son père l'a abandonnée. Elle souffrirait alors, comme moi. S'il existe un monde sans souffrance, c'est là que je veux l'emmener. Je vous en supplie, aidez-nous. Sauvez-nous. Laissez-moi me délester ici de mes souffrances inutiles.

Je me suis tue et la pièce a été plongée dans le silence. Le souffle tiède et humide de Kaoru m'effleurait l'oreille. Allaient-elles me croire ? Ne pas me croire ? Allais-je pouvoir rester ? Allait-on me chasser ? Les battements de mon cœur retrouvaient peu à peu un rythme normal et mes membres ne tremblaient plus. Je n'avais plus rien à perdre. Peu importait, si l'on me mettait dehors, j'étais capable de vivre n'importe où avec Kaoru.

— Asseyez-vous, a fait la voix d'Elemiah.

Je me suis levée lentement avant de m'asseoir. J'étais incapable de relever la tête. Je reniflais, je me suis essuyé les yeux avec ma manche.

— Il paraît que vous avez beaucoup d'économies, seriez-vous prête à vous séparer de votre argent ?

Mes économies. J'ai eu la sensation que la lumière se faisait. Ce qu'avait dit Kumi, qu'on nous prendrait tous nos biens, était peut-être la vérité. J'avais dans ce cas une chance de rester.

L'assurance vie de mon père et son épargne, ajoutées à mes propres économies, constituaient effectivement une jolie somme. N'était-ce pas le moyen de pouvoir rester ici ? Si cela me permettait de vivre avec Kaoru, l'argent que j'avais reçu en échange de la perte de mon père n'avait pas d'autre signification pour moi. Ou au contraire, qu'allais-je faire si l'on me chassait et que je me retrouvais sans un sou ? Les pensées tournaient dans ma tête.

— J'ai perdu mon père il y a deux ans, ai-je

commencé, avant même d'avoir les idées claires. L'argent que je possède provient de l'assurance vie et des économies qu'il m'a laissées. Kaoru n'a pas de père, j'avais donc l'intention de vivre de cet argent jusqu'à ce que je trouve du travail. Mais s'il m'est donné la possibilité de vivre ici, cet argent ne devient qu'un fardeau inutile. Ce dont nous avons besoin, Kaoru et moi, ce n'est pas d'argent, mais d'un monde sans souffrance.

Advienne que pourra. Il ne servait à rien de réfléchir à ce qui allait se passer dans un an, j'aviserais le moment venu. J'ai ressenti une sorte de fourmillement au fond de mon crâne.

— Bon, alors apposez votre sceau sur ces documents et donnez-nous votre livret bancaire et le sceau pour les opérations financières, a dit Sarah sans cesser de sourire.

J'ai déposé sur la table les documents que l'on me demandait. Le papier que l'on me proposait de signer était un contrat.

Adhérant à la philosophie d'Angel Home, j'atteste vouloir devenir membre à part entière et mener une vie communautaire au sein d'Angel Home. En conséquence, selon les principes en vigueur à Angel Home, je certifie déléguer sans condition la gestion de tous mes biens à Angel Home.

Il y avait un espace vide au bas du contrat.

— Là, vous devez faire la liste de tout ce que vous possédez. Le nom de votre banque et la somme qui se trouve sur votre compte, si vous avez des biens immobiliers ou des actions, il faut l'indiquer également, m'a dit Sarah, comme si elle m'aidait à répondre à un questionnaire d'examen.

— On entend dire que nous sommes des voleurs, mais il n'en est rien, vous savez, a dit une femme aux cheveux courts qui s'était tue jusqu'alors.

— Elle n'est au courant de rien, a murmuré Elemiah d'un ton réprobateur.

— Je pense qu'il vaut mieux lui dire, je vous assure.
Il y a des imbéciles qui sont parties d'ici et qui ont
voulu récupérer leurs biens en disant qu'on ne voulait rien entendre, mais il faut savoir que l'on ne fait
pas ça pour s'enrichir, nous. Pour nous, on accède
au véritable bonheur une fois que l'on a tout abandonné. Et ce que les membres nous laissent, à notre
tour, nous l'abandonnons, c'est ce qui permet aux
membres de vivre ici. On mange à sa faim, on prend
des bains, on a un toit pour dormir, comment voulez-vous qu'il reste de l'argent après ça ?

— Allons, Saku-chan, ça suffit, a dit la femme à la
queue de cheval en lui donnant un coup de coude,
mais l'autre a continué.

Les joues en feu, elle semblait incapable de s'arrêter.

— Même au paradis, il faut bien vivre, tout le
monde le sait. Il y en a qui viennent ici sans un sou,
d'autres comme elle, qui possèdent des millions.
Mais ici, à Angel, on ne fait aucune différence entre
les membres. Alors quand les gens veulent récupérer
leur argent et nous traitent de voleurs, je ne le supporte pas ! On se demande ce qu'on leur a appris ici.

— Ça ne sert à rien de lui dire ça maintenant.

— Mais qui sait si elle aussi ne le dira pas un jour ?
Avec tout l'argent qu'elle a, après un ou deux ans passés ici, qui vous dit qu'elle ne va pas nous demander
de tout lui rendre ? Je veux m'assurer qu'elle a bien
compris ce qu'elle va signer.

— Mais, Saku-chan, elle a terminé sa session
d'Étude et elle dit qu'elle veut en savoir plus.

— Il y a eu le cas de Mochimaru-san, non ?

— Cela n'a rien à voir.

— Et ce n'est pas le moment ni l'endroit pour parler de cela. Si vous voulez aborder ce sujet, on peut en parler à la réunion du soir, n'est-ce pas ?

Les quatre femmes continuaient à discuter à voix basse. Je les observais, interloquée. Les problèmes de restitution des biens étaient-ils plus importants que le fait que je sois là, accompagnée d'une enfant qui n'était pas la mienne ? Avaient-elles cru à mon histoire ? Ou cela n'avait-il aucune importance à leurs yeux ? La scène qui se déroulait devant moi évoquait plutôt une discussion entre ménagères se plaignant de la hausse du prix des légumes et du poisson, la sensation de me trouver au bord d'un précipice s'est rapidement estompée. Effectivement, l'endroit n'était pas une institution religieuse mais plutôt une sorte de foyer d'hébergement.

J'avais remarqué dès le début qu'il n'y avait que des femmes. La nuit de notre arrivée, des femmes nous avaient accueillies, les responsables du stage étaient des femmes et les cinq stagiaires aussi. Les gens que je croisais de temps en temps dans l'institution étaient des femmes de tous âges. À mon arrivée, lorsque Fumiyo m'a demandé si Kaoru était une fille, si j'avais répondu que c'était un garçon, elle ne m'aurait peut-être pas fait monter dans sa fourgonnette.

De plus, il semblait que la plupart de ces femmes avaient un lourd passé. Fumiyo m'avait raconté l'adultère de son mari et Kumi avait perdu son autorité parentale.

Angel Home fonctionnait probablement sur la base de doctrines dont on entendait souvent parler, les gens sont entravés par les idées, ou encore l'âme est plus importante que le corps. Il y avait diverses règles à respecter, toutes probablement justifiées par un motif plausible. Mais en vérité Angel Home n'était-il pas surtout un refuge pour celles qui se trouvaient dans l'incapacité de continuer à mener une vie normale, sans vraiment se soucier de leur âme ou du paradis ? Et le fait de se donner des noms curieux comme Ele-miah ou Sarah, n'était-ce pas le moyen d'accéder à une nouvelle vie sans souffrances, ce qu'elles souhaitaient, au plus profond de leur cœur ?

J'ai pris le stylo posé sur les documents à signer. Les femmes qui discutaient toujours à voix basse se sont tues aussitôt en fixant ma main.

C'était aussi mon vœu le plus cher. Que l'on m'attribue un nouveau nom, même bizarre, un nom qui ne serait pas souillé, autre que Kiwako Nonomiya, afin que je puisse faire de là mes premiers pas dans une nouvelle vie sans peine et sans souffrance. Que l'on m'assure un toit où personne ne me jugerait, où personne ne viendrait me chercher.

Kaoru a voulu prendre le stylo, j'ai fait une rature et j'ai rectifié. J'ai écrit les chiffres et au moment d'ajouter le dernier zéro, j'ai pu savourer un indicible sentiment de soulagement. Ou plutôt, n'était-ce pas un sentiment de libération marquant la fin du désespoir ? J'étais incapable de discerner ce qui me traversait exactement l'esprit, mais le plaisir de sentir enfin mes épaules délestées de ce poids était, lui, bien réel.

Ensuite j'ai laissé mon livret bancaire et mon sceau aux femmes. Ce jour-là, j'ai renoncé aux 37 500 000 yens de mon père et aux 800 000 yens et quelques qui restaient sur mon propre compte.

20 mars.

J'ai officiellement été acceptée comme membre d'Angel Home. À la fin du stage, seules Kumi et Sae ont été autorisées à rester. Quant à Saegusa et Tokuda, elles n'avaient pas été acceptées, elles venaient à l'institution pour effectuer diverses tâches regroupées sous le vocable de "Travail". Selon les dires de Sae, Tokuda avait un caractère trop fort et s'était disputée avec Elemiah, Saegusa, elle, avait refusé de faire don de son argent, mais j'ignorais d'où provenait cette rumeur. En réalité, personne ne savait quels étaient vraiment les critères de sélection.

Il s'était passé un mois déjà depuis mon départ de Nagoya. Je brûlais d'envie de savoir où en était l'enquête et à quel endroit ils avaient perdu ma trace. De temps à autre, j'étais tellement prise par l'angoisse que j'avais envie de crier. Mais je n'avais personne à qui je pouvais poser des questions et aucune possibilité d'avoir des nouvelles de l'extérieur. Je devais me contenter de me persuader que l'on ne me retrouverait pas.

Jusqu'à la veille, les deux autres sélectionnées et moi avions passé notre temps à accomplir des tâches appelées "Prétravail". La journée était consacrée à de gros travaux et le soir après le dîner, il y avait une réunion entre plusieurs membres. Chaque jour les tâches étaient différentes. Le ménage, la préparation des repas, la récolte des légumes et leur conditionnement en cartons. Chaque jour on nous attribuait une tâche particulière et nous apprenions en suivant les instructions des membres plus anciens. Dans la journée, comme il fallait travailler, je devais laisser Kaoru à "l'École".

Pendant le stage je n'avais pratiquement rencontré personne mais apparemment le programme était ainsi établi à dessein. Plusieurs personnes venaient de l'extérieur pour travailler, il était donc difficile de savoir, mais environ une quarantaine de femmes vivaient à Angel Home. Il y avait également des enfants. Les heures de repas et les horaires pour le bain étaient stricts, il fallait respecter les plages horaires. Ce que l'on appelait "l'École" ressemblait à un gymnase relié au bâtiment principal par une passerelle, il s'y trouvait une dizaine d'enfants. Parmi eux, certains vivaient dans l'institution avec leur mère, d'autres venaient de l'extérieur. Kaoru était la plus jeune mais il y avait des petits qui marchaient à peine, le plus âgé étant un lycéen ; tous étaient rassemblés dans cette grande salle, certains jouaient, d'autres étudiaient. Garder les enfants ou les aider à étudier faisait partie du travail des membres.

Cet après-midi, Kumi, Sae, Kaoru et moi avons été convoquées par Elemiah dans la salle où s'était déroulé le stage. Je me demandais s'il s'agissait encore d'une réunion lorsque la porte s'est soudain ouverte et qu'une inconnue est apparue. Elle portait un pull vert, un pantalon marron, une femme menue entre deux âges. Elle s'est assise en face de nous après nous avoir saluées de façon familière à voix basse et de nous observer.

— Qu'il est mignon, ce bébé ! Les enfants sont notre trésor. On l'appellera Rebecca. Vous, ça sera Ruth. Vous, qui êtes jeune, vos parents sont au courant ? Vous, ça sera Saül. Et vous, vos cheveux sont abîmés, il faut en prendre soin. Vous, on vous appellera Esther. Allez, courage !

À ces mots, la femme s'est levée pour quitter la pièce. Elemiah et Sarah l'ont saluée en s'inclinant profondément avant de se précipiter pour lui ouvrir la porte, à en juger par leur attitude, cette dame ordinaire pouvait bien être la responsable de la communauté.

— Alors, on a dit, vous c'est Ruth… ensuite Saül… a murmuré Sarah en prenant des notes.

— La date d'aujourd'hui sera celle de votre anniversaire, jour où Angel Home vous a donné un nouveau nom. Vous allez vivre une nouvelle vie, les noms que vous aviez jusqu'à maintenant à l'extérieur, vos anniversaires ne représentent plus qu'un attirail inutile. Joyeux anniversaire ! a dit Elemiah avec solennité, nous nous sommes regardées avant de nous incliner.

— À partir d'aujourd'hui, vous allez pouvoir quitter les accomos d'hébergement temporaire et vous installer dans de nouvelles chambres. Ruth, la chambre 25, Saül la 14 et Esther la 31. Vous pourrez faire une demande de changement dans trois mois. Pour aujourd'hui, le travail est terminé, je vous demande de ranger et nettoyer les chambres que vous occupiez jusqu'à maintenant, a dit Sarah avant que nous quittions la salle de stage. Le terme "accomo", pour le mot anglais *accommodation*, désignait les chambres.

Dans la pièce que je partageais avec Kumi, nous avons enlevé les draps des lits, les taies d'oreiller, et nous avons balayé avant de passer la serpillière.

— Kumi-san, vous êtes de Tokyo ? ai-je demandé en essuyant le sol.

— Je suis née dans une île de la mer Intérieure de Seto. À dix-huit ans, je suis partie de chez moi et je n'ai plus quitté Tokyo.

— La mer Intérieure, c'est-à-dire ?

— L'île de Shodo. Vous connaissez ?

117

— Ah comme dans le film *Les Vingt-Quatre Prunelles**?

— Oui ! C'est ça ! Vous connaissez !

— Les membres de votre famille savent que vous êtes ici ?

— Non, pas du tout et ça fait très longtemps que je ne les ai pas vus, a répondu Kumi avant de se mettre à nettoyer les vitres.

Kaoru était assise sur le lit, elle a tiré vers elle un drap resté en boule et l'a mis sur sa tête en poussant un cri. Je me suis précipitée pour le lui enlever, elle a éclaté de rire, bouche grande ouverte. J'ai repris le ménage, elle a recommencé en émettant un grognement.

— Elle croit que c'est un jeu, a dit Kumi en s'approchant de Kaoru pour lui reprendre le drap avec de grands gestes. Coucou ! Qui est là ? – Kaoru riait en se contorsionnant.

Dis, tu comprends bien que maintenant c'est impossible. La voix de l'homme que j'avais aimé il y a longtemps revenait à mon oreille. *Je veux régler notre situation. Prendre mes repas avec toi, Kiwa-chan, regarder la télévision avec toi, c'est la vie à laquelle j'aspire. C'est pour atteindre notre but qu'on se bat, non ? Bien sûr que je voudrais un enfant, mais si on le fait maintenant, on va tout gâcher, tu le comprends, ça, n'est-ce pas ?*

Pourquoi le souvenir de cet homme venait-il me hanter à un tel moment ? J'avais été capable de me défaire de tout mon argent, pour quelle raison n'arrivais-je pas à me débarrasser de son souvenir ? En vivant ici, allais-je pouvoir tout oublier ? J'avais un

---

* Film réalisé par Keisuke Kinoshita en 1954. Il raconte l'histoire d'une institutrice et de ses douze élèves sur l'île de Shodo.

nouveau nom, allais-je pouvoir accéder à une vie où cet homme et sa femme n'existaient pas ?

— Ah ! Regardez Kiwa-san ! La petite, elle va marcher à quatre pattes !

À la voix de Kumi j'ai repris mes esprits et détaché mon regard de la serpillière. Kaoru, assise sur le lit, avait posé ses deux mains entre ses jambes et faisait basculer le poids de son corps vers l'avant.

— Allez, appelez-la ! Dites-lui de venir.

Pressée par Kumi je me suis levée et me suis penchée vers le lit pour inviter Kaoru à avancer vers moi : "Allez, Kaoru, viens voir maman. Allez !"

J'ai frappé dans mes mains.

Kaoru, le corps penché en avant, rampait lentement, se déplaçant sur le lit. Probablement étonnée d'avoir pu se déplacer, elle a eu l'air ébahi et nous a fait un grand sourire.

— Ouah ! Incroyable ! Elle a marché à quatre pattes ! a crié Kumi avant de prendre Kaoru pour la poser sur le sol.

— Allez ! Kaoru-chan, viens par ici ! ai-je dit après m'être postée dans un coin de la pièce.

Kaoru s'approchait de moi rapidement, le sourire aux lèvres. De temps en temps, elle s'arrêtait et regardait derrière elle, comme pour s'assurer de la distance parcourue et se tournait vers moi.

— Allez, Kaoru, viens ! ai-je répété.

Elle s'est remise en marche en utilisant maladroitement ses mains.

— C'est bien, c'est très bien !

Kumi et moi nous sommes serré les mains en criant.

— Kumi-san, vous croyez qu'elle va bientôt se mettre debout ? Qu'elle va m'appeler "maman" ?

— Ça va venir très vite. Tout de suite. Kaoru-chan, tu vas bientôt te mettre debout, tu vas parler avec maman, tu vas faire plein de choses !

Kumi a pris les mains de Kaoru pour la mettre debout. La petite a fait une grimace et s'est mise à pleurer. Kumi et moi avons éclaté de rire.

J'allais vivre dans cet endroit avec Kaoru. C'était ici que j'allais me libérer du souvenir de cet homme, de sa femme qui m'avait tant injuriée. Mon nom, mon passé, ma carrière, les souvenirs du temps où je me croyais heureuse, les souvenirs des gens que j'avais tant haïs, ici, un jour, je serais capable de m'en libérer, simplement, comme j'avais pu me défaire de mon argent. Ainsi allais-je peut-être pouvoir me délester du poids de mes actes. Cette idée rassurante, j'y croyais avec force.

Kaoru, de la salive coulant sur son menton, faisait de gros efforts pour venir vers moi. J'ai ouvert grands les bras et j'ai soulevé ce petit être en échange duquel j'avais tout donné.

30 juillet 1987.

Ce matin je me suis levée à six heures, j'ai réveillé Kaoru, lui ai brossé les dents et à six heures et demie nous nous sommes rendues dans la salle de Mana. On m'a tendu un plateau sur le comptoir et j'ai cherché une place où m'asseoir. Du soja fermenté, des algues, des légumes salés, de la soupe de miso et du riz. Kaoru m'a tendu le sachet de mélange de condiments à mettre sur le riz que la femme au comptoir lui avait donné pour que je l'ouvre. Elle m'observait, la mine sérieuse, tandis que j'en saupoudrais un peu sur le riz. "C'est celui aux œufs, tu en as de la chance !" ai-je dit en lui donnant ses baguettes. Elle a souri en m'imitant : "Aux œufs, j'ai de la chance !"

Le petit-déjeuner terminé, je suis allée dans le jardin pour le nettoyage des anges. Plusieurs femmes étaient déjà à la tâche avec leurs brosses. Au début, la vue de ces statuettes alignées m'avait troublée mais à force de les nettoyer ainsi chaque jour, j'étais arrivée à considérer ces anges en faïence lisse dépourvus d'yeux et de bouche comme des poupées au visage expressif. Certains jours je les trouvais tristes tandis que d'autres elles me semblaient sourire. Je m'appliquais à verser de l'eau sur les statuettes et à les frotter à la brosse. Faites que cette journée se termine bien. Faites que demain aussi je puisse passer la journée avec Kaoru. Pendant deux ans et demi, tous les jours, j'ai fait la même prière. J'ignorais quel pouvoir avaient les anges mais jusqu'à ce jour, au moins, mes vœux avaient été exaucés. Aujourd'hui aussi j'ai prié. Je ne demande rien d'important, je ne souhaite rien pour dans un an ou même cinq, je prie pour la journée d'aujourd'hui, puis pour celle de demain, je ne demande rien d'autre, je vous en supplie, entendez ma prière. Kaoru, accroupie un peu plus loin, jouait à la dînette avec la petite Mahlon en arrachant des brins d'herbe.

— Bonjour Rika-chan ! Tu as bu ton lait ? Et toi Mahlon-chan, c'est toi qui fais la maman ? – Plusieurs femmes en train de nettoyer s'adressaient aux petites.

Mahlon, qui allait bientôt avoir onze ans, vivait à Angel Home depuis l'âge de cinq ans. Un an plus tôt nous avions commencé à partager notre chambre avec Mahlon et sa mère, Dan, et Saku, avec qui j'avais passé l'entretien, cela faisait cinq personnes dans la chambre.

Aujourd'hui, Kaoru avait trois ans. Il n'y aurait pas de fête. Le 20 mars, jour où j'ai officiellement été reconnue membre d'Angel Home, était notre date d'anniversaire, à Kaoru et à moi. En réalité, je n'avais pas le droit d'appeler Kaoru par son vrai nom et elle n'avait pas le droit de m'appeler "maman". Il fallait se libérer des liens entre parents et enfants, c'était un des principes en vigueur à Angel Home. Mais lorsque nous étions seules, je l'appelais "Kaoru" et la laissais m'appeler "maman". Évidemment elle ne comprenait rien à ces règles, elle répondait à son nom, qu'on l'appelle Kaoru ou Rika, et il lui arrivait de m'appeler "maman" même en présence d'autres personnes.

— Elles ne sont pas là aujourd'hui, on dirait ! a dit Lévi, tendant l'oreille vers le portail.

— C'est normal. Elles ont dû enfin se rendre compte qu'elles avaient tort. Pousser des hurlements comme ça, quelle honte ! C'est comme si elles venaient proclamer que leurs filles les avaient abandonnées ! a dit Saku-san tout en essuyant les statuettes avec un chiffon humide bien essoré.

Quelques jours plus tôt, un groupe était venu protester en scandant : "Rendez-nous notre fille !" Les parents d'Ami, devenue membre trois mois auparavant, étaient accompagnés de connaissances ou de membres de la famille pour protester devant le portail d'entrée. Ami n'avait que dix-sept ans, elle avait demandé à rester, affirmant que ses parents étaient d'accord, mais il s'agissait apparemment d'une fugue. Les responsables d'Angel Home lui avaient proposé de rentrer chez elle mais elle avait farouchement refusé, sans même rencontrer ses parents.

Selon quels critères pouvait-on devenir membre, même après deux ans et demi, je ne le savais pas.

Tokuda et Saegusa étaient venues travailler au début mais on ne les voyait plus ces derniers temps. Quant à Sae, qui avait été baptisée Saül, elle avait quitté Angel Home six mois après son arrivée. Parmi les cinq femmes qui avaient postulé en même temps que moi, il ne restait que Kumi, nommée Esther. Officiellement, les portes d'Angel Home étaient ouvertes à tous mais en réalité certaines personnes, comme Tokuda, ne pouvaient les franchir. Pourquoi avait-on accepté Ami, qui était mineure, tandis que l'on avait opposé un refus à une femme adulte qui avait sans doute plus d'argent, je ne le comprenais pas.

Et ce n'était pas la seule chose qui m'intriguait. Cela faisait deux ans et demi que je vivais ici et il était toujours interdit d'exprimer la moindre réserve. Ou plutôt il n'était pas interdit de poser des questions mais personne n'y répondait. Tous les matins nous ramassions les légumes et les conditionnions, nous nous chargions des repas, ce qu'on appelait le service de Mana, nous nous occupions de l'éducation des enfants, faisions le ménage et la lessive, partions vendre notre eau et nos légumes, il y avait aussi ce qu'on appelait généralement le travail à temps partiel, ici "Travail extérieur". Nous étions chargées de l'organisation de la vente par correspondance et de l'impression des prospectus, on nous attribuait des tâches et nous les accomplissions, mais j'ignorais encore qui prenait les décisions concernant le partage des tâches. Depuis le jour de notre baptême, je n'avais jamais revu Mme Angel. J'avais du mal à croire que cette femme d'allure modeste, que l'on n'aurait pas reconnue si on l'avait croisée dans un supermarché, pouvait prendre toutes les décisions au sein de l'institution, pourtant il était difficile de discerner qui d'autre pouvait tenir les rênes. Il existait bien un bâtiment nommé Angel Home mais l'intérieur semblait toujours enveloppé d'un voile de brume. C'est l'impression que j'avais.

Aujourd'hui on m'a demandé d'expédier les prospectus, ce qui m'a soulagée. Jusqu'à la veille, j'avais conditionné les choux et avant cela j'avais nettoyé le poulailler au fond du parc. J'avais eu deux semaines de travail physique et j'étais exténuée. Si par mégarde on laissait échapper son opinion sur ces conditions de travail, aussitôt cela faisait l'objet d'une réunion. Impassible, j'emmenais donc Kaoru et Mahlon à l'École.

Voyant quelques enfants groupés ici et là, Mahlon s'est mise à courir vers eux en tirant la main de Kaoru qui, incapable de suivre, est tombée. Elle est restée à terre, sans bouger. Et tandis que je me demandais si elle allait pleurer, elle s'est relevée, le visage crispé pour ne pas pleurer. Comme pour vérifier si j'avais bien été témoin de son courage, elle s'est retournée lentement et m'a fait un petit geste de la main, les lèvres encore crispées.

Les premiers mois avaient été pénibles. Si quelqu'un m'avait entendue dire que j'étais angoissée de devoir laisser Kaoru, le soir même mon problème faisait l'objet d'une réunion. Dans la salle d'Étude, plusieurs femmes formant un cercle m'avaient demandé pourquoi je n'étais pas capable de confier Rebecca en toute quiétude. Comme au moment du stage, je n'avais pas de réponse à leurs questions. Quoi que je dise, les mêmes questions revenaient sans cesse et cela pouvait durer jusqu'à une ou deux heures du matin. Le lendemain matin, selon le genre de tâche qui m'était attribuée, il arrivait que je doive me lever à cinq heures et lorsque cela se répétait, j'avais tellement sommeil que je n'avais pas les idées claires.

La vie à Angel Home n'était pas aussi austère que je le pensais. Selon le type de travail, on gagnait entre trois mille et cinq mille yens par mois. Il était interdit d'introduire des magazines ou des journaux, téléviseurs ou radios mais si l'on voulait acheter des confiseries, des cigarettes ou même des vêtements, il fallait en faire la demande et l'achat de ces choses nous était accordé. Et si l'on avait des questions relatives au règlement, il était possible de déposer une demande pour suggérer un moyen d'améliorer ce que l'on trouvait inapproprié. Des réunions étaient alors planifiées sur plusieurs jours avec des membres qui changeaient quotidiennement et si la proposition obtenait la majorité des voix pendant plus de cinq jours, elle était acceptée. Lorsque je suis arrivée à Angel Home, les mères n'avaient pas le droit de partager la même pièce que leur enfant. Toutes les deux semaines, chaque enfant allait dormir chez un membre différent. J'ai alors fait remarquer que cette pratique avait de toute évidence des effets néfastes sur l'équilibre affectif des enfants et, à l'issue d'interminables réunions, ma demande a été prise en compte. Maintenant, les enfants de moins de douze ans vivaient avec leur mère. Au fil des jours, de temps à autre, il m'arrivait d'oublier l'acte que j'avais commis.

Le travail d'expédition des prospectus avait été attribué à quatre femmes. Il fallait coller les étiquettes sur les enveloppes, plier le prospectus, le glisser dans l'enveloppe et la fermer ; nous avons commencé à sortir les enveloppes des cartons empilés dans un coin de la pièce.

— Aujourd'hui j'ai apporté de quoi grignoter ! a dit Kana au moment de commencer à travailler, en sortant de sa poche des biscuits au chocolat.

— Si on vous voit manger au travail, vous allez vous faire gronder ! lui a dit Bani tandis que Kana ouvrait le paquet de biscuits pour le poser au milieu de la table.

— Ah là là ! Si on se fait attraper, ça sera votre faute ! a dit Asuna tout en tendant la main vers les biscuits.

— Quelle chaleur, c'est insupportable ! Ils pourraient mettre la climatisation dans la salle de manutention, au moins ! Allez, Ru-san, prenez-en un !

J'ai pris un biscuit aussi. "Kana-san veut nous culpabiliser !" ai-je dit, et tout le monde a éclaté de rire.

Les quarante ou cinquante femmes qui vivaient ici avaient toutes un point commun. Cela ne tenait pas au caractère inné de chacune, il s'agissait du caractère acquis à Angel, qui s'était forgé tout au long de leur vie ici. On ne réfléchissait pas trop. On ne se posait pas de questions. On ne revendiquait rien. N'ayant pas d'ego, on avait peu de sentiments négatifs tels que la méchanceté ou la haine.

On apprenait aux membres d'Angel Home à agir constamment selon les instructions reçues d'en haut. On exécutait la tâche qui nous était attribuée chaque jour et l'on prenait ses repas selon les instructions, dans un ordre établi. On ne se demandait pas qui était en haut. Au fil du temps ce mode de fonctionnement était devenu pratique. Si l'on avait une trop forte personnalité ou si l'on exprimait des doutes, on était exclu de la communauté. On disait à la personne en question que le travail à l'extérieur lui convenait mieux et l'on trouvait une raison quelconque pour la renvoyer. Pourtant, bien que la communauté ne compte que des femmes, l'ambiance n'était jamais aux jérémiades. À force de partager la même chambre ou de se retrouver plusieurs fois dans le même groupe de travail, on aurait pu penser que des groupes et des clans se formeraient mais il n'en était rien. En ce qui me concerne, j'étais satisfaite que l'on ne me pose aucune question mais je ressentais néanmoins une sorte de malaise, comme si toutes ces femmes vivaient avec un masque sur le visage.

Nous avons entendu des cris, nous sommes arrêtées de travailler pour regarder par la fenêtre.

— Ils sont encore là, les mêmes qu'hier ! a dit Kana.

— Rendez-nous nos filles ! – Une voix éraillée nous parvenait à travers un mégaphone.

— Oh ! C'est vrai !

— Encore eux !

— Ils insistent !

Toutes les femmes avaient abandonné leur tâche pour s'approcher de la fenêtre ouverte. J'ai fait comme elles.

Alors que la clôture était suffisamment haute pour nous empêcher de voir combien de personnes s'étaient attroupées et de quelle façon elles protestaient, nous étions toutes penchées à la fenêtre, écoutant les cris avec attention.

— Non-chan ! C'est maman ! Il aurait fallu qu'on se parle avant, non ?

— Makiko ! Makiko, tu m'entends ? C'est une communauté dangereuse ici, ils font du lavage de cerveau et vous prennent votre argent ! Tu as été bernée !

— Enlever des jeunes filles et les séquestrer, c'est un crime !

— Faites venir le responsable !

Les voix nous parvenaient une à une à travers le mégaphone.

— Ils sont nombreux aujourd'hui !

— Ah ! Saku-chan arrive en courant !

Accompagnée d'autres personnes, Saku traversait le terrain, se dirigeant vers le portail d'entrée. Sous la poussée, le portail s'est ouvert et aussitôt les protestataires se sont introduits dans le parc. Saku essayait de les repousser avec les autres membres.

— Ah ! Un type, là-bas ! a murmuré Bani, ordinairement discrète.

Je n'ai pu m'empêcher de rire.

— Pourquoi vous riez ? C'est un type donc j'ai dit un type, c'est tout.

— Oui, oui, c'est bien ça.

À la vérité, s'il nous arrivait de croiser des fournisseurs qui venaient à Angel Home, nous avions peu d'occasions de voir des inconnus. J'ai eu l'impression que je n'avais pas vu d'homme d'un certain âge avec une calvitie naissante depuis longtemps. J'ai suivi le type des yeux et, comme si on m'avait soufflé de la fumée de cigarette en plein visage, j'ai eu une sensation déplaisante. J'étais déjà sans doute imprégnée de l'atmosphère d'Angel Home où le monde extérieur était considéré comme souillé.

— Ah ! Il est entré !

L'homme entre deux âges était entré dans le parc, se dirigeant vers le bâtiment en criant le nom de sa fille. On entendait : "Nobue !" Le prénom d'Ami dans le monde extérieur était Makiko, il s'agissait donc de l'autre jeune fille. J'ai alors eu un doute, il était possible que plusieurs mineurs vivent à Angel Home et que leurs parents se soient réunis en un groupe d'action pour les récupérer.

— Partez d'ici ! Ne venez pas souiller notre maison ! a crié Bani en se penchant à la fenêtre.

— Allez, partez ! a crié également Asuna.

D'autres femmes regardaient aussi par les fenêtres, les voix ont fusé de toutes parts. Un seau et un chiffon ont été jetés par une fenêtre, visant l'homme. Saku et les autres membres finirent par chasser les intrus, sortant avec eux hors de l'enceinte d'Angel Home. La voix discordante du mégaphone s'est interrompue d'un coup.

Pendant le rassemblement qui a suivi le dîner, je me suis trouvée près de Kumi. Une fois la réunion terminée elle m'a suivie jusqu'à la chambre et m'a demandé si elle pouvait porter Kaoru. L'heure du bain n'était pas passée et j'ai proposé à Kumi d'y aller toutes les trois ensemble.

— Ah ! Ça me rappelle des souvenirs ! a dit Kumi, Kaoru dans les bras.

Kumi avait été séparée de son fils lorsqu'il avait trois ans, je m'en souvenais.

— E-chan, toi aussi tu prends ton bain ? a demandé Kaoru.

Kumi avait été baptisée Esther et tout le monde l'appelait E-chan.

— Je vais te laver les cheveux, Rika-chan.

— Non, ça va, c'est maman qui me les lave.

— Eh ! Dis donc, mademoiselle ! – Kumi a pris Kaoru pour la soulever mais l'a reposée aussitôt : On ne peut plus jouer à la soulever très haut maintenant, elle est trop lourde !

Il n'y avait personne dans la salle de bains commune. Nous nous sommes immergées toutes les trois dans la grande baignoire. Kumi a fait jaillir des filets d'eau de ses paumes jointes et Kaoru a ri aux éclats.

— Vous ne les avez pas contactés ? ai-je demandé.

Kumi a secoué la tête sans un mot.

— Kumi-chan, vous avez l'intention de rester ici indéfiniment ? ai-je ajouté après avoir vérifié que personne n'allait entrer.

Sans répondre, Kumi a continué à faire le pistolet à eau avec ses mains.

— Kumi-chan, vous vous souvenez quand Kaoru a commencé à marcher à quatre pattes ? Vous savez, je n'ai pas pu la voir la première fois où elle s'est mise debout, je n'étais pas là quand elle a prononcé ses premiers mots. Ce sont les responsables de l'École qui m'ont tout raconté. Je suis arrivée ici parce que je n'avais nulle part où aller et je ne pense pas non plus à quitter cet endroit mais je me dis que tant que je serai ici, je ne pourrai pas voir Kaoru grandir et cela m'attriste.

J'avais parlé comme pour moi-même. J'avais, avec Kumi qui était montée dans la fourgonnette le même jour que moi, certaines affinités. J'arrivais à lui parler de choses que je ne pouvais dire à personne d'autre. Kumi, quant à elle, avait l'apparence d'un membre sans ego et qui ne réfléchissait pas beaucoup mais lorsque nous nous trouvions seules il lui arrivait de se confier à moi. Il y avait à Angel Home une règle tacite qui voulait que l'on ne parle pas de ses origines mais il nous arrivait, comme si nous nous étions rencontrées au cours d'un voyage, d'évoquer notre village natal, notre vie. Kumi aimait dessiner et avait fréquenté une école d'art tout en travaillant. C'est dans l'imprimerie où elle était à temps partiel qu'elle avait rencontré son ex-mari et elle s'était mariée à vingt-quatre ans. Quant à moi, si je n'avais pu lui raconter l'épisode majeur de mon passé, pour le reste, je lui

avais dit toute la vérité. J'étais née à Odawara, préfecture de Kanagawa, et comme elle, j'étais arrivée à
Tokyo à l'âge de dix-huit ans ; après des études dans
une université de jeunes filles j'avais trouvé du travail
et j'étais tombée amoureuse d'un collègue qui était
marié. Kumi au visage poupin n'avait que deux ans
de différence avec moi et lorsque nous avons évoqué les discothèques ou les bars, nous nous sommes
découvert certains endroits en commun. Nous étions
loin de Tokyo, cloîtrées dans Angel Home, coupées
du monde extérieur, et parler du Penguin Bar ou du
Peyton Place nous donnait la sensation de partager
de lointains souvenirs de voyages à l'étranger.

Pourtant Kumi ignorait la véritable raison de ma présence à Angel Home, tout comme je ne savais comment elle envisageait son avenir. Non pas parce que ces
conversations étaient interdites mais parce que nous
redoutions d'en parler.

— Viens là, Rika-chan, je vais te laver.

Kaoru, qui pourtant avait lancé que sa maman allait
le faire, est sortie docilement de la baignoire dans les
bras de Kumi puis est restée debout devant le robinet.
Kumi a mis du savon sur l'éponge commune et a lavé
soigneusement Kaoru. Kumi, qui malgré sa chevelure
plus noire maintenant, gardait des traits enfantins, a
retrouvé en un instant le visage d'une mère.

— C'est difficile de renoncer ! m'a-t-elle dit soudain en souriant, se tournant vers moi dans la vapeur
d'eau chaude.

— C'est vrai ça, E-chan ! a approuvé Kaoru sans
rien comprendre.

Nos rires ont résonné dans la salle de bains satu-
rée de vapeur blanche.

4 août.

Apparemment, la situation a pris une plus mauvaise tournure que prévu.

Aujourd'hui on m'a attribué la tâche de répondre au téléphone. C'était la première fois. Je me suis rendue dans une pièce du dernier étage de l'aile ouest du bâtiment, où je n'étais jamais allée, la pièce ressemblait à une salle de documentation meublée de tables et de chaises tubulaires. Sarah était assise à une des tables, concentrée dans l'étude de documents. Saku, qui m'avait conduite jusqu'à la salle, a fermé la porte à clé, m'a invitée à m'asseoir avant de me tendre des documents agrafés ensemble.

Sur la première page étaient imprimés les mots "Manuel de gestion de la communication avec les médias".

— Ru-san, vous étiez bien au service communication d'une grande société, n'est-ce pas ? m'a dit Saku-san, assise près de moi.

— Non, pas vraiment une grande société…

La règle à Angel Home étant d'oublier parcours scolaire et carrière professionnelle, les propos de Saku m'ont étonnée.

— Ce n'est pas le moment de faire la modeste. Angel Home est en train de traverser une épreuve. Ces idiots de parents ont fait un tel tapage que les médias s'en mêlent maintenant. Quand vous êtes arrivée ici, vous avez fait don de tous vos biens, n'est-ce pas ? Vous avez tout laissé, non ? C'est la même chose pour tout le monde. Mais il y a des imbéciles qui demandent à ce qu'on leur rende leur argent. Depuis toujours, c'est comme ça. On a tout expliqué, point par point, et on nous a compris. Il n'y a aucun problème. Mais aujourd'hui, profitant de ce que certains parents veulent reprendre leur enfant, ces idiots recommencent. Des gens propagent la rumeur que l'on enlève des mineurs et qu'on les séquestre, qu'on est une communauté malhonnête qui extorque l'argent des membres. C'est idiot. Comment pourrait-on enlever des jeunes qui se promènent comme ça dans le coin ? Ce sont eux qui viennent nous supplier de les héberger…

Comme pour interrompre ce discours bien rodé, le téléphone a fait retentir une sonnerie grêle. Sarah a pris le combiné, lançant un regard furtif à Saku. Tout en continuant à la regarder, elle a répété, l'air sérieux, "oui" puis "non" et, baissant les yeux sur le manuel, a commencé à parler.

— Donc, comme je vous l'ai dit plusieurs fois, nous ne sommes pas une communauté religieuse.

— Et voilà, je reviendrai te voir tout à l'heure. Je parle toujours trop, c'est pour cela qu'on me demande de ne pas répondre au téléphone, a dit Saku en tirant la langue avant de quitter la pièce.

— Ah ! C'est pénible ! a dit Sarah après avoir raccroché, puis elle s'est étirée avant de se lever pour ouvrir en grand la fenêtre restée entrouverte.

Pourtant pas un souffle de vent n'entrait dans la pièce. Sarah s'est appuyée au rebord de la fenêtre, s'éventant le visage de ses deux mains.

— Combien y a-t-il de mineurs ici en ce moment ? ai-je demandé.

— Il y en a trois qui ne sont pas avec leur mère. Et une fille de vingt ans qui est en Prétravail. Quant à Ami, la jeune fille dont les parents font un scandale en ce moment, d'après moi ce n'est qu'une petite traînée. Depuis l'âge de quinze ans elle a multiplié les fugues, a fréquenté des bandes de voyous et a eu des relations avec plusieurs garçons. Elle n'a pas encore dix-huit ans mais elle a déjà avorté deux fois, a raconté Sarah, d'ordinaire discrète sur le passé des membres.

Je n'avais jamais travaillé dans la même équipe qu'Ami mais je l'avais croisée plusieurs fois au moment des repas. Elle était souriante et répondait avec vivacité, elle m'avait fait l'effet d'une jeune fille insouciante.

— Et si on rendait les mineurs à leurs parents ?

— Impossible. Mme Angel n'approuverait pas que l'on mette dehors quelqu'un qui est venu nous demander de l'aide, sous prétexte que sa présence nous pose des problèmes. Vous le comprenez, vous, Ru-san, n'est-ce pas ? a dit Sarah en posant sur moi un regard insistant.

J'ai tressailli. J'ai détourné aussitôt le regard de son visage dont les traits se détachaient dans le rayon de soleil qui entrait par la fenêtre. Je n'arrivais pas à comprendre le sens des paroles qu'elle m'adressait. Je me suis tue et Sarah a poursuivi.

— Si cela continue, nous allons devoir faire face à quelques ennuis. Il est possible que la police s'en mêle, et il y aura sans doute une enquête. Mais nous n'avons rien à nous reprocher, et vous toutes, qui vivez ici, le savez bien. Comme le dit Saku-chan, nous n'avons enlevé personne et n'avons pas non plus volé l'argent de qui que ce soit. Qu'il y ait une enquête ne nous dérange pas, mais ce n'est pas le cas de tout le monde ici, n'est-ce pas ?

J'ai relevé la tête. J'ai regardé Sarah qui se tenait dans la lumière. Elle a soutenu mon regard.

Elle savait. J'en avais la conviction. Elle savait tout, qui j'étais, qui était Kaoru, la raison pour laquelle j'avais donné tout mon argent pour rester ici. Les yeux toujours rivés sur moi, Sarah a eu un sourire.

— Parmi vous, certaines ont fui la violence conjugale. D'autres sont venues avec leur enfant, alors que le divorce n'était pas encore prononcé. Sans être mineures, il y a ici plusieurs personnes qui ne souhaitent pas que l'on sache où elles sont. Si la police intervient, alors que nous nous sommes libérées de la vanité de l'identité homme ou femme, il est possible que certaines soient emmenées à nouveau là où elles redeviendront des femmes. C'est pourquoi nous voulons éviter, dans la mesure du possible, que les choses ne prennent de l'ampleur, a dit Sarah calmement avant de se pencher à la fenêtre en disant d'une voix traînante : Tout de même, quelle chaleur !

Le téléphone a sonné. D'un haussement de sourcils, Sarah m'a désigné le combiné. On m'a donné le nom d'un hebdomadaire dont j'avais entendu parler, puis a suivi un flot continu de questions. Combien de personnes vivaient à Angel Home, quelle était la proportion hommes/femmes, le nombre d'enfants, quels étaient le nom et l'âge du représentant du groupe, quelle était la doctrine, était-on enregistré en tant que communauté religieuse. Les yeux sur le manuel, j'ai récité les phrases destinées à éluder les questions de l'homme à l'autre bout du fil. Nous ne sommes pas une communauté religieuse mais des bénévoles regroupées pour faire des recherches sur l'alimentation naturelle, les légumes biologiques et leur développement ; préoccupées par la tendance ces derniers temps à la suralimentation et à la mode de la gastronomie, nous avons eu l'idée de nous unir pour cultiver nous-mêmes ce qui est bon pour la santé, chacun y participe de son plein gré et vous pouvez considérer qu'il s'agit d'une grande ferme communautaire… J'ai récité les phrases du manuel sans écouter mon interlocuteur, qui m'a interrompue pour me demander avec insistance la date de création du groupe, l'évolution des effectifs, le nombre d'enfants qui y vivaient et la façon dont notre doctrine était transmise aux mineurs.

Je savais comment faire dans ce genre de situation. Il ne fallait pas céder à la provocation, ne pas élever la voix, ne pas encourager la compréhension mutuelle et réitérer les réponses prévues avec politesse, calme et empathie. Pendant le stage que j'avais fait dans la société où j'avais travaillé, j'avais appris tout cela durant la semaine où je devais répondre au téléphone au sein du service clientèle pour le traitement des plaintes. Cela faisait plus de dix ans, pourtant les jours où je répétais continuellement les mêmes phrases me revenaient clairement en mémoire. Oui, très bien. J'en suis sincèrement désolée. En ce qui nous concerne…

Comme je l'avais fait dix ans auparavant, je construisais mes phrases posément. Ou peut-être était-ce l'énergie du désespoir. Car parmi ces femmes qui vivaient ici, j'étais celle qui tenait le plus à éviter l'intervention de la police.

Dans l'après-midi le vacarme a recommencé à l'extérieur. De la chambre du deuxième étage on voyait ce qui se passait derrière la clôture. Un groupe d'une dizaine d'hommes et de femmes brandissaient des pancartes portant le nom de leur fille ou d'autres où l'on pouvait lire "Communauté de séquestration", ils criaient dans un mégaphone tour à tour "Rendez-nous notre fille !" et "Laissez-nous la voir !". Aujourd'hui on entendait aussi : "Rendez-nous notre argent !"

Il ne faut pas qu'on les entende, a dit Sarah en fermant la fenêtre. La température a augmenté aussitôt et j'ai répondu au téléphone en m'épongeant. Les appels téléphoniques étaient presque tous de la même teneur. J'ai continué à réciter le manuel mécaniquement. Allait-on vraiment pouvoir, de cette façon, tenir la police éloignée ?

5 août.

J'ai été convoquée après le dîner. Ce ne sont ni Sarah ni Elemiah qui sont venues me chercher mais une femme entre deux âges que je n'avais jamais vue. Elle vivait peut-être là mais je ne l'avais jamais croisée au moment des repas ou du bain. Nous nous sommes retrouvées dans la pièce où j'avais répondu au téléphone, il y avait Dan et Saku qui partageaient ma chambre et Yonah. Comme à l'accoutumée, j'ignorais à quoi correspondait ce rassemblement.

— Nous allons vous demander d'effectuer un certain travail. Vous, Ruth et Dan, vous allez mettre les papiers qui sont dans ce carton dans la déchiqueteuse. Vous, Yonah et Saku, vous allez dans la petite pièce n° 3, vous savez ? Vous jetterez ce carton dans l'incinérateur qui se trouve là-bas, compris ? Et surtout ne regardez pas le contenu du carton. Ne dites rien à personne du travail de ce soir, a dit la femme sur un ton péremptoire avant de commencer à trier les papiers dans les tiroirs d'une table métallique.

Yonah et Saku ont commencé à déplacer les cartons en silence. Dan et moi nous sommes lancé un regard avant d'ouvrir le carton que l'on nous avait indiqué. Il était rempli de registres d'état civil et de fiches de résidence. Certains documents étaient récents, d'autres vieux et jaunis. Les registres d'état civil étaient agrafés, il fallait séparer les feuilles avant de les mettre dans la déchiqueteuse. J'ai glissé les feuilles une par une dans l'appareil qui se trouvait à côté de la photocopieuse. Nous étions habituées à exécuter les ordres et nous nous sommes partagé les tâches, celle qui enlevait les agrafes et celle qui mettait le papier dans la déchiqueteuse, nous avons continué ainsi. Junko Hasegawa. Yoshiko Oda. Emi Naka-mura. Les noms sur les feuilles disparaissaient dans la déchiqueteuse. Au sein d'Angel Home où nous nous appelions Esther ou Dan, ces noms semblaient des signes dénués de sens. Par la fenêtre ouverte, le bruit du moteur de la fourgonnette qui démarrait nous est parvenu.

— Je me demande si les enfants se sont endormis, a dit Dan après s'être assurée que la femme qui rangeait les papiers dans les tiroirs de la table avait quitté la pièce.

Dan, Saku et moi avions toutes été appelées en même temps, les deux enfants étaient donc restées seules dans la chambre.

— Mahlon est là, il n'y a pas de problème, a dit Dan en riant.

— C'est vrai que Mahlon-chan est une petite fille raisonnable. Elle s'occupe très bien de Kaoru.

— Elle a été élevée ici, c'est un comportement na-turel pour elle. J'ai hésité à l'emmener avec moi mais finalement je crois que j'ai bien fait. Mais au fait, est-ce que Rika-chan porte encore des couches ?

— Il y a des moments où ça marche mais quand elle est absorbée dans ses jeux, il y a des accidents ! L'autre jour, Mahlon-chan, de peur que je la gronde, lui a mis une couche discrètement. Quand je suis arrivée, elle a défendu Kaoru.

La déchiqueteuse avalait le papier avec une lenteur exaspérante. Je regardais la feuille disparaître dans la machine. Yoshie Hashimoto née à Kawasaki, préfecture de Kanagawa, j'ignorais de qui il s'agissait.

— Si nous devons partir d'ici, je ne sais pas ce qu'on va faire. Comment vais-je pouvoir vivre avec Mahlon ? a laissé échapper Dan qui, assise par terre, continuait sans répit à enlever les agrafes.

— Vous êtes jeune, vous trouverez du travail, vous arriverez toujours à vous débrouiller !

— Je ne crois pas. La vie sera dure pour Mahlon, qui n'a pas de père, et moi je n'ai aucune qualification.

La femme entre deux âges est revenue avec précipitation et elle a recommencé à mettre le contenu des tiroirs dans un carton. Nous nous sommes tues et avons repris notre travail.

Avec la déchiqueteuse qui ne traitait qu'une feuille à la fois, et très lentement, il était plus de deux heures du matin quand tout a été terminé. Il restait des cartons mais on nous a dit que cela suffisait pour aujourd'hui et Dan et moi sommes retournées à la chambre. Mahlon et Kaoru dormaient enlacées dans un des deux lits superposés. J'ai pris Kaoru dans mes bras pour la mettre dans celui d'en face. Son front en sueur luisait.

6 août.

Au moment du petit-déjeuner, on nous a annoncé que les sorties étaient interdites. La vente d'eau et de légumes allait s'effectuer dorénavant par correspondance. Les femmes qui venaient travailler de l'extérieur ne passeraient pas cette semaine. Il était aussi interdit de sortir dans le jardin qui donnait sur le portail. Sarah nous a dit, le visage fermé, de ne pas aller nettoyer les statuettes du jardin.

— Cela a un rapport avec les gens dehors ? a demandé Kana.

— Pourquoi avez-vous besoin d'une raison ? Quel est le sens de votre question ? a rétorqué Sarah d'une voix curieusement aiguë.

Le ton était agressif. Aucune question n'était admise, il fallait se plier aux instructions, c'était la règle en vigueur à Angel Home mais l'atmosphère qui régnait à ce moment-là avait quelque chose de différent.

— Ce soir, après le dîner, Mme Angel viendra. Demain, tôt dans la matinée, plusieurs personnes vont venir visiter notre institution. En principe, aucune personne de l'extérieur n'est autorisée à entrer, mais nous devons montrer que nous n'avons absolument rien à nous reprocher. On va peut-être vous poser des questions mais le sens des mots ici et dans le monde extérieur est souvent différent et cela peut générer des malentendus, en conséquence, ne répondez que lorsque cela est nécessaire.

— Qui sont les gens qui vont venir ?

— Ce ne sont pas des gens qui veulent devenir membres ?

D'autres que moi avaient posé les questions qui me taraudaient.

— Jusqu'à midi, faites comme d'habitude. Je vais vous donner la répartition du travail.

Sans répondre aux questions, Sarah a commencé à lire le programme des tâches d'une voix éteinte. J'étais au service de Mana, en charge du rangement après le petit-déjeuner et de la préparation du déjeuner. Les femmes qui bavardaient entre elles sont sorties de mauvaise grâce lorsque Sarah a crié : "Allez, au travail !"

Je ne devais pas croiser les visiteurs. J'en étais convaincue. Sarah ne l'avait pas dit clairement mais il s'agissait sans doute de la police. Ou alors des avocats des parents qui manifestaient à l'extérieur. Était-il possible qu'il s'agisse des fonctionnaires de la protection des mineurs ? De toute façon je ne devais pas rester là. Je ne devais pas rencontrer ces gens. Que devais-je faire alors ?

— Rika ! On finit le château qu'on a commencé hier ! a dit Mahlon, courant vers Kaoru. On fait un château, tu veux le voir, Ru-san ? m'a dit l'enfant en souriant, levant vers moi son visage candide.

— Non. On le montre pas à maman, a dit Kaoru d'un air taquin en riant, puis elle a pris la main de Mahlon.

Je les ai regardées partir en courant et suis entrée dans les cuisines avec d'autres femmes. Que faire ? Que devais-je faire ? Mes mains tremblaient en lavant la vaisselle.

— C'est vrai qu'on a coupé le téléphone ?

— Les visiteurs, est-ce que ce serait la police ?

— S'ils veulent inspecter, ils n'ont qu'à le faire. On ne fait rien de mal.

— Au moins, à partir de demain, ces idiots de parents ne viendront plus, non ?

Les femmes continuaient à bavarder à voix basse. Leurs voix se perdaient dans le lointain. Que devais-je faire ? Réfléchis. Réfléchis. Une voix résonnait à mon oreille. Une assiette en plastique m'a glissé des mains et a tournoyé sur le sol dans un vacarme abominable. Les femmes se sont tues et m'ont lancé un regard, ont fixé l'assiette avant de reprendre leurs discussions.

Après dix heures, le fournisseur en produits alimentaires est arrivé. Les légumes étaient cultivés à Angel Home et nous faisions notre pain mais le riz, le poisson et la viande étaient livrés plusieurs fois par semaine. La livraison était toujours assurée par une femme en blouse blanche. Aujourd'hui la femme la plus âgée de l'équipe du service de Mana, Lévi, bavardait avec la préposée à la livraison près de la porte de service au fond de la cuisine et j'ai entendu des bribes de leur conversation. "Il aurait fallu leur montrer plus tôt… Nous on a des contrats… mais les enfants…" Les voix ont baissé d'un ton et je n'ai plus rien entendu.

— Bon, à la semaine prochaine !

— Oui, à la prochaine !

J'ai entendu les échanges joviaux et Lévi est revenue à la cuisine.

— Alors, vous, Bani, vous allez émincer le chou et éplucher les pommes de terre. Vous, Ru, vous lavez le riz. J'affiche le menu ici ! a dit Lévi, et je l'ai vue glisser une pochette jaunie dans un tiroir.

À onze heures, on dressait les tables. Lévi a servi la salade dans de petits bols, Bani a fait le tour des tables pour y poser les condiments. Semu et Fulu, encore jeunes, discutaient en riant tout en brassant le contenu d'une grande marmite. C'était le moment. Personne ne me regardait. J'ai fait semblant de transporter une pile de plateaux et me suis approchée du buffet près du réfrigérateur. Le quatrième tiroir en partant du bas. J'ai ouvert prestement le tiroir, et sans regarder, me suis emparée de la pochette que Lévi avait rangée là, avant de la cacher sur mon ventre. Je l'ai coincée dans la ceinture élastique de mon survêtement et j'ai repoussé le tiroir du pied.

— Ru-san ! Où allez-vous avec tout ça ? m'a dit Bani.

Je me suis retournée.

— Je suis bête ! Je voulais aller aux toilettes et j'emportais ça ! ai-je dit en affichant un sourire.

Dans les rayons du soleil, toutes les femmes se sont tournées vers moi et sont parties d'un éclat de rire.

Avant le dîner, les enfants sont rentrées de l'École. Kaoru et Mahlon se sont assises face à face et ont commencé à se faire des grimaces, tirant la langue ou écarquillant les yeux en riant. Je n'ai pratiquement rien mangé, j'ai regardé autour de moi. Une scène de repas habituelle. Toutes les femmes à leur place prenaient leur repas en bavardant.

— Kaoru, tu peux venir ? ai-je chuchoté.

— Non. J'ai pas fini, a répondu Kaoru, serrant ses baguettes, elle ne semblait pas vouloir quitter sa chaise.

Celles qui avaient terminé leur repas se levaient pour poser leur plateau sur le comptoir avant de regagner leur place. La porte de la salle à manger s'est ouverte et tout le monde s'est tourné dans la même direction. Le silence régnait. C'était Mme Angel. Elle portait une sorte de large blouse blanche froncée au col et aux manches et un pantalon blanc, elle ressemblait à une dame de cantine.

— Bonjour à toutes et merci pour votre travail, a-t-elle dit, toutes les femmes se sont figées en même temps pour s'incliner. Comme vous le savez, les anges étaient là avant même que Dieu ne crée les hommes, a-t-elle soudain commencé, debout devant le comptoir. – Elle n'avait presque pas changé depuis que je l'avais vue deux ans plus tôt. – Et les anges, quand les hommes font des bêtises, ne manquent jamais de nous aider, n'est-ce pas ? Vous qui avez abandonné votre genre, votre nom et le monde extérieur, vous vous trouvez au-dessus de l'être humain sans atteindre encore le statut d'ange. Pour y arriver, il faut accomplir une mission. Il ne faut pas négliger celui qui commet des erreurs mais l'aider.

Je n'avais aucune idée de ce qu'elle voulait dire mais les autres membres l'écoutaient docilement. Kaoru et Mahlon, ainsi que les autres enfants, sans doute impressionnés par l'étrange atmosphère qui avait soudain envahi la salle à manger, restaient sagement assises.

— Demain nous allons avoir des visiteurs tôt le matin, il n'y aura donc pas de réunion ce soir. Des imbéciles qui se prennent encore pour des hommes vont entrer ici mais si vous vous en tenez à notre vérité, il ne se passera rien de fâcheux, ne l'oubliez pas.

À ces mots, Mme Angel a tiré une chaise près d'elle et s'est assise en soufflant.

— Oh là là !, je vieillis, j'ai du mal à m'asseoir et à me mettre debout. Continuez à manger !

La femme qui m'avait attribué la tâche de standardiste se tenait derrière Mme Angel et nous a informées que nous devions nous atteler au ménage complet des locaux, elle a ordonné aux préposées au service de Mana d'aller au nettoyage après avoir débarrassé et lavé la vaisselle du dîner.

Sans un mot, toutes ont rangé leur plateau avant de quitter la salle à manger. J'ai pris Kaoru dans mes bras qui chahutait encore avec Mahlon et j'ai rapidement regagné la chambre. À mon arrivée ici, j'avais confié pratiquement toutes mes affaires à Angel Home, il me restait seulement un cahier et une trousse, la sucette

de Kaoru et le canard en tissu éponge. J'ai tout rassemblé et tout flanqué dans mon sac.

— Maman, je peux aller voir Mahlon ? a demandé
Kaoru en me regardant faire.

— Non. – Ma voix tremblait.

— Pourquoi ? On devait se voir.

— C'est non, Kaoru, ai-je répondu en laissant
tomber le sac par la fenêtre après avoir vérifié que
personne n'était en bas.

Cela a fait un léger bruit sourd. J'ai pris Kaoru
dans mes bras, ouvert la porte et jeté un coup d'œil à
l'extérieur. Le ménage de cet étage n'était pas encore
fait et le couloir était désert. Kaoru dans les bras, j'ai
dévalé les escaliers. J'ai croisé Lévi.

— Il paraît qu'il y a une séance de lecture à l'École,
dépêchez-vous d'y emmener Rika-chan !

— Oui, j'y vais, merci ! ai-je répondu en souriant
et je suis descendue au rez-de-chaussée.

Les femmes avaient commencé à faire le ménage.
Tout en bavardant, elles nettoyaient les vitres et passaient la serpillière dans le couloir.

— J'emmène la petite à l'École, je reviens ! ai-je
dit à la cantonade, courant le long du couloir en évitant les femmes à croupetons.

Dans la passerelle qui menait à l'École, j'ai lancé
un regard rapide alentour, avant de faire passer Kaoru
par un minuscule espace entre la porte et la passerelle. Ensuite j'ai mis les mains sur le rebord du mur
de la passerelle, ai passé une jambe avant de faire basculer mon corps de l'autre côté. J'ai perdu l'équilibre
et suis tombée dans l'herbe.

— Maman, tu fais quoi ? Tu sais, Mahlon, elle…
a dit Kaoru, inquiète, debout dans la pénombre.

— Kaoru, je t'en supplie, tais-toi.

Alors qu'ayant pris la main de Kaoru je m'apprêtais à partir, une petite voix m'a appelée : "Ru-san !" Le souffle coupé, je me suis retournée, Kumi était là, la moitié de son visage apparaissait dans l'espace entre la porte et la passerelle.

— Ru-san, tenez.

Elle a tendu le bras. Elle tenait quelque chose dans sa main. J'ai pris ce qu'elle me donnait avec précaution. C'était un morceau de papier plié.

— Ru-san. Ne laissez jamais Rika-chan, a dit Kumi, le visage collé à l'interstice de la passerelle.

— Kumi-chan…

Que savait-elle ? Avait-elle compris que j'allais quitter cet endroit ?

— Restez près d'elle jusqu'à ce qu'elle soit grande. Même après ses trois ans, toujours.

À ces mots, Kumi s'est retournée pour courir vers le bâtiment principal. J'ignorais ce qu'elle m'avait donné mais je l'ai serré dans ma main et j'ai pris Kaoru dans mes bras, et me baissant afin de ne pas être vue de la fenêtre j'ai récupéré mon sac. "Maman !" J'ai mis ma main sur sa bouche.

Derrière le bâtiment, à l'opposé du portail principal, se trouvait une entrée de service réservée aux fournisseurs. J'ai mis mon sac sur l'épaule et j'ai couru vers le jardin qui se trouvait à l'arrière. Le portail derrière la cuisine baignait dans la lueur qui s'échappait de l'office. Sur la pelouse se détachait un carré plus clair, de la forme de la fenêtre. Celle-ci était restée ouverte et l'on entendait quelques femmes parler à voix basse. La main sur la bouche de Kaoru, je retenais mon souffle, priant pour que les femmes s'éloignent de la fenêtre.

Je me suis accroupie, retenant ma respiration. J'ignore combien de temps cela a duré. Les voix se sont tues soudainement et le bruit des pas s'est éloigné. Je me suis mise à courir de toutes mes forces. Maman, maman ! Kaoru m'appelait, se libérant de ma main en secouant la tête. Tais-toi. Reste tranquille Kaoru. J'ai ouvert le portail et j'ai couru. Les lumières d'Angel Home s'éloignaient. Kaoru dans les bras, je courais le long d'une route plongée dans le noir.

— Maman, où on va ? Tu sais, avec Mahlon, on… Il fait noir, j'ai peur !

— Tais-toi ! On ne retournera jamais là-bas !

J'ai réalisé que je criais. Kaoru s'est tue aussitôt et s'est mise à pleurer, enfouissant son visage dans mon cou. C'était la première fois que je lui parlais ainsi mais je n'avais pas le temps de m'excuser et de la consoler.

— Ne fais pas de bruit, Kaoru. Je t'en supplie, ai-je chuchoté à son oreille en continuant de courir.

La route était en pente, ici et là quelques lampadaires éclairaient l'asphalte. Les déchets qui jonchaient les taillis faisaient des taches blanches dans la pénombre. Le chant des insectes prenait de l'ampleur et nous suivait inlassablement. J'étais à bout de souffle, mais il n'était pas question de s'arrêter. À un moment j'ai eu les bras ankylosés, j'ai posé Kaoru pour la porter sur mon dos. J'ai croisé ses bras autour de mon cou tout en soutenant ses fesses d'une main et j'ai couru le long de la route de montagne plongée dans les ténèbres. J'ai couru, couru, couru et me suis retournée. Les lumières d'Angel Home me toisaient, comme si elles voulaient me poursuivre.

— Maman, il fait noir, hein ? a chuchoté Kaoru d'une voix câline après avoir enfin cessé de pleurer.

Je me suis arrêtée brusquement. J'ai regardé le ciel. On y voyait une myriade d'étoiles. Mon souffle résonnait bruyamment à mes oreilles.

— Kaoru, regarde ! Les étoiles.

— Les étoiles, a-t-elle répété.

Mais bien sûr, cette enfant n'a jamais vu d'étoile, me suis-je dit. Elle n'avait vu la nuit qu'à travers une fenêtre. Elle ne savait pas ce qu'était une nuit noire comme maintenant. La ville, la mer, le ciel, la montagne, la pleine lune, les saisons, le train, les parcs, les animaux, les parcs d'attractions, les supermarchés, les marchands de jouets, tout cela Kaoru ne l'avait vu que dans des livres d'images. Elle n'avait jamais rien vu en vrai. Je lui avais volé tout cela.

— Maman, ça fait peur, hein ?

— Mais non Kaoru, ça ne fait pas peur. Je suis là, tu n'as rien à craindre, ai-je dit, m'adressant à la masse de chaleur qui recouvrait mon dos, j'ai respiré profondément et me suis remise à courir.

À partir d'aujourd'hui, je vais tout te donner. Tout ce que je t'ai volé, je vais te le rendre. La mer et la montagne, les fleurs au printemps et la neige en hiver. Les éléphants gigantesques et le chien qui attend son maître indéfiniment. Les contes qui finissent mal et la musique si belle qui nous arrache des soupirs.

Au bas de la côte, on apercevait les lumières de la ville et les phares des voitures qui se croisaient sur la route. N'aie pas peur, Kaoru. Maman est là, tu n'as rien à craindre. Rien qui puisse te faire peur, ai-je murmuré en continuant à avancer, tandis que je commençais à avoir mal aux pieds.

7 août.

Hier soir, je suis arrivée sur une grande route sans savoir où j'étais exactement et j'ai pris un taxi jusqu'au quartier animé d'Osaka. Je me suis arrangée pour passer par des quartiers fréquentés et suis entrée dans un restaurant familial ouvert tard dans la nuit. Kaoru, agrippée à moi, regardait autour d'elle. Je craignais de me faire remarquer avec mon t-shirt et le pantalon de survêtement que je portais à Angel Home mais les clients étaient des jeunes aux cheveux teints, des jeunes filles aux vêtements voyants et personne ne faisait attention à moi. La fumée de cigarette formait un nuage opaque sous le plafond et des ricanements fusaient ici et là.

J'ai partagé une omelette au riz avec Kaoru. Elle semblait inquiète mais peu après minuit, épuisée, elle s'est endormie. J'ai bu du café que l'on servait à volonté et suis restée jusqu'à six heures du matin, j'ai pris Kaoru les yeux encore ensommeillés dans mes bras et suis sortie du restaurant. J'ai vu sur un panneau de signalisation que nous étions dans le quartier de Juso (13) et, ce chiffre évoquant un mauvais présage, j'ai changé de lieu rapidement.

J'ai pris le train et après un changement nous sommes arrivées à Shin-Osaka un peu avant sept heures, j'ai offert un petit-déjeuner à Kaoru dans une cafétéria de la gare et suis allée voir les horaires de train au guichet pour aller à l'île de Shodo. J'ai décidé de me rendre à Okayama sans prendre le Shinkansen, préférant la ligne locale. Kaoru, qui prenait le train pour la première fois, peut-être apeurée, enfouissait son visage dans mon vêtement, évitant de regarder dehors.

Le chauffeur du taxi à qui j'ai demandé de nous emmener à l'embarcadère des ferries était un homme d'un certain âge.

— Vous venez de Tokyo ?

J'ai tressailli à la question et, alors que je restais silencieuse, il a continué : "Moi aussi, j'y étais, à Tokyo.

Juste après l'école, j'ai commencé à travailler dans une usine de Suginami. Vous connaissez ? Suginami. Il y en avait, du monde, à Tokyo ! Vous connaissez Nakano ? Qu'est-ce que j'ai pu aller boire dans ce coin-là !" Il parlait tout seul avec jovialité, ce qui m'a rassurée.

— Si vous allez au port d'Okayama, vous allez à Shodo ?

— Oui, j'ai de la famille là-bas.

— Ah bon ! Vous avez un peu visité Okayama ? Il le faut, il y a des choses à voir ! Kurashiki, Korakuen. Et il faut essayer les bara-zushis, les chirashi-zushis d'Okayama. Il faut leur dire, aux gens de Tokyo, comme c'est bon les bara-zushis ! a-t-il dit en riant de bon cœur.

La pochette que j'avais volée dans le tiroir de la cuisine à Angel Home contenait un peu plus de soixante-dix mille yens. Je savais depuis longtemps que l'on gardait une certaine somme à cet endroit pour payer les fournisseurs. Et j'avais économisé environ cinquante mille yens en deux ans et demi passés à l'institution. C'était tout ce que je possédais.

— Dis, ma petite, tu as mangé de bonnes choses tout de même à Okayama ? a questionné le chauffeur, Kaoru m'a regardée en prenant mon bras.

Elle n'avait vu que des femmes depuis toute petite et le chauffeur lui faisait peut-être peur.

— Excusez-la, elle est timide, ai-je répondu en affichant un sourire.

— C'est pas vrai, je suis pas timide, a répliqué Kaoru en m'imitant sans comprendre, et le chauffeur et moi avons éclaté de rire. Je suis pas timide ! a-t-elle répété en rougissant, vexée que l'on se moque d'elle.

Le port n'était pas bien grand. J'ai acheté les billets de ferry, du pain et le journal dans un kiosque. Kaoru était attirée par la petite boutique mais se tenait à distance comme s'il s'agissait d'une bête étrange, elle n'en gardait pas moins les yeux rivés dessus. J'ai ouvert le journal dans la salle d'attente.

"Réduction de l'impôt sur le revenu de 1 700 milliards. Aujourd'hui rencontre au sommet entre les secrétaires généraux des deux partis. Vaccin contre la grippe. À partir de l'automne, consentement mutuel des parents obligatoire. Assemblée nationale. Pas d'évolution. Étonnant : Takeshita rend visite aux partis d'opposition."

Rien. Il n'y avait rien sur moi. J'ai regardé le haut du journal pour vérifier la date. Vendredi 7 août 1987.

— Maman, tu m'ouvres ça !

Kaoru a mis la boîte de biscuits au chocolat sur mes genoux.

— Attends. Qu'est-ce que c'est que ça ?

— Ha ha ! Vous avez oublié de me payer ! a dit la commerçante en souriant.

J'ai repris en hâte le paquet de biscuits des mains de Kaoru et suis retournée à la boutique. J'ai réalisé que Kaoru ignorait le sens du mot "acheter".

— Je suis désolée, combien je vous dois ?

J'ai payé rapidement.

— Kaoru, il ne faut pas prendre comme ça ce qu'il y a dans les boutiques. Tout cela est à vendre, il faut acheter avec de l'argent. Tu as compris ?

Assise sur une chaise, balançant ses jambes, Kaoru m'a répondu "j'ai compris", mais je n'en étais pas si sûre. Elle a sorti un biscuit de la boîte et l'a mis dans sa bouche.

— Ouah ! maman, c'est très bon, c'est incroyable ! s'est-elle exclamée comme une grande personne, en me regardant avec des yeux ronds. Maman, je vais t'en donner un, tiens !

J'ai pris le petit biscuit et une douceur que j'avais oubliée m'a empli la bouche.

Au moment de monter dans le ferry, Kaoru, apeurée, s'est mise à pleurer. Une fois à bord, elle a continué. Le ferry était bondé de gens qui partaient en voyage de loisir. Des jeunes, des couples, des familles, des couples âgés, des groupes. Les voix enjouées fusaient de toutes parts. J'ai pris une place près d'un hublot.

— Regarde, Kaoru ! La mer !

Je l'ai prise sur mes genoux et lui ai montré le paysage à la vitre, nous commencions à avancer. Tout en pleurant, Kaoru regardait l'extérieur avec attention. Elle semblait absorbée dans la contemplation de cette étendue infinie. Elle m'a dit d'une petite voix qu'elle avait peur.

— Tu n'as pas à avoir peur. Tu as déjà vu la mer dans tes livres d'images, n'est-ce pas ? Regarde comme c'est beau, ça brille, regarde.

Tout en la réconfortant, j'ai déplié à nouveau le papier que Kumi m'avait glissé dans la main. Si vous allez là-bas, dites-leur que je vais bien. C'est ce qui était gribouillé au-dessus d'une adresse.

Je n'avais nulle part où aller et je m'accrochais à l'endroit indiqué sur le papier. J'allais informer la famille de Kumi qu'elle allait bien, je me raccrochais à cette mission.

Le ferry a accosté dans un petit port. Nous sommes descendues du bateau à la suite d'une foule bruyante et enjouée. Dans une boutique de souvenirs, il y avait un comptoir où l'on pouvait manger des pâtes de froment ou de sarrasin. J'ai pris un bol de pâtes de froment et une boule de riz et me suis assise avec Kaoru pour manger. La bouche pleine, elle observait la boutique avec curiosité.

En sortant à l'opposé du port, je me suis trouvée devant un rond-point. Il y avait une station de taxis et un terminal d'autobus. J'ai donné l'adresse de Kumi à un chauffeur d'autobus qui fumait une cigarette sur un banc, il m'a dit de prendre le bus pour le port de Kusakabe et m'a donné le nom de l'arrêt où je devais descendre.

Kaoru a eu peur de monter dans l'autobus. Campée sur ses jambes, elle refusait d'avancer. J'ai réussi à la raisonner et nous sommes montées. L'autobus a démarré et Kaoru, agrippée à moi, jetait des regards à la vitre. Cela me déchirait le cœur. Je me sentais profondément coupable de l'avoir ainsi coupée du monde.

La maison de Kumi était une fabrique de nouilles somen*, on y trouvait une boutique et un coin restaurant, elle était située juste devant l'arrêt de l'autobus.

La boutique était assez grande et au fond on pouvait observer la fabrication des pâtes. Diverses affiches recouvraient la porte vitrée. Une affiche publicitaire de pâtes somen. Une affiche des pompiers. Une annonce d'offre d'emploi à temps partiel. Une affiche pour une colonie de vacances. Toutes avaient des couleurs fanées, brûlées par le soleil.

— Bonjour ! a dit aimablement une femme entre deux âges avec un fichu sur la tête.

— Je suis bien chez la famille de Kumi Sawada ? ai-je demandé.

La femme m'a regardée avec des yeux ronds.

— Madame ! a-t-elle crié comme si elle reprenait soudain ses esprits, avant de disparaître au fond de la boutique.

* Fines pâtes à base de farine de blé dur que l'on consomme froides, le plus souvent en été.

La moitié de l'espace était occupée par les tables du restaurant, l'autre moitié par des rayons dédiés aux pâtes, aux bouteilles de sauce, aux sachets de miso et aux biscuits.

— Dites-moi, vous êtes une amie de Kumi ?

Une femme rondelette est apparue. Elle portait un tablier à carreaux aux couleurs passées et un fichu assorti sur la tête. Il m'a semblé qu'elle avait les mêmes yeux que Kumi. Kaoru s'était cachée derrière moi.

— Euh, je suis désolée d'arriver ainsi brusquement. Kumi m'a demandé de vous dire qu'elle allait bien…

La femme qui semblait être la mère de Kumi a écarquillé les yeux. Ses lèvres remuèrent plusieurs fois sans émettre un son, puis un flot de paroles a jailli de sa bouche, comme si on avait ouvert un robinet.

— Où est Kumi ? Elle fait quoi ? Vous l'avez connue comment ? Elle a dit qu'elle allait bien ?

La femme s'est approchée de moi, attendant une réponse. Je me suis dit qu'il valait mieux ne pas mentionner le nom d'Angel Home et j'ai trouvé immédiatement un mensonge.

— Nous avons travaillé dans la même société à Nagoya. Kumi-san m'a beaucoup aidée.

— Vous avez son adresse ?

— Eh bien… – Sans trop réfléchir, les mensonges sortaient de ma bouche sans difficulté. – La société a fait faillite et comme nous habitions dans la résidence des employés, nous avons été expulsées. Kumi-san a dit qu'elle allait rester à Nagoya mais je n'ai pas ses coordonnées… Mais elle m'a promis de me donner de ses nouvelles très rapidement.

La mère de Kumi s'est brusquement accroupie. J'ai cru qu'elle s'effondrait, en larmes, mais elle regardait Kaoru qui était plaquée derrière moi.

— Comme elle est mignonne ! Tu as quel âge ? Tu t'appelles comment ?

Kaoru a levé le visage vers moi et s'est avancée prudemment, considérant sans doute qu'une femme faisait moins peur qu'un homme. Elle a montré trois doigts et dit d'une petite voix "Kaoru", ajoutant ensuite "Rika-chan". La mère de Kumi, confondant avec le nom de la poupée Rika, lui a dit en plissant les yeux :

— Tu t'appelles Kaoru. Et tu aimes les poupées Rika, alors. Et vous êtes venue exprès nous donner des nouvelles de Kumi ? m'a-t-elle demandé, sans quitter Kaoru des yeux.

— Euh, oui, Kumi-chan m'a tellement parlé de cet endroit, j'avais envie de venir un jour.

— Ah bon ? Elle vous a parlé de nous, alors, a-t-elle répondu en hochant la tête, tout en caressant les cheveux de Kaoru.

L'annonce collée sur la porte m'est soudain apparue.

— Pourriez-vous m'embaucher ? ai-je lancé directement.

La mère de Kumi, toujours accroupie, a levé les yeux et m'a regardée.

— La société où j'étais vient de faire faillite et je ne sais pas ce que je vais devenir. Et j'ai vu l'annonce sur la porte.

La mère de Kumi s'est relevée et a mis ses deux mains dans ses poches.

— Cela fait deux ans que l'annonce est là, a-t-elle répondu avec un sourire gêné avant de me scruter des pieds à la tête comme pour vérifier quelque chose.

J'étais déçue, mais cela me semblait évident. Il n'y avait aucune raison qu'ils embauchent une inconnue avec un enfant sous le seul prétexte qu'elle était amie avec leur fille.

— Je suppose que c'est difficile, ai-je dit en souriant afin de paraître naturelle. Je suis désolée de vous avoir dérangée. Comme je ne sais pas où je vais pouvoir travailler… Mais je suis contente d'avoir pu vous transmettre le message de Kumi. Bon, je vais vous laisser… ai-je conclu tout en me demandant avec angoisse où serait mon prochain point de chute.

Je pouvais retourner à Okayama ou alors aller sur une des innombrables petites îles que j'avais aperçues en venant ici.

— Désolée de ne pouvoir vous aider… m'a dit la mère de Kumi, l'air embarrassé. Et Kumi, alors, elle va bien, n'est-ce pas, elle n'a pas d'ennuis…

— Kumi-chan va très bien. Je pense que vous aurez des nouvelles bientôt, l'ai-je interrompue, je me suis inclinée avant de quitter la boutique en tirant la main de Kaoru.

Il était peu probable que tout se passe si facilement. J'ai marché jusqu'à l'arrêt d'autobus en donnant la main à Kaoru. Le soleil était brûlant. Le chant des cigales retentissait, envahissant comme le bruit d'une pluie battante. Il n'y avait aucun autre bruit. Kaoru me lançait des regards craintifs à la dérobée. Il aurait fallu que je lui dise quelque chose mais j'en étais incapable.

Je suis montée dans l'autobus sans même vérifier où il allait et nous sommes arrivées dans un port différent de celui dans lequel nous avions débarqué. Sans doute était-ce un endroit touristique car des groupes et des familles en vacances marchaient au milieu des rires. Je suis allée voir les horaires du ferry à l'embarcadère, il y avait un départ pour Takamatsu à un peu plus de cinq heures du soir. Allions-nous dormir ici ce soir ? Y avait-il un endroit où nous pouvions dormir ? Je suivais la route qui longeait la mer.

C'était l'été. Cette pensée m'a traversé l'esprit soudain. Les cigales. La mer. Le ciel. Le soleil. Les jeunes gens bronzés. Les arbres au feuillage foisonnant. Une force émanait de tout cela. C'était bien l'été ! Je n'avais nulle part où aller, je n'avais pratiquement aucun avenir mais le paysage qui s'étendait devant mes yeux semblait me libérer, me délestant peu à peu de ce qui m'enfermait sur moi-même, où je m'étiolais. Autour de moi tout scintillait de mille éclats. Une famille m'a croisée. Un petit garçon en maillot de bain avait une bouée autour de la taille. La mère, un chapeau à pois sur la tête, marchait avec indolence, le père, appareil photo en bandoulière, montrait la mer au loin. Kaoru dévisageait le garçon, intriguée.

J'ai réalisé soudain que la situation dans laquelle je me trouvais à ce moment-là n'avait plus rien à voir avec la réalité. Je n'avais plus besoin de prendre un faux nom, fuir et me cacher. Je visitais avec ma fille une île en période de vacances. Pour lui montrer l'été. Mettre ainsi des mots sur ce que je vivais, curieusement, m'a soulagée d'un poids.

— Kaoru, il fait chaud, hein ? On est bien, non ? ai-je dit.

— Maman, je me demande ce qu'elle fait, Mahlon-chan maintenant, m'a murmuré Kaoru, des gouttes de sueur perlant sur ses tempes.

L'hôtel New York se situait en amont d'une étroite rivière qui se jetait dans la mer. On trouvait, dispersés çà et là aux alentours, une pension de famille, une fabrique de sauce de soja, un café et un petit restaurant de sushis. C'était un bâtiment tout neuf, sans doute construit récemment, d'allure modeste et qui faisait penser à un décor de fête de fin d'année scolaire ; sur le toit-terrasse se dressait une statue de la Liberté affichant un certain embonpoint. Une affiche était collée sur la clôture qui entourait la bâtisse. "Recherchons employée. Ménage des chambres. Accueil. Possibilité hébergement." Tenant toujours la main de Kaoru, j'ai lu avec attention.

Je me suis dit qu'habiter dans un *love hotel* serait tout à fait préjudiciable pour Kaoru. Mais j'étais charmée par cette île. Je voulais y vivre avec elle, ou non, plutôt, je pensais que tout ce que je voulais montrer à Kaoru était réuni dans cet endroit, le ciel et la mer, la lumière, les arbres. Elle qui avait peur de la mer, qui craignait de monter dans un autobus, le visage caché dans ses mains, n'allait-elle pas être rassurée lorsqu'elle découvrirait entre ses doigts le paysage qui s'offrait à elle sur cette île ? Je pouvais trouver ici tout ce que je voulais donner à Kaoru. Nous n'avions pas de toit et pour cela, à fortiori, je voulais rester un peu plus. Dans la lumière éclatante de l'été.

J'ai pris Kaoru dans mes bras et j'ai ouvert avec détermination la porte aux vitres fumées. Un air glacé m'a enveloppée et le chant des cigales s'est doucement éloigné.

13 août.

Derrière l'hôtel se trouvait un petit immeuble en bois semblant prêt à s'effondrer, il s'agissait des logements pour le personnel de l'hôtel New York. La pièce qui nous avait été attribuée tout au fond du rez-de-chaussée faisait quatre tatamis et demi. Il y avait des toilettes mais pas de salle de bains. Les tatamis s'enfonçaient quand on marchait mais il y avait un petit jardin où poussait une végétation estivale luxuriante.

Une jeune femme du nom de Manami vivait à côté. Elle n'avait que vingt-quatre ans. Elle s'était enfuie de chez elle avec son amoureux mais il avait été arrêté en possession de drogue et incarcéré dans une prison de Shikoku.

L'appartement voisin était occupé par un homme d'une cinquantaine d'années que l'on appelait Furo (bain). On le nommait ainsi parce qu'il était chargé du nettoyage des salles de bains, il était auparavant employé à Osaka. Il avait été pris en flagrant délit d'attouchements sur une femme dans le train, il avait perdu son travail, sa famille, et s'était retrouvé ici à nettoyer les salles de bains.

C'est Kayo, du premier étage, qui m'avait raconté tout cela le jour où je suis arrivée. Selon les termes en vigueur à Angel Home, Kayo était en quelque sorte ma tutrice, elle m'apprenait à faire le ménage des chambres, la façon de ranger et en même temps me donnait des informations sur la famille du gérant de l'hôtel et sur les employés. Elle prétendait avoir trente-huit ans mais de toute évidence cette femme corpulente avait au moins la cinquantaine.

À la droite de l'appartement de Kayo, juste au-dessus de chez moi, une femme entre deux âges nommée Kimi vivait avec sa fille. Kimi ne travaillait pas à l'hôtel New York mais dans un snack-bar. Les cheveux teints en roux, c'était une femme à la forte personnalité ; chez elle, elle restait sans maquillage vêtue d'une longue robe hawaïenne, mais lorsqu'elle partait travailler, sa métamorphose était surprenante. Elle avait travaillé dans un bar où se trouvaient des prostituées dans une île voisine et, pour une raison quelconque, s'était retrouvée ici mais ces détails m'avaient été donnés par Kayo et j'ignorais dans quelle mesure tout cela était vrai.

La fille de Kimi, Hana, me paraissait avoir la vingtaine mais elle n'avait que dix-sept ans. Elle avait fréquenté le lycée pendant six mois puis avait cessé d'aller aux cours et passait son temps à la maison. Kayo m'a suggéré de confier Kaoru à Hana dans la journée quand je travaillais. Je me suis demandé si c'était une bonne idée de laisser Kaoru à cette fille aux cheveux bouclés, constamment en train de fumer, qui ne regardait jamais les gens dans les yeux et ne parlait à personne ; pourtant la réalité était que je ne pouvais mettre Kaoru à la crèche et que je devais assurer notre quotidien. Lorsque je suis montée timidement au premier pour poser la question, c'est Kimi et non sa fille qui m'a répondu sans hésiter : "Oui, c'est d'accord. On vous la garde. Ce sera mille yens par jour", a-t-elle ajouté habilement.

J'avais deux types d'horaires, de huit heures à dix-sept heures ou alors de dix-sept heures à une heure du matin. Les services du matin étaient moins bien payés et souvent, Manami et Kayo préféraient les services du soir et échangeaient leur tour avec moi, ce qui m'arrangeait. Après dix-sept heures j'allais chercher Kaoru chez Kimi, et en général Hana et Kaoru regardaient la télévision, ou bien elles dessinaient. Contrairement aux apparences, la taciturne Hana s'occupait bien de Kaoru et avait un don incontestable pour le dessin. Elle reproduisait à merveille les personnages de dessins animés. De temps en temps, elles jouaient aussi dehors. J'avais vaguement compris qu'à ces moments-là, Kimi avait un visiteur. Le gérant de l'hôtel, un homme corpulent d'environ cinquante ans, m'avait embauchée sans s'attarder sur mon CV portant le nom d'emprunt de Kyoko Miyata et dont le contenu n'était que pure invention, il n'avait ouvert la bouche que pour me demander si je savais chanter au karaoké ou si je ne voulais pas aller au bar avec lui. Sa femme, que tout le monde appelait Okaasan, tenait les employés à l'œil bien plus que son mari, sur qui elle ne pouvait guère compter.

Peut-être en raison de la façade toute neuve ou à cause de la saison estivale, l'hôtel était complet presque tous les jours. Après neuf heures du matin, lorsque j'allais faire le ménage des chambres où de jeunes couples avaient passé la nuit, elles étaient toujours dans un état déplorable. Les restes de nourriture, les mouchoirs en papier à l'odeur nauséabonde, les draps souillés, les serviettes trempées. Tandis que je ramassais, à genoux, tous ces déchets, les relations entre les hommes et les femmes me semblaient grotesques. Il m'arrivait de me remémorer soudain les préceptes appris à Angel Home selon lesquels l'âme n'avait pas de genre.

Je nettoyais en silence ces chambres aveugles où flottait une odeur de sperme. De temps à autre, tout en hochant la tête à l'adresse de Kayo qui continuait de bavarder malgré les invectives de la patronne, afin de me protéger de cet environnement, je tentais de me vider la tête. Ainsi, pendant une fraction de seconde seulement, j'avais une étrange sensation de fraîcheur. Je gagnais environ cinq mille yens par jour et je donnais mille yens à Kayo, et alors que j'ignorais quand je pourrais faire assez d'économies, j'étais convaincue que dans un avenir proche je quitterais cet appartement misérable, que Kaoru et moi mènerions

une vie normale, que je pourrais lui acheter des vêtements et des livres d'images, lui cuisiner toutes sortes
de bonnes choses dans une cuisine plus grande que
maintenant, et je vivais dans une attente joyeuse du
lendemain. Je me disais que si je restais dans cet état
d'esprit, sans rien briser du rêve, sans me laisser gagner
par le pessimisme, c'est que notre vie avait commencé
à prendre tournure, tout doucement. C'est ce que je
voulais obtenir à tout prix en abandonnant tout, une
vie quotidienne. Une vie simple avec ma fille.

21 août.

Il y avait une fête dans le voisinage avec des échoppes de
nuit. La semaine précédente, il y avait eu les danses de
la fête d'Obon. Je ne savais pas où cela se passait exactement, j'avais entendu au loin le son des flûtes et des
tambours. Cette semaine-là j'étais tellement fatiguée
que je n'avais pas eu l'énergie de sortir mais aujourd'hui
je voulais montrer à Kaoru ce qu'était une fête, je suis
allée la chercher au premier étage chez Kimi. Elle était
en train de se maquiller devant son miroir et m'a dit,
avec lassitude, que c'était bondé et que cela allait seulement nous fatiguer. J'ai remercié Hana et m'apprêtais à emmener Kaoru lorsque la jeune fille m'a suivie
jusqu'à la porte, fixant mes pieds en silence.
    — Hana-chan, tu veux venir ? lui ai-je demandé.
    Elle a acquiescé sans me regarder, l'air buté.
    — Kimi-san, j'emmène Hana ! ai-je crié et un bil-
let de mille yens roulé en boule est tombé à nos pieds.
    — C'est pour ton dîner, a dit Kimi à sa fille qui
a empoché aussitôt le billet.
    La foule marchait dans le soleil couchant. J'ignorais

où se déroulait la fête et j'ai suivi le flot des gens. Le pas de Kaoru se faisait de plus en plus traînant. Elle avait peut-être peur de la foule. Elle ne s'arrêtait pourtant pas de marcher et Hana et moi avons ajusté notre pas au sien, avançant lentement.

Soudain Kaoru s'est arrêtée et a tiré ma main en la serrant avec force. J'ai suivi son regard et j'ai aperçu au loin une procession de pèlerins de Shikoku en blanc avec des bâtons, ils marchaient à contresens de la foule et venaient vers nous. Six ou sept femmes marchaient en silence. Au milieu du brouhaha de la foule, le groupe formait un îlot de silence. Comme Kaoru, je me suis arrêtée et les ai regardés avancer. Comme nous, Hana s'est immobilisée et a allumé une cigarette.

— Pourquoi y a-t-il des pèlerins de Shikoku ? lui ai-je demandé, sans obtenir de réponse.

Kaoru a continué à suivre des yeux le groupe qui s'éloignait, je lui ai dit "Allez, on y va", mais elle m'a regardée, le visage fermé, sans faire un mouvement. "Kaoru, les dames qui sont passées font le tour des temples à pied pour prier, tu sais." Les lèvres serrées, elle m'a regardée et a observé le groupe qui s'éloignait.

— Bon, tu ne veux pas manger de la barbe à papa ? C'est très, très sucré, tu vas voir ! a dit Hana en se baissant pour parler à Kaoru qui lui a tendu la main craintivement et s'est enfin mise à marcher.

Nous avons bientôt aperçu les lumières de la fête. Se mêlant aux lueurs des lanternes de papier, des points de lumière orangée jaillissaient çà et là. Une petite fille de l'âge de Kaoru, vêtue d'un kimono d'été ceinturé d'un obi en mousseline rouge, accompagnée d'une femme qui semblait être sa grand-mère, choisissait un masque devant un stand. Je n'ai pu m'empêcher de regarder Kaoru, elle portait le t-shirt et le pantalon de survêtement qu'on nous avait donnés à Angel Home. Je me suis sentie coupable de ne pouvoir lui acheter un kimono d'été pour sa première fête.

— Tiens ! C'est vous !

Tandis qu'on me rendait la monnaie au stand de barbe à papa, une voix derrière moi m'a interpellée. Je me suis retournée, c'était la mère de Kumi. Elle portait une veste japonaise en cotonnade aux couleurs passablement voyantes.

— Alors, vous avez trouvé du travail ?

— Oui, j'ai trouvé un endroit où je pouvais être logée, je travaille là-bas maintenant.

— Où êtes-vous logée ? C'est où ?

— L'hôtel qui se trouve en amont de la rivière Betto.

— Ne me dites pas que c'est le *love hotel* ? Mais, un endroit pareil… Et la petite aussi ?

La mère de Kumi cherchait Kaoru des yeux. Elle mangeait sa barbe à papa avec Hana un peu plus loin.

— Je n'ai nulle part où aller, vous savez, ai-je dit en souriant. Je n'ai plus mes parents et j'ai eu des problèmes avec mon mari… Même si je retournais à Nagoya, je ne suis pas sûre d'y trouver du travail. J'ai habité à Tokyo mais ce n'est pas un endroit où je puisse retourner… Je pense rester un peu sur l'île. Et puis je vais peut-être revoir Kumi, si je reste.

— Et vous êtes logée dans quel genre d'endroit ? a dit la mère de Kumi en fronçant les sourcils.

— C'est un petit appartement dans un immeuble en bois derrière l'hôtel. C'est vieux mais tout le monde est gentil et la jeune fille, là-bas, c'est la fille de ma voisine du dessus qui me garde Kaoru.

La mère de Kumi a dévisagé sans se gêner la jeune Hana aux cheveux bouclés qui mangeait sa barbe à papa accroupie.

— Hum… Ah bon, a-t-elle murmuré, détournant le regard vers les lumières de la fête. Ah ! Je dois y aller, je suis là pour aider. Je dois leur apporter ça. Prenez soin de vous, a-t-elle ajouté rapidement avant de disparaître dans la foule.

Nous sommes rentrées après vingt heures et avons pris un bain dans la salle de bains d'une pension voisine. Kaoru, qui était restée tendue et n'avait pas dit un mot quand nous étions à la fête, bavardait avec bonne humeur. C'était bon et sucré la barbe à papa, hein ? Je pourrai en avoir demain aussi ? Je t'en donnerai, maman, a-t-elle répété jusqu'au moment de s'endormir.

24 août.

Depuis le matin, Kaoru n'était pas bien. Elle était sans force et n'avait presque rien mangé au petit-déjeuner. J'ai téléphoné à la gérante de l'hôtel pour la prévenir que je prenais ma journée. "Cela fait à peine un mois que vous travaillez et vous prenez déjà un congé, vous ne vous en faites pas, vous !" a-t-elle ironisé, mais il m'était impossible de confier Kaoru dans cet état à Hana pour aller nettoyer les chambres souillées par les clients. J'ai emprunté un thermomètre à Kayo qui prenait son service le soir et j'ai pris la température de Kaoru. Trente-sept trois. C'était encore bas mais étant donné son état, je prévoyais que la fièvre allait monter.

Je l'ai mise au lit et l'ai rafraîchie avec un éventail. Le chant des cigales entrait par la fenêtre ouverte. Une chanson populaire s'échappait d'une radio dans un des appartements.

— Maman. – Depuis son futon, Kaoru m'a appelée. – Je voudrais regarder la télé.

— Tu sais bien que nous n'avons pas la télévision, Kaoru.

— Mais je la regarde toujours. Il y a le dessin animé de Kyu-chan. Je le regarde toujours chez Hana.

Sans doute inconsciente de son état, Kaoru était couchée, affaiblie, mais sa façon de parler était pleine d'énergie.

— Aujourd'hui tu ne vas pas chez Hana. Tu restes ici toute la journée.

La sonnerie du réveil de l'appartement voisin a retenti. Puis un bruit de pas qui se pressait vers les toilettes. Manami faisait tout avec brusquerie.

— Et moi je vais t'attendre ici ?

— Non, maman va rester à la maison toute la journée. Tu n'auras pas besoin d'attendre.

À ces mots, Kaoru a ouvert grands les yeux et m'a fixée.

— Tu vas rester à la maison, tu ne vas pas au travail ? a-t-elle demandé à plusieurs reprises. Bon, pour Kyu-chan, ça ira pour aujourd'hui, a-t-elle conclu lorsque je lui ai répondu.

Son expression d'adulte m'amusait mais en même temps je m'en voulais.

— Kaoru, essaie de dormir un peu.

— Tu vas me surveiller quand je dors ?

— Oui je vais rester là, ne t'inquiète pas.

Elle a fermé les yeux, les a ouverts, puis les a fermés, vérifiant entre ses paupières que j'étais bien là.

— Si tu continues, le mille-pattes va venir !

Kaoru a agité ses jambes et poussé un cri d'une voix enrouée. Depuis que nous habitions ici, elle avait une peur bleue des chenilles qu'elle avait vues pour la première fois en arrivant sur l'île.

M'assurant qu'elle était endormie je suis allée dans

la petite cuisine préparer un bouillon de riz à l'œuf. Au-dessus de ma tête un bruit de pas faisait craquer le bois. J'ai cassé un œuf sur le riz et ajouté un peu de poireau émincé lorsque j'ai entendu que l'on frappait doucement à ma porte.

Pensant que c'était Hana j'ai ouvert, la mère de Kumi se trouvait là. Elle avait un tablier et portait un carton.

— C'était donc bien ici ! a-t-elle dit tout en penchant la tête avec aplomb pour voir l'intérieur de la pièce. Qu'est-ce qu'elle a, votre fille ?

— Elle n'est pas très bien, elle va rester couchée toute la journée.

La mère de Kumi a alors posé le carton sur le seuil de la porte et est entrée sans hésiter avant de s'asseoir au chevet de Kaoru dont elle a effleuré le front.

— Ah oui ! Elle a de la fièvre ! C'est sûrement un rhume d'été. Mais tout de même, vivre dans un endroit pareil avec un petit enfant… a-t-elle commencé avant de se taire brusquement, l'air gêné, pour retourner vers la porte. – Elle s'est accroupie pour ouvrir le carton. – C'est ce que j'avais depuis longtemps dans le placard. C'était notre premier petit-enfant, j'étais tellement contente que j'ai acheté trop de vêtements ! Et notre fille ne revient jamais ici alors au début j'envoyais des colis et après elle nous a dit qu'ils lui avaient pris Taiichi… Mais je n'arrive pas à jeter tout ça. Ce sont des vêtements de garçon mais ils sont tout neufs, utilisez-les. – Puis, sans un regard, elle s'est rechaussée, a tourné les yeux vers Kaoru endormie et m'a dit sans attendre mes remerciements : Dans le quartier, c'est le docteur Uchino. Si la fièvre ne tombe pas, emmenez-la chez le docteur Uchino. Vous longez la rivière, c'est tout près. – Et elle est partie.

Je me suis baissée et j'ai sorti les vêtements du carton. Des t-shirts imprimés de personnages de dessins animés, des chemises unies, des shorts et des jeans, des petites chaussures décorées des mêmes imprimés que les t-shirts. Il y avait aussi des chaussettes. Des casquettes. Je revoyais Kumi monter dans la fourgonnette lorsque nous nous dirigions vers Angel Home. Kumi, aux cheveux teints en châtain qui jetait les magazines de puériculture par la fenêtre. Le souvenir de Kumi avec qui j'avais vécu à Angel Home me revenait à la mémoire. Je la revoyais laver les cheveux de Kaoru, faisant trembler ses seins menus et me disant : "C'est difficile de renoncer." J'ai enfoui mon visage dans les vêtements que le fils de Kumi n'avait jamais pu porter. "Même après ses trois ans, restez toujours avec Rika." La voix de Kumi murmurait à mon oreille.

L'après-midi, Kaoru a repris du bouillon de riz mais elle a vomi peu de temps après. J'étais affolée. J'ai fait bouillir de l'eau, lui ai essuyé le corps avec une serviette chaude bien essorée, lui ai mis les vêtements que la mère de Kumi m'avait donnés et me suis précipitée dehors.

J'ai couru le long de la rivière avec Kaoru dans les bras tout en continuant à me demander ce que je devais faire. J'ai pris l'autobus en direction de Tonosho. Dans mes bras, Kaoru, épuisée, le visage rouge, regardait par la fenêtre. Son corps était brûlant, ma chemise me collait à la peau. J'ai scruté ses yeux, elle m'a fixée en retour en souriant. J'ai été légèrement soulagée de constater qu'elle avait encore le regard stable.

Je souhaitais consulter dans un cabinet le plus éloigné possible de chez nous, un tout petit cabinet médical, si possible. C'est ce que je me répétais comme une litanie en parcourant Tonosho ; j'ai trouvé un cabinet vétuste ne semblant pratiquement plus en activité. Après avoir fait les cent pas devant la porte, je me suis décidée à entrer.

Dans la salle d'attente sombre comme un aquarium, seul un vieil homme portant un masque était assis. Le visage collé à la lucarne du guichet, je me suis présentée.

— Excusez-moi, je suis ici en vacances, ce matin l'état de ma fille s'est brusquement dégradé ; je n'ai pas ma carte de Sécurité sociale, je n'avais rien pris avec moi, est-ce que le docteur peut la voir, s'il vous plaît ?

L'infirmière, une femme âgée, a plissé les yeux en me regardant. Pour la consultation, ça n'est pas remboursé, ça ira quand même ? Je lui ai répondu que cela n'avait pas d'importance et elle m'a tendu une feuille de papier et un thermomètre. Je me suis assise sur le canapé en cuir à moitié défoncé et d'une main tremblante me suis mise à remplir la feuille avec un faux nom et une fausse adresse. Il fallait que je me calme, cela se passerait bien. Le médecin allait examiner Kaoru. On allait me donner des médicaments.

Le vieux médecin aux cheveux blancs s'est penché vers Kaoru. Tu as chaud ? Tu as froid ? As-tu mal aux yeux ? Et ton nez ? a-t-il demandé gentiment mais Kaoru, sans doute effrayée parce que c'était un homme, avait caché son visage sur ma poitrine et ne répondait pas. J'ai expliqué qu'elle n'avait pas de diarrhée mais qu'elle avait vomi, qu'elle était dans un état normal jusqu'à la veille.

— C'est sans doute un rhume, a dit le vieil homme sur un ton nonchalant. Je pourrais vous donner un antipyrétique mais je n'y tiens pas trop, cela dérange souvent l'estomac, chez les enfants. Elle n'a que trente-huit de fièvre donc je ne lui en donne pas. Vous êtes encore là pour quelque temps, n'est-ce pas ? Si aujourd'hui ou demain vous voyez que la fièvre monte, ramenez-la-moi.

On m'a donné des médicaments et j'ai réglé la consultation. Cela m'a coûté un peu plus de dix mille yens mais ce n'était pas le moment de se soucier de l'argent. Avant de prendre l'autobus, Kaoru a remarqué très vite une épicerie et m'a demandé de lui acheter des gâteaux. D'ordinaire j'aurais refusé mais je l'ai laissée choisir ce qu'elle voulait. Ramenez-la-moi. Ramenez-la-moi. Je répétais les mots du médecin dans ma tête. Même sans carte de Sécurité sociale, au moins pendant quelques jours, je pouvais aller voir ce médecin et j'étais soulagée.

30 août.

Kaoru avait appris à prétendre qu'elle était malade. Sans doute pour que je n'aille pas travailler, le matin elle restait sous sa couette, disant qu'elle avait mal aux yeux ou bien qu'elle avait très chaud. Elle avait l'air joyeux et je comprenais tout de suite que c'était un mensonge. Lorsque je lui expliquais que si je n'allais pas travailler je ne pourrais pas lui acheter de gâteaux ni de quoi manger, elle se levait de mauvaise grâce. Et lorsque je la confiais à Hana, elle me laissait partir avec indifférence. Pourtant lorsque je nettoyais, accroupie, les chambres souillées, il m'arrivait de pleurer. Je ne supportais pas l'idée de contraindre Kaoru à mentir parce que je lui manquais.

L'animation qui régnait sur l'île à notre arrivée s'est

dissipée comme par enchantement. Le soleil brillait avec la même intensité qu'en plein été mais les touristes avaient disparu. Il était rare que l'hôtel affiche complet.

Un soir, au retour du bain avec Kaoru, j'ai remarqué que certains temples portaient des numéros. Par exemple, "Sanctuaire n° 21 de l'île de Shodo : temple de Kiyomi." Près de là se trouvait le sanctuaire n° 22 : ermitage Mine no yama, et une flèche indiquait aussi le sanctuaire n° 19 : ermitage Ki no shita. Je me suis souvenue des pèlerins croisés au moment de la fête. Sur cette île aussi il y avait peut-être quatre-vingt-huit sanctuaires comme sur l'île de Shikoku.

Si c'était le cas, l'idée m'est venue de faire moi aussi ce pèlerinage. Je ne savais pas combien de temps il me serait possible de rester sur cette île mais je me suis dit que je pourrais peut-être rester jusqu'à ce que j'aie prié dans les quatre-vingt-huit temples.

J'étais en train de prier et Kaoru levait vers moi ses yeux étonnés.

18 septembre.

Après le travail je suis rentrée à l'appartement mais Kaoru n'était pas là. Je suis allée la chercher en haut mais Kimi était seule, en nuisette en train de se maquiller, Hana et Kaoru n'étaient pas là.

— Elles jouent dans le parc du temple Tamahime. Attendez, je voudrais vous montrer quelque chose, a dit Kimi en mettant devant elle une robe d'un rouge éclatant. – Ornée de boutons dorés, la robe semblait assez moulante pour révéler nettement les formes de son corps. – Alors, elle me va bien, non ? On me l'a offerte. Il ne l'a pas acheté dans le coin, il me l'a rapportée d'Osaka.

Je trouvais la robe trop voyante mais quand je lui ai dit que je la trouvais très jolie et qu'elle lui allait parfaitement, elle a souri comme une petite fille, les deux mains sur ses joues.

— Je peux vous la prêter si vous voulez, pour vous ce sera cinq cents yens la journée, a-t-elle ajouté en serrant la robe sur son cœur.

En arrivant au temple Tamahime, j'ai trouvé Hana et Kaoru qui jouaient avec deux enfants que je n'avais jamais vus. Un garçonnet plus jeune que Kaoru et une petite fille qui semblait être au cours préparatoire. Ils étaient accroupis tous les quatre, examinant le sol avec attention. Kaoru portait les vêtements donnés par la mère de Kumi et ressemblait à un petit garçon. Une casquette de base-ball, un t-shirt et un pantalon vert.

— Qu'est-ce que vous faites ?

J'ai baissé les yeux vers le sol où sept carapaces de cigales étaient alignées. De couleur brune, complètement sèches, elles auraient pu ressembler à des jouets habilement fabriqués.

— On les collectionne, a dit le garçonnet en levant les yeux vers moi.

— Les cigales, elles restent sous la terre, et quand elles sortent, elles meurent tout de suite, m'a dit la petite fille, sans doute la grande sœur du garçon, comme pour montrer sa supériorité.

— Elles sont mortes ? a demandé Kaoru en me regardant avec inquiétude.

— Non, elles ne sont pas mortes. Elles sont sorties de terre et ont laissé leurs habits là, ai-je répondu en me demandant quand Kaoru avait appris le verbe mourir. Kaoru, Hana, on va rentrer, venez.

— Mais elles meurent tout de suite, a répété la petite fille.

Sans doute quelqu'un venait-il de le lui apprendre. Que les cigales restaient sept ans sous la terre et qu'une fois dehors elles mouraient le septième jour. J'ignorais si tout cela était vrai mais je me souvenais du choc que j'avais ressenti en entendant cette histoire pour la première fois. Étonnée qu'après une si longue attente la cigale ne disposât que d'une si courte vie. Tout comme la fillette, je me souvenais d'avoir dit aux adultes de mon entourage que les cigales mouraient en sept jours.

Hana s'est relevée et Kaoru lui a donné la main, la serrant vigoureusement.

— Vous venez, demain ? a demandé le garçonnet.

— Demain aussi on va en chercher d'autres, a ajouté la petite fille.

— Bye-bye ! a dit Kaoru en se retournant, agitant la main ; les enfants, les joues illuminées par le soleil couchant aux teintes orangées, ont fait un signe de leurs deux mains, toujours accroupis. Bye-bye ! Les voix des enfants retentissaient derrière nous.

Après le dîner, nous nous sommes promenées, faisant un détour jusqu'au temple Gokuraku n° 16 pour y prier. Kaoru fredonnait une chanson que je ne connaissais pas. Elle a levé la tête vers le ciel, pointant son doigt : "Maman, les étoiles !" Dans la pénombre, on distinguait le rouge presque effrayant des fleurs d'équinoxe.

Avant de sombrer dans le sommeil, les carapaces de cigales que j'avais vues le soir sont apparues sous mes paupières. Des carapaces brunes et sèches.

6 octobre.

Je suis allée chercher Kaoru au premier étage et Hana est redescendue avec moi. J'ai commencé les préparatifs du repas mais elle a continué à dessiner avec Kaoru. À un moment, j'ai senti qu'elle se tenait derrière moi, observant ce que je faisais.

— Ce soir je fais du riz au curry, tu veux manger avec nous ? lui ai-je demandé.

— Je peux faire la salade, si vous voulez.

Elle qui ouvrait si rarement la bouche.

— Oui, je veux bien. Ça va m'aider.

Hana a alors ouvert le réfrigérateur, puis, tandis que j'écumais le bouillon, elle a commencé à couper des tomates et des concombres à mes côtés. Elle était adroite et sans doute habituée à préparer les repas. Kaoru, qui s'ennuyait car personne ne s'occupait d'elle, nous tournait autour dans la cuisine.

J'ai baissé le feu sous la marmite et j'ai observé Hana tout en m'occupant de Kaoru. Elle s'apprêtait à faire bouillir des fushis. Il s'agissait de l'extrémité des pâtes somen, résidus en forme de U, qui étaient vendus en paquets et que j'avais toujours en réserve, car ce n'était pas cher. Mais je n'avais aucune idée de ce que Hana allait en faire et lui ai posé la question, mais je n'ai pas eu de réponse.

Les fushis se sont transformés en salade. Elle a mis les morceaux de pâtes sur les tomates et les concombres et a assaisonné le tout d'une vinaigrette à la sauce de soja, c'était la salade à la Hana.

— C'est bon ! Je ne savais pas qu'on pouvait en faire de la salade ! me suis-je exclamée avec étonnement.

Hana a aussitôt détourné le visage mais j'ai vu un sourire de fierté sur ses lèvres.

— C'est bon, hein, maman ! a dit Kaoru en écarquillant les yeux.

— Je peux aussi faire des pâtes à la napolitaine ou à
la carbonara avec des fushis, a ajouté fièrement Hana,
toujours sans nous regarder.

— Ah bon ? Moi aussi j'essaierai pour voir, ce sont
des pâtes, de toute façon, il n'y a pas de raison que ce
ne soit pas bon, n'est-ce pas ?

— N'est-ce pas ? a répété Kaoru.

— Tu imites maman ! a dit Hana en pointant son
doigt sur la joue de Kaoru qui a éclaté de rire.

On a frappé à la porte. J'ai interrompu mon repas
et suis allée ouvrir, c'était encore la mère de Kumi.
Comme lors de sa visite un mois plus tôt, elle a scruté
le fond de la pièce.

— Ah, désolée, vous étiez en train de manger ?
a-t-elle dit en lançant un regard réprobateur vers
Hana au visage excessivement maquillé.

Elle m'a fait signe d'approcher. Nous sommes sorties et la mère de Kumi a fermé la porte.

— Vous avez dit l'autre fois que vous vouliez travailler chez nous, n'est-ce pas ? Justement ce mois-ci
un de nos employés va partir. Le salaire est modeste
mais je pense que c'est mieux que de travailler dans
un endroit pareil avec la petite.

— Euh…

— Dans le quartier d'Ippon Matsu, vous savez, j'ai
de la famille qui habite là-bas et ils ont une dépendance, enfin, une petite maison en préfabriqué qu'ils
avaient construite pour leur fils ; ils disent que vous
pouvez y habiter… Travailler dans un endroit pareil,
pour votre fille, ce n'est pas bien, vous savez, a-t-elle
ajouté en fronçant les sourcils.

— Mais la jeune Hana est très bien, vous savez.

Elle s'occupe de Kaoru depuis le début, ai-je dit instinctivement pour défendre Hana.

— Oui, sans doute, mais on ne sait pas trop qui
vit dans le coin, et juste derrière un *love hotel*, on ne
sait jamais qui peut rôder dans les parages.

— Oui… Mais… Vous êtes sûre que c'est possible ?
lui ai-je demandé en la regardant dans les yeux.

Je n'avais aucune idée de ce qui la poussait à
embaucher une femme dont elle ne savait rien.

— Ça ne tient qu'à vous, vous venez quand vous
voulez. Mais ne traînez pas trop parce que je vais
devoir trouver quelqu'un rapidement, alors dès que
vous êtes décidée, faites-le-moi savoir. Compris ?
a-t-elle dit avec la mine d'une mère qui se souciait de
la façon dont se nourrissait sa fille. Bon, désolée de
vous avoir dérangée pendant le dîner, a-t-elle ajouté
rapidement avant de s'en aller.

Hana avait fini de manger et racontait à Kaoru les
épisodes d'un théâtre d'images qu'elle avait confec-
tionné elle-même. Kaoru, tout en finissant son riz au
curry, regardait sans se lasser l'histoire qui se déroulait sur cinq feuilles de papier à dessin.

— Hana-chan, tu sais que tu es douée en dessin.
Tu pourrais écrire des mangas ou des dessins animés.

— Aucune chance, a-t-elle répondu en lâchant les
dessins.

— Bien sûr que si !

— Tu me montres encore ? a demandé Kaoru en
donnant les feuilles à dessin à Hana.

— Je n'ai pas fini mes études, c'est impossible.

— L'école, c'est pour les gens qui ne savent pas ce
qu'ils veulent faire, avec un don comme le tien, tu
peux faire ce que tu veux, me suis-je exclamée, avant
de me taire, réalisant que mon ton s'était soudain

enflammé ; j'avais failli lui dire que si elle n'avait commis aucun délit, qu'elle n'était pas en fuite, elle pouvait faire tout ce qu'elle voulait.

— Je vais y aller, a dit Hana en se levant brusquement pour se diriger directement vers la porte. – Elle a ajouté, le visage fermé, tout en chaussant ses sandales : À Tokyo, il y a des écoles où on peut apprendre le dessin ?

— Bien sûr ! De toutes sortes. Tu peux aussi devenir l'assistante d'un dessinateur de mangas, ai-je répondu avant de m'interrompre, le souffle coupé. Comment sais-tu que je viens de Tokyo ?

— Je ne sais pas, c'est la pipelette qui l'a dit.

— Qu'est-ce qu'elle a dit ? Elle a dit quoi Kayo ? ai-je insisté en suivant Hana.

— Elle n'a pas d'accent, elle est sûrement de Tokyo, elle a dû fuir son mari, c'est ce qu'elle a dit, a-t-elle murmuré en me regardant, intriguée.

Bien sûr, personne ne pouvait savoir. Cela ne pouvait pas se savoir.

— Ah bon ? Ça a le mérite d'être clair, ai-je dit en m'efforçant de sourire.

Kayo-san était au courant de tout. Elle savait que je fuyais mon mari. Hana se tenait au milieu de l'escalier, la tête basse.

— Merci Hana-chan pour aujourd'hui. Ta salade était excellente.

Elle m'a lancé un regard, le visage inexpressif, avant de monter les marches.

— Les cigales, elles sont mortes ? m'a demandé Kaoru en allant au bain.

Effectivement le chant des cigales s'était tu. Les insectes annonciateurs de l'automne se faisaient entendre.

177

14 novembre.

J'ai compté les bâtons que j'inscrivais à chaque temple visité et j'en étais à peine à trente. Je m'arrêtais à chaque temple rencontré sur mon chemin mais pour ceux qui étaient situés en pleine montagne, je n'avais guère le temps de m'y rendre.

Depuis un mois, je travaillais dans la fabrique de pâtes de Masae, la mère de Kumi, sous le faux nom de Kyoko Miyata. Mon travail consistait principalement à servir les clients au restaurant et être vendeuse dans la partie épicerie. Le restaurant, la fabrique et la maison où vivaient les grands-parents et la mère de Kumi étaient mitoyens et la frontière entre l'activité professionnelle et la vie privée de la famille Sawada était plutôt ténue. Lorsqu'il y avait peu de travail du côté de l'épicerie, on me demandait de me charger de la lessive ou de l'entretien du jardin. Masae m'avait dit que je pouvais amener Kaoru et si je me demandais jusqu'où je pouvais profiter de sa bienveillance, il m'était cependant impossible de laisser Kaoru seule à la maison et finalement je me rendais à la fabrique de pâtes somen Sawada avec elle. Kaoru s'était fait des amis. Des enfants du voisinage qui allaient à l'école maternelle, Satomi-chan, Shinnosuke-kun, Sakura-chan et Yurichan, la grande sœur de Satomi, à la tête du groupe. Ils venaient chercher Kaoru de temps en temps pour aller jouer quelque part. Je me demandais si ce n'était pas risqué de les laisser jouer seuls mais dans cette île où l'on n'avait pas l'habitude de fermer les portes à clé, il n'y avait apparemment pas d'inquiétude à avoir.

Ainsi que l'avait dit Masae, je pouvais louer la dépendance d'une maison particulière. Les Sakamoto qui habitaient la maison étaient de la famille de Masae, ils avaient rénové ce qui était à l'origine un appentis pour en faire un studio à la demande de leur fils qui étudiait actuellement à Kyushu.

Les jours de congé, Masae nous emmenait en voiture visiter les alentours. Nous avons admiré les gorges de Kankakei, la vieille école en bois* sur la péninsule et contemplé le soleil couchant sur la mer. Kaoru n'avait pas pleuré en prenant le téléphérique mais se montrait toujours prudente. Si cela ne lui plaisait pas, elle restait immobile. Masae, avec un sourire mitigé, attendait avec une patience à toute épreuve que Kaoru veuille bien se mouvoir, avec une grande lenteur.

Depuis qu'elle avait des amis, le vocabulaire de Kaoru s'était enrichi de façon spectaculaire. Elle m'avait surprise lorsqu'elle m'avait dit : "Quand je serai grande, je t'achèterai une grande maison."

L'après-midi, quand il n'y avait pas de clients, Masae, Nobuko, l'employée à temps partiel et moi mangions des nouilles somen. Elles m'avaient raconté avec passion l'histoire de la pièce de kabuki qui avait été donnée un mois plus tôt dans le village.

— L'année prochaine, il faudrait faire jouer Kaoru, a dit Masae.

Les enfants pouvaient jouer dans les pièces de kabuki lorsqu'ils étaient en âge d'aller à l'école mais Nobuko a dit :

— Kaoru-chan est si jolie, il n'y a pas de souci. L'an prochain, elle aura cinq ans, non ?

— Non, elle aura quatre ans l'été prochain, ai-je répondu, et j'ai vu Masae contempler l'extérieur, les yeux éblouis.

* Il s'agit de l'école qui apparaît dans le film *Les Vingt-Quatre Prunelles* (voir note p. 118).

Je me suis retournée, j'ai suivi son regard, pensant soudain que Kumi était peut-être là, mais on distinguait seulement entre les affiches sur la porte vitrée l'enseigne de la fabrique en plein soleil.

— Dites, Kyoko-chan, on ne vous a jamais dit que vous ressembliez à quelqu'un ? a dit soudain Nobuko, j'ai sursauté.

— Quelqu'un, c'est-à-dire ?

— Je n'arrive pas à m'en souvenir.

Tout en écoutant la conversation entre Masae et Nobuko, j'ai donné exprès quelques noms de célébrités vues à la télévision dans la boutique Sawada.

— Yoko Minamino ou bien Miho Nakayama ?

Elles se sont regardées avant d'éclater de rire.

— Eh bien ! Vous alors ! Vous ne seriez pas un peu prétentieuse ?

— Ce sont les seules dont on m'a dit qu'elles me ressemblaient, je n'y peux rien ! ai-je dit en riant.

Jusqu'à quand allaient durer ces jours paisibles ? Toutes les nuits je réfléchissais. Certains jours je me disais que cela ne pouvait pas se passer aussi bien indéfiniment, d'autres jours, je me persuadais que Kaoru et moi étions solidement protégées par une force quelconque et que ce bonheur allait durer éternellement.

31 décembre.

L'année se terminait. Dans l'après-midi, alors que je faisais le ménage de la petite annexe où j'habitais, Masae m'a apporté une part de repas de Nouvel An ainsi que des pâtes. Elle s'est assise sur la marche de l'entrée.

— J'attendais un coup de téléphone de Kumi, mais rien du tout, a-t-elle dit comme pour elle-même.

— On va peut-être la voir arriver un des trois premiers jours fériés de l'année ! ai-je dit tout en pensant que cela ne constituait même pas une consolation pour elle, et cela m'a fait mal au cœur ; elle restait pourtant souriante.

— C'est vrai. Elle va peut-être rentrer, a-t-elle répondu avec un hochement de tête avant de repartir.

Après quinze heures, le ménage étant fini, j'ai décidé d'aller avec Kaoru à Kasagataki, où se trouvait un temple que je voulais visiter depuis longtemps. On y trouvait le seul lieu d'ascèse de moines bouddhistes sur l'île, et, construit dans la paroi rocheuse, un temple dédié à la divinité Fudo Myoo, le plus important des rois protecteurs de Bouddha ; c'est ce que m'avait dit Nobuko. Nous sommes allées en autobus jusqu'à Kuroiwa et avons marché ensuite. De temps à autre, des pancartes en forme de doigt indiquaient le chemin.

— Maman, a dit Kaoru, agrippée à ma main pour avancer sur le chemin de montagne. Shin-chan, c'est une fille ?

— Comment ça ? Shin-chan est un garçon, bien sûr.

— Alors, moi je suis un garçon ?

— Mais non Kaoru, tu es une fille. Une mignonne petite fille.

— Oui, mais...

Kaoru s'est tue. J'étais interloquée. Était-elle en train d'exprimer ce que l'on prônait à Angel Home ? On lui avait dit qu'il n'y avait ni homme ni femme, elle n'avait été entourée que de femmes, peut-être ne comprenait-elle pas la différence entre un garçon et une fille. D'ailleurs, quand on la voyait ainsi, portant les vêtements de garçon donnés par Masae, il n'y avait pas de différence avec le petit Shinnosuke.

— Tu sais, Kaoru, nous, on est des filles. Shin-chan, grand-père Sawada, eux, sont des garçons.

— C'est quoi, la différence ? a demandé Kaoru en levant les yeux vers moi.

Quelle était la différence ? Je ne trouvais pas d'explication appropriée. Je me souvenais du moment où Sarah m'avait demandé si j'étais un homme ou une femme, j'ai eu un sourire gêné.

— Maman non plus ne sait pas très bien, ai-je répondu sincèrement. Quand tu seras plus grande, que tu voudras te marier, ce sera un homme.

— Alors tu es un homme ?

— Non, maman est une fille.

— Oui, mais moi je veux me marier avec maman.

Je me suis arrêtée machinalement et j'ai regardé Kaoru qui m'observait, la mine sérieuse.

— Comme ça, tu ne serais plus mère célibataire, non ?

Je me suis baissée et je l'ai serrée dans mes bras. Les gens qui fréquentaient la fabrique de nouilles Sawada, les mères de Shinnosuke et Yuri avaient parlé de moi en utilisant cette expression et Kaoru les avait entendus. Même si elle n'en comprenait pas le sens, elle avait senti qu'ils avaient pitié de moi.

— Maman, tu me fais mal !

Kaoru s'est libérée de mon étreinte et s'est éloignée pour marcher seule devant moi.

— Un jour tu rencontreras un gentil garçon que tu aimeras très fort et vous vous marierez, ai-je dit en fixant sa petite silhouette.

— Je n'irai nulle part ! a-t-elle crié en continuant à avancer.

Après nous être recueillies au temple Ryokoji, nous avons gravi un escalier de pierre à l'entrée duquel se trouvaient des lanternes de pierre. Nous avons suivi les pancartes et sommes arrivées au pied du rocher. Des pieux étaient plantés dans le roc, reliés par une chaîne. Il fallait s'y agripper pour gravir la côte escarpée.

— Kaoru, tu peux m'attendre ici ?

— D'accord.

Elle s'est accroupie docilement. J'ai saisi la chaîne pour gravir la côte. Afin de vérifier que Kaoru m'attendait bien en bas, je me hissais à l'aide de la chaîne en criant son nom et elle me répondait toujours "Maman !".

Quel spectacle grotesque, si l'on m'avait vue cramponnée à la chaîne rouillée, me hissant le long de la côte en criant le nom de ma fille. Pourtant, tandis que je gravissais ainsi le chemin, je me raccrochais à l'idée que si je parvenais au temple là-haut et que j'y priais, je n'aurais jamais à me séparer de Kaoru.

Je suis arrivée au temple tant bien que mal, j'ai prié et j'ai crié le nom de Kaoru, avec un léger décalage, j'ai entendu sa voix affaiblie, "Maman, reviens vite !". J'ai entrepris la descente en hâte.

En bas de la côte se trouvait un autel dédié à la déesse Kannon. Il était indiqué sur la statue "Divinité de l'éducation des enfants". J'ai pris la main de Kaoru et j'ai fixé la statue aux paupières entrouvertes. Puis je l'ai lâchée pour joindre les mains et prier. Je vous en supplie, faites que je puisse rester avec cette enfant un jour de plus chaque jour, ai-je répété en silence.

10 février 1988.

Un client du restaurant avait laissé un hebdomadaire. Tout en rangeant j'ai jeté un coup d'œil à la couverture et j'ai failli laisser échapper un cri. "Un collégien frappe un lycéen à mort. Raison de l'agression : *nos regards se sont croisés.*" La colonne voisine titrait : "La forteresse des Anges. Enlèvement, séquestration, escroqueries. Faisceau de suspicions autour d'une communauté de femmes." J'ai aussitôt pensé qu'il s'agissait d'Angel Home. J'ai discrètement tendu la main vers le magazine pour le feuilleter. Agacée, je n'ai pu trouver l'article.

— Kyoko-chan ! – J'ai refermé en hâte l'hebdomadaire. Le visage de Masae apparaissait au-dessus du comptoir. – Qu'est-ce qui se passe, vous en faites une tête !

— Non, non, ai-je dit en posant les verres sur un plateau, essuyant la table l'air de rien.

— Quand vous aurez fini, vous pourrez aller chez nous ? Grand-mère voudrait que vous laviez les baquets en bois pour les pâtes.

Cette tâche terminée, je suis retournée du côté restaurant, Masae et Nobuko faisaient le ménage tout en bavardant. J'ai cherché l'hebdomadaire mais je ne l'ai pas trouvé. J'ai proposé à Masae de faire les vitres, me persuadant que je n'avais rien vu.

J'avais terminé ma journée lorsque Kaoru est rentrée en compagnie de Yuri et des autres enfants. Son pantalon et son pull étaient couverts de terre et d'herbes sèches.

— Kaoru, il faut rien dire, hein, a dit Shinnosuke à l'oreille de Kaoru, mais j'avais bien entendu.

Avec un petit rire, Kaoru a hoché la tête à plusieurs reprises.

Nous avons quitté la fabrique Sawada pour prendre l'autobus jusqu'à Hikata. Chaque jour, après le travail, j'avais pris l'habitude de me rendre dans un des temples du voisinage. Nous sommes descendues de l'autobus et Kaoru et moi avons parcouru le chemin dans la nuit naissante.

— Kaoru, est-ce que tu me caches quelque chose ? ai-je demandé en passant devant la statue de Maria Kannon dans la direction du temple Anyo ; Kaoru a tressailli et s'est figée.

— Non, non je te cache rien du tout, a-t-elle répété, la mine sérieuse. – Puis, après avoir hésité, elle a fini par balbutier : On a fait la course sur le rempart des sangliers.

— Qu'est-ce que c'est que ça ?

— C'est un chemin très, très étroit. J'avais peur mais j'ai réussi à le faire. Mais j'étais la dernière, a expliqué Kaoru en me fixant, craignant sans doute d'être grondée.

— Ah bon ? Tu as eu peur mais tu as continué ? C'est bien, Kaoru.

Je ne savais pas ce qu'était le rempart des sangliers mais à ma réponse, elle s'est détendue.

J'ai prié, mains jointes, devant l'autel du temple Anyo. Kaoru aussi joignait ses petites mains.

15 mars.

À travers la vitre, je voyais les enfants jouer sur le parking. Kaoru, dans ses vêtements de garçonnet, restait immobile jusqu'à ce qu'un des enfants l'appelle. Yuri s'est approchée et lui a pris la main pour qu'elle joue avec eux. Les enfants ont fait irruption bruyamment dans le restaurant.

— Il manque un enfant ! Il en manque un ! Que va-t-on faire ? Préparez-vous à les attraper !

Ils s'interpellaient en courant dans le restaurant.

— Allez jouer dehors ! Vous voyez bien qu'il y a des clients, a crié Masae derrière le comptoir.

Avec des rires stridents, les enfants ont fait le tour du restaurant avant de sortir. D'un pas mal assuré, Kaoru les a suivis en prenant du retard, criant "En avant !" comme on le lui avait probablement appris.

— Ils s'entraînent pour le kabuki, a dit en souriant un des clients après avoir aspiré ses pâtes.

— Ils ne comprennent pas ce qu'ils disent mais ils ont bien appris ! a dit Masae en faisant le tour des tables pour servir le thé.

— On va bientôt passer la pièce de kabuki *Hitoyama*, ils ne jouent pas dedans, tout de même !

— Ni dans celle de *Nakayama*, ils sont trop petits !

J'ai détourné le regard vers la porte vitrée en écoutant la conversation. Les enfants couraient dans la lumière.

Je suis allée avec Kaoru au temple de Shakado, de Myooji, et comme il faisait encore jour, guidées par les pancartes, nous avons poussé jusqu'au temple de Komyoji. Nous avons contemplé l'étang du temple de Shakado.

— Il y a des fantômes ici, m'a appris Kaoru.

— Ça ressemble à quoi, un fantôme ?

— C'est quelqu'un de tout blanc, qui a des cheveux longs et pas de pieds, a répondu Kaoru avec sérieux.

Au moment du retour, le soleil avait disparu. Pourtant la route était éclairée. C'était la lueur des serres où poussaient des chrysanthèmes sous éclairage artificiel. Les alignements de serres propageaient une lumière dorée. Au début j'avais trouvé étrange ce paysage de serres éclairées mais à présent je me sentais soulagée lorsque j'apercevais cette lumière semblant repousser la nuit.

8 avril.

Aujourd'hui s'est déroulée la cérémonie de rentrée à l'école primaire pour Shinnosuke et Sakura. L'après-midi, accompagnés par Yuri, ils sont venus avec leurs cartables tout neufs sur le dos. Satomi, donnant la main à Sakura, jetait des regards envieux sur le cartable de sa petite camarade.

— Kaoru ! a crié Shinnosuke en ouvrant la porte du restaurant.

— Elle est dans la maison.

Ils se sont tous précipités. Sans doute voulaient-ils lui montrer leurs cartables.

Des pensées que j'évitais jusqu'alors m'ont traversé l'esprit. Allais-je être capable de faire de Kaoru une écolière ? En serais-je capable ? Pourrais-je un jour lui permettre d'avoir un cartable flambant neuf ? Comment scolariser cette enfant qui n'avait ni acte de naissance ni certificat de domiciliation ?

Des gens tout blancs sans pieds, avait dit Kaoru. J'avais beau faire semblant, croire que nous étions en sécurité, nous étions comme ces fantômes qui hantaient l'étang.

— Mon fils est là ?

La mère du petit Shinnosuke, en tailleur rose, fraîchement permanentée, se tenait à la porte du restaurant.

— Il est du côté de la maison, a répondu Masae. Vous êtes superbe, Yukko-chan !

— On va chez le photographe ! a-t-elle répondu en souriant avant de partir.

Je l'ai regardée s'éloigner à travers la porte vitrée. Ce n'était pas à cause du soleil, mais son tailleur neuf était éblouissant.

2 juillet.

Masae a déclaré que nous allions tous au Mushi Okuri, que la grand-mère et Nobuko s'occuperaient de la boutique. C'était une fête consistant à raccompagner les insectes nuisibles de l'été hors du village. Il y avait sur cette île de nombreuses fêtes. Le soir, Satomi et Shinnosuke sont arrivés avec leurs parents et nous sommes montés dans la fourgonnette conduite par Masae pour nous rendre à Hitoyama.

Il y avait un rassemblement près du temple Tamonji.

— Il y aura de la barbe à papa, tu crois ? a dit Kaoru.

— Non. Aujourd'hui on va prier pour que les bêtes ne mangent pas le riz, a dit Satomi, comme une grande personne, et tout le monde a éclaté de rire. Le bonze a récité un sutra, allumé une bougie sur son bougeoir rouge et la procession s'est ébranlée. J'ai laissé partir les enfants devant, pressés par Shinnosuke et j'ai prié devant le temple Tamonji, une fois la foule éloignée. Je n'étais encore jamais venue ici, au numéro 46 de la liste des temples. Déjà bien habituée à ce rituel, Kaoru s'était accroupie près de moi et joignait les mains.

À l'arrivée au temple Hachiman, il y a eu une autre récitation de sutras puis des flambeaux ont été distribués. Tous les enfants se chamaillaient pour tenir un flambeau, seule Kaoru se tenait à l'écart, apeurée. Satomi et Shinnosuke, aidés par leur mère, portaient à deux un flambeau en bambou.

Masae en a apporté un pour Kaoru qui s'est enfuie pour finalement s'accroupir, en pleurs. La procession aux flambeaux avançait.

— Kaoru, ce n'est rien, regarde, c'est tante Masae qui va tenir le flambeau et nous on va suivre en se donnant la main, ai-je dit pour la consoler.

Elle s'est enfin levée.

— Cette petite est vraiment, comment dire, prudente ! a dit Masae en riant et elle s'est mise à marcher en brandissant le flambeau.

Le ciel orangé a pris peu à peu une teinte rose et, comme avec une hésitation, a tourné lentement au violet.

Nous marchions derrière la retraite aux flambeaux, avec un léger retard. Les flammes ondoyaient dans la pénombre. Leur lueur tremblait à la surface de l'eau des rizières. Masae s'est retournée, répétant à Kaoru en montrant la procession : "Regarde comme c'est beau, Kaoru !" Vêtue comme le personnage de manga Taichi, Kaoru hochait la tête, lèvres serrées. J'ai réalisé soudain que, tout comme moi qui rêvais de vivre avec mon enfant, Masae aurait sans doute voulu montrer ainsi de belles choses à son petit-fils.

— Kaoru, porte-le avec nous, ça fait pas peur !

Au début de la procession, Sakura faisait signe à Kaoru qui s'est aussitôt cachée derrière moi, agrippant le pan de ma jupe.

Nous nous sommes arrêtées pour contempler la procession aux flambeaux qui n'en finissait pas de longer les sentiers bordant les rizières. Plusieurs appareils photo nous attendaient, je venais seulement de m'en rendre compte.

— Qu'est-ce qui se passe ? nous a crié Masae alors que nous étions arrêtées à plusieurs mètres.

— Rien, rien du tout.

J'ai couru vers Masae, affichant un sourire.

J'observais avec attention les objectifs des appareils photo. Tous ces objectifs évoquaient pour moi les yeux de la société. Mes jambes faiblissaient. Je me suis retournée pour porter Kaoru mais elle venait de lâcher ma jupe et se dirigeait lentement vers Sakura. Peut-être voulait-elle porter le flambeau avec elle, tendant la main craintivement, elle se rapprochait. En voyant son petit visage si grave, je n'ai pu la rappeler.

Ce n'était rien, c'était évident. J'essayais de m'en persuader. Tout le monde était joyeux, en tenue légère estivale. Personne ne faisait attention à nous. Les gens prenaient simplement des photos de leur famille. Il n'y avait aucune raison pour que les yeux de la société soient présents.

Les torches en bambou ont été jetées dans la rivière. Les alentours étaient plongés dans la pénombre. Les flammes s'éloignaient lentement. À la vue de ces lumières qui oscillaient à la surface de l'eau, j'ai eu la sensation de me retrouver dans un monde irréel.

— Il y avait beaucoup de gens qui prenaient des photos aujourd'hui, n'est-ce pas ? ai-je dit à Masae, perdue dans la contemplation des flammes portées par le courant et qui s'était accroupie près de Kaoru. Ce sont tous des gens de l'île, n'est-ce pas ?

Masae a levé les yeux vers moi, semblant ne pas saisir le sens de ma question.

— Aux fêtes d'automne, c'est encore plus incroyable ! Il arrive même que les équipes de télévision viennent !

Kaoru, qui s'était refusée avec autant de véhémence à porter un flambeau, regardait maintenant avec regret les flammes s'éloigner sur l'eau, agitant doucement la main en signe d'adieu.

30 juillet.

Aujourd'hui nous avons fêté le quatrième anniversaire de Kaoru. Masae lui a offert une robe rose et Nobuko du papier à dessin et des crayons de couleur. Yuri et les autres enfants, qui étaient en vacances, sont venus et ont offert des gommes parfumées et une barrette pour les cheveux. Ils s'étaient cotisés avec l'argent de leur tirelire pour faire un cadeau à Kaoru. Ils sont tous sortis avec Kaoru en disant qu'ils allaient au temple Seiganji.

Les estivants se faisaient de plus en plus nombreux. Il y avait beaucoup de travail au restaurant et Masae avait embauché une lycéenne à temps partiel. Lorsque je regardais la jeune Yumi avec ses cheveux courts, le souvenir de Hana me revenait en mémoire. Nous n'étions pas si loin et j'aurais voulu aller la voir, mais je ne le faisais pas.

— Kyoko-chan, il vous arrive d'aller boire un verre, de temps en temps ? m'a demandé Masae tandis que je faisais la vaisselle.

— De l'alcool ? Je ne bois presque jamais mais, oui, je peux boire, ai-je répondu sans comprendre où elle voulait en venir.

Masae est restée là, mettant les mains dans les poches de son tablier pour les ressortir aussitôt.

— Il y a quelqu'un qui voudrait vous parler, a-t-elle finalement dit avec un regard en coin.

— Parler ?

J'ai tressailli de surprise. Les horaires du ferry me sont apparus soudain. Ceux du ferry pour Takamatsu que j'avais vaguement lus lorsque nous attendions de partir pour le port de Kusakabe, je les connaissais par cœur.

— Je peux garder Kaoru, dites-vous que c'est juste pour prendre un verre, pourquoi ne pas accepter ?

J'ai fermé le robinet et ai regardé Masae dans les yeux.

— C'est quelqu'un qui travaille à la mairie d'Uchi-nomi. Quelqu'un de bien. Il s'est longtemps occupé de sa mère malade. Il est encore célibataire. Sa mère est décédée l'année dernière.

— Euh…

J'avais bien saisi qu'il ne s'agissait pas de la police mais je ne comprenais rien à ce que disait Masae.

— Il est venu acheter des pâtes, et il vous a remarquée. Il aimerait bien parler avec vous, il a dit. Hajime-chan est resté un an environ à Tokyo, si ça se trouve, vous aurez pas mal de choses en commun. Et vous, Kyoko, vous ne pouvez pas rester seule indéfiniment.

C'était donc cela. J'ai éclaté de rire tant j'étais soulagée. La mère de Kumi, si bienveillante, songeait à me trouver un mari, moi dont elle ne savait rien. Une larme a coulé du coin de mon œil.

— Je ne vois pas ce qu'il y a de drôle. On ne peut pas dire que ce soit un beau garçon mais Hajime est quelqu'un de bien, de vraiment gentil.

— Je vous remercie. Je vais réfléchir.

J'ai incliné la tête. "Réfléchissez bien, vraiment." Après avoir insisté, Masae a commencé à essuyer la vaisselle que j'avais lavée.

Comme les enfants ne revenaient pas, je suis allée les chercher au temple de Seiganji. Je marchais en écoutant le chant des cigales et brusquement j'ai eu envie de rencontrer ce Hajime. Je n'avais que faire de l'amour ou de la passion. Mais nous avions besoin d'une couverture. S'il travaillait à la mairie et s'il était gentil, selon la façon dont je lui présenterais la situation, il pourrait peut-être trouver une solution pour notre problème d'état civil. On arrêterait ainsi de me demander qui j'étais vraiment et je pourrais peut-être un jour acheter un cartable rouge à Kaoru. Deux voix s'opposaient en moi, celle qui me disait que cela ne pouvait se passer aussi simplement et l'autre qui affirmait que nous étions protégées par une force supérieure.

Les enfants jouaient derrière les cycas dans l'enceinte du temple Seiganji. Je leur ai dit "On rentre!" et ils se sont regroupés en chahutant.

— Obasan, est-ce qu'on peut aller nager, demain ? a demandé Satomi.

— Il faut que quelqu'un vous accompagne, c'est trop dangereux pour des enfants seuls.

— Et vous, vous ne pouvez pas venir ? Kaoru dit qu'elle ne s'est jamais baignée à Olive Beach, a dit Sakura, s'agrippant à mon bras.

— Si maman dit oui, on pourra emmener Kaoru ? a ajouté Yuri.

— Si ta maman vous emmène, ce serait gentil mais Kaoru est si peureuse, tu sais.

— Non je suis pas peureuse ! a crié Kaoru en faisant la moue.

— Bon alors, tu y vas avec Yuri et sa maman ? Tu vas nager ? ai-je demandé à Kaoru qui allait sûrement pleurer à cause des vagues.

— Oui, je vais nager ! Je sais nager d'abord ! a-t-elle crié.

— Moi je veux pas aller à la mer, je préfère jouer sur le rempart des sangliers ! a protesté Shinnosuke.

— Chut ! a fait Sakura en le poussant.

— C'est quoi ?

Les enfants n'ont pas répondu, le sourire aux lèvres.

Le soleil déclinait lentement, couvrant d'un manteau doré le vert des rizières. Les cigales faisaient entendre les diverses strophes de leurs chants, comme un bruit de pluie.

15 août.

Lorsque je lui ai dit que nous n'irions pas à la fête, Kaoru, qui ne faisait jamais de caprices, s'est mise à pleurer, le visage cramoisi. Nous n'étions pas allées à la fête de l'Été ni à celle de Bon Odori de l'école primaire Yasuda. Sans doute Kaoru s'était-elle forcée à renoncer à ces fêtes et maintenant cette frustration explosait dans une crise de larmes.

— Je suis désolée, Kaoru. Sois raisonnable. Je vais te lire une histoire, ai-je dit pour la consoler en la serrant dans mes bras, mais elle m'a repoussée et a continué à pleurer, comme si elle aboyait de toutes ses forces.

— Kyoko-chan ! C'était la voix de Mme Sakamoto qui m'appelait à l'entrée de service de la maison principale. Téléphone ! De la part de Ma-chan !

J'ai laissé Kaoru en pleurs et me suis rendue chez les Sakamoto. Je suis arrivée par l'entrée de service et j'ai pris le combiné du téléphone noir dans le couloir.

— Kyoko-chan, pour cette affaire, est-ce que ça pourrait se faire aujourd'hui ? a proposé Masae d'une voix enjouée.

— Cette affaire ?...

— Mais oui, l'employé de la mairie. Il a téléphoné tout de suite après votre départ. J'emmène Shin-chan et les autres à la fête, comme ça je prendrai aussi Kaoru.

J'ai laissé échapper un soupir de soulagement. Ainsi Kaoru pourrait aller à la fête. Je suis convenue que j'allais retourner au restaurant avec Kaoru et j'ai raccroché.

— Kaoru, tu vas pouvoir aller à la fête. Tante Masae va t'y emmener, ai-je annoncé à Kaoru, qui continuait à pleurnicher, ayant apparemment laissé passer le moment propice pour s'arrêter ; mais ses larmes ne coulaient plus.

Hajime Okido m'a invitée dans un restaurant de Tonosho. Cela faisait longtemps que je n'avais pas mangé au restaurant et encore plus longtemps que je n'étais pas sortie en compagnie d'un homme. Hajime était un homme à l'air sérieux qui éclatait de rire à tout ce que je disais. Si j'étais née sur cette île (je réfléchissais sans écouter Hajime-san), si j'étais née sur cette île, sans rien connaître du monde extérieur et si j'étais tombée amoureuse de cet homme, comme j'aurais été heureuse. Je n'aurais jamais rencontré l'autre homme, je n'aurais pas souffert, je n'aurais pas eu besoin de prendre un faux nom. Pourtant, je me ravisais, mais même en plein bonheur, je n'aurais jamais rencontré Kaoru.

Si je m'étais trouvée à la croisée de deux chemins et si Dieu m'avait demandé de quel côté je désirais aller, sans tenir compte du bonheur ou du malheur, ni du crime et de la sanction, j'aurais sans doute choisi sans hésitation le chemin au bout duquel se trouvait Kaoru. Cela ne faisait aucun doute.

— Vous connaissez le chemin des Anges ? Selon les marées, on peut faire la traversée à pied. Si vous voulez, je vous y emmènerai. Venez avec votre fille, a dit Hajime en essuyant sans cesse son front.

Dans la bouche de Hajime qui était corpulent et bien en chair, les mots "chemin des Anges" m'ont fait rire, il a ri aussi de bon cœur, la bouche grande ouverte.

Après le repas, il m'a proposé d'aller à la fête mais j'ai refusé. À près de neuf heures, Masae est rentrée avec Kaoru qui tenait précautionneusement une barbe à papa dans un sac rose. Lorsque j'ai ouvert le sac, la barbe à papa avait diminué de moitié.

1er septembre.

Le matin, lorsque je suis arrivée au restaurant, Masae s'est précipitée vers moi.

— Vous savez quoi ? Vous n'allez pas le croire, Kumi a téléphoné ! s'est-elle exclamée en me serrant les bras.

— Ah bon ! Où est-elle ?… ai-je commencé.

— Hiroshima ! Elle doit rentrer au moment des fêtes d'automne ! Elle a téléphoné tôt ce matin, je n'en revenais pas ! a continué Masae en me tenant toujours les bras. Quand je lui ai parlé de vous, au début, elle ne comprenait pas et quand j'ai dit le nom de Kaoru, elle s'est souvenue. Elle était contente que vous soyez ici, elle a hâte de vous revoir.

C'était évident, Kyoko Miyata était un nom inconnu de Kumi. J'aurais dû me réjouir d'avoir des nouvelles de Kumi, mais je craignais qu'elle n'ait donné mon vrai nom. Masae s'est précipitée vers Nobuko qui arrivait pour lui raconter la même chose.

— On va revoir E-chan ! ai-je dit à Kaoru qui n'a pas réagi, disant seulement qu'elle ne la connaissait pas ; sans doute ne s'en souvenait-elle pas.

Quand je saurai le jour de l'arrivée de Kumi, j'irai la chercher. En chemin, il faudra que nous accordions nos histoires. Kumi n'avait sans doute pas envie que l'on connaisse son passé à Angel Home.

Au moment de rentrer, Masae m'a suivie jusqu'à l'arrêt d'autobus.

— Merci ! a dit Masae, en s'inclinant profondément. C'est grâce à vous que Kumi va rentrer, c'est grâce à vous, Kyoko-chan !

— Mais je n'ai rien fait ! ai-je répondu. Masae ne relevait pas la tête.

196

11 septembre.

Cela m'avait soulagée. La fête d'automne qui avait lieu chaque année avait été annulée en raison de la maladie de l'empereur. Masae, Nobuko ainsi que la mère de Yuri, dans un étrange enthousiasme, tenaient à ce que Kaoru joue dans la pièce de kabuki, et celle-ci répétait le texte qu'on lui apprenait, ce qui en réalité m'angoissait. Je voulais éviter à tout prix que Kaoru se trouve là où la télévision était susceptible de venir filmer.

Il avait été convenu que même si Kumi appelait, on ne l'informerait pas de l'annulation de la fête. Selon Masae, elle risquait de ne pas venir si elle apprenait que la fête n'avait pas lieu.

Aujourd'hui c'était le jour de fermeture du restaurant et j'avais décidé de visiter les ermitages de Horikoshi et Tanoura, près de la vieille école en bois sur la péninsule. J'avais entendu dire que l'inscription "Tous les deux ensemble" qui figurait sur les o-fudas dans les temples signifiait en fait "Tous les deux avec le bonze Kobo Daishi", mais je ne pouvais m'empêcher d'y voir la signification "Seule avec Kaoru". Nous étions seules et marchions sur un chemin désert. Pour toujours.

Kaoru a voulu que nous nous arrêtions à la vieille école près de la mer. Les vacances d'été étaient terminées et la vieille école en bois, lieu de pèlerinage touristique, était maintenant déserte. Kaoru s'est assise à un petit pupitre et m'a demandé de faire la maîtresse. Sans doute était-ce un jeu que Yuri lui avait appris.

— Kaoru Miyata !

— Présente ! a répondu Kaoru, penchée en avant au point de perdre l'équilibre.

Soudainement, j'ai eu envie de l'emmener voir le chemin des Anges dont avait parlé Hajime-san.

Au retour, nous sommes passées par l'immeuble en bois derrière l'hôtel New York. J'ai frappé plusieurs fois à la porte de Kimi, mais il n'y avait personne. Kayo n'était pas là non plus. Lorsque j'ai frappé chez Manami, une femme très parfumée est apparue et m'a dit sèchement que Kimi et sa fille, ainsi que Manami, avaient déménagé et qu'elle ne savait pas où elles étaient parties.

Maintenant que plus personne n'était là, je pensais avec nostalgie à cet appartement où pourtant je n'avais vécu que deux mois. La cuisinière à un seul feu, les toilettes exiguës envahies par les moustiques et les chenilles.

— Hana-chan n'était pas là, ai-je dit en longeant la route nationale.

— Demain, elle sera là, m'a répondu Kaoru comme une grande, pour me consoler.

Des fleurs d'équinoxe poussaient le long des sentiers entre les rizières. Ces fleurs, d'un rouge saisissant, m'ont semblé, étrangement, annoncer un mauvais présage et cela m'a troublée. L'année précédente, j'avais seulement été surprise par leur couleur rouge.

— Comme c'est beau, les fleurs rouges ! a dit Kaoru, et cela m'a un peu apaisée.

Le chant des cigales retentissait : kana-kana-kana. Mais il me semblait éteint.

12 septembre.

En début d'après-midi, Hajime est arrivé dans la voiture de fonction de la mairie. Il est entré dans le restaurant avec un journal qu'il tenait précautionneusement, et après avoir vérifié soigneusement que la table n'était pas mouillée, il l'a étalé avec de grands airs. J'ai regardé et suis restée sans voix. C'était moi sur la photo.

— Qu'est-ce qui se passe, Hajime-san ? Avec votre journal… Oh !

Masae est arrivée et lorsqu'elle a vu le journal, elle a poussé des cris.

— Incroyable ! Nobuko ! a-t-elle crié à l'adresse de celle-ci qui lavait la vaisselle.

Je suis restée interloquée devant la page du journal.

Il s'agissait d'un concours de photographie pour un quotidien national, réservé aux photographes amateurs. Sous un des clichés, en petits caractères, la mention "honorable". Cela avait été pris le jour de la fête de Mushi Okuri. La photo me représentait, chuchotant quelque chose avec un léger sourire à l'oreille de Kaoru qui se refusait à porter un flambeau. Le titre de la photo était "Jour de fête". J'ai eu la sensation que des nuées d'insectes remontaient le long de mes jambes pour me recouvrir le corps. J'avais du mal à respirer. Je me souvenais que ce jour-là, les objectifs des appareils photo, un instant, m'étaient apparus comme les yeux de la société.

— Je ne le savais pas, mais la photo était parue il y a quelque temps dans un journal de Shikoku et avait été ensuite sélectionnée pour le concours national.

— Mention honorable. Elle est pourtant bien mieux que celle qui a eu le grand prix !

— Ah ! C'est maman !

— Oui, c'est maman, et il y a aussi Kaoru !

— Kyoko est vraiment bien.

— Et en arrière-plan, le flou des feux de la procession donne une impression surnaturelle.

— Vous avez eu de la chance de trouver la photo, Hajime-chan !

— Tous les ans, je suis les résultats de ce prix dans le journal. Vous vous souvenez, il y a quelques années, j'avais été sélectionné pour la photo du kabuki ?

— Vous avez eu le grand prix cette année-là !

— Oui, et elle a été exposée à la mairie.

Leurs voix s'éloignaient progressivement. Un bruit fracassant, tel le grondement de la terre, est venu me vriller les oreilles.

— Et si on l'exposait ici ?

J'ai voulu les en empêcher mais aucun son n'est sorti de ma bouche. J'aurais voulu déchirer le journal, mais j'étais incapable de soulever mes bras, lourds comme le plomb. J'ai rangé le bol de Hajime qui avait mangé des pâtes avant de partir et j'ai laissé tomber un verre sur le sol. Masae me regardait et me disait quelque chose en souriant, mais je n'entendais rien. Après l'école, Shinnosuke et Sakura sont venus chercher Kaoru. Je l'ai regardée s'éloigner à travers la porte vitrée, comme dans un rêve.

Il fallait fuir. Il fallait que je prenne la fuite. Avec la parution de cette photo, on allait découvrir rapidement qui j'étais. En rentrant après le travail, nous ne sommes pas allées dans un temple, et après un dîner frugal, j'ai commencé à ranger nos affaires. Kaoru me tournait autour en répétant : "Qu'est-ce qu'il y a ? Tu fais quoi ?" Je laissais toute la vaisselle. Pour les vêtements, il suffisait de quelques tenues. Les produits de beauté, les jouets étaient inutiles.

— Kaoru, demain on va partir. On va déménager, d'accord ?

Au début, n'y comprenant rien, Kaoru est restée interloquée mais lorsqu'elle a vu que je mettais les vêtements dans un sac de voyage, elle a commencé à tout retirer du sac avec rage. Le canard avec lequel elle jouait étant bébé, ses vêtements de garçonnet jonchaient le sol.

— Je n'irai nulle part ! murmurait-elle.

Ses oreilles étaient rouges. Elle était en colère. Si petite, mais le corps envahi par la colère.

— Ne t'inquiète pas, Kaoru, tu seras avec moi.

— Je n'irai nulle part ! a-t-elle crié de toutes ses forces avant de s'effondrer sur la pile de vêtements en sanglotant.

J'ai ramassé nos affaires, considérant avec stupeur ma petite fille qui pleurait, le dos secoué de sanglots.

15 septembre.

Je l'avais décidé. Nous resterions jusqu'au dernier moment. En repensant aux événements du passé, je ne pouvais m'empêcher de penser que quelqu'un me protégeait. Et cette fois encore, ce quelqu'un me sauverait. Depuis la parution de la photo dans le journal, rien de spécial n'était arrivé. Donc, tout allait bien. Je me persuadais que tout irait bien. Kumi arriverait bientôt. Si je quittais cet endroit, je devais le faire après avoir rencontré Kumi. Cette fois-ci je ne prendrais pas la fuite sans remercier personne, je partirais après avoir exprimé ma gratitude à ceux qui m'avaient aidée.

Après le travail, je suis allée chez le photographe de Tonosho. Nous avons pris une photo de moi avec Kaoru sur mes genoux. Cette photo, qui devait être prête la semaine suivante, serait notre porte-bonheur. Toutes les deux ensemble. Ces mots me sont venus à l'esprit au déclic de l'appareil photo.

19 septembre.

Tôt le matin, on m'a appelée de la maison principale, quelqu'un me téléphonait. J'ai regardé la pendule, il était à peine plus de sept heures. Je suis entrée dans la maison par la porte de service, ai salué Mme Sakamoto qui débarrassait la table du petit-déjeuner et suis allée vers le téléphone du couloir. Dans le combiné, la voix de Masae chuchotait.

— Prenez un congé aujourd'hui, a-t-elle dit d'une voix angoissée. – J'ai ressenti comme un malaise au fond de ma poitrine.

— Il y a eu quelque chose ? ai-je questionné, mais Masae m'a interrompue.

— En tout cas, ne venez pas travailler aujourd'hui. Compris ? a-t-elle chuchoté rapidement avant de raccrocher brusquement.

Sur le calendrier accroché au mur, j'ai vu qu'aujourd'hui était un jour néfaste.

Dans la cuisine, j'ai vu le dos de Mme Sakamoto en train de laver la vaisselle, comme enveloppée d'un halo de lumière matinale. Le bruit de l'eau qui coulait, la vaisselle qui s'entrechoquait doucement, le bruit de la télévision, au-delà du couloir. Je voulais rester. Rester ici pour toujours. Je voulais vivre ici avec Kaoru. Avec ces îles, flottant sur la mer calme, avec l'odeur de la sauce de soja, les feuilles pâles des oliviers, dans les rayons d'un soleil ardent, dans la musique des fêtes.

— Vous avez terminé, le téléphone ? m'a demandé, insouciante, Mme Sakamoto, ayant senti ma présence derrière elle.

— Je vous remercie.

Je me suis inclinée et suis repartie.

J'ai réveillé Kaoru endormie sous son drap en coton éponge, je lui ai fait sa toilette, brossé les dents et je l'ai habillée. J'ai mis quelques sous-vêtements, des vêtements de rechange, le canard et une sucette dans le sac de voyage. Sur la paillasse de l'évier, j'ai déposé le montant du loyer que je devais payer à la fin du mois, j'ai pris la main de Kaoru qui était maintenant habillée et nous sommes sorties. Je voulais rester. Je voulais vivre ici. Mais j'avais l'intuition que cela ne se réaliserait sans doute jamais.

Tenant mon sac d'une main et serrant de l'autre la main de Kaoru, j'ai quitté la maison des Sakamoto. Je me suis hâtée le long de la route nationale déserte. Un camion-benne est passé, soulevant des nuages de poussière.

— Tu sais, maman, aujourd'hui, avec Shin-chan et les autres… a dit Kaoru que je tirais par la main.

Je l'ai prise dans mes bras et me suis mise à courir. J'ai couru dans les doux rayons du soleil matinal. Sept heures, sept heures cinquante, neuf heures. Je me répétais les horaires du ferry pour Takamatsu. Allait-on arriver à temps ? Pour le ferry de sept heures cinquante ? Allait-on y arriver ? Les visages des gens que j'avais connus défilaient dans ma tête. La femme de Nagoya qui ne me regardait jamais dans les yeux, Kumi, quand elle était montée dans la fourgonnette, Mahlon, Dan, les statuettes d'anges sans visage, Masae, la petite Yuri. Kumi que j'aurais pu revoir. Dommage, il suffisait de peu, j'aurais pu la revoir. J'avais presque fait le tour de tous les temples, il en manquait quelques-uns. Si j'avais pu me recueillir dans les quatre-vingt-huit temples, peut-être qu'il ne me serait rien arrivé. Et la photo que je n'étais pas allée chercher, qui devait nous servir de porte-bonheur.

La seule photo où nous étions toutes les deux, Kaoru et moi. Des photos, on pourrait en prendre d'autres. Si l'on arrivait à s'échapper, on pourrait prendre des photos, n'importe où. Ses bras autour de mon cou, Kaoru souriait. Comme elle était lourde. Comme elle avait grandi ! Ce petit enfant tout chaud qui m'avait souri, comme pour me pardonner. Mon Dieu, je vous en supplie, je vous en supplie, faites que je puisse m'échapper.

Le chant des cigales nous suivait.

Je me souviens de ce qui s'est passé à ce moment-là. Tous mes souvenirs sont flous, mais ce qui s'est passé ce jour-là, je m'en souviens. À l'embarcadère désert, elle m'avait acheté une canette de jus de fruits. Elle a acheté les billets, s'est accroupie sur le quai et a regardé la mer. Elle m'a serrée dans ses bras. J'ai senti une odeur de savon mêlée à celle de l'omelette. J'ai dû lui dire quelque chose pour la faire rire. Elle a souri sans dire un mot.

Il n'y avait personne et soudain des inconnus ont surgi, l'ont entourée et lui ont posé des questions. Elle ne s'est pas défendue, n'a pas eu un geste vers moi. Mais quand on nous a séparées, elle a crié quelque chose.

Je n'ai rien fait ! Ou bien, Ne prenez pas l'enfant ! Quelque chose dans ce genre, sans doute.

En réalité, mes souvenirs ne sont pas si clairs. Quelqu'un me l'a peut-être raconté depuis, ou je l'ai lu quelque part. Tout ce dont je me souviens, c'est que cette femme qui était toujours calme s'est mise soudain à hurler.

Ensuite, on nous a séparées. Je ne comprenais pas ce qui se passait, j'étais pétrifiée. On m'a mise dans une voiture et on est arrivés à un autre embarcadère.

Je l'ai cherchée mais elle n'était plus là. Je pleurais et quelqu'un m'a acheté du chocolat. Je l'ai jeté par terre et j'ai pleuré. J'ai pris un bateau avec beaucoup de monde, je suis descendue du bateau, on m'a fait monter dans une voiture. Une voiture blanche.

Je revois nettement le paysage qui défilait à la vitre dans la voiture. J'étais hébétée. La rivière que je voyais était bien plus large que celle que je connaissais. Et puis les immeubles. De hauts buildings semblant se superposer dans le ciel bas, des gens, partout, toujours. J'en oubliais de pleurer, les yeux rivés à ces paysages inconnus. Lorsque je suis descendue de la voiture, je me suis dit que cela ne sentait rien. Toutes ces odeurs que j'avais respirées jusqu'alors avaient disparu d'un coup. Sans les odeurs, comme quand on éteint la lumière, les couleurs de la ville ont changé brusquement. Je crois que je n'ai pas pleuré. J'avais peur, et la peur m'empêchait de pleurer. Les gens et les paysages, mais aussi les odeurs et les couleurs, tout avait disparu de ma vie.

Je n'ai jamais parlé de cela jusqu'à présent.

CHAPITRE II

Je suis sortie de l'appartement et j'ai enfourché ma bicyclette. Je suis passée par Jizo-zaka, j'ai pris l'avenue Okubo, et en bas de la rue Kagurazaka, se trouvait la ruelle où était le bar où je travaillais. Une chaleur épaisse et humide m'enveloppait comme une membrane invisible et j'avais beau pédaler de toutes mes forces, je n'arrivais pas à la franchir. C'était un trajet d'environ dix minutes, mais quand je suis arrivée à destination, mon t-shirt me collait au dos. C'était les vacances d'été, pourtant des garçons et des filles aux allures d'étudiants marchaient, absorbés dans leurs discussions.

Bonjour ! ai-je dit en garant ma bicyclette au fond de l'impasse, ouvrant la porte coulissante du bar. C'était le soir, mais l'on utilisait la salutation du matin. Le gérant, plongé dans la lecture d'un journal sportif au comptoir, a levé la tête et m'a saluée en retour. Les quelques autres employés à temps partiel se sont interrompus et m'ont répondu en souriant.

Je travaillais à mi-temps dans ce bar depuis cette année, après être passée en deuxième année à la faculté. Du mardi au samedi, de dix-sept heures à minuit. Pendant l'été, du lundi au samedi. Le salaire horaire était de mille cent yens. À partir de vingt et une heures, le tarif augmentait à mille trois cents yens. Il y avait beaucoup d'universités dans le coin et la plupart des employés à temps partiel étaient des étudiants. Ils se réunissaient de temps en temps pour boire un verre. Je n'ai jamais participé à ces soirées. Ils me connaissaient maintenant et ne m'invitaient plus. Il y avait du monde dans le bar de dix-neuf heures à vingt-deux heures. De vingt-deux heures jusqu'à l'heure de la dernière commande, il y avait moins de monde mais comme les clients ivres étaient plus nombreux, on était occupés, d'une autre manière. Ils appelaient les serveurs sans raison, salissaient les toilettes. Mais je préférais être occupée. Cela m'évitait de trop réfléchir et de participer aux bavardages entre employés.

À minuit, j'ai terminé et, le temps de me changer, il était environ minuit vingt quand je suis sortie du bar. "Merci et au revoir !" ai-je dit avant de sortir. La chaleur de la journée était restée concentrée dans la ruelle. Je me suis baissée pour déverrouiller l'anti-vol de ma bicyclette et j'ai entendu une voix derrière moi. Je me suis retournée, une fille inconnue se trouvait là. Elle semblait avoir environ vingt-cinq ans. Elle avait des cheveux longs et raides, portait un jean.

— Tu es bien Rika-chan, n'est-ce pas ? me dit-elle en souriant.

Ce devait être une erreur. J'ai poussé mon vélo, l'ai dépassée en l'ignorant et elle est venue se planter devant moi.

— Tu es Rika, n'est-ce pas, tu ne te souviens pas de moi ? C'est moi, Mahlon. Vraiment, tu ne te souviens pas ? a-t-elle ajouté familièrement.

Je l'ai contournée et j'ai commencé à marcher sur l'avenue. Elle m'a suivie.

— Dis, tu es bien Erina Akiyama, non ?

Elle connaissait mon nom. Je me suis retournée. La lumière blafarde d'un réverbère l'éclairait. Elle me regardait avec un grand sourire, comme si elle était contente.

— On était ensemble à Angel Home. On vivait dans la même pièce. Tu as vraiment oublié ?

Angel Home. Ce nom, je le connaissais. Lorsque je l'entendais, une sorte de sensation de dégoût m'envahissait. Mais cette fois-ci, précédant cette sensation, des scènes ont surgi devant mes yeux. Les statuettes blanches, le gazon qui étincelait, une petite fille. Mahlon. Je ne m'en souvenais pas vraiment, mais cela me disait quelque chose.

— Ça fait combien d'années ? Quinze ans ? On est en 2005, ça fait donc dix-huit ans, a dit la jeune fille en me touchant légèrement. Tu ne veux pas prendre un verre ? Il y a un bar tout près.

Sans attendre ma réponse, elle a saisi le guidon de ma bicyclette et s'est mise à marcher en le tirant.

Un bar, qui faisait partie d'une chaîne, sur l'avenue, était bondé d'étudiants. Nous nous sommes assises au comptoir côte à côte. On nous a servi deux chopes de bière, la fille a trinqué joyeusement.

— Mon vrai nom, c'est Chigusa. Chigusa Ando. Je me souviens très bien de toi. Tu n'as pas changé !

Après avoir commandé quelques amuse-bouches, elle a commencé un récit fluide.

— Tu as peut-être oublié, mais on t'appelait Rika-chan. Si ça t'agace, je ne t'appellerai plus comme ça. En tout cas, quand tu es partie, j'avais onze ou douze ans.

Je n'arrivais pas à réaliser que j'étais là, au comptoir d'un bar, en train de boire avec une inconnue. Mais cela m'arrivait souvent. En cours, ou quand je mangeais avec Kishida, de temps en temps la réalité me quittait, comme si l'on m'avait mis un sac sur la tête.

— Essaie de te souvenir. On jouait souvent à la princesse. Tu étais petite, mais tu ne voulais jamais être la princesse, tu voulais toujours être une vieille nourrice ou une servante, que des rôles discrets.

J'étais entraînée par le flux de son récit, des scènes venaient encore papilloter devant mes yeux. Des bols en plastique, un couloir lisse et luisant. Pourtant je souriais sans raison, affirmant ne me souvenir de rien.

— Ah. Bien sûr, tu étais encore petite. Dans le jardin, il y avait des poupées sinistres, et des femmes qui les nettoyaient tous les matins.

Tout en avalant du ragoût de tripes et du sashimi, Chigusa n'arrêtait pas de parler. Pratiquement rien de ce qu'elle racontait ne me revenait en mémoire et je ne comprenais pas non plus pourquoi elle était venue me voir, pourtant je continuais à boire de la bière, un vague sourire figé sur les lèvres.

J'étais habituée à ce que des inconnus viennent me voir. J'étais entraînée aussi à la manière de les affronter. Il suffisait de sourire, sans poser de questions, sans rien répondre. Dans la plupart des cas, l'interlocuteur, exaspéré, partait. C'était en fait une sorte de bras de fer.

Lorsqu'elle a commandé sa troisième chope, Chigusa m'a regardée.

— Dis, pourquoi tu ne poses pas de questions ?

— Je n'ai aucun souvenir, je ne sais même pas quelles questions je pourrais poser.

— Et tu n'as pas envie d'essayer de te souvenir ?

— De quoi ? De ce je-ne-sais-quoi Home ?

— Pas seulement, de tout. Moi, c'est ce que je voulais. Connaître tout ce que je ne savais pas. Ce qu'était Angel Home, la raison pour laquelle ma mère se trouvait là, comment je vivais au quotidien, je voulais connaître ce que j'ignorais et me souvenir de ce que j'avais oublié. Longtemps je me suis demandé : Pourquoi ? Pourquoi n'avais-je pas grandi normalement dans une maison normale, y avait-il un sens au fait d'avoir été élevée là-bas ? Cela n'avait-il aucun sens ? Pourquoi moi ? Je voulais savoir tout ça.

Savoir, se souvenir, à quoi bon, pensais-je en gardant le sourire.

— Et tu cherches tous les gens qui ont vécu à Angel Home pour leur parler ?

Une nouvelle chope a été posée devant moi. Je l'ai saisie et en ai bu un tiers d'un trait. Chigusa n'a pas répondu.

— Plus je découvrais les choses, plus les questions affluaient, a-t-elle dit, soudainement grave.

Elle a fouillé dans son sac, à ses pieds, pour en sortir un livre qu'elle a posé sur le comptoir. Un livre de poche inconnu. Le titre en était *La Maison des anges*, et sur le bandeau, il était écrit en gros caractères : "Une vie communautaire entre femmes. Un ancien membre de la communauté dit la vérité." Le nom de la maison d'édition m'était inconnu.

— C'est presque une publication à compte d'auteur. En plus, la maison d'édition avait des exigences et je n'ai pas pu vraiment écrire ce que je voulais. Mais je voulais l'écrire. Même si cela générait toujours plus de questions, il fallait que je sache, m'expliquait Chigusa avec ferveur, le regard hagard, l'ivresse faisant son effet.

— Eh ! C'est incroyable ! ai-je dit sans ouvrir le livre que j'ai repoussé sur le côté pour prendre ma chope que j'ai vidée, avant d'en commander une autre.

— Moi aussi ! a dit Chigusa, comme pour se mesurer à moi, et elle a avalé rapidement ce qui restait dans sa chope.

— Donc, maintenant, je voudrais savoir ce qui s'est passé pour toi, c'est pour ça que je suis venue te voir, a dit Chigusa tout en suivant du doigt les traces d'eau sur le comptoir. Je veux écrire au sujet de ton affaire, a-t-elle ajouté en me regardant par en dessous, avec un petit rire qui sentait l'alcool.

J'ai gravi la côte en poussant ma bicyclette. D'une main, j'ai fouillé dans mon sac pour en sortir mon portable. J'avais un mail. De Kishida. Il me demandait de le contacter à la fin de mon travail. Je me suis arrêtée et je lui ai répondu, appuyée sur ma bicyclette.

"Je rentre maintenant. Bonne nuit."

La réponse est arrivée aussitôt. L'écran brillait.

"Fais attention à toi. Bonne nuit."

J'ai rangé mon portable, j'ai enfourché ma bicyclette et j'ai commencé à pédaler.

Dès le début des vacances d'été, je m'étais arrangée pour travailler tous les jours sauf le dimanche, pas seulement parce que je n'avais rien d'autre à faire mais plutôt pour ne pas avoir à rencontrer Kishida. Nous ne pouvions nous voir que le soir en semaine. Je n'allais donc pas le voir jusqu'à la fin des vacances. Environ un mois. Si je ne le voyais pas tout ce temps, j'allais probablement l'oublier.

J'ai gravi les marches de l'escalier, ouvert ma porte. La pièce m'attendait, tapie dans la pénombre. J'ai allumé la lumière dans la petite cuisine de quatre tatamis et demi et dans la pièce de six tatamis attenante à la cuisine, j'ai ouvert le réfrigérateur pour prendre de l'eau minérale que j'ai bue à la bouteille. Je suis allée prendre une douche dans la minuscule salle de bains et me suis séché les cheveux, avant de m'allonger sur le futon que je n'avais pas rangé la veille et j'ai allumé la télévision. Dans la pénombre uniquement éclairée par l'écran du téléviseur, j'ai tendu le bras et j'ai sorti de mon sac le livre que Chigusa m'avait forcée à accepter. L'image d'un ange maladroitement dessiné ornait la couverture. Les bras tendus au-dessus de ma tête, je l'ai contemplé sans avoir envie de le lire. Je me suis contentée d'effleurer la couverture.

Je savais que j'avais vécu dans une institution du nom d'Angel Home. Bien entendu, mes parents me l'avaient caché mais je l'avais appris à travers quelques livres lorsque j'étais collégienne. Je savais depuis mon enfance que des ouvrages en avaient parlé. Ma mère, qui m'avait strictement interdit de lire tous les livres ou articles de magazines écrits à ce sujet, les achetait elle-même en cachette. Ainsi, au fil de ses lectures, elle perdait son calme, disant en pleurant "Ils se moquent du monde !", ou à d'autres moments, elle déchirait tout, le visage grimaçant. Sans se soucier de ma présence. C'était ce genre de femme. Elle déchirait sous mes yeux les livres qu'elle avait achetés en cachette. Il y avait toujours contradiction entre ses paroles et ses actes.

J'ai donc lu les livres à la bibliothèque. Au collège, après les cours, je me rendais à la bibliothèque municipale pour y consulter les livres en question. Dans l'un des ouvrages, on décrivait la coupable comme une femme tenace et aussi malfaisante qu'un serpent, comme une employée appartenant à l'élite, héroïne d'une tragédie d'amour et de haine, un autre encore la décrivait comme une pitoyable victime de l'amour. Dans tous ces livres, il y avait peu de détails sur l'enfant kidnappée. Elle était désignée par la lettre A, qui n'était à mes yeux qu'un simple signe. C'est la raison pour laquelle, je ne sais pas si je peux l'exprimer ainsi, tout ce qui avait été écrit au sujet de "l'affaire" m'avait laissé le sentiment que je n'étais pas directement impliquée.

J'avais compris que, jusqu'au début du collège ou peut-être même jusqu'au lycée, j'étais restée un objet de curiosité. Il est certain que mes parents, ma mère surtout, avaient essayé de me protéger. Mais elle n'était pas capable de surmonter ses propres contradictions. Pensant me protéger, bien souvent, elle m'avait au contraire exposée. Chaque fois que nous déménagions, que j'entrais dans une nouvelle école, l'étiquette d'"enfant élevée par une kidnappeuse" qui me suivait irrémédiablement n'était pour moi qu'une nuisance. Comme une mouche que je chassais sans cesse mais qui continuait à me tourner autour. Ou plutôt j'essayais de me persuader que ce n'était que cela. Cette sensation de nuisance et "l'affaire" décrite dans les livres n'avaient pour moi aucun lien entre elles.

Pourtant, les récits dans les livres m'ont aidée à reconstituer les souvenirs de ma petite enfance, presque tous effacés. En les lisant, j'avais l'impression de revivre ce dont je n'avais aucun souvenir auparavant. Je ne trouvais cependant pas le fil qui reliait la petite fille élevée par celle qui l'avait kidnappée et la jeune fille que j'étais devenue.

J'ai repensé à Chigusa sortant du bar en titubant, me disant "À bientôt" avec un signe de la main en montant dans le taxi. À bientôt ! Cela voulait-il dire qu'elle allait réapparaître ?

J'ai éteint la télévision et réglé la température du climatiseur. Le ronflement du moteur à l'extérieur s'introduisait dans la pièce. De vagues souvenirs s'annonçaient. Une petite voix étouffée qui résonnait dans la pénombre. Tu dors ? Une voix enfantine éraillée. J'arrivais à me souvenir de petites mains tendues vers moi, dont je ne pouvais discerner maintenant à qui elles appartenaient. De temps en temps, on m'appelait Kaoru, d'autres fois d'un autre prénom.

La fille qui disait se nommer Chigusa avait dit qu'elle avait voulu savoir ce qu'elle ne savait pas, se souvenir de ce qu'elle avait oublié. Cette idée ne m'avait jamais traversé l'esprit. J'estimais qu'il n'y avait aucun avantage à savoir et à se souvenir, je le pensais toujours. Mais à présent, tandis que j'attendais le sommeil, les mots de Chigusa résonnaient doucement, mais avec insistance. Pourquoi ? Pourquoi moi ?

Kishida est venu boire au bar où je travaillais. Lorsqu'un client est entré vers vingt-trois heures, j'ai demandé machinalement "Combien de personnes ?", et en entendant "Eri-chan !" j'ai enfin réalisé que c'était lui. Je l'ai conduit au comptoir et lui ai donné la carte.

— Quelle surprise ! ai-je fait à voix basse.

— Oui, on n'arrive pas à se voir, alors je suis venu, m'a-t-il répondu en prenant la carte, les yeux levés vers moi. Je vais prendre de la bière et des fèves de soja, tu as quelque chose à me conseiller ?

— Du tofu maison, ou alors des boulettes de poulet ? ai-je murmuré.

— Tu finis bien à minuit ? Tu as un peu de temps après ?

Sans répondre, j'ai annoncé vers le fond du comptoir : "Une bière et des fèves, des boulettes de poulet !" Les serveurs, postés ici et là ont crié "Merci !". Je me suis inclinée devant Kishida avant de regagner rapidement la cuisine.

Il avait sans doute l'intention de venir chez moi. Rapidement, on coucherait ensemble, et tout en regardant sa montre, peu après une heure du matin, il repartirait. Je ne m'y opposerais probablement pas. Si je ne le voyais pas, je pouvais l'oublier. Mais si je le voyais, les innombrables souvenirs que j'avais oubliés étaient aussitôt remplacés par d'autres encore plus nombreux.

J'ai rempli de bière une chope glacée et l'ai apportée à Kishida.

— Si tu restes toute la nuit, tu peux venir, lui ai-je dit rapidement, de façon à ne pas être entendue du gérant, derrière le comptoir.

— Je resterai, a répondu Kishida en souriant tranquillement.

Mensonge. Kishida mentait toujours. Consciente de ses mensonges, je m'étais fait manipuler bon nombre de fois. Et aujourd'hui encore, j'allais me laisser prendre.

J'avais fait sa connaissance l'année précédente, là où nous avions tous les deux un travail à mi-temps. Mes parents s'étaient farouchement opposés à ce que je vive seule et avaient déclaré ne prendre en charge que mes frais de scolarité. Finalement, ils avaient accepté de payer également mon loyer mais je devais gagner moi-même de quoi subsister. Dès mon entrée à l'université, j'avais trouvé un travail de secrétariat dans un grand établissement de soutien scolaire destiné aux collégiens. Kishida y enseignait.

Il m'a invitée à dîner la première fois au mois de mai, l'année dernière. Comme je lui avais dit que c'était mon salaire qui me permettait de vivre, il m'a ensuite invitée souvent. Nous sommes allés dans un *love hotel* la première fois pendant la période des stages d'été et j'ai su qu'il était marié et père de famille après la fin des vacances. Kishida avait trente ans, une femme d'un an plus jeune que lui et un enfant qui allait avoir deux ans. Réaction inattendue, je l'admets, lorsque je l'ai appris, cela m'a fait rire. L'image de celle qui m'avait enlevée et m'avait élevée, selon ce qui était écrit dans les livres, s'est superposée à ma propre image. Sans avoir de lien de parenté, on se ressemblait. J'ai ri par autodérision.

Plus qu'aimer un homme marié, reproduire ce qu'avait fait "la femme" me répugnait. J'avais arrêté de travailler dans l'établissement de soutien scolaire, pensant que cela me permettrait de m'éloigner de Kishida.

Évidemment, l'histoire ne s'était pas terminée si simplement. Kishida a continué de m'appeler sur mon portable et j'étais incapable de l'ignorer.

Je ne savais pas ce que signifiait tomber amoureuse ou arrêter d'aimer. J'ai fréquenté un garçon lorsque j'étais lycéenne et c'est aussi à ce moment-là que j'ai eu ma première expérience. Kishida n'était pas mon premier amour. Mais je ne savais rien. Si je ne le voyais pas, je pensais pouvoir l'oublier, mais lorsqu'il venait me voir, je ne savais comment réagir.

— J'avais envie de te voir, a dit doucement Kishida quand j'ai posé ses plats sur le comptoir. – J'ai regardé derrière, le gérant bavardait en riant avec une des serveuses. – Et toi, tu n'avais pas envie de me voir ?

Je me suis retenue pour ne pas lui répondre "Si, bien sûr", et lui ai dit sèchement que j'avais du travail avant de retourner à ma place derrière le comptoir. Il y avait là une pile d'assiettes que j'ai rangées dans le lave-vaisselle.

Est-ce que tout allait recommencer comme l'année précédente ? Je me suis changée, pratiquement résignée. Inviter Kishida chez moi, le voir partir au milieu de la nuit, attendre simplement qu'il m'appelle en évitant de l'appeler moi-même, tout cela ne me dérangeait pas vraiment. Simplement, ce qui me déplaisait c'était que plus je voyais Kishida, et plus j'avais besoin de lui, plus la pensée de cette femme m'habitait. *Cette femme* qui avait aimé mon père à la folie. *Cette femme* qui avait détruit notre famille. Lorsque je tomberais vraiment amoureuse, n'allais-je pas adopter le même comportement qu'elle ? Cette question provoquait en moi une profonde angoisse.

— Merci et au revoir ! ai-je crié à la cantonade en sortant du vestiaire.

Des réponses ont fusé ici et là dans le bar. Kishida avait sans doute réglé l'addition et m'attendait dehors. Je suis sortie par la porte de service, partagée entre l'agacement et l'impatience de le retrouver.

— Rika-chan ! – La fille de l'autre jour était là. – Dis, tu ne veux pas aller boire un verre ? m'a-t-elle proposé en souriant.

— Pour quoi faire… ai-je commencé, et Kishida qui attendait au bout de la ruelle est entré dans mon champ de vision. D'accord, on y va ! – J'ai déverrouillé l'antivol de ma bicyclette. – On y va, on y va, ai-je répété sans raison en poussant mon vélo. Désolée, je devais voir une amie ce soir.

Je me suis inclinée en passant rapidement devant lui. Chigusa, tout en dévisageant Kishida, a posé la main sur mon guidon et nous avons marché de front. Je m'efforçais de ne pas me retourner.

— Rika-chan, c'est ton petit ami ? Il n'a pas l'air très gai, m'a-t-elle dit en se retournant à la sortie de la ruelle.

— Tu pourrais arrêter de m'appeler Rika ? lui ai-je dit. – Ma voix trahissait mon agacement.

— Oh ! Désolée ! Tu veux que je t'appelle comment, alors ? m'a-t-elle répondu avec familiarité en me regardant.

— Peu importe. Akiyama-san, ça ira.

— Tu es de mauvaise humeur ? Tu préfères qu'il vienne avec nous ? Moi, ça ne me dérange pas, tu sais.

Chigusa semblait sincère et comme elle n'arrêtait pas de se retourner, j'ai affiché en hâte un sourire.

— Mais non, ce n'est pas mon petit ami. Dépêchons-nous d'entrer quelque part. Il va peut-être nous rattraper.

— Non, il te traque ? Bon, alors Rika, non pardon, Akiyama-san, tu veux que je te raccompagne chez toi ?

Nous étions séparées par la bicyclette, j'ai observé attentivement Chigusa et j'ai répondu "Oui, s'il te plaît".

J'avais accepté qu'elle me raccompagne mais je ne l'avais pas invitée à entrer, encore moins à boire un verre et absolument pas à rester dormir, pourtant, sans aucune gêne, elle dormait sur mon futon, les bras en croix. Je n'avais pas sommeil et, assise à ses pieds, je regardais la télévision dont le son était baissé au maximum. Je me demandais pourquoi je n'arrivais pas à repousser Chigusa. Était-ce parce qu'elle ne se tenait pas à distance, comme le faisaient mes camarades de classe, sentant mon rejet silencieux ? Ou bien était-ce, comme elle le disait, parce qu'autrefois nous avions vécu ensemble ? Bien qu'il ne m'en restât aucun souvenir.

Elle semblait vouloir réellement écrire un livre. Cette fois-ci il ne serait pas publié à compte d'auteur, une grande maison d'édition était prête à la publier. Son projet avait été pratiquement accepté et avec l'aide d'un des éditeurs, elle avait retrouvé l'endroit où je vivais et même l'université que je fréquentais. Pendant les vacances d'été elle s'était postée devant la faculté et avait questionné tous les étudiants qui venaient participer aux activités de leurs clubs pour finalement retrouver le bar de Kagurazaka où je travaillais.

Honnêtement, j'étais embarrassée. N'était-elle pas comme tous ces gens qui nous avaient importunés pendant toutes ces années ? Des moucherons qui ne cessaient de nous tourner autour. Si je ne l'avais pas repoussée, était-ce à cause de ces mots qui s'étaient incrustés dans mes oreilles ?

Pourquoi ? Pourquoi moi ?

Chigusa avait roulé sur le sol et dormait la bouche ouverte, son sac était ouvert et son contenu s'offrait à ma vue. Un cahier, une trousse, un téléphone portable et un épais classeur. J'ai jeté un coup d'œil à Chigusa endormie, avant de tendre la main vers le sac. J'en ai sorti l'imposant classeur avant de l'ouvrir avec précaution. Effectivement, des coupures de journaux et d'hebdomadaires concernant "l'affaire" étaient classées dans des pochettes transparentes. Même si je m'y attendais, les articles que je découvrais au fur et à mesure me perturbaient. Mon cœur s'emballait. Je n'arrivais pas à regarder en face les photos floues de la femme. Mon cerveau se refusait à comprendre le sens des mots imprimés.

Lorsque je tentais de me souvenir de son visage, systématiquement, seules les photos floues parues dans les journaux et les magazines flottaient dans ma tête. Quels étaient vraiment les traits de son visage, je n'arrivais pas à me les rappeler. Ni la voix qu'elle avait, ni sa taille.

C'était pareil pour moi. Je ne savais pas à quoi je ressemblais. Bien sûr, si je regardais un miroir, je m'y voyais. Une jeune femme au visage ovale, aux grands yeux, aux lèvres fines et aux cheveux courts. Mais dès que je m'éloignais du miroir, j'oubliais mon apparence. Et même, si je venais de me voir dans le miroir, je n'arrivais pas à croire que cette tête-là était bien celle qui se trouvait au-dessus de mon cou. Si j'essayais de me souvenir de mes traits dans un endroit sans miroir, ce qui apparaissait dans ma tête était toujours une figure blanche, plate et sans relief. C'est l'image que j'avais de moi.

Je me posais la question. Si je racontais à Chigusa, avec mes propres mots, le peu de souvenirs qu'il me restait, allais-je réussir à distinguer mon propre visage ? Allais-je retrouver mon propre passé, différent de celui que j'avais découvert dans les livres et les journaux ? Serais-je capable de me rappeler le visage de la femme, autre que celui de ces photos découpées en médaillon ?

J'ai éteint la lumière et me suis allongée là où il restait un peu de place. À la lueur changeante et clignotante de l'écran de télévision, j'ai lu ce qui était écrit dans le classeur. Je m'escrimais à trouver un sens à ces lettres imprimées que mon cerveau n'arrivait pas à intégrer.

Kiwako Nonomiya

Née en 1955 à Odawara, préfecture de Kanagawa. Après des études au collège public de secteur, est entrée dans un lycée privé de jeunes filles. Installation à Tokyo au moment de son entrée à l'université de jeunes filles T. Les camarades de classe de Kiwako se souviennent d'elle comme d'une fille sérieuse, aimable, calme, une bonne élève.

Elle était membre d'un club de ski d'une autre université et fréquentait apparemment quelqu'un mais n'avait jamais présenté un amoureux à ses condisciples et n'était pas sortie en couple avec des amis, aucune de ses camarades de classe n'avait donc constaté l'existence d'un petit ami. L'une d'elles a fait la remarque suivante : "Elle était jolie et elle devait avoir du succès auprès des garçons mais je pense qu'elle n'était peut-être jamais vraiment tombée amoureuse."

À sa sortie de l'université, Kiwako a été embauchée dans la société K, grande marque de lingerie où elle a été affectée au service de développement des produits. Cette année-là, sa mère est décédée à la suite d'une hémorragie cérébrale. Quatre ans plus tard, elle a été mutée au service des relations publiques. Ce service était chargé des relations avec les médias, des publications de la société et des catalogues et Kiwako était également impliquée dans la rédaction du magazine mensuel de la société.

Ce magazine comportait toujours une page consacrée à la présentation du personnel de la société. Il s'agissait de reportages succincts sur les employés venant d'intégrer la société ou d'autres ayant été mutés récemment au siège de Tokyo ; les articles comportaient des photos des personnes concernées, c'est à cette occasion que Kiwako a fait la connaissance de Takehiro Akiyama, qui venait d'arriver d'une succursale de Nagano.

Akiyama avait quatre ans de plus que Kiwako, il était né dans la préfecture de Nagano et était entré en 1969 chez K, après le lycée, pour être affecté au service commercial de la succursale de Nagano. À vingt-huit ans, en 1979, il a épousé Etsuko Tsuda qui travaillait à temps partiel chez K. Celle-ci était née en 1953 et avait deux ans de moins que lui.

En 1982, Takehiro, dont les résultats avaient été appréciés au service commercial, a été muté au siège de Tokyo.

Kiwako avait fait une erreur dans son article ce mois-là. Elle avait interverti la photo de Takehiro avec celle d'un autre employé. Lorsqu'elle est allée lui demander de l'excuser, il lui a dit en plaisantant "Invitez-moi donc à dîner pour vous faire pardonner, alors !", et c'est à cette occasion qu'ils se sont rapprochés.

À cette époque-là, Takehiro se trouvait provisoirement seul à Tokyo. Il n'avait pas encore trouvé de logement et sa femme était restée à Nagano en attendant. Il vivait dans un logement pour célibataires appartenant à la société et consacrait tous ses weekends à chercher un appartement.

Kiwako, qui avait pris Takehiro au mot, l'avait donc vraiment invité à dîner. Elle l'avait fait sincèrement, pour se faire pardonner, mais elle s'était étonnée d'avoir passé ce soir-là un moment agréable.

Par la suite, Takehiro l'avait invitée à plusieurs reprises et ils étaient sortis ensemble. Un jour de congé, il l'avait emmenée au zoo d'Ueno et c'est là qu'il lui avait avoué qu'il était marié. Kiwako avait alors décidé de ne plus le fréquenter mais deux semaines plus tard, à l'occasion de son anniversaire à la fin du mois de juin, ils étaient devenus amants.

Ensuite, Takehiro avait pris l'habitude d'aller voir souvent Kiwako dans son appartement du quartier est de Kichijoji à Musashino et ils avaient fini par vivre pratiquement ensemble. Lorsqu'ils ne travaillaient pas, ils faisaient souvent le tour des agences immobilières. Ils cherchaient un appartement pour Takehiro et sa femme mais Kiwako avait l'illusion qu'ils cherchaient un appartement pour eux deux.

Kiwako était attirée par l'ambition acharnée de Takehiro. À cette époque-là, il était rare qu'un employé fût muté d'une succursale au siège social. Pour elle qui en toutes circonstances choisissait toujours la sécurité, la détermination qui animait Takehiro pour aller toujours plus loin avait quelque chose de viril. Pour lui qui découvrait Tokyo, tout était neuf et attrayant, il invitait Kiwako dans les cafés-bars et les discothèques qui commençaient alors à être à la mode, et cette manière quelque peu exubérante de prendre du bon temps ensemble avait pour Kiwako un attrait tout neuf.

En juillet 1982, Takehiro avait fini par trouver un appartement dans le quartier d'Eifuku, arrondissement de Suginami et il y avait fait venir sa femme. Une fois qu'ils avaient été installés, Etsuko avait trouvé un travail à mi-temps dans un supermarché du quartier. La vie du couple Akiyama semblait stabilisée. Pourtant Takehiro n'avait pas cessé de voir Kiwako et, deux fois par mois, il passait la nuit chez elle.

Takehiro avait commencé à parler souvent de divorce. "J'aurais dû te rencontrer avant. J'en viens à penser au divorce. Il vaudrait mieux régler la situation pendant que nous n'avons pas d'enfant, ce sera mieux pour ma femme aussi", répétait-il à Kiwako qui peu à peu s'était imaginé un avenir partagé.

Kiwako s'était trouvée enceinte de Takehiro un an et demi après leur rencontre, à l'automne 1983.

Chigusa s'affairait dans la cuisine exiguë. Elle ouvrit le placard sous l'évier, puis le réfrigérateur.

— Dis donc ! Il n'y a rien à manger ! Tu manges quoi, d'habitude ? me dit-elle avec consternation, en se tournant vers moi, qui étais toujours allongée sur le futon.

— Je ne fais pas la cuisine, j'ai la supérette juste à côté et, le soir, je prends le repas des employés au bar.

— Les jeunes de maintenant, quand même ! s'est-elle exclamée alors qu'elle n'avait qu'une vingtaine d'années. On va prendre un petit-déjeuner dehors ? a-t-elle ajouté joyeusement.

Je ne comprenais pas comment elle pouvait être si dynamique dès le matin. Je n'avais pratiquement pas fermé l'œil de la nuit, je l'ai donc ignorée pour enfouir ma tête sous mon drap en tissu éponge.

— Allez, on y va ! On y va ! disait-elle, en se baissant pour me secouer après avoir tiré sur mon drap.

— Tu m'embêtes à la fin ! Bon, d'accord, on y va, ai-je dit en me levant de mauvaise grâce.

Dans un café à l'atmosphère glauque où quelques clients étaient assis ici et là, Chigusa et moi nous sommes installées à une table face à face. Elle a demandé un petit-déjeuner complet tandis que je me contentais de commander un café. Près de l'entrée se trouvait une fenêtre en forme de hublot. Derrière la vitre, tout baignait tellement dans une lumière éclatante qu'on ne distinguait rien.

— Chigusa, qu'est-ce que tu fais, comme travail ?

— Rien du tout, puisque j'écris des livres, a-t-elle répondu fièrement.

— Et de quoi tu vis, alors ?

— Je vis aux crochets de ma mère.

— Ah bon ? Elle fait quoi, ta mère ?

— Elle possède un immeuble. Elle, c'était Dan, ça ne te dit sûrement rien. Depuis qu'on a quitté Angel

Home, elle culpabilise énormément. Elle s'en veut de m'avoir imposé cette vie, là-bas, pendant des années. C'est pour ça qu'elle ne dit rien même si je ne travaille pas. Elle a peur. C'est pourquoi je lui fais la faveur de vivre à ses crochets. Si ça peut lui permettre un jour de se libérer de son sentiment de culpabilité.

Une femme âgée au dos voûté est venue apporter une assiette. Elle a posé devant moi une tasse de café et devant Chigusa l'assiette contenant un toast et une omelette. Chigusa a tartiné généreusement son toast de confiture de fraises et s'est mise à manger. On entendait dans le café un morceau de musique classique aux accents pompeux.

— Dis, ta mère, tu la détestes ? lui ai-je demandé alors qu'elle léchait ses doigts pleins de confiture.

Elle m'a regardée, étonnée.

— Il ne s'agit pas d'amour ou de haine. Ma mère, c'est ma mère, a-t-elle dit rapidement. C'est ce que j'arrive à me dire, ces derniers temps, a-t-elle ajouté dans un murmure.

Elle s'est tue un moment en contemplant la feuille de salade dans son assiette avant de lever la tête.

— Tu en as pensé quoi ? m'a-t-elle demandé.

— De quoi ?

— Tu as lu les documents dans le classeur hier, non ?

Elle me fixait, les yeux écarquillés. À ce moment-là j'ai entendu distinctement une petite voix enfantine qui m'appelait Rika. Un visage rond. Des cheveux aux reflets châtains qui brillaient au soleil.

— Mais tout cela, je l'avais déjà lu. Je n'ai rien trouvé de nouveau.

— Ah bon ?

— Ma mère achetait tous les livres et magazines qui traitaient de "l'affaire". Elle les cachait ou les déchirait, mais je savais. Je n'étais qu'une enfant mais je me demandais ce que contenaient ces ouvrages, c'est normal, non ? Et au collège, j'ai tout lu à la bibliothèque.

— Non, c'est pas vrai ! s'est-elle écriée d'une drôle de voix, avant de se laisser aller en arrière, contre le dossier de la banquette. Mais alors, Rika, non, Erina, tu sais tout au sujet de Ru-san ?

— Ru ?

— Euh, la kidnappeuse. Kiwako Nonomiya.

— Oui. – J'ai sorti un paquet de cigarettes de la poche de mon jean. – Je la connais. À peu près autant que je connais Kazuko Fukuda*.

J'ai allumé ma cigarette, j'ai rejeté la fumée, l'homme en costume assis près de nous, qui lisait son journal, s'est mis à tousser ostensiblement. Sans me soucier de lui, j'ai continué à fumer. J'ai remarqué que Chigusa m'observait, les sourcils froncés.

— Quoi ? Ce n'est pas non fumeur ici, que je sache !

— Mais non, c'est que de voir la petite Rika fumer maintenant comme une adulte, je n'en reviens pas ! m'a-t-elle dit avec des yeux ronds. Dis, ça t'a fait quoi, quand tu as lu ces articles pour la première fois ? Ou maintenant, après les avoir lus, tu en penses quoi ? a-t-elle demandé en se penchant par-dessus la table.

Elle a sorti un cahier de son sac. Elle prenait des airs d'écrivain.

— Rien de spécial. J'ai l'impression qu'il s'agit de gens que je ne connais pas. En fait, je ne les connais pas. C'est plutôt mon père qui me répugnait. La façon dont il s'exposait aux regards, les propos qu'il tenait.

* Kazuko Fukuda avait assassiné une de ses collègues en 1982 et était restée en cavale durant quinze ans.

227

Mais on ne peut pas savoir si tout ce qui est écrit dans ces livres ou ces articles est vrai. Kiwako Nonomiya n'a rien dit sur elle depuis son arrestation. Mon père, lui, n'est pas très malin, il a dû se répandre en commentaires mais j'ai l'impression que tout cela est trop bien ficelé. Je trouve qu'il y a souvent un amalgame entre la subjectivité de celui qui écrit et ses propres supputations. Ce qui veut dire que presque tous ces gens-là ont une vision très simpliste des faits.

Chigusa, son carnet et son stylo à la main, me fixait.

— Quoi ? ai-je dit.

— C'est incroyable, a-t-elle murmuré.

— Qu'est-ce qui est incroyable ?

— Je ne sais pas, tu restes très objective, imperturbable.

— Oui, j'ai le sentiment que cela ne me concerne pas. Surtout l'histoire entre mon père et cette femme. Ça ne me regarde pas. Je n'ai rien à voir avec cette histoire. Ce que je sais de "l'affaire", cette histoire d'adultère, n'a rien à voir avec moi…

C'était étrange. Je n'avais jamais parlé de cela à personne. Ce que je pensais. Comment je l'avais perçu. Ce que j'avais ressenti. J'étais persuadée que même à quelqu'un de très proche, ou qui allait devenir proche, jamais je n'aurais parlé de cette histoire. Alors que maintenant, dans un coin d'un café sombre, j'étais en train de parler à une quasi-inconnue, ressentant un certain soulagement à me confier. Je sentais, quelque part au fond de moi, une certaine joie à parler. Je voulais qu'elle me pose encore plus de questions. Qu'elle me fasse dire tout, sans rien omettre. J'étais dans cet état d'esprit.

L'homme en costume s'est levé et a réglé son addition avant de partir. Nous l'avons vaguement suivi des yeux. Lorsque la porte s'est ouverte, une lumière blanche a déferlé à l'intérieur. Un instant, mes yeux ont été éblouis. La porte s'est refermée avec un son de cloche et l'obscurité a lentement envahi à nouveau le café.

— Mais alors, pour toi, qu'est-ce que ça représente, "l'affaire" ? m'a-t-elle demandé, tournant lentement le regard vers moi.

— Eh bien, en fait, ai-je commencé lorsque mon portable a sonné dans mon sac. – J'avais un mail. C'était sans doute Kishida. J'ai voulu en lire le contenu.

— Excusez-moi, je vous demanderai de bien vouloir téléphoner à l'extérieur, m'a dit à mi-voix la propriétaire du café, une femme âgée au dos voûté.

— Ah ! Je suis désolée ! – J'ai éteint mon téléphone et l'ai rangé dans mon sac. Chigusa riait, tirant un peu la langue. J'ai ri aussi.

— Et ensuite ? – Elle me poussait à continuer. J'ai bu une gorgée de mon café refroidi.

— Pour moi, "l'affaire" a commencé le jour où des inconnus sont venus me chercher pour m'emmener ailleurs, que je suis arrivée au port d'Okayama, que je suis montée dans une voiture et que j'ai pris le Shinkansen pour la première fois de ma vie. C'est ça, le début de "l'affaire". Ce n'est pas ce qui s'est passé avant, c'est tout ce qui a suivi.

Lorsque je regardais par la fenêtre du Shinkansen, le paysage défilait à une vitesse incroyable. Pour la petite fille de quatre ans que j'étais, c'était quelque chose de terrifiant et j'évitais à tout prix de regarder vers la vitre. La vitesse à laquelle le paysage défilait représentait pour moi la distance croissante qui me séparait de l'endroit d'où j'avais été arrachée. Une femme était assise à côté de moi et me parlait sans cesse d'une voix douce. Je ne répondais pas. Je suis descendue du Shinkansen dans les bras de quelqu'un. Dehors, tout était coloré et scintillant, je me suis demandé si ce n'était pas la fin du monde. Je ne pouvais pas comprendre qu'il s'agissait des flashes des appareils photo. La personne qui me portait a plaqué mon visage sur sa poitrine. J'avais du mal à respirer et lorsque j'ai tourné la tête sur le côté, une immense foule d'inconnus me visait avec des objectifs. Un frisson m'a parcourue, j'avais la chair de poule. Je me retenais de toutes mes forces pour ne pas hurler.

Ensuite, je ne me souviens pas de l'ordre dans lequel les choses se sont déroulées. Mes souvenirs ressemblent à une pellicule coupée par endroits et dont on a tant bien que mal recollé les morceaux.

Dans un hôtel, quelque part, des inconnus sont venus me voir. Une dame, au visage acéré, un homme, grand, et une petite fille d'à peu près mon âge. La femme, à peine entrée dans la chambre, s'est précipitée vers moi et m'a prise dans ses bras. Tout en ne cessant de m'appeler d'un prénom inconnu. Elle pleurait. L'homme me regardait, l'air embarrassé. La petite fille, qui donnait la main à l'homme, me lançait des regards mais détournait le visage dès que je la regardais. La femme me serrait dans ses bras, pleurant comme si elle aboyait et moi, terrifiée par ces sanglots d'adulte, atteignant le paroxysme de la confusion, murée dans le silence et le corps pétrifié, j'ai fait pipi dans ma culotte. Dès qu'elle s'en est aperçue, la femme s'est détachée de moi brusquement et m'a regardée avec stupéfaction. Elle regardait tour à tour la flaque qui se formait à mes pieds et mon visage. Dans la confusion qui régnait, seul son regard m'est resté nettement en mémoire. Son visage exprimait le trouble de quelqu'un qui, pensant caresser le poil doux d'un petit animal, sentait sur ses mains un contact rêche et désagréable.

La femme a rapidement retrouvé le sourire et s'est égosillée, demandant des vêtements de rechange et des couches. Les adultes présents dans la pièce sont sortis précipitamment. Et dans la chambre, devant tout le monde, la femme m'a déshabillée pour me changer. Elle m'a mis une couche, ma honte était insupportable. Incapable de dire que c'était inutile, j'ai gardé sur moi la couche aux élastiques trop serrés.

J'ai appris un peu plus tard que cette femme était celle qui m'avait mise au monde, Etsuko Akiyama, que l'homme Takehiro Akiyama était mon père, et que la petite fille était ma sœur cadette, d'un an plus jeune que moi et s'appelait Marina Akiyama ; mais j'ai mis un temps infini pour arriver à les considérer comme ma propre famille. D'ailleurs, je n'y suis peut-être pas encore parvenue.

Nous sommes restés plusieurs jours à l'hôtel. De temps en temps, des inconnus venaient me chercher pour me peser, me mesurer, me faire subir une sorte de visite médicale et m'interroger au sujet de ce qui s'était passé. Au milieu de cette agitation, mes parents me répétaient que j'étais incontestablement leur petite fille, que j'avais été enlevée peu après ma naissance par une mauvaise femme. Et que l'autre petite fille qui me lançait des regards en coin était ma sœur cadette.

À cette époque-là, mes parents vivaient dans un appartement de Hachioji. Après un séjour de plusieurs jours à l'hôtel, ils m'ont emmenée avec eux. C'était un appartement dans un immeuble en bois d'un étage qui se situait au premier. En ouvrant la porte, on trouvait la cuisine, suivie de la salle à manger et de deux pièces à tatamis. Tout était en désordre. La table de la salle à manger était encombrée, de pain de mie, d'assiettes sales, de courrier, de sceaux et de journaux.

Lorsque j'y repense aujourd'hui, je me dis que mes parents et ma petite sœur avaient été perturbés par ma réapparition soudaine. Il ne fait pas de doute que les larmes de ma mère étaient sincères et qu'ils se réjouissaient vraiment de mon retour mais d'un autre côté, il est évident qu'ils ne savaient pas comment se comporter avec cette enfant brusquement retrouvée.

Ma mère me parlait sans cesse avec douceur comme si elle s'adressait à un bébé ou bien me fixait en silence, m'observant comme si j'étais un animal étrange. Elle me disait quelque chose en souriant et soudain me tournait le dos pour éclater en sanglots, ou s'en prenait à mon père, dans des accès de colère hystérique. C'est pour cela que je ne savais pas non plus quel comportement adopter à son égard. Lorsque j'osais lui adresser la parole en espérant obtenir un sourire, très souvent elle m'ignorait ou bien, à l'inverse, alors que je regardais tranquillement la télévision, elle venait me parler de façon insistante. En comparaison, mon père était plus facile à appréhender. Car il gardait toujours la même attitude. Il m'adressait la parole avec le sourire, un peu timidement, comme il l'aurait fait avec un enfant inconnu. Il n'a jamais pleuré ou haussé la voix. Mais je n'étais pas habituée aux hommes. C'était sans doute quelqu'un de doux et gentil mais sa grosse voix, sa haute taille, sa carrure imposante, ses doigts rugueux lorsqu'il tendait la main vers moi, ne m'inspiraient que de la terreur.

Dès qu'il me caressait la tête, me portait ou simplement s'approchait de moi, je me mettais à pleurer. Alors, décontenancé, il m'observait quelques secondes et, sous un prétexte quelconque, s'éloignait.

Marina, ma jeune sœur, était l'exemple concret des sentiments de la famille Akiyama qui m'accueillait. Mes parents lui avaient apparemment expliqué, alors qu'elle était âgée de trois ans, pourquoi une autre enfant était brusquement arrivée chez eux, et si elle semblait avoir reçu l'information il était peu probable qu'elle ait pu comprendre ce qui se passait. De plus, elle constatait que ses parents, afin d'amadouer cette petite inconnue, lui parlaient d'une voix doucereuse, toujours avec le sourire, et se souciaient d'elle plus que de raison. Il était normal qu'elle en prenne ombrage. Marina ne m'approchait pas, restait agrippée à nos parents et me lançait des regards vindicatifs. Elle avait eu également une période de régression et lorsque notre mère disparaissait de sa vue, elle se mettait à pleurer en hurlant à faire vibrer l'air dans tout l'appartement.

Là, tout était différent des lieux où j'avais vécu jusqu'alors. Les chants d'insectes et le calme lacustre qui m'entouraient avaient été remplacés par le son de la télévision, les pleurs d'enfants, les conversations des parents et les chocs de vaisselle ; aucun enfant ne venait me chercher ; j'avais l'impression d'être enveloppée dans une membrane ; en regardant par la fenêtre je ne voyais ni arbres, ni verdure, ni même l'étendue du ciel, mais des fils électriques, comme des griffures, qui striaient les murs gris de l'immeuble voisin. On m'interdisait de sortir. J'avais le sentiment d'être cloîtrée dans un endroit où tout était différent de ce que j'avais connu jusqu'alors.

Beaucoup de gens venaient à l'appartement de Ha-chioji. Lorsque nous avions une de ces visites, la tension était perceptible. On nous emmenait, Marina et moi, dans la pièce à tatamis où se trouvait le poste de télévision, et nous entendions les voix des adultes derrière le panneau coulissant. L'atmosphère était alors totalement différente de celle qui régnait lors des visites de tante Masae. Lorsque les visiteurs partaient, ma mère était toujours de mauvaise humeur.

À partir de mon arrivée à Hachioji et pendant un certain temps, je ne me souviens pas d'avoir dit un seul mot. Je ne savais pas quoi dire. Et lorsque mes parents m'adressaient la parole, je ne les comprenais pas, ne sachant ce qu'ils attendaient de moi. Lorsque j'y pense maintenant, c'est étrange, mais je devais croire que j'avais été enlevée. Je n'étais pas revenue après avoir été kidnappée par une mauvaise femme mais c'était l'inverse, j'avais été kidnappée par des méchants.

Quand cela s'était-il passé ? Il faisait froid, ce devait être en hiver. J'avais fugué. Je voulais retourner là-bas. Là où elle et les autres femmes m'attendaient, avec Yuri-chan et les enfants.

Marina et moi devions faire la sieste dans la chambre où les futons n'étaient jamais rangés. Notre mère s'allongeait entre nous pour nous faire dormir. Marina endormie, ma mère avait continué à me caresser le dos et avait fini par s'endormir à son tour. Je me suis levée, j'ai fait glisser sans bruit le panneau coulissant, j'ai traversé la cuisine en désordre et j'ai ouvert la porte. Le soleil était éblouissant, tout me semblait blanc dans la lumière.

J'ai descendu lentement les escaliers jusqu'en bas et me suis mise à marcher. Les maisons étaient alignées comme dans un jeu de construction. Là où je vivais avant, en marchant droit devant soi, à un moment, on surplombait la mer. Et lorsqu'on longeait le chemin du bord de mer, on arrivait au parking de la fabrique de nouilles où s'amusaient Shinnosuke et les autres.

Mais j'avais beau marcher, les rangées de maisons continuaient indéfiniment. Comme pour me barrer le passage. Les voitures passaient en soulevant des nuages de poussière. J'ai croisé des bicyclettes. Il n'y avait aucune végétation, aucune des odeurs douces et épicées que je connaissais. J'avais beau marcher, je n'arrivais pas à la mer. Je ne portais qu'un tricot et j'avais très froid. J'ai pensé au jour où j'étais montée dans le Shinkansen. Le paysage qui défilait par la fenêtre à une allure terrifiante. J'ai réalisé que si je ne courais pas aussi vite, je ne pourrais pas rentrer. Je me suis mise à courir. J'ai couru, couru, continué à courir. Au bout de la route, elle devait sûrement m'attendre, les bras ouverts. Avec derrière elle la mer qui scintillait.

Je n'ai pas pu retourner là-bas. Épuisée, je m'étais accroupie et un agent de police était venu me trouver. Ma mère, découvrant mon absence à son réveil, s'était affolée, et avait tout de suite alerté la police qui avait commencé à me chercher dans les environs.

— Où étais-tu passée ? m'a-t-elle grondée, le visage grimaçant de colère. Comment peux-tu me faire ça ! Vilaine fille ! Une méchante fille comme toi n'est pas notre fille !

Elle a hurlé, incapable de se maîtriser, et elle s'est tue brusquement. Elle m'a prise dans ses bras et m'a parlé doucement en me caressant les cheveux, le dos et les bras. "Ne me fais plus jamais une telle frayeur. Ne pars plus jamais. J'ai cru devenir folle, tu sais. Erina, si tu disparaissais encore, j'en mourrais."

"Tu n'es pas notre fille", ces mots m'avaient vrillé les tympans. "Bien sûr, je ne suis pas votre fille. Alors laissez-moi repartir." Si j'avais été un peu plus mûre, si j'avais été capable de mettre des mots sur mes sentiments, c'est probablement ce que j'aurais répondu. Mais je n'ai rien pu dire. Je ne savais même pas quoi penser. Mais les mots doux que susurrait ma mère sans cesse à mon oreille ne m'inspiraient que de la terreur.

C'était peut-être le seul endroit où je pouvais rester. Ce jour-là, pour la première fois depuis mon arrivée à Hachioji, j'ai commencé à comprendre.

Lorsque Chigusa et moi sommes sorties du café, le soleil était haut dans le ciel et dardait ses rayons comme pour mieux exprimer sa colère. Une chaleur moite a enveloppé nos corps glacés par l'air conditionné.

— Ça va ? m'a demandé Chigusa.

J'ignorais sur quoi portait sa question mais j'ai répondu que ça allait très bien. Nous avons descendu la rue en pente.

— Je peux venir encore te poser des questions ? m'a-t-elle demandé.

— Tu es venue me voir pour ça, non ? ai-je dit. Nous avons continué tout droit jusqu'à la gare d'Iidabashi.

J'avais un peu de mal à la quitter.

— Tu fais quoi pour le déjeuner ? lui ai-je demandé.

— On vient de prendre le petit-déjeuner ! m'a-t-elle fait remarquer en riant. – Elle s'est retournée pour me faire face. – Merci de m'avoir hébergée. À bientôt ! a-t-elle dit, son cahier serré sur sa poitrine ; elle m'a adressé un signe de la main en marchant à reculons.

— Dis, tu as le dossier sur "l'affaire", tu pourrais me le prêter ? lui ai-je demandé en la rattrapant.

Elle s'est arrêtée, m'a observée un moment et a sorti l'épais classeur qu'elle m'a tendu.

— Merci. Je te le rends sans faute.

Un instant, Chigusa m'a regardée, presque les larmes aux yeux, et affichant un sourire, m'a encore fait signe de la main. Le classeur dans les bras, je lui ai fait signe aussi. Elle s'est retournée pour se frayer un chemin dans la foule avant de disparaître. Le classeur était lourd.

Je me suis dirigée vers mon appartement, essuyant la transpiration qui coulait de mon front et de mes tempes. D'un bosquet d'arbres dans l'enceinte d'un temple, jaillissait le chant des cigales, comme un son massif. Je me suis rappelé que mon téléphone avait sonné dans le café. J'avais un message de Kishida.

"On peut se voir quand ? J'ai tellement envie de te voir, j'en deviens fou."

Si on ne se voyait pas, il ne m'oubliait pas, et donc, devenait fou. Moi aussi j'avais envie de le voir. Je voulais être avec lui. Je voulais qu'il me caresse les cheveux, me serre fort dans ses bras, qu'il me dise qu'il m'aimait, qu'il m'aimait plus que tout. Moi, ce n'était pas de ne pas le voir, mais de continuer à le voir qui m'aurait rendue folle. Je ne voulais pas finir comme cette femme, mais il m'était impossible de l'expliquer à Kishida. Il ignorait que j'avais été au centre d'une affaire qui avait fait grand bruit dans tout le pays. Il ne savait pas que l'enfant qui avait été kidnappée, c'était moi. Et j'en étais arrivée là. Sur mes deux jambes, avec mes propres moyens.

Au moment où j'allais remettre mon portable dans mon sac, il s'est mis à sonner. J'ai cru qu'il s'agissait de Kishida, mais c'est le nom de Marina qui s'est affiché. Ma petite sœur.

— Erina ? a fait la voix nonchalante de Marina. Je peux te parler ?

— Oui, qu'est-ce qu'il y a ? ai-je dit en marchant.

— Tu sais quelle est la station la plus proche d'Araki-cho ?

— Araki-cho, arrondissement de Shinjuku ? Ça doit être Yotsuya Sanchome, sur la ligne Marunouchi, non ?

— Yotsuya Sanchome, d'accord. *Thank you* !

— Tu vas à une soirée ?

— Oui, une soirée de rencontres entre célibataires.

— Si tu rentres tard, tu peux dormir chez moi.

— Je pense que ça ira. Mais s'il y a quelque chose, je t'appelle. Merci.

Marina a raccroché. À ma montre, il était midi et demi. Sans doute était-ce sa pause du déjeuner.

Mes parents s'étaient farouchement opposés à ce que je quitte la maison pour vivre seule. Mon père ne m'avait plus adressé la parole pendant un temps et ma mère s'était répandue en jérémiades, me demandant si je détestais la maison à ce point. Pourtant, depuis que j'étais partie, je n'avais pratiquement aucune nouvelle. Seule Marina, ma jeune sœur, gardait le contact avec moi. Après le lycée, elle avait trouvé du travail dans une entreprise de transport et habitait toujours à Tachikawa avec nos parents. Elle m'appelait souvent pour des broutilles, me demandant de lui indiquer un endroit pratique pour un rendez-vous à Shinjuku, ou bien l'itinéraire pour se rendre de Tachikawa à Aoyama. Je pense que ces questions n'étaient que des prétextes et qu'elle se souciait de moi, sa grande sœur qui n'avait pu trouver sa place dans la maison. Elle voulait me faire savoir que nous étions membres d'une même famille.

Elle venait souvent en centre-ville pour des soirées et me demandait de l'héberger au cas où elle rentrerait tard mais elle n'était jamais venue chez moi. D'ailleurs, même si elle me téléphonait, il ne m'était jamais arrivé d'avoir à ranger mon appartement en vue d'une éventuelle visite.

Toutes fenêtres fermées, j'ai mis le climatiseur en route et me suis allongée sur le futon dans lequel Chigusa avait dormi la veille. J'ai allumé une cigarette et j'ai soufflé la fumée vers le plafond. J'ai observé le classeur que j'avais jeté là en rentrant, j'ai tendu la main et soulevé la couverture doucement. Avant même que les caractères d'imprimerie deviennent des mots, j'ai été submergée par une formidable envie de dormir et j'ai écrasé ma cigarette avant de fermer les yeux. J'ai attendu que le sommeil arrive, priant avec ferveur pour ne pas faire de mauvais rêves.

Kiwako Nonomiya avait annoncé à Takehiro qu'elle était enceinte. Mais alors qu'elle espérait que ce serait peut-être l'élément déclencheur pour qu'il divorce, Takehiro l'avait convaincue d'avorter. Au début, Kiwako avait persisté à dire qu'elle voulait garder l'enfant, mais chaque fois, il la dissuadait en l'implorant. "Moi aussi, je voudrais un enfant de toi. Mais si on le fait maintenant, le projet de divorce qui commence enfin à se mettre en place va partir en fumée. Si ma femme apprend que tu es enceinte, elle refusera de divorcer et il est même possible qu'elle exige des dommages et intérêts de nous deux. Je t'en supplie, cette fois-ci ne garde pas l'enfant, nous en ferons un quand tout sera réglé. Ce sera mieux aussi pour l'enfant." Selon la volonté de Takehiro, finalement, Kiwako avait pris la décision d'avorter. Elle avait fini par se convaincre que ce n'était pas la naissance de son enfant mais l'interruption de sa grossesse qui pouvait lui assurer un avenir réel avec Takehiro.

En novembre 1983, Kiwako avait donc avorté à la dixième semaine de grossesse. À ce moment-là, Takehiro ne venait la voir que rarement et Kiwako était persuadée qu'il était occupé avec les préparatifs du divorce. Mais en janvier 1984, elle avait appris de la bouche de Takehiro que sa femme, Etsuko, était enceinte. Elle-même venait de perdre son enfant deux mois plus tôt. À cette annonce, elle avait décidé de se séparer de Takehiro et pris rendez-vous avec lui après le travail pour le lui dire. "Ma volonté de divorcer est inchangée. J'ai fait venir ma femme à Tokyo et l'abandonner au bout d'un an et demi m'a semblé inhumain, je n'ai pas eu le courage de lui demander d'avorter." Il s'était mis à pleurer et Kiwako s'était laissé attendrir. Ce soir-là, il était resté chez Kiwako et leur relation avait repris comme avant.

Peu après, la femme de Takehiro avait commencé à avoir des soupçons car il rentrait tard et même pas du tout de temps à autre. Elle le harcela de questions et finalement il lui avoua sa relation avec Kiwako. Elle était tellement en colère qu'il lui promit de la quitter.

C'est à partir du mois de février 1984 qu'Etsuko avait commencé à téléphoner à Kiwako. N'arrivant pas à croire que leur relation était terminée, elle s'était procuré l'adresse et le numéro de téléphone de Kiwako et l'appelait presque quotidiennement, elle lui écrivait aussi. Il lui arrivait de la supplier de se séparer de son mari mais aussi de la calomnier et de l'insulter. Ce qui blessait Kiwako au plus profond était ce qui concernait l'enfant.

Etsuko lui parlait, avec familiarité, des examens qu'elle venait de subir ou des prénoms auxquels elle pensait avec son mari. Un autre jour, mentionnant l'avortement de Kiwako, elle lui avait dit : "Je n'arrive pas à croire que l'on puisse avorter, moi, j'aurais gardé l'enfant, quoi qu'il arrive." Lors du procès qui eut lieu plus tard, lorsque l'avocat de Kiwako avait interrogé Etsuko, celle-ci avait répondu : "J'étais un peu dépressive. Je souffrais de terribles nausées, je me sentais seule, mon mari n'était jamais là et je ne savais plus quoi faire. Je voulais que Kiwako me rende mon mari."

Etsuko avait alors proposé à son mari de déménager. Pour elle c'était un moyen de l'éloigner de Kiwako. Takehiro, tout en entretenant l'illusion auprès de Kiwako qu'il allait divorcer, n'avait en réalité pas la moindre intention de se séparer de sa femme, il s'était mis d'accord avec elle pour faire des économies sur le loyer afin d'acquérir une maison plus tard et ils s'étaient finalement installés dans un appartement à Hino. Dans la mesure où Takehiro mettait plus de temps pour se rendre à son travail, Etsuko avait cru qu'il rentrerait directement à la maison, mais cette situation lui avait plutôt facilité les choses. Il prétendait avoir manqué le dernier train après avoir fait des heures supplémentaires ou après un dîner d'affaires, prétextait devoir rester dans un *capsule hotel* car c'était moins onéreux que de rentrer en taxi et passait en fait le plus souvent la nuit chez Kiwako. Il se plaignait de ce que sa femme avait décidé arbitrairement du déménagement, qu'il avait du mal à supporter ce comportement ; Kiwako, déchirée entre l'attitude équivoque de Takehiro et le harcèlement téléphonique d'Etsuko, commençait à se sentir piégée.

En avril 1984, la situation inextricable où se trouvait le trio avait connu un tournant décisif. Le père de Kiwako fut hospitalisé pour un cancer. Épuisée psychiquement par le harcèlement téléphonique d'Etsuko et pensant que c'était l'occasion de se séparer enfin de Takehiro, Kiwako avait décidé de démissionner et de retourner chez ses parents. Elle quitta son appartement de Kichijoji pour gagner Odawara où ses parents habitaient. Elle allait à l'hôpital tous les jours voir son père dont le cancer était en phase terminale. Takehiro, qui avait trouvé l'adresse d'Odawara dans le répertoire des employés de la société, téléphona à Kiwako et se rendit à Odawara, invoquant un déplacement professionnel. Kiwako, qui s'occupait pratiquement seule de son père, rongée par l'angoisse et la solitude, n'eut pas la force de le repousser et, une fois encore, sa résolution fut réduite à néant.

Au mois de mai, Kiwako, inquiète en raison de cycles menstruels irréguliers, avait consulté un gynécologue qui diagnostiqua un syndrome d'Asherman dû à l'interruption de grossesse subie un an plus tôt. La cavité de l'utérus était obstruée par des adhérences. Le médecin lui expliqua qu'une intervention chirurgicale pouvait lui permettre d'être à nouveau enceinte et pourtant, Kiwako fut persuadée qu'elle ne pourrait plus jamais avoir d'enfant, que c'était le châtiment qui lui avait été infligé pour avoir tué son bébé. Entre-temps, Etsuko, alarmée par les fréquents déplacements professionnels de son mari, avait trouvé l'adresse d'Odawara et recommencé à harceler Kiwako au téléphone.

Après son arrestation et pendant la durée du procès, Kiwako Nonomiya, qui n'avait pratiquement pas dit un mot concernant ses relations avec le couple

Akiyama, avait répété une seule chose. "Etsuko-san m'a traitée de coquille vide et creuse. Elle m'a dit que si mon corps n'était plus qu'une coquille vide, c'était la punition qui m'était infligée pour avoir tué mon bébé. Tous les soirs, à l'hôpital, dès que mon père était endormi, ces mots me revenaient en mémoire et je pleurais." Kiwako, qui ne répondait que "C'est exact" à toutes les questions, avait eu à ce moment-là un ton ferme et une voix claire. Au cours de la sixième audience, lorsque l'avocat lui avait demandé de répéter ce que lui avait dit Etsuko au téléphone, elle l'avait fait. "Je n'ai jamais dit cela. Cette femme est paranoïaque", avait rétorqué Etsuko Akiyama.

Le 3 août, le père de Kiwako était mort d'un cancer de l'estomac à l'âge de soixante-neuf ans. Depuis la mi-juillet, Kiwako n'avait pas quitté son chevet à l'hôpital et n'avait eu aucun contact avec Takehiro qui, occupé par les préparatifs de l'accouchement de sa femme, ne venait plus à Odawara. Le 18 août, Etsuko eut les premières contractions et le 19 donna naissance à une petite fille, Erina. Après environ une semaine passée à la maternité, elles regagnèrent Hino.

À cette période, alors qu'elle n'avait plus de nouvelles de Takehiro, Kiwako, se souvenant de son adresse à Hino, se rendit non loin de l'appartement des Akiyama. Le 25 août, elle vit Etsuko, son bébé dans les bras, rentrer à la maison, accompagnée de Takehiro.

On a sonné à l'interphone pendant que je faisais la lessive. Persuadée qu'il s'agissait de Chigusa, j'ai ouvert sans vérifier qui c'était, j'étais stupéfaite. C'était Kishida. Sa chemise était trempée de transpiration. Il avait sa veste à la main. Il a brandi une boîte de gâteaux et m'a dit en souriant : "Cadeau !"

— Qu'est-ce qui se passe ? À une heure pareille ? ai-je demandé.

— Aujourd'hui c'est examen blanc national mais je ne fais pas partie du jury, a-t-il répondu en se penchant pour voir l'intérieur de la pièce. Je peux entrer ?

Rentre chez toi. Je n'ai pas envie de te voir. Les mots que j'aurais voulu prononcer s'étaient évaporés.

— Tu peux attendre ? Je range un peu, ai-je dit avant de refermer la porte, et j'ai ramassé les documents du classeur de Chigusa qui jonchaient le sol pour les cacher.

J'ai pris le tas de linge propre qui attendait d'être rangé depuis plusieurs jours et j'ai tout mis dans le placard sur le classeur. Les battements de mon cœur se précipitaient au souvenir des mains de Kishida et de la douceur de sa bouche, tandis que mes lèvres gardaient un sourire ironique, tellement je trouvais cela pathétique.

Lorsque j'avais lu, collégienne, les livres traitant de "l'affaire", j'avais trouvé que tout y était trop éloigné de moi, Kiwako Nonomiya et mes parents, dont les noms avaient été changés pour la circonstance, me paraissaient des personnages de roman. C'est la raison pour laquelle, oubliant ce que j'étais en train de lire, je ne cessais de m'énerver. Pourquoi avaient-elles aimé un homme qui ne faisait que mentir ? Que ce soit Kiwako ou ma mère. Je ne pensais pas que mon père eût assez de charme pour que deux femmes se le disputent, pourquoi n'avaient-elles pas été capables de voir en lui cet homme sans cœur, qui ne les respectait pas, incapable de prendre une décision, un pauvre type ? Surtout Kiwako. Pourquoi n'avait-elle pu oublier cet homme qui n'avait pas eu la force de mettre fin au harcèlement téléphonique de sa femme, qui était venu la chercher jusqu'à Odawara et n'avait même pas assisté aux obsèques de son père ?

Mais maintenant je comprenais un peu. Pas tout, évidemment. Je comprenais que l'on puisse être amoureuse d'un homme qui mentait, qui ne respectait pas les femmes et qui était incapable de prendre une décision. Même si le fait de comprendre m'inspirait du dégoût.

— Désolée de t'avoir fait attendre. Tu dois avoir chaud, non ? ai-je questionné en ouvrant la porte.

Kishida est entré et m'a aussitôt serrée dans ses bras. La boîte de gâteaux est tombée sur le sol.

— Ah ! Les gâteaux !

Kishida m'interrompit, posant ses lèvres sur ma bouche.

— J'avais tellement envie de te voir, me dit-il dans une sorte de grognement.

J'ai inspiré profondément cette odeur de transpiration masculine. Une odeur amère, lourde, une odeur d'homme, l'odeur de la sueur de Kishida.

Tandis que me parvenait de la salle de bains le bruit de la douche, j'ai approché les draps froissés de mon visage. Ils étaient imprégnés à nouveau de l'odeur de Kishida. J'allais donc ne plus pouvoir l'oublier pendant un certain temps. J'ai sorti la boîte de gâteaux du réfrigérateur. Je l'ai ouverte, les gâteaux étaient écrasés contre le côté droit de la boîte.

C'était certainement comme ça, me suis-je dit en contemplant les gâteaux aplatis. Kiwako Nonomiya et Takehiro Akiyama. Elle, avant de m'enlever, lui avant de devenir mon père, ces deux êtres que je ne connaissais pas encore, pour eux, c'était sans doute comme ça. Ce n'était pas vraiment le grand amour, pas un lien profond, ils s'étaient rencontrés, avaient fait l'amour,

mangé des gâteaux, avaient continué à se voir en vou-
lant sans cesse se séparer, puis ils se souvenaient et cela
se répétait. Durant ce temps ordinaire passé ensemble,
cela n'avait sans doute aucune importance que l'un
soit infidèle et menteur.

— Merci pour la douche ! On mange les gâteaux ?
a dit Kishida en sortant la tête du cabinet de toilette
attenant à la salle de bains.

— Mais regarde, comment ils sont ! Comme tu
as lâché la boîte tout à l'heure !

— Pas de problème ! Ils sont bons quand même,
a-t-il affirmé tout en enfilant son caleçon et son maillot de corps avant de passer les manches de sa chemise.
– Les gouttes d'eau qui tombaient de ses cheveux y faisaient de petites taches. – Je n'ai pas envie de retourner travailler !

— Et si tu n'y allais pas ?

— Ne me dis pas ça. Je vais vraiment avoir du mal
à y aller, sinon, a dit Kishida en bouclant la ceinture
de son pantalon avant de sortir de la salle de bains.

J'ai mis les gâteaux écrasés dans une assiette que
j'ai posée sur la table basse.

— Regarde ! La tarte et le fraisier sont parfaitement mélangés. On peut goûter aux deux, comme
ça ! a dit Kishida en commençant à manger.

— Dis, qu'est-ce qui te plaît en moi ? lui ai-je demandé.

Il a levé la tête et m'a regardée un instant.

— J'aime quand tu ne te retournes pas lorsque tu
t'en vas, a-t-il répondu en riant. Et toi, tu aimes quoi
chez moi ?

— Le fait que tu essaies de mentir même s'il est
évident que c'est un mensonge, ai-je répondu sérieusement ; pourtant, Kishida a éclaté de rire.

En réalité, je me souvenais de l'instant où j'étais tombée amoureuse de Kishida comme s'il s'agissait d'un fait qui s'était passé une semaine plus tôt. Le jour où nous avions dîné pour la première fois ensemble, Kishida m'avait emmenée dans un restaurant près de la sortie ouest de la gare de Shinjuku. La gare était bondée, nous marchions côte à côte. Un homme entre deux âges m'a bousculée violemment en me croisant, j'ai chancelé et l'homme en passant a eu un claquement de langue agacé. À cet instant, Kishida a saisi instinctivement le bras de l'homme et lui a murmuré : "C'est vous qui l'avez bousculée." L'homme a encore eu un claquement de langue avant de repousser la main de Kishida et continuer sa route. Kishida m'a regardée avec un sourire embarrassé.

— Ce n'est pas la peine de s'excuser quand on n'a rien fait de mal, tu sais.

Pendant tout le repas, ces mots me sont revenus plusieurs fois à l'esprit. Quand on n'a rien fait de mal… C'était pour moi comme une incantation. Une incantation qui permettait de sortir d'un endroit où l'on était enfermé.

J'avais raconté à Kishida que mes parents s'opposaient à ce que je vive seule et que je devais gagner ma vie, espérant ses encouragements. Tu n'as rien fait de mal, tu peux tout oublier, ce pourquoi ta famille est ainsi, pourquoi ton seul espoir est de quitter cette maison, tout le monde a oublié ton passé, tu n'as pas à t'inquiéter. C'est ce que je voulais entendre. J'avais même été capable de lui dire en riant : "Des parents qui refusent de donner de quoi vivre à leur fille, c'est horrible, non ?" Comme n'importe quelle jeune fille de dix-neuf ans.

— Ils devaient croire que tu allais renoncer et rentrer au bercail, non ? a dit Kishida en riant. Mais ils se sont trompés. Tu es forte et tu te débrouilles très bien toute seule, a-t-il ajouté.

Combien de fois m'étais-je répété les propos de Kishida ? Les excuses étaient inutiles. J'étais forte et me débrouillais très bien seule. Grâce à ses mots, j'en étais arrivée à croire que j'atteindrais cet endroit lointain où je rêvais d'aller.

Si j'avais raconté cela à quelqu'un, on m'aurait sans doute dit : "Seulement pour ça ? Vous êtes tombée amoureuse seulement parce qu'il vous a dit cela ?" Si quelqu'un m'avait dit la même chose, je ne serais peut-être pas tombée amoureuse. Ou bien, si Kishida m'avait dit la même chose, un autre jour, à un autre endroit, cela n'aurait peut-être eu aucun effet sur moi. Mais ce jour-là, tout s'était parfaitement imbriqué en moi.

Aujourd'hui, ce que d'autres m'auraient peut-être dit, je me le demande moi-même: "Et c'est pour ça que tu es tombée amoureuse ? Un homme qui n'arrête pas de te mentir, tu as l'intention de continuer à l'aimer longtemps ?"

Au moment de repartir, Kishida m'a à nouveau serrée dans ses bras sur le seuil.

— J'aimerais rentrer ici tous les soirs en disant "C'est moi, je suis là !", m'a-t-il murmuré.

Sans un mot, j'ai posé mon visage sur le tissu frais de sa chemise. La porte s'est refermée, j'ai entendu ses pas descendre l'escalier.

Je n'y crois pas une seconde. Je ne le disais pas à Kishida mais à la Kiwako Nonomiya de mes souvenirs. Kiwako Nonomiya, sur la photo de mauvaise qualité, la trentaine, et soutenant mon regard. Je ne suis pas comme toi. Je ne crois pas si facilement ce que disent les hommes. Car je ne suis pas aussi sotte que toi.

Lorsque j'ai clairement compris que je n'avais pas d'autre endroit où aller, j'ai réalisé presque simultanément qu'il fallait que je me fasse aimer des membres de cette famille. Au moment où j'entrais à l'école primaire.

Nous habitions à Hachioji mais juste avant mon entrée à l'école, nous avons déménagé à Kawasaki. Je l'ai appris plus tard, mais c'était afin d'échapper aux rumeurs qui ne cessaient de s'amplifier dans le voisinage.

Ma mère m'avait ensuite expliqué qu'elle pensait que si nous étions restés à Hachioji, j'aurais fait l'objet de persécutions et de moqueries de la part de mes camarades de classe. J'ai su plus tard que c'était plus pour se protéger eux-mêmes que mes parents avaient déménagé. Au fil du temps, les détails de "l'affaire" avaient été dévoilés au grand jour et l'on apprenait tout sur ce qu'avait fait Kiwako Nonomiya, sur la personnalité de l'homme dont elle était la maîtresse et sur la personnalité de la femme de celui-ci. Dans plusieurs des livres ou des articles qui traitaient de "l'affaire", mes parents qui pourtant avaient été les victimes étaient décrits comme des coupables. L'homme était un odieux personnage qui avait berné Kiwako, l'avait obligée à avorter tout en continuant à tromper les deux femmes, son épouse était diabolique, harcelant Kiwako jour et nuit au téléphone. Ma sœur et moi l'ignorions, mais à l'époque, mes parents recevaient souvent des lettres et des coups de téléphone anonymes les blâmant ou les injuriant. Ils avaient voulu échapper définitivement à tout cela.

L'appartement de Kawasaki se trouvait dans un quartier résidentiel de la ville, de la gare il fallait prendre l'autobus et ensuite marcher environ cinq minutes. Mais pour moi qui avais sept ans, l'atmosphère de la ville, la configuration de la maison semblaient identiques à celles de Hachioji. Encore un quartier à l'aspect chaotique sans bord de mer et une maison bruyante où régnait le désordre. Mais les visiteurs étaient moins nombreux et le téléphone sonnait moins souvent.

À la suite de "l'affaire," mon père avait quitté la société de lingerie et était devenu agent commercial dans une société de distribution de matériel scolaire. Après mon entrée à l'école primaire, ma mère avait commencé à travailler à mi-temps dans un supermarché voisin. À l'école, on savait aussi que j'étais l'enfant qui avait été kidnappée. Je l'avais vaguement compris. Je n'étais pas persécutée comme mes parents l'avaient craint. Simplement, personne ne s'approchait de moi. "L'affaire" dépassait l'entendement des enfants. Ils ne savaient pas comment se comporter avec une camarade de leur âge qui avait un passé d'enfant kidnappée.

Mais le monde extérieur n'était pas si cruel à mes yeux. Que ce soit en classe ou dans la cour de récréation, il me suffisait de me laisser aller à rêver. Je lisais, je contemplais le ciel et le temps passait ainsi. J'appréciais que personne ne s'approche de moi. J'appréciais que l'on ne me pose pas de questions.

Ce qui se passait à la maison était plus pénible. Je devais me faire aimer de mes parents. Mais j'étais incapable d'interpréter leurs sentiments. À cette période-là, des mots en dialecte de l'île où j'avais vécu auparavant m'échappaient encore de temps à autre. Convaincue que je devais dire quelque chose, lorsque ma mère rentrait, je lui tournais autour. Un jour, avec l'accent de l'île, je lui ai dit que j'avais eu un contrôle à l'école, ma mère, le visage grimaçant m'a alors reprise, me corrigeant avec la diction d'une présentatrice de journal télévisé. À ses yeux, ce dialecte évoquait des souvenirs douloureux, quelque chose d'insoutenable. Ma mère reprenait tout ce que je disais et me corrigeait haut et fort. Lorsque j'étais seule, je m'exerçais à parler correctement. Dans un coin de la cour d'école, sur le chemin de la maison en rentrant seule de l'école, dans la cuisine, quand ma mère n'était pas encore là, sous ma couette, dans ce petit espace de pénombre. Je suis Erina Akiyama. Je suis au cours préparatoire. J'ai une petite sœur qui s'appelle Marina. J'écoutais les conversations de mes parents, celles qu'ils avaient avec ma sœur, j'écoutais tout ce qui se disait à la télévision, répétant chaque mot avec la bonne prononciation et faisant attention au choix du vocabulaire. Pourtant, lorsque mes parents m'adressaient la parole, craignant de mal faire, j'étais si tendue que je commençais toujours mes phrases par *"An na"* au lieu de *"Ano ne"*.

— Tu ne crois pas que ça suffit ? avait dit un jour mon père à l'adresse de ma mère qui essayait de me faire parler correctement en me maintenant fermement les deux bras. Cette enfant est terrorisée. On peut la laisser parler comme elle veut. Un jour elle parlera normalement.

Ma mère s'était alors tournée vers mon père en hurlant.

— Pourquoi notre fille devrait-elle parler un charabia que nous n'avons jamais entendu nulle part !

Puis elle s'est effondrée sur le sol, éclatant en sanglots.

L'instabilité émotionnelle de ma mère me faisait peur. Puis j'ai commencé à craindre mon père, d'un naturel si calme. Sans doute avais-je senti que ce calme était en fait un mélange d'indifférence et de résignation.

Mon père craignait plus que tout que l'on dise que c'était lui et non pas Kiwako qui était responsable de toute l'"affaire". Pour cette raison, mes parents n'avaient de cesse de constater qu'ils étaient bien tous les deux des victimes, dans tous les sens du terme. Mais lorsque ma mère n'arrivait plus à contrôler ses émotions, elle se montrait sarcastique à l'égard de mon père, lui signifiant ainsi sa culpabilité, quant à mon père il traversait ces moments dans l'indifférence et la résignation.

Les seuls instants où j'étais détendue étaient ceux que je passais avec ma petite sœur Marina qui avait un an de moins que moi. Au début elle gardait ses distances, pour elle j'étais l'intruse apparue brusquement qui monopolisait l'amour de ses parents. Elle cachait mes affaires, ou lorsqu'elle tombait disait que je l'avais poussée et se mettait à hurler. Mais à partir de notre installation à Kawasaki, sans doute en raison de l'atmosphère électrique qui régnait dans la maison, nous nous sommes rapprochées. En attendant que notre mère rentre du travail, nous nous cachions dans le placard pour nous raconter nos secrets. Avec elle je pouvais parler de tout. Des fantômes de l'étang, de la vieille école près de la mer, du soleil couchant qui disparaissait à l'horizon sur l'océan. Je lui racontais que j'étais une reine d'une contrée lointaine, que mon pays avait perdu la guerre et que tous les enfants du pays, moi y compris, avaient été envoyés au Japon pour y être adoptés. Marina croyait tout ce que je lui disais. Je lui demandais, la mine grave, de ne rien dire à nos parents et elle hochait la tête avec sérieux.

— Eri-chan, un jour tu vas retourner là-bas ? me questionnait-elle à voix basse.

Quand je lui disais "Peut-être", les larmes lui montaient aux yeux et lorsque je répondais que je ne pourrais jamais retourner là-bas, elle semblait soulagée.

Il m'arrivait de croire moi-même aux mensonges que je racontais à Marina. Car la vie que nous menions à Kawasaki était trop éloignée de celle que j'avais connue jusqu'alors.

À Hachioji, tout autour de nous était confus, je n'arrivais pas à bien saisir la situation et le temps avait passé sans que je comprenne rien. À Kawasaki, les visiteurs étaient rares, ma mère a commencé à travailler et Marina et moi allions à l'école ensemble. En apparence, une vie ordinaire avait démarré. Jusque-là je n'avais remarqué que les différences qui sautaient aux yeux, le désordre dans les pièces, le paysage à la fenêtre, puis j'étais arrivée à discerner les différences dans notre vie quotidienne.

Le matin, par exemple, personne ne venait me réveiller. Quand je me levais, mon père n'était plus là et ma mère dormait encore. Quant à Marina, elle dormait jusqu'à ce que je la réveille. Comme nous nous levions tard, nous étions en retard à l'école. Jusqu'à ce que j'apprenne à régler le réveil, chaque jour était pour moi un défi. Demain, serai-je à l'heure à l'école ou pas ? Trop angoissée, il m'arrivait souvent de ne pas pouvoir dormir. Et alors que cela ne m'était jamais arrivé, je faisais pipi au lit, même en deuxième année d'école primaire.

Nous nous levions et il n'y avait rien à manger pour le petit-déjeuner. L'autocuiseur à riz était vide, dans le réfrigérateur il n'y avait que des œufs et des légumes. Si nous trouvions des biscuits, Marina et moi en faisions notre repas. Marina m'attendait dans la cour de l'école et nous rentrions ensemble. Ma mère revenait en fin de journée et, pour le dîner, des barquettes de plats préparés achetés au supermarché étaient posées sur la table. C'était par exemple seulement des croquettes ou seulement des légumes bouillis, un seul plat avec du riz. Nous mangions en regardant la télévision et, à la fin du repas, mon père arrivait. C'est alors que ma mère sortait. Pas tous les soirs, mais plusieurs fois par semaine. Marina et moi avions longtemps cru qu'elle travaillait aussi la nuit. J'avais su peu après qu'elle allait s'amuser. Elle allait boire dans un bar du quartier, ou se rendait avec des amies dans un karaoké, ces endroits à la mode à l'époque, ou bien alors elle allait en discothèque.

— Je ne sais pas comment faire, m'avait-elle dit un jour – je devais être collégienne alors. Quand je te regarde, ça me rappelle cette femme. Et lorsque je repense à cette femme, j'en veux à ton père. Et quand je commence à me demander pourquoi je dois souffrir comme ça, je ne supporte plus de rester à la maison.

En fait, ma mère fuyait. Elle fuyait le foyer où j'étais revenue.

Après le départ de ma mère, en général, mon père restait à table et buvait. De temps à autre, quand nous regardions la télévision, il se contentait de nous demander si nous avions pris notre bain ou si nous avions fini nos devoirs, il restait immobile comme un roc et buvait. Je pense que lui aussi fuyait. Nos parents ne savaient que fuir.

Comme aucun d'eux ne faisait le ménage, l'appartement était poussiéreux et en désordre. Dès l'école primaire, je faisais sécher moi-même au soleil les futons que j'avais mouillés car sinon il me fallait dormir dans mes draps humides.

Avant, on me réveillait le matin, quand je me levais le petit-déjeuner était prêt, à midi les enfants venaient me chercher et nous prenions le repas tous ensemble joyeusement, tous les soirs je me promenais avec ma mère, nous dînions toujours à la même heure, et ma mère me lisait des histoires jusqu'à ce que je m'endorme. La maison était toujours en ordre, à la fenêtre on voyait les arbres et la verdure, les gens qui passaient me souriaient, si l'on marchait un peu, la mer était là, devant nos yeux... C'était la vie d'une reine d'une contrée lointaine. C'était la vie que j'avais laissée là-bas.

La plupart du temps, notre mère rentrait quand nous étions endormies, mais il lui arrivait de rentrer plus tôt. Ces soirs-là elle se montrait presque trop attentionnée à mon égard. Elle me prenait brusquement dans ses bras et ne me lâchait plus, prenait son bain avec moi et me lavait de la tête aux pieds, se glissait sous ma couette.

— Dis, Erina, tu m'aimes ? me demandait-elle sans cesse. Maman est plus gentille que la méchante femme qui t'a emmenée ? Je suis très heureuse de t'avoir retrouvée, mais toi tu es aussi heureuse que moi ? – Elle posait ces questions, et il lui arrivait de pleurer. C'était pénible de la voir pleurer. J'avais l'impression d'être fautive.

En cinquième année d'école primaire, je me suis fait une amie pour la première fois. Satomi Manabe. Elle arrivait de Tokyo. Contrairement aux autres enfants, elle ignorait tout de mon passé, et c'est elle qui est venue vers moi qui étais toujours seule. C'est grâce à elle que j'ai pu comprendre objectivement ce qu'avait été "l'affaire".

Satomi habitait dans une maison avec un jardin et j'allais souvent jouer chez elle. Sa mère était toujours là pour m'accueillir et elle nous servait un goûter si copieux que nous avions du mal à tout manger. Un dimanche, je suis allée chez elle, invitée pour son anniversaire, j'étais la seule camarade de classe, Satomi et ses parents m'attendaient. Ses parents, la maison, tout me faisait penser à un feuilleton télévisé. On se disait des plaisanteries, on riait, des plats appétissants confectionnés par la mère étaient sur la table, je me rappelle avoir ressenti une certaine tension, comme si j'avais été parachutée dans un monde inconnu. On a éteint les lumières et regardé une cassette vidéo. Il s'agissait d'un film réalisé par son père, on y voyait par séquences Satomi depuis sa petite enfance jusqu'à une époque récente. On la voyait bébé, pleurant dans son bain, on la voyait marcher à quatre pattes, faire ses premiers pas sur la pelouse, c'est en regardant cela avec cette famille que j'ai compris soudain quel avait été mon passé.

Quand tu étais petite, tu as été enlevée par la plus méchante femme au monde. C'est ce que mes parents et mes grands-parents m'avaient dit, mais c'est à ce moment précis que j'ai tout compris, d'un coup. Tout est devenu cohérent. J'ai compris pourquoi tout me semblait si bizarre. Je n'étais pas la reine d'une contrée lointaine. Cette maison était bien la mienne. Si mon père me traitait comme une étrangère, si ma mère criait, pleurait, partait la nuit, c'était à cause de "l'affaire". C'était "l'affaire", ou plutôt la femme dont j'avais un vague souvenir, qui avait provoqué ce chaos dans notre famille. Si je n'arrivais pas à me faire d'amis, si personne ne voulait participer avec moi au cours d'éducation physique, si la maison était en désordre, si j'étais tourmentée par un fort sentiment de culpabilité, tout était la faute de cette femme et pas la mienne. Tandis que je regardais la vidéo dans la chambre sombre de Satomi, un nombre incalculable de suppositions m'ont traversé l'esprit. Si cette femme n'avait pas existé, nous aurions été une famille normale. Si elle n'avait pas été là, mes parents m'auraient aimée normalement. Si cette femme... si, si, si...

J'eus la sensation que le monde avait fait une lente volte-face. La plus méchante femme au monde. Je compris alors pour la première fois que ce que disaient mes parents était exact.

La fête d'anniversaire terminée, le père de Satomi m'a raccompagnée en voiture jusqu'à l'appartement. Je suis descendue de la voiture, j'ai fait un signe de la main à Satomi, j'ai suivi du regard la voiture qui s'éloignait et j'ai été prise de terribles nausées. Je me suis accroupie et j'ai vomi tout ce que je venais de manger. Tout ce que la maman de Satomi avait cuisiné, le poulet frit, le sushi chirashi, la salade aux œufs, le gâteau tout blanc, j'ai tout rejeté sur le bitume noir.

À la fin de la cinquième année du primaire, Satomi s'est éloignée de moi. Je la voyais rentrer joyeusement avec d'autres camarades. Sans doute lui avait-on raconté quelque chose à mon sujet mais je ne lui en voulais pas, à ma toute première meilleure amie. J'en voulais à une seule et unique personne, la femme qui m'avait volé ma *vie normale*.

Je n'avais pas eu mes règles depuis deux mois. En septembre, j'avais simplement pensé que le cycle était irrégulier mais ce mois-ci, elles auraient dû se déclencher dix jours plus tôt. J'aurais voulu l'ignorer encore une fois mais je devais reconnaître la réalité, je n'avais pas eu mes règles.

En août, à la fin des vacances, ma vie a repris un cours tellement normal que c'en était presque consternant. Le matin je me levais pour aller à l'université, j'assistais aux cours, déclinais les invitations à boire un verre que l'on me lançait de temps à autre et cinq jours par semaine j'allais travailler. De temps en temps, le lundi, je voyais Kishida. Il m'invitait à dîner ou nous buvions de la bière chez moi.

Le fait d'admettre que je n'avais pas de règles me perturba beaucoup. Je n'arrivais pas à me concentrer sur les cours. Le professeur parlait puis quittait la salle, les étudiants se levaient et se dispersaient dans un joyeux brouhaha.

Ce n'était qu'un simple retard. Dès le lendemain, elles arriveraient, c'était sûr. Je n'avais pas mangé régulièrement pendant les vacances, je devais être légèrement dénutrie. Les pensées tournaient dans ma tête et sous mon pull j'avais la chair de poule.

J'ai réalisé qu'il n'y avait dans la salle que des visages inconnus. Sur l'estrade, un professeur que je ne connaissais pas disait quelque chose. Apparemment, tandis que j'étais perdue dans mes réflexions, la quatrième heure s'était terminée et la cinquième avait commencé. Je ne savais pas si les étudiants autour de moi étaient en première ou en troisième année. Je ne savais pas non plus de quel cours il s'agissait. Nous n'étions pas dans un amphithéâtre et je n'ai pas osé me lever et quitter la salle. Je suis restée assise, la tête baissée. Le professeur s'exprimait pourtant en japonais mais rien de ce qu'il disait n'avait de sens pour moi. J'ai regardé par la fenêtre, le feuillage du ginkgo, encore baigné de soleil un moment plus tôt, se cachait maintenant dans la pénombre du crépuscule.

Qu'allais-je faire si je n'avais pas mes règles ? Qu'allais-je faire si mon ventre abritait déjà un être inconnu ? Je n'allais pas finir comme elle, je n'étais pas aussi sotte qu'elle, qui donc avait murmuré cela avec assurance ? J'étais transie, pourtant de ma tête baissée, des gouttes de sueur coulaient. Le cours a pris fin, je me suis éclipsée de la salle de classe, serrant mon sac contre moi. Dans le coin d'un couloir où se croisaient des flots d'étudiants, j'ai appelé le bar où je travaillais pour prévenir que j'étais souffrante. La voix du gérant m'a dit de prendre soin de moi, j'ai coupé la communication et j'ai fait défiler le répertoire du téléphone. Les noms enregistrés s'affichaient les uns après les autres. Akiyama-papa : je ne pouvais pas lui parler. Maman-portable : impossible. Marina : comment pouvais-je le lui annoncer ? Kishida : que lui dire ? J'ai une bonne nouvelle à t'annoncer ! Des noms de collègues du bar, des noms de camarades de classe de première année défilaient et j'avais la sensation qu'il s'agissait de correspondants étrangers. Chigusa. Même à Chigusa, par quoi allais-je commencer pour lui raconter ? Pourtant, mon doigt a appuyé sur "appel".

Dans un restaurant de yakitoris du quartier étudiant nous étions assises côte à côte au comptoir, j'éprouvais un profond soulagement à savoir Chigusa près de moi.

— Qu'est-ce qui se passe ? Tout cela est bien cérémonieux ! Tu t'es souvenue de quelque chose de nouveau ? a demandé Chigusa.

Elle a commandé des bières et un assortiment de brochettes avant de sortir un cahier de son sac. J'ai fixé le cahier un moment.

On nous a apporté la bière, j'en ai bu une gorgée.

— Il est possible que je sois enceinte, ai-je dit en souriant – étonnée de pouvoir sourire.

— Quoi ? a dit Chigusa, immobile, le verre à la main, en me regardant.

— Je ne sais pas exactement. Cela ne fait que deux mois. Je vais peut-être les avoir bientôt. On dit que c'est irrégulier quand on est jeune, ai-je ajouté précipitamment, alors que Chigusa gardait la même expression, les yeux écarquillés – mais elle restait immobile. Tu penses qu'il est inutile d'imiter cette femme à ce point, c'est ça ? Alors qu'on n'a aucun lien de parenté, ai-je dit en souriant à nouveau.

Chigusa a enfin posé son verre sur le comptoir.

— Le père, c'est celui qui n'avait pas l'air très gai, que j'ai aperçu dans la ruelle il y a déjà un moment ? a dit enfin Chigusa, cela m'a fait rire. Tu peux boire de la bière ? m'a-t-elle demandé alors que je continuais à sourire.

— Pas de problème, je vais en boire des litres. Le bébé va se noyer dans un océan de bière.

J'avais voulu plaisanter, mais mes propos ont résonné avec une violence inattendue, ce qui m'a fait frissonner. Cela ne faisait que deux mois mais j'ai eu l'impression à ce moment-là d'accepter enfin qu'il ne s'agissait pas d'un simple retard ou d'un cycle irrégulier. J'apprenais à travers ma propre voix que je venais d'exprimer le fond de ma pensée.

— Ne dis pas des choses comme ça… a murmuré Chigusa, comme si elle était au bord des larmes. Dis, si on allait chez toi ? En chemin on s'arrêtera dans une pharmacie pour acheter un test de grossesse, je reste avec toi, on va en avoir le cœur net, a-t-elle ajouté à voix basse en me serrant le bras.

Le serveur a posé un grand plat de brochettes devant nous sur le comptoir.

— Allez ! On va manger ! ai-je dit en tendant la main vers une des brochettes.

Afin de cacher à Chigusa que mes mains tremblaient, j'ai mis les coudes sur le comptoir et j'ai mangé en détournant le visage, c'était insipide.

Chigusa voulait prendre le métro mais j'ai insisté pour marcher et elle m'a suivie docilement. Elle avait un sac de la pharmacie à la main. Un petit sac qui ne contenait que le test de grossesse acheté un peu plus tôt. Le vent nocturne était froid, laissant une sensation agréable sur mes joues en feu à cause de la bière. Nous avons gravi la légère pente côte à côte. Le trottoir était désert, de temps en temps les phares des voitures qui passaient nous éclairaient.

— Dis, tout à l'heure tu as dit "Il est inutile d'imiter cette femme à ce point", n'est-ce pas, qu'est-ce que ça signifie ? a demandé Chigusa d'une petite voix.

— Ah ! C'est vrai, je ne t'en ai pas encore parlé, mais l'homme qui attendait dans la ruelle l'autre soir, en fait, je sors avec lui, il est marié et il a un enfant, ai-je dit comme si de rien n'était.

Chigusa m'a lancé un regard furtif avant de détourner le regard, gênée.

— Finalement, je fais la même chose qu'elle. Tu dois me trouver idiote. C'est aussi ce que je pense.

— Alors tu l'aimes, cet homme ?

— Je ne sais pas vraiment, ai-je répondu. – C'était vrai. – Les gens qu'on voit tous les jours, ils ont l'air d'être là sans vraiment y être, tu ne crois pas ? Je rencontre toujours les mêmes gens à la fac mais je ne vois pas la différence avec ceux que je vois dans le métro. C'est rare de rencontrer quelqu'un, de lui parler, de rire ensemble, de lui poser des questions… Pour moi, c'est comme ça depuis toujours. Donc quand je vois Kishida chaque semaine, Kishida c'est l'homme taciturne dont on parlait tout à l'heure, je me sens rassurée. Ça me confirme que chaque semaine je suis la même.

— Mais moi aussi, je suis là. On se voit souvent, non ?

— Mais toi tu es une fille. C'est différent avec un homme.

Chigusa s'est tue. Elle marchait en regardant ses pieds. Un peu plus loin devant nous on apercevait la lueur blanche d'une supérette. J'ai voulu demander à Chigusa si je pouvais faire des achats mais elle a parlé avant moi.

— Je ne suis jamais sortie avec un garçon. Je n'ai aucune expérience, a-t-elle dit avec légèreté et j'ai compris qu'elle essayait, elle aussi, de prendre un air indifférent. C'est pour ça, je ne sais rien, comment c'est quand on est avec un garçon, quand on a un amoureux, quand on couche ensemble, je ne sais absolument rien de tout cela. Je ne peux donc pas comprendre ce que tu ressens.

— Hum… j'ai hoché la tête.

— Il y a plein de choses qui m'énervent, tout ça parce que j'ai été élevée à Angel Home alors que je n'avais rien demandé. J'avais du mal à m'adapter à l'école, j'ai aussi été persécutée, mais tout ça n'a pas d'importance. La vérité, c'est que je n'arrive pas à aimer un homme, ça me fait peur et quand je pense que je vais peut-être continuer ainsi, sans connaître l'amour, et vivre seule le restant de mes jours, de temps en temps je me sens complètement dépassée. Je n'arrive toujours pas à pardonner à ma mère et je me demande encore pourquoi. Pourquoi ne m'a-t-elle pas montré le vrai monde ?

Chigusa avait parlé la tête baissée, marchant comme si elle donnait des coups de pied dans des cailloux imaginaires.

— Tu ne veux pas acheter des bières à la supérette ? ai-je dit au lieu d'acquiescer.

— Tu veux encore boire ? a dit Chigusa, l'air consterné.

Nous avons bu nos bières dans le parc. Après avoir protesté qu'il faisait froid, ou qu'il faisait noir, qu'il fallait rentrer vite, elle m'a finalement suivie et s'est assise auprès de moi pour boire sa bière.

Un réverbère à la lumière blafarde éclairait un minuscule bac à sable. Les arbres qui encerclaient le parc occultaient la lumière de la rue et tout était plongé dans l'obscurité. Dans les buissons, une bâche bleue dessinait un carré. Il y avait sans doute quelqu'un qui vivait là.

— Tu n'as pas envie de rentrer, c'est ça ? a dit Chigusa près de moi. Tu as peur de faire le test, n'est-ce pas ?

J'ai réalisé qu'elle avait raison, mais je n'ai rien répondu. Cette bière que nous buvions dans le froid n'avait aucun goût. Je continuais pourtant à vider ma canette.

— Tu connais l'histoire des cigales ? ai-je demandé à Chigusa, faisant rouler la canette glacée entre les paumes de mes mains ; elle m'a regardée. Tu n'as pas été étonnée quand on t'a dit que les cigales passaient plusieurs années sous la terre et qu'une fois à l'air libre elles mouraient en quelques jours ?

— De quoi tu parles, tout d'un coup ?

— Je crois que c'est trois jours, ou sept jours, je ne sais plus exactement, quand j'étais enfant j'ai trouvé cruel qu'elles passent des années sous la terre pour mourir quelques jours après leur naissance, ai-je dit, les yeux levés vers les arbres noirs qui entravaient la vue.

Les derniers mois, lorsque je passais à bicyclette le long du parc, le chant des cigales envahissait les alentours. De temps en temps, je m'arrêtais, les yeux plissés dans les rayons du soleil, je cherchais les cigales dans les arbres. Je n'ai jamais trouvé de quel endroit leur chant venait.

— Mais depuis que je suis adulte, je vois les choses différemment. Si toutes les cigales meurent au bout de sept jours, ce n'est pas spécialement triste. C'est la même chose pour toutes. Aucune ne se demande pourquoi elle doit mourir si tôt. En revanche, alors qu'elles meurent toutes le septième jour, si l'une d'elles survit et reste seule tandis que toutes les autres sont mortes… – J'ai fait couler à mes pieds le tiers de la canette de bière qui me restait. Le liquide a été absorbé dans la terre avec un léger grésillement. – Alors là, oui, c'est triste.

Chigusa n'a rien dit. J'ai levé à nouveau la tête et fixé les arbres plongés dans les ténèbres. J'avais l'impression qu'une cigale qui n'avait pu mourir pendant l'été s'agrippait au tronc d'un arbre, retenant son souffle. Réprimant son chant afin que l'on ne s'aperçoive pas qu'elle avait survécu.

— Si on rentrait ? a proposé Chigusa doucement.

— J'ai envie d'aller aux toilettes. Je vais y aller là-bas. J'en profiterai pour faire le test, ai-je dit en plaisantant.

— Dans un endroit pareil ?

Chigusa avait l'air inquiet.

— C'est que maintenant que je suis un peu ivre, quel que soit le résultat, je m'en moque. Arrivée chez moi, j'aurai trop peur pour le faire.

Aussitôt Chigusa a sorti le test du sac en plastique. Elle a ouvert la boîte oblongue en carton et a sorti le contenu. Elle a déplié la notice et l'a lue à la lueur du réverbère.

— Tu dois faire pipi là-dessus, m'a-t-elle dit en me tendant un objet long en plastique qui ressemblait à un thermomètre.

Je l'ai pris et j'ai marché, chancelante, jusqu'aux toilettes qui se trouvaient dans un coin du parc, auréolées d'une lumière blanche comme une soucoupe volante venue se poser là par hasard. Je suis entrée dans un cabinet nauséabond et recouvert de graffitis et me suis accroupie pour uriner. Je trouvais cette situation grotesque.

Je suis sortie, le test en plastique à la main, et j'ai éclaté de rire, incapable de me retenir. Chigusa s'est rapidement approchée, inquiète.

— Il faut attendre cinq minutes. Si rien n'apparaît dans la lucarne, ça veut dire que c'est bon.

Chigusa m'a entraînée sous le réverbère. Sans un mot, nous avons gardé les yeux rivés sur la petite lucarne. Je me suis dit que vérifier si j'étais enceinte dans un endroit pareil, c'était tout à fait moi. C'est pourquoi, sous la faible lueur du réverbère, lorsqu'une ligne bleue indiquant le résultat positif a fait lentement son apparition, je n'ai ressenti ni inquiétude ni peur, j'étais résignée à ce que cela se déroule ainsi.

Quelque temps après les obsèques de son père, Kiwako était retournée à Tokyo après. C'est en octobre 1984 qu'elle loua un studio dans le quartier d'Eifuku, arrondissement de Suginami, là où avait vécu Takehiro autrefois. La sœur cadette de son père avait hérité des biens immobiliers, Kiwako, elle, avait seulement bénéficié de l'assurance sur la vie de son père et hérité des économies de celui-ci.

Kiwako n'avait pas donné sa nouvelle adresse à Takehiro Akiyama qui s'était dit alors que sa relation avec elle avait pris fin de manière naturelle. Jusqu'au mois de février, Kiwako s'était rendue à plusieurs reprises dans les environs de l'appartement du couple Akiyama à Hino.

Et le 3 février 1985, elle avait réussi à s'introduire chez eux.

"Au début, je voulais savoir si le bébé était vraiment né. Je suis allée une fois à leur appartement et j'ai eu envie d'y retourner. Je voulais savoir si c'était une fille ou un garçon, je voulais voir le bébé de près. En y allant ainsi plusieurs fois, j'avais compris que Takehiro partait de chez lui à huit heures dix et que sa femme l'accompagnait en voiture jusqu'à la gare, j'avais trouvé étrange qu'ils n'emmènent jamais le bébé. J'avais du mal à comprendre comment une femme qui m'avait traitée de monstre pouvait laisser ainsi son enfant", avait dit Kiwako durant le procès. Pourtant, elle nia avoir prémédité l'enlèvement du bébé. "Je voulais juste voir le bébé de près. Quand je suis entrée dans l'appartement, mes genoux tremblaient. Je savais que je faisais quelque chose de mal. Lorsque j'ai découvert leur vie quotidienne, j'ai paniqué. Je n'arrivais pas à réfléchir. Je n'entendais que les pleurs du bébé que j'ai trouvé dans la pièce du fond. Dès que je l'ai pris dans mes bras, c'était fini."

Au début Kiwako nia avoir mis le feu. "Je n'y pensais pas. Je ne pensais qu'au bébé." Mais lorsque la question de l'incendie fut au centre des débats, le procureur demanda plusieurs fois si, inconsciemment, Kiwako n'avait pas eu le désir de se venger et, le huitième jour du procès, elle répondit "Peut-être". Jusqu'alors la défense avait avancé l'argument que le radiateur électrique resté allumé avait pu se renverser et mettre le feu aux futons ou aux rideaux, mais Kiwako elle-même avait dit "Je ne peux pas affirmer que je n'ai pas trébuché et fait tomber le radiateur". La défense n'avait pu continuer à prôner la thèse de l'accident.

Le soir même de l'enlèvement, Kiwako avait trouvé refuge chez une camarade d'université. Cette amie, A, assura qu'elle ne savait pas que Kiwako était coupable d'enlèvement lorsqu'elle l'avait aidée. "Elle m'a dit que l'homme avec qui elle vivait était violent et qu'elle s'était enfuie, je l'ai crue. Le bébé était attaché à Kiwako et elle s'en occupait bien, je n'ai eu aucun soupçon."

Ce témoignage permit d'éclairer des faits sur lesquels ni Kiwako ni le couple Akiyama ne s'étaient exprimés, les circonstances qui avaient mené à l'enlèvement, les relations entre Kiwako et Takehiro Akiyama, le comportement d'Etsuko Akiyama à l'égard de Kiwako.

A avait refusé toutes les interviews, mais Kiwako ayant été condamnée à une peine de prison ferme, elle avait répondu une seule fois à un journaliste de magazine. "Lorsque ma fille est née, je l'ai invitée, elle prenait le bébé dans ses bras, nous changions les couches ensemble. Quand j'y repense, je me demande si tout cela n'a pas eu une influence sur elle. Si j'avais l'occasion de la revoir un jour, j'aimerais lui présenter mes excuses."

Kiwako était restée six jours chez A, elle avait ensuite résilié le bail de son appartement à Eifuku et s'était enfuie à Nagoya. Au début des années 1980, avec la flambée des prix de l'immobilier, il y avait à Nagoya un quartier où des parcelles de terrain avaient été rachetées. Pratiquement tous les habitants avaient quitté le quartier, sauf une femme qui refusait l'expropriation. C'est chez elle que Kiwako s'était réfugiée.

En arrière-plan de l'affaire, ce sont des circonstances particulières qui ont permis à Kiwako de se réfugier à Nagoya et rendu possible une cavale de quatre ans. Après avoir conduit son mari à la gare, Etsuko Akiyama avait fait des achats dans une supérette avant de rentrer chez elle et de découvrir son appartement en feu. Des voisins avaient appelé les pompiers, arrivés pratiquement au même moment qu'Etsuko. L'incendie avait été circonscrit mais l'enfant avait disparu. Paniquée, Etsuko avait téléphoné à son mari mais avait déjà tiré la conclusion qu'il s'agissait des agissements d'un jeune homme qu'elle connaissait.

Lorsqu'ils avaient emménagé à Eifuku dans l'arrondissement de Suginami, Etsuko s'était retrouvée sans amis et sans famille à proximité, son mari rentrait tard tous les soirs ou découchait de temps en temps, elle était déprimée. Pensant se faire des amis, elle avait commencé à travailler à temps partiel dans un supermarché. C'est là qu'elle rencontra B, avec qui elle eut une relation. Cet homme âgé de vingt-quatre ans, avait alors cinq ans de moins qu'Etsuko, il avait un emploi temporaire au supermarché. Elle avait commencé à fréquenter ce jeune homme pour tromper son ennui. Lorsqu'elle sut qu'elle était enceinte, Etsuko quitta son travail et lui annonça qu'elle le quittait, mais B refusa la séparation, il se fit menaçant, lançant à Etsuko : "Ne crois pas que tu vas t'en tirer comme ça." Si Etsuko avait choisi de déménager à Hino, ville très éloignée du lieu de travail de son mari, c'est parce qu'elle craignait des représailles de B, qui avait brusquement changé d'attitude lorsqu'elle avait voulu le quitter.

Lorsqu'elle sut que le bébé avait disparu, Etsuko pensa tout d'abord à B. Elle était persuadée qu'il avait mis à exécution les menaces qu'il avait proférées. L'enquête s'orienta alors vers B, qu'Etsuko soupçonnait d'être coupable de l'incendie et de l'enlèvement.

B, qui vivait de petits travaux à temps partiel, était malheureusement introuvable à l'époque. En fait, il habitait simplement chez une femme qu'il avait connue dans un quartier de bars, mais la police mit plus de temps que prévu pour le retrouver. Au début, Takehiro Akiyama ayant gardé le silence sur l'existence de Kiwako Nonomiya, les enquêteurs s'étaient focalisés sur B. Etsuko, convaincue que B était le coupable, en avait oublié l'existence de la maîtresse de son mari. On retrouva B au huitième jour de l'enquête et il fut soumis à un interrogatoire. B avait quitté la maison de ses parents à Gifu à l'âge de vingt ans pour aller à Tokyo. Il vivait de petits jobs ou se faisait entretenir par les femmes qu'il fréquentait. Concernant sa relation avec Etsuko, il expliqua qu'il était avec elle parce qu'elle l'invitait souvent au restaurant et qu'il s'était montré réticent à se séparer d'elle dans l'espoir qu'elle lui donnerait de l'argent pour se débarrasser de lui. B fut bientôt lavé de tout soupçon.

— Tu peux commander ce que tu veux, a dit Ki-shida, tenant la carte devant lui. Ça fait tellement longtemps qu'on n'a pas mangé ensemble ! Tu peux prendre de l'entrecôte premier choix ou de la hampe premier choix, comme tu veux.

Comme je n'ai rien répondu, Kishida a levé la main pour appeler le serveur et a passé la commande sans me demander mon avis.

Le restaurant de barbecue coréen était bondé de familles et de groupes. Des rires nous parvenaient derrière les cloisons.

— J'ai quelque chose à te dire, ai-je commencé en regardant le gril allumé.

— Trinquons d'abord ! a proposé Kishida en le-vant sa bière.

Il a entrechoqué nos verres avant d'en boire un tiers d'un seul trait.

— J'ai quelque chose à te dire, ai-je répété – avec le sourire.

— Quoi ? Une mauvaise nouvelle ? a-t-il répondu en prenant des baguettes dans le présentoir, il m'en a tendu une paire, a versé de la sauce dans ma sou-coupe, s'affairant fiévreusement.

J'ai réalisé qu'il avait peur. Il avait peur d'entendre ce qu'avait à lui dire une jeune femme de dix ans sa cadette. J'ai eu pitié de lui. Les nombreux souvenirs des bons moments passés avec lui me revenaient à l'esprit. Je ne devais pas lui faire peur. Je ne devais pas lui créer d'ennuis, ni le confronter à une situa-tion fâcheuse. Toujours avec le sourire, je lui ai parlé comme si je m'adressais au gril.

— Si j'étais enceinte, tu ferais quoi ?

— Eh ! s'est-il exclamé avant de se figer.

— Je te dis, si. Si j'étais enceinte, tu ferais quoi ?

— Eh bien, tu es étudiante. Et…

— Oui, je suis étudiante, mais pas écolière tout de même ! ai-je dit en plaisantant, mais Kishida ne riait pas – c'était normal. Tu dirais "Garde-le" ou "Avorte" ?

Il a voulu dire quelque chose, puis il s'est tu à l'approche du serveur. Du grand plat posé sur la table, à l'aide de la pince à viande, il a pris des morceaux de langue de bœuf et d'entrecôte qu'il a disposés sur le gril avec un soin étrange.

— Bien sûr que je souhaite le garder, mais si l'on réfléchit concrètement à la situation, actuellement, ce n'est pas possible. Tu ne crois pas ? Il y a ton avenir, et moi j'ai des projets, et le divorce ne se fera pas en quelques jours. Si c'est du présent dont tu parles… a dit Kishida à voix basse.

Un nuage de fumée s'élevait du gril. Des rires aigus de jeunes filles fusaient à proximité et Kishida, la mine grave, s'est tourné vers la cloison.

— Ah bon. Donc ce sera possible plus tard ?

— Bien sûr. Je veux vivre avec toi. Quand tu auras fini tes études, que mon enfant sera un peu plus grand, j'ai l'intention de clarifier la situation. Je te l'ai déjà dit et répété, n'est-ce pas ?

— Oh ! La langue est délicieuse ! Dépêche-toi de manger, ça va brûler !

Sans un mot, Kishida a dirigé ses baguettes vers les morceaux de langue et, après avoir mangé, m'a lancé un regard en dessous.

— Tu es enceinte ?

— Mais non. C'était juste une supposition. Une de mes camarades de classe est ennuyée parce qu'elle a un retard de règles, c'est pour ça. Je vais l'accompagner à l'hôpital. Et j'ai réfléchi à des tas de choses, ai-je dit en retournant les morceaux de viande, en lui lançant des regards furtifs. il était visiblement soulagé.

— Tu m'as fait peur. Pour cette viande-là, c'est meilleur juste un peu saignant.

Kishida a pris des morceaux d'entrecôte qu'il a posés dans mon assiette.

Les plats défilaient. Du kimchi, des feuilles de laitue, des morceaux de hampe, d'entrecôte, des abats. Exactement le même repas que celui que nous avions fait avant les vacances d'été. Il me racontait les potins concernant les professeurs et les employés dont je me souvenais, me relatait de façon comique les excentricités des étudiants et de mon côté je lui ai fait le récit de ce qui se passait à l'université et lui ai décrit quelques clients bizarres que j'avais vus au bar où je travaillais. Comme les jeunes filles de l'autre côté de la cloison, nous avons éclaté de rire. Kishida mettait dans mon assiette tous les morceaux de viande cuits. Nous vidions au fur et à mesure les assiettes que l'on pensait ne jamais pouvoir finir.

— Tu veux du riz ? a demandé Kishida en ouvrant une carte semblable à celle des grands restaurants familiaux.

— J'ai décidé de ne plus te voir, ai-je dit en guise de réponse, sans me départir de mon sourire.

— Quoi ? a-t-il murmuré, montrant une partie de son visage derrière la carte.

— Donc, s'il te plaît, ne me téléphone plus.

— Attends, qu'est-ce qui se passe, tout d'un coup. J'ai dit quelque chose ?

— Je n'ai plus faim, je ne veux pas de riz. Ce soir c'est la dernière fois, donc tu m'invites, ai-je dit avant de me lever.

J'ai entendu "Attends !" et me suis dirigée vers la porte avant de m'apercevoir que j'avais oublié de dire quelque chose, je suis retournée près de lui.

— Merci pour tout. Vraiment, je te remercie.

Je me suis inclinée et suis partie sans le regarder. Je suis sortie du restaurant, ignorant sa voix qui m'appelait et j'ai éteint mon portable tout en me dirigeant vers la gare.

Il avait fêté mon anniversaire. Il m'avait emmenée voir le grand feu d'artifice, à Noël il m'avait aidée à décorer mon appartement et à préparer une petite fête. Au Nouvel An, il avait été le premier à m'envoyer un mail pour me souhaiter la bonne année. Il m'avait emmenée voir les cerisiers en fleur. Il m'avait appris ce qu'était le plaisir de prendre un repas avec quelqu'un. Il m'avait dit qu'il m'aimait. Il ne m'avait jamais posé de questions sur des sujets que je ne voulais pas aborder. Il était resté ignorant de mon passé. Il m'avait tout appris du sentiment amoureux. Il m'avait appris l'attente de celui qu'on aime.

Je pensais être incapable de me séparer de lui. Mais je l'avais fait. Je ne le reverrais sans doute jamais. Je réussirais à surmonter mon envie de le revoir. Car je n'étais plus seule. Je n'étais plus toute seule.

La semaine précédente, j'étais montée dans un train que je n'avais jamais pris, pour descendre dans une gare inconnue, et j'avais marché dans un quartier étranger, j'étais entrée dans le premier cabinet de gynécologie venu. L'infirmière et le médecin avaient tous les deux les cheveux blancs. "Vous êtes enceinte, mademoiselle ! m'avait annoncé en souriant le médecin avec une intonation féminine. Quand le bébé naîtra, la nature sera splendide."

Je pensais avorter. Je me trouvais dans une impasse. Il n'y avait pas de père, je ne pouvais me confier à mes parents, j'étais encore étudiante et n'avais pas vraiment de revenus. Cela causerait des problèmes à Kishida et j'avais donc décidé de lui emprunter de l'argent pour avorter. Mais dès que j'ai su que l'enfant allait naître au début de l'été, en un instant, tout fut balayé. Je me suis dit que quelqu'un était là, qui n'était pas moi. Il fallait que cet enfant, dès qu'il ouvrirait les yeux, puisse voir dans l'instant la nature verdoyante et foisonnante.

Tout en marchant vers cette gare inconnue, je me suis sentie envahie par une étrange impression. Une sensation nouvelle. Maintenant je n'étais plus seule et cela me donnait une confiance formidable. J'avais le sentiment d'être devenue tellement plus forte que pendant l'été où je m'évertuais à oublier Kishida. J'allais pouvoir mettre fin à notre histoire. Lorsque je suis arrivée en vue de la gare, cette conviction m'habitait déjà.

Une fois à bonne distance du restaurant de barbecue coréen, je me suis retournée doucement. Kishida n'était pas parmi les passants et cela m'a soulagée. Au milieu des gens qui rentraient du travail, j'ai dévalé les escaliers qui menaient au quai du métro.

Chigusa a empilé les magazines et les boîtes de CD qui jonchaient le sol et a sorti du sac qu'elle portait toujours une épaisse liasse de prospectus.

— L'accouchement à domicile, c'est impossible, n'est-ce pas ? Il y a aussi l'accouchement de luxe pour les célébrités, ça non plus ça ne va pas. Après, il faut choisir entre accouchement naturel ou accouchement sans douleur. Mais bon, il ne faut pas non plus que la maternité soit trop éloignée. Alors ce qui reste, c'est ici, ou ici, ou dans ce coin, c'est tout, m'a-t-elle dit en classant les prospectus. Là, j'ai regardé sur internet, il paraît que les infirmières sont très strictes. Elles t'obligent à marcher dès le jour de l'accouchement. Mais toi tu es jeune, ça ne posera pas de problème.

Debout entre la cuisine et la pièce de six tatamis, je l'observais en train de changer l'alignement des prospectus pour les classer.

— Je comprends qu'il soit difficile d'en parler à tes parents, mais il va falloir de l'argent, et tout de même, il faudrait leur dire. À partir du moment où tu as décidé de garder l'enfant, ils ne peuvent pas t'obliger à avorter.

Cela m'amusait. Être enceinte semblait une réalité plus évidente pour Chigusa.

— Qu'est-ce que tu as, à sourire bêtement ? m'a-t-elle dit en levant la tête vers moi, les sourcils froncés.

— Des nouilles sautées, ça te va ? On peut faire aussi légumes sautés et riz. Ce sont les mêmes ingrédients, en fait.

— Laisse. Je vais le faire. Tu es enceinte, assieds-toi.

J'ai fini par éclater de rire.

— Chigusa, on dirait que tu es ma belle-mère ou quelque chose de ce genre !

— Jette un coup d'œil à tout ça pendant que je fais la cuisine, m'a-t-elle dit en passant devant moi. – Elle a ouvert le réfrigérateur, a choisi des légumes en les inspectant et m'a demandé avec un air détaché : Si tu as changé de numéro de portable, ça a un rapport avec ta séparation ?

— Oui, ai-je répondu en prenant les prospectus, accroupie.

— Mais, c'est quand même un adulte, il pourrait peut-être t'aider. Pour l'argent ou pour plein d'autres choses.

— Non, il ne m'aidera pas. Il ne viendra plus jamais ici, je pense, ai-je répondu. C'est quelqu'un qui fuit les complications.

J'ai tressailli en voyant l'expression sur le visage de Chigusa qui m'observait derrière les prospectus. Une moitié de chou à la main, elle avait les yeux rivés sur moi.

— Qui fuit les complications… Et tu es tombée amoureuse d'un type pareil ? Ou plutôt, comment as-tu pu tomber amoureuse, sachant qu'il était comme ça ?

J'ai regardé Chigusa en clignant des yeux. Je l'avais dit sans réfléchir, mais je venais de comprendre à l'instant même pourquoi j'avais aimé Kishida. C'était quelqu'un qui fuyait les complications. Comme mes parents.

— C'est le genre d'homme qui plaît, non ? Il est même marié.

— Eh bien, vous êtes cool, mademoiselle ! a dit Chigusa, étonnée, avant de regagner la cuisine.

Aussitôt, j'ai entendu le bruit du couteau sur la planche à découper, sans doute Chigusa n'était-elle pas habituée à cuisiner car le rythme des coups de couteau était si irrégulier que cela m'a inquiétée.

— Dis, tu n'as pas encore de nausées, n'est-ce pas ? m'a-t-elle demandé, toujours de dos.

— Pas encore, lui ai-je répondu.

— En janvier, tu devrais entrer dans une période de stabilité, tu ne crois pas ? a-t-elle ajouté.

Je ne savais pas exactement ce que cela signifiait mais j'ai répondu affirmativement et Chigusa s'est retournée, le couteau à la main.

— Dis, à cette période-là, tu ne voudrais pas partir quelque part ? En voyage, pour enquêter.

— Quoi ? Où veux-tu aller ?

— Eh bien, par exemple, l'endroit où se trouvait Angel Home, ou bien l'île où tu as vécu, tu n'as pas envie d'aller voir ? Les souvenirs te reviendraient peut-être.

— Attention au couteau, c'est dangereux, ai-je dit en laissant tomber les prospectus avant de m'allonger sur le tatami. Impossible. D'abord, je n'ai pas d'argent, et je n'ai rien à aller voir là-bas.

— Ah bon, a répondu Chigusa qui, contrairement à toute attente, renonçait facilement à me convaincre.

Le bruit des coups de couteau maladroits s'est fait entendre à nouveau. J'ai tendu la jambe et entrouvert la fenêtre avec le pied. Comme j'étais allongée, je voyais le ciel. La nuit était claire, illuminée par des lumières, quelque part. Les fils électriques noirs striaient le ciel.

— Dis ! – Tournée vers la fenêtre, j'ai interpellé Chigusa : Dis, pourquoi es-tu si gentille avec moi ?

— Quoi ? a crié Chigusa dans la cuisine.

— Je te demande pourquoi tu es si gentille avec moi ! Parce que je suis ton sujet de reportage ? Tu te sens coupable de dévoiler ma vie dans un livre ?

— Aïe ! C'est chaud ! a-t-elle crié.

Je me suis retournée et j'ai vu une épaisse fumée blanche s'élever de la gazinière. Je me suis précipitée dans la cuisine, la poêle qui chauffait à blanc était envahie de fumée.

— Mais qu'est-ce que tu fabriques ? Tu as fait chauffer la poêle trop tôt ! – J'ai éteint le gaz et mis en route l'aérateur. – Je vais m'en occuper, toi, regarde la télé ! – J'ai pris le couteau des mains de Chigusa et me suis mise à émincer les carottes qu'elle avait coupées en trop gros morceaux.

Chigusa a répondu à ma question après le dîner, au moment où nous lavions la vaisselle.

— Je ne sais pas si je suis gentille avec toi, mais je crois que je veux me sortir de là avec toi. Sortir d'un endroit où on est enfermées pour aller dans un endroit différent, a dit soudainement Chigusa en rinçant les assiettes.

Je n'ai pas compris tout de suite de quoi elle parlait.

— Partir d'où ? ai-je demandé, ayant enfin compris le sens de ses propos.

Elle m'a tendu une assiette humide.

— De l'endroit où l'on est maintenant, a-t-elle répondu laconiquement. En un certain sens, je me sers peut-être de toi. Seule, je serais incapable de le faire, mais avec toi, j'ai l'impression que c'est possible. Pour être franche, c'est une idée que j'ai eue quand je t'ai rencontrée. Je me suis dit qu'avec toi c'était possible, j'allais pouvoir me délester du fardeau que je porte depuis si longtemps. Et plus je te fréquente, plus j'en suis convaincue.

— Hum… ai-je acquiescé, prenant autant que possible l'air détaché, et j'ai continué à essuyer les assiettes qu'elle me passait. – Je comprenais Chigusa et me disais que c'était irréalisable. – Tu penses ce que tu veux, mais moi je ne peux pas partir, et toi, tant que tu seras avec moi, tu ne pourras pas non plus. – J'avais trop d'affection pour elle, j'étais incapable de lui dire le fond de ma pensée.

— Tu sais quoi ? a-t-elle commencé en me tendant la dernière assiette, après avoir fermé le robinet. – Elle semblait se poser la question à elle-même, plutôt qu'à moi. – Il paraît que toutes les femmes d'Angel Home avaient perdu un enfant ou ne pouvaient pas en avoir.

J'ai essuyé la dernière assiette, l'ai rangée et j'ai pris le bocal de café soluble.

— Et alors ? ai-je répliqué.

J'avais appris ces faits dans son livre et dans les coupures de journaux du classeur. Mais cette information m'importait peu. Que les femmes de cette institution soient des femmes stériles ou qu'il s'agisse d'une institution religieuse louche, cela m'était indifférent.

— Et alors ? – Chigusa a eu un faible sourire, le regard fixé sur le bocal de café. – Alors, rien, mais… a-t-elle continué en remplissant d'eau la bouilloire pour la mettre sur le gaz.

J'ai sorti deux mugs et préparé le café. C'étaient les deux mugs assortis que j'utilisais avec Kishida.

En raison de l'enquête lancée sur une mauvaise piste, Kiwako avait pu échapper plus longuement à la vigilance de la police.

Tomiko Nakamura, qui avait hébergé Kiwako durant neuf jours, avait fait l'objet d'une enquête basée sur le témoignage de Kiwako, en tant que témoin concernant la coupable en fuite, mais elle était également soupçonnée d'avoir hébergé une criminelle ; on apprit que Tomiko Nakamura était décédée dans une maison de retraite de la ville de Kawasaki, préfecture de Kanagawa en septembre 1987.

Après avoir quitté la maison de Tomiko Nakamura, Kiwako était montée dans une fourgonnette d'Angel Home où elle était restée deux ans et demi.

Jusqu'en 1987, année où Kiwako avait quitté l'institution, Angel Home, située dans la ville d'Ikoma, préfecture de Nara, était inconnue du grand public.

À la période où Kiwako y résidait, les médias avaient commencé à évoquer des soupçons de détournements de biens, de séquestration de mineurs, mais ce fut l'arrestation de Kiwako qui dévoila vraiment l'existence d'Angel Home.

À l'origine, Angel Home était une église nommée "la Maison des anges" fondée en 1945 par Mitsu Hasegawa, originaire d'Ikoma. Celle-ci, dont les parents étaient agriculteurs, avait déclaré à l'âge de trente-sept ans qu'elle était un ange envoyé par Dieu sur terre. Elle prétendait avoir le rôle d'intermédiaire entre Dieu et les hommes, en tant qu'ange elle était investie de la mission de sauver ceux qui étaient dans l'embarras en leur montrant le droit chemin, et, à partir d'une lecture très personnelle de la Bible, elle avait élaboré une doctrine qu'elle diffusait dans le voisinage. Un an plus tard, elle avait mis en place un lieu d'accueil et d'aide aux femmes, qui devint par la suite une communauté regroupant des femmes ayant perdu mari ou enfants pendant la guerre et se trouvant en situation précaire. "S'entraider, c'est s'abandonner." C'était l'un des principes fondateurs prônés par Mitsu Hasegawa. Le nombre des disciples avait augmenté progressivement dans la région du Kansai, l'un d'eux avait fait don d'un terrain où avaient été construits les bâtiments de l'institution. Cependant, à partir du milieu des années 1950, le nombre des disciples n'avait cessé de diminuer.

En 1948, Mitsu Hasegawa adopta une petite fille qui lui avait été confiée par une disciple. Naomi Hasegawa lui succéda à la tête d'Angel Home.

En 1960, Naomi s'était mariée avec un homme qui avait une fabrique de chaussettes mais avait divorcé l'année suivante pour réintégrer la Maison des anges.

Sa mère mourut en 1962 et, en 1963, Naomi créa Angel Home. Contrairement à sa mère, elle ne prétendait pas être un ange. Elle ne s'adonna pas non plus à des activités de propagande. Elle avait pris uniquement la succession du centre d'aide aux femmes en difficulté.

Dans les locaux de l'ancienne Maison des anges, avec les quelques disciples qui étaient restées, elle menait une vie communautaire en autarcie et en parallèle gérait le centre d'aide aux femmes. On y venait pour divers problèmes, la maladie de proches, la violence domestique, les questions de santé, et Naomi commença à évoquer la malédiction des fœtus morts. Les femmes qui avaient fait des fausses couches ou des avortements y croyaient fermement.

Naomi collecta des dons de ces femmes et se mit à disposer des statuettes d'anges dans le parc de l'ancienne Maison des anges. Il s'agissait de poupées blanches, à la tête lisse, sans visage, de la grandeur d'une statuette de Jizo, divinité des enfants perdus. À cette époque, Naomi mit en place la vente de "l'Eau des anges", expliquant que l'utilisation de cette eau pour nettoyer les statuettes des anges permettait d'obtenir le pardon des enfants qui n'avaient pu naître.

Après 1968, on se mit à raser les montagnes alentour afin de construire une ville nouvelle et alors que la société subissait des bouleversements, Angel Home connut également des changements. On n'évoquait plus la mémoire des enfants morts, mais Naomi commençait à propager un nouveau slogan : se défaire de toute attache pour atteindre la santé parfaite. Les statuettes d'anges qui tenaient le rôle de la divinité Jizo devinrent alors le symbole de l'absence d'attachement, à l'image des anges, et le fait de les purifier permettait d'atteindre au détachement. Naomi avait changé de discours. Les activités des femmes de la communauté changèrent, il ne s'agissait plus uniquement de purification des statuettes et de prières, elles cultivaient des légumes et fabriquaient des produits alimentaires.

Le début des années 1970 vit se développer le succès de l'alimentation naturelle et les affaires d'Angel Home commencèrent à prospérer. Légumes, riz et pain, viande et eau minérale. Naomi et ses disciples cultivaient tout ce qu'il leur était possible de faire pousser sur le terrain d'Angel Home et, pour le reste, avaient des contrats avec des paysans de la région, les produits étaient distribués par vente itinérante ou par correspondance. D'autre part, la particularité de la Maison des anges d'autrefois, qui consistait à venir en aide aux femmes en difficulté, put subsister et se déployer à travers la vente itinérante. À cette époque, les mots tels que "violence domestique", "harcèlement", "infidélité" n'existaient pas. Les lieux où l'on pouvait trouver des solutions à ces problèmes, ceux où l'on pouvait trouver refuge étaient rares. Un nombre non négligeable de femmes venaient se réfugier à Angel Home. Naomi leur expliquait alors qu'en se débarrassant des concepts comme l'identité de genre, l'origine, les biens matériels, l'attachement et même le patronyme, on se libérait des souffrances imposées aux humains.

Au premier abord, Angel Home semblait mettre en pratique le précepte "Frappez et l'on vous ouvrira" ; pourtant, l'institution n'était pas ouverte à n'importe qui. Après un entretien avec une responsable et un examen médical, seules étaient autorisées à devenir membres les femmes qui avaient fait une fausse couche, qui avaient avorté, dont la stérilité était congénitale ou autre, soit qu'elles l'aient reconnu d'elles-mêmes ou que cela ait été prouvé par des examens. Très peu étaient au courant de cette pratique, seules quelques femmes de la direction et celles qui vivaient là depuis longtemps savaient.

Pour quelle raison Naomi tenait-elle à cette condition ? Elle avait toujours nié qu'un avortement ou la stérilité fussent les conditions pour devenir membre, la vérité n'a donc jamais été établie. Peut-être tenait-elle à ce que les membres d'Angel Home aient des souffrances communes, ou bien, avait-elle souffert elle-même de ce genre de problème, puisqu'elle avait divorcé après un an de mariage. Ironie du sort, c'est donc là que Kiwako se réfugia, ignorant tout de ce contexte.

Lorsque Kiwako était arrivée dans les années 1980, outre ses activités de vente de produits alimentaires naturels, l'institution s'était engagée dans le développement personnel. Lorsque Kiwako entra officiellement à Angel Home, on lui fit signer un contrat par lequel elle donnait tous ses biens, un système qui venait alors d'être mis en place. Au début des années 1980, il y avait eu un litige autour de la restitution de biens, et l'on pense que ce système avait été mis en vigueur dans la hâte.

En 1987, Angel Home accueillit une mineure parmi ses membres. Les parents de la jeune fille clamèrent que leur fille avait été séquestrée. S'étant rapprochés de la femme, anciennement membre d'Angel Home, qui demandait la restitution de ses biens, ils avaient alerté les médias ; Angel Home accepta alors la visite d'avocats et de représentants des administrations, puis de se soumettre à une enquête de police.

Cela s'était déroulé après la fuite de Kiwako. Hormis le fait que des enfants en âge scolaire vivaient à Angel Home sans être scolarisés, l'institution ne tombait pas sous le coup de la loi et l'affaire ne semblait pas aussi grave que le scandale médiatique l'avait laissé entendre. Deux ans après l'arrestation de Kiwako, le nom d'Angel Home émergea à nouveau en tant que lieu où elle avait trouvé refuge. Les responsables, Naomi Hasegawa, Mariko Sasaki, Harue Nagatsuka et quelques autres membres du comité de direction furent entendues par la police, soupçonnées d'avoir aidé Kiwako à se cacher en toute connaissance de cause.

Angel Home était un endroit totalement coupé du monde, sans télévision, sans radio, sans journaux ni magazines, aucune information n'y pénétrait. Pourtant, on disait que Naomi, pendant que les candidates étaient en stage, enquêtait sur chacune d'elles, et il était très probable que les membres chargées de la vente itinérante et celles qui travaillaient à l'extérieur aient été au courant des actes de Kiwako dès son arrivée. Pourtant, au cours des interrogatoires, seule Naomi reconnut avoir su la véritable identité de Kiwako. Elle affirma avoir su qu'elle était coupable d'enlèvement dès qu'elle était devenue membre, mais avait expliqué que cela n'était pas une raison suffisante pour ne pas l'accepter.

La pratique qui consistait à donner un nom biblique à chaque disciple datait de l'époque de la Maison des anges. Mitsu avait donné le nom de Naomi à la fille d'une disciple avant de l'adopter et Naomi avait gardé cette pratique au sein d'Angel Home. Elle attribuait également des prénoms masculins, sans doute parce qu'elle aussi niait l'identité de genre. Le prénom attribué à Kiwako était "Ruth". Naomi et Ruth. Cela évoquait le Livre de Ruth dans l'Ancien Testament. Naomi, qui avait perdu son mari et ses fils, Ruth qui avait perdu son mari, fils de Naomi, et qui resta avec celle-ci, sa belle-mère, avec laquelle elle n'avait aucun lien de sang.

Naomi prétendait ne pas attribuer les noms de la Bible en raison de similitudes entre les disciples et le caractère ou les actes des personnages dont elle leur donnait le nom. Elle veillait simplement à ne pas donner le même nom deux fois. Si elle avait accueilli Kiwako malgré ce qu'elle savait, il était fort probable qu'elle en attendait quelque chose, sous une forme ou une autre. L'importance du montant des avoirs de Kiwako entrait sans doute en ligne de compte. Contrairement au principe fondamental selon lequel on abandonnait son nom et son parcours scolaire, le système d'Angel Home accordait cependant de l'importance à l'éducation et au parcours professionnel des candidates dans le monde extérieur, il était donc probable que Kiwako ait retenu l'attention de Naomi. Elle avait peut-être aussi réalisé que la jeune femme, qui se trouvait dans l'incapacité de quitter Angel Home, lui serait un jour d'une quelconque utilité.

Naomi Hasegawa fut la seule à avouer qu'elle avait hébergé la coupable et, de ce fait, fut condamnée à huit mois de prison avec deux ans de sursis.

— Maman demande si tu viendras à la fin de l'année, m'a dit Marina.

À l'autre bout du fil, le silence régnait. Sans doute Marina téléphonait-elle de sa chambre.

— Non, je ne pense pas.

J'étais allongée, l'édredon de la table chauffante me recouvrant jusqu'au cou, j'ai répondu en me caressant le ventre. J'entrais dans ma seizième semaine mais si je portais un sweat-shirt un peu ample, on ne remarquait pas mon ventre rond. Mais il était impossible que cela ne se sache pas un jour. Il m'était insupportable de rentrer chez mes parents.

— Tu pourrais venir de temps en temps, non ? S'il n'y a que ça, c'est moi qui préparerai la soupe de mochi du Nouvel An. Et tu pourras avoir des étrennes, je pense.

— Alors, dis-leur de m'envoyer de l'argent liquide sous enveloppe recommandée, ai-je dit en riant – Marina a eu aussi un petit rire.

— Il n'y a rien à faire, avec ces deux-là. C'est ce que tu dois te dire, a-t-elle ajouté, sur un ton soudain sérieux.

— Je le sais depuis toujours, tu sais.

— Oui, bien sûr, a répondu Marina en riant doucement. Tu n'es pas très loin, viens quand tu veux, a-t-elle conclu avant de raccrocher.

J'ai fait un effort pour me redresser et j'ai ouvert le livret bancaire resté sur la table. J'avais beau l'examiner, le solde n'avait pas évolué.

Alors que tout s'était bien passé jusqu'à la huitième semaine, je suis devenue hypersensible aux odeurs dès le début de la neuvième. Si bien que j'ai été contrainte d'arrêter mon travail. Chigusa m'a trouvé des corrections de cours par correspondance pour collégiens et j'avais commencé depuis un mois, mais le salaire n'était que de cent mille yens par mois. Alors que je savais qu'il était temps de réfléchir sérieusement à l'avenir, depuis que les vacances d'hiver avaient débuté à l'université, j'étais restée cloîtrée chez moi. Je passais mes journées enfouie sous l'édredon de la table chauffante d'occasion que Chigusa m'avait apportée dans sa voiture.

Dans la pièce silencieuse, je me remémorais l'époque où j'étais devenue collégienne. À l'entrée au collège, mes camarades de classe ne m'évitaient plus ostensiblement. Certains m'adressaient même la parole. Je ne prenais plus mon déjeuner toute seule. Pourtant, tout restait silencieux autour de moi. Le même silence qu'à l'école primaire.

Lorsque je suis entrée au collège, ma mère était presque quotidiennement absente. Alors qu'avant elle rentrait après son travail, sans doute allait-elle s'amuser sans repasser par la maison, car elle ne rentrait plus. Ces jours-là, elle laissait un billet de mille yens sur la table. Et nous allions au supermarché Marina et moi, acheter un ou deux plats cuisinés, comme notre mère en somme, avant de rentrer à la maison où je préparais le riz et nous dînions toutes les deux. Mon père, lui, rentrait à huit heures, au plus tard à neuf. Il mangeait du riz, accompagné de ce que nous avions laissé des plats cuisinés, puis il restait à table, à boire du saké.

Il m'était arrivé de me plaindre à mes parents. J'étais intégrée à la famille Akiyama au point d'être en mesure de me plaindre. C'est ce que je croyais.

J'étais lasse de devoir assumer les tâches domestiques. La préparation des repas, la lessive et le repassage. Comme je devais tout faire, je n'avais pas le temps de retrouver mes camarades après les cours, j'avais à peine le temps de faire mes devoirs, dans les autres familles, c'était la mère qui se chargeait de toutes ces tâches. C'est ce que je leur avais dit. "Les autres sont les autres. D'ailleurs qu'est-ce que tu en sais, de ce qui se passe chez les autres, hein ?" Ce fut la réponse de mon père, quant à ma mère elle prétendait ne plus supporter de rester à la maison. Leurs réponses franches me ramenaient au passé. Me rappelant que "l'affaire" était loin d'être terminée.

C'est à cette période-là que j'ai commencé à fréquenter la bibliothèque. J'y allais avec Marina après les cours ou seule le dimanche, je cherchais les ouvrages traitant de "l'affaire" et me plongeais dans leur lecture. Je pensais que s'il ne m'était pas donné d'échapper au passé, je devais au moins le connaître.

En troisième année au collège, j'avais appris à reconnaître mes parents derrière les personnages de récits non fictionnels. C'est ainsi que pour la première fois, j'ai compris qui ils étaient vraiment. De manière fulgurante, j'ai soudain compris les raisons de leur comportement, celui de ma mère constamment absente, celui de mon père, immobile comme un objet, qui passait son temps à boire.

La femme qui m'avait enlevée était une sotte mais je trouvais que mes parents n'avaient rien à lui envier. Ils n'étaient pas faits pour devenir parents. Non seulement mon père, mais aussi ma mère avaient été infidèles. Je crois que notre famille aurait été dans la même situation, même si "l'affaire" n'avait pas eu lieu. Ma mère serait sortie tous les soirs et mon père aurait continué à boire sans être capable de lui faire des reproches. Sans doute ne serions-nous jamais devenus une "vraie famille" comme les autres. Ce raisonnement me rendait la vie plus facile. Je pouvais me dire que je n'étais pas responsable de la maison sens dessus dessous, de l'indifférence de mon père et des sorties nocturnes de ma mère. Cette situation n'était pas due à mon retour au foyer.

Ensuite, je n'ai eu qu'une seule pensée en tête. Personne d'autre que moi ne pouvait m'emmener dans un endroit dénué de tout lien avec "l'affaire". Pour échapper à l'atmosphère lourde de cette maison pleine de tabous, semblable à un champ de mines, aux souvenirs amers, au silence de mon père et à l'instabilité de ma mère, la seule solution était que je m'extraie moi-même de cet endroit.

Marina est entrée au lycée et nous avons encore déménagé. À Tachikawa. Dans un immeuble un peu plus coquet que celui de Kawasaki. Ma mère s'était peu à peu apaisée et sortait rarement le soir. Elle continuait à servir des plats cuisinés mais elle repassait maladroitement mon uniforme et préparait mon bento avec divers aliments surgelés, c'est pourtant à cette période-là que j'ai commencé à me tenir à distance de la maison. J'avais un job dans un bar karaoké jusqu'à huit heures du soir et je préparais mes concours dans des restaurants familiaux ou des cafés mangas. Je rentrais vers minuit et ma mère m'attendait. Elle jouait brusquement les bonnes mères de famille et cela m'agaçait, je l'ignorais quand elle m'adressait la parole et allais directement dans ma chambre.

J'ai réussi mon concours d'entrée à l'université et j'ai commencé à vivre seule, malgré l'opposition de mes parents, cela a été une délivrance. Ainsi que je l'avais tant souhaité, j'ai cru m'être sortie de là grâce à ma seule force. Plus personne autour de moi ne me reliait à "l'affaire" survenue plus de dix ans auparavant, mes parents ne pouvaient plus, par leurs propos irréfléchis, me ramener dans le passé.

Mon ventre a tressailli légèrement et j'ai ouvert les yeux. J'avais la sensation que la paroi interne de mon abdomen était parcourue de légers spasmes. Il a bougé, ai-je crié malgré moi. Retenant mon souffle, j'ai observé mon ventre.

J'étais la seule à pouvoir me sortir d'ici : cette idée me revenait à l'esprit.

Si je voulais aller quelque part, personne ne m'y emmènerait, c'était à moi d'en prendre l'initiative.

J'ai cherché mon téléphone portable. Je l'ai trouvé sur la table chauffante et j'ai appelé Chigusa.

Finalement je veux bien faire ce voyage avec toi. Je répétais ce que je devais dire. Si je partais en sa compagnie avec l'argent qui me restait, j'allais peut-être me souvenir uniquement de choses désagréables. Ce que j'apprendrais serait peut-être douloureux. Mais en rentrant de ce voyage, peut-être serais-je capable d'agir, de prendre des décisions concrètes pour l'avenir. Ces pensées me traversaient l'esprit tandis que j'écoutais la sonnerie du téléphone comme si ma vie en dépendait.

J'ai failli vomir tant j'étais oppressée. J'avais eu l'impression que c'était pire qu'au moment de mes nausées. J'allais leur parler de l'enfant que je portais et j'ai enfilé un sweat-shirt beaucoup trop grand. En vérifiant face au miroir que ma grossesse ne se voyait pas trop. En sortant de chez moi, je ne savais déjà plus pourquoi j'allais voir mes parents à Tachikawa.

Le deuxième jour du Nouvel An, le train était vide. Dans l'autobus que j'ai pris à la gare de Tachikawa, les seuls passagers étaient deux jeunes filles en kimono de fête.

Je n'avais vécu que deux ans dans l'appartement de Tachikawa et j'y avais passé peu de temps, je ne m'y sentais donc pas vraiment chez moi. Il n'y avait pas d'ascenseur, j'ai gravi l'escalier jusqu'au troisième étage et lorsque j'ai sorti la main de ma poche pour appuyer sur le bouton de l'interphone, mes doigts tremblaient. J'ai trouvé que j'étais plutôt timorée. Je craignais malgré tout la colère de mes parents pour qui j'avais si peu de considération.

Marina a ouvert la porte. C'était le Nouvel An, mais elle portait son habituel survêtement.

— Ah ! a-t-elle fait avec un large sourire et elle a crié vers le fond de l'appartement : C'est Erina !

Je suis entrée et lorsque j'ai refermé la porte derrière moi, une chaleur humide m'a aussitôt enveloppée. Des cartons et des journaux étaient entassés pêle-mêle dans l'entrée et le couloir. Le souvenir des appartements de Hachioji et Kawasaki, de l'atmosphère de ces endroits où nous avions emménagé successivement m'est revenu avec nostalgie. Petits nids débordant d'objets, poussiéreux et bruyants. En suivant Marina dans le couloir, je me suis dit que la nostalgie n'était pas seulement faite de sensations douces et agréables. Cela incluait également la douleur et les souffrances.

Mon père allongé par terre regardait la télévision. Un verre de bière était posé devant lui. Ma mère s'affairait à la cuisine.

— Salut ! a fait mon père, avec un mouvement des yeux.

— Tu pourrais au moins téléphoner quand tu viens ! a dit ma mère en sortant de la cuisine, elle m'a détaillée des pieds à la tête.

J'ai tressailli. J'étais venue pour me confier mais je tressaillais. Tu es enceinte ? Si ma mère m'avait posé la question, tout aurait été plus facile, me suis-je dit, mais elle a tourné les talons pour aller à la cuisine.

— Si tu as faim, il y a du riz au curry, m'a-t-elle proposé.

J'ai eu la sensation qu'elle faisait semblant de n'avoir rien vu et cela m'agaçait.

Marina m'a donné un coup de coude. Je me suis tournée vers elle, elle souriait. "C'est moi qui l'ai fait, ne t'inquiète pas", a-t-elle chuchoté. Notre mère, piètre cuisinière, n'était même pas capable de faire un curry correctement. Alors qu'il lui aurait suffi d'utiliser une sauce du commerce, son curry était souvent trop liquide, les légumes mal cuits.

Je contemplais la cuisine toujours aussi en désordre : sacs en plastique de la supérette, bouteilles de saké, canettes de bière à moitié aplaties, sac de pommes de terre et poêle traînant sur le sol.

— Comment ça va, la fac ? a demandé mon père, les yeux rivés à la télévision, sans paraître vraiment intéressé.

J'ai repris lentement ma respiration avant de commencer à parler.

— Eh bien, je suis enceinte. De cinq mois. Je vais garder l'enfant.

Une chape de silence s'est abattue sur le vacarme de la pièce. Le son de la télévision, le désordre de l'appartement subsistaient, mais je sentais que mes parents et Marina retenaient leur souffle.

— Donc, je suis venue vous emprunter de l'argent. C'est promis, je vous le rendrai. S'il vous plaît, prêtez-moi ce que vous pouvez.

Tout le monde se taisait. Chacun, de l'endroit où il se trouvait, me regardait comme s'il découvrait quelque chose d'indécent. Je suis entrée dans le salon, traînant derrière moi le poids de leur regard et me suis assise sur le canapé après avoir repoussé les journaux, les serviettes et les hebdomadaires qui l'encombraient. Le silence pesait sur le vacarme de la pièce. Le regard gêné de mes parents et de Marina ne me quittait pas et, en un instant, le temps s'est rembobiné. Ce qui ne devait être qu'un vague souvenir m'est revenu à la mémoire très nettement. Lorsque je les avais vus pour la première fois. C'était cela, ma mère me regardait maintenant comme lorsqu'elle avait vu cette enfant inconnue faire pipi dans sa culotte. J'étais seule. Je venais de le comprendre, brusquement. J'étais vraiment seule. Je l'avais toujours été. J'ai eu envie de réduire ce silence envahissant, ce vacarme vain. Une envie si impérieuse que l'extrémité de mes doigts en était engourdie. Je me suis soumise docilement à cette impulsion.

— Vous voulez savoir qui est le père ? Le père, il est comme toi, papa. C'est un homme qui ne veut pas devenir père. Mais je garde l'enfant. J'accoucherai seule pour ne pas avoir à kidnapper l'enfant d'une autre. On va vivre tous les deux. Maintenant, on sera tous les deux.

Je me suis interrompue, plaquant les deux mains sur ma bouche. Pour ne pas hurler. Pourquoi, pourquoi, pourquoi moi ? Dites-le. Pourquoi moi ? Je me suis mordu violemment la langue pour ne pas hurler ce que j'avais au fond de la gorge.

De la cuisine, le bruit d'un choc violent nous est parvenu. Le cri que je venais de réprimer, je l'entendais à l'extérieur de mon corps. J'ai levé la tête et j'ai vu ma mère foncer sur moi. Le curry collé à la louche qu'elle brandissait s'éparpillait dans la pièce.

Ma mère a jeté la louche sur le sol, lancé la manique dans ma direction, puis, en poussant des cris étranges, s'est affaissée à mes pieds, me frappant les jambes de ses poings. Elle m'a frappé les genoux, le visage, les bras, toutes les parties de mon corps, sauf le ventre.

— Mais pourquoi ? Pourquoi ça finit toujours comme ça ? Pourquoi fais-tu cela ? Tu veux aussi me faire du mal, c'est ça ? – Telle une mécanique déréglée, le visage grimaçant de ma mère s'inondait d'un flot incessant de larmes ; elle me frappait de ses poings exsangues tant elle les serrait fort en criant d'une voix plaintive. – Pourquoi ? Pourquoi fais-tu des choses pareilles ? Pourquoi n'as-tu pas un comportement normal ? Pourquoi ?

Et elle s'est affaissée sur le sol, secouée de sanglots. Mon père s'est redressé, l'a regardée, les yeux écarquillés. L'expression de sidération sur son visage m'a fait penser, je ne sais pourquoi, au vide d'une caverne. Marina se tenait là, les yeux baissés.

Il ne s'agit pas d'amour ni de haine. Ma mère est ma mère.

J'ai entendu la phrase de Chigusa se déverser doucement près de mon oreille, entre les lambeaux de silence et de vacarme.

Oui, bien sûr.

À la vue de ma mère en pleurs, de mon père immobile et de ma petite sœur qui baissait la tête, cette pensée m'a traversé l'esprit, j'étais calme. Oui, bien sûr. Pourquoi moi ? Je n'étais pas la seule à avoir passé ma vie à me poser cette question. Je m'étais toujours demandé pourquoi j'avais été au cœur de "l'affaire". Mais ce n'était pas la vraie question. Pourquoi étais-je moi ? Pourquoi avaient-ils dû recueillir ce "moi" ? Mes parents et ma sœur devaient se le demander depuis toujours. Pourquoi devenir père ? Pourquoi devenir mère ? Pourquoi détourner le regard de cette enfant réapparue ? Pourquoi exhiber son instabilité devant cette enfant ? Pourquoi tourner le dos ? Pourquoi prendre toujours la fuite ? Pourquoi se retrouver soudain avec une sœur aînée ? Pourquoi être née dans cette famille ? Pourquoi être incapable d'avoir un autre comportement ? Un père qui n'en était pas un, une mère qui n'était pas maternelle, une petite sœur toujours sur le qui-vive et moi qui me protégeais en haïssant tout le monde. Nous étions convaincus *que cela n'aurait jamais dû se passer ainsi.* Nous étions empêtrés dans cette situation, et ne pouvions faire un seul pas en avant. Je venais de comprendre. Il ne s'agissait pas d'amour ni de haine. C'était irrémédiable, nous formions une famille.

— Désolée, me suis-je entendue dire d'une voix éraillée. Je suis désolée, mais je veux garder l'enfant.

J'avais mal à la langue de l'avoir trop mordue. J'ai regardé la louche sur le sol sali. L'odeur épicée du curry m'est arrivée brusquement au nez.

De la gare de Toriimae, nous avons pris le funiculaire de la ligne Ikoma et, au terminus, nous sommes montées dans un taxi. Nous aurions pu écourter le voyage d'environ une heure si nous avions pris l'avion jusqu'à l'aéroport d'Itami mais Chigusa avait insisté pour que nous prenions le Shinkansen jusqu'à Kyoto, prétextant que l'avion n'était pas recommandé. Il était presque trois heures de l'après-midi. En se pressant un peu, nous pouvions arriver à l'île de Shodo dans la journée mais Chigusa semblait vouloir m'épargner. Sans doute allions-nous passer une nuit à Kyoto ou à Nara. C'est ce que je me disais en contemplant le paysage qui défilait par la vitre du taxi.

Depuis que nous nous étions retrouvées à la gare de Tokyo, Chigusa était dans un état d'extrême excitation, feuilletant les pages de son guide, se demandant ce que nous allions manger et dans quel restaurant, avant de déclarer soudain qu'elle avait soif, comme une enfant, et après notre correspondance à Kyoto, elle n'en finissait pas de s'exclamer comme si elle sortait de sa campagne. "C'est un tout petit train ! C'est vrai qu'ils ont tous l'accent du Kansai, ici !" Mais dès que nous sommes montées dans le taxi, elle s'est murée dans le silence, en se rongeant les ongles.

— Chigusa, tu es retournée à Angel Home, récemment ? ai-je questionné, presque oppressée par l'ambiance.

— Oui. Quand j'écrivais le livre, pour enquêter. Mais on ne m'a pas reçue. D'après ce qu'on dit, Sarah et Saku-san seraient encore là. Elles n'ont sans doute pas d'autre endroit où aller, je suppose.

Je trouvais étrange qu'elle soit angoissée si elle y était passée récemment. Angel Home avait certainement une signification différente pour chacune de nous, entre moi qui ne me souvenais de rien et Chigusa dont les souvenirs d'enfance demeuraient encore vivaces. Les noms de Sarah et Saku ne m'évoquaient absolument rien.

— Je me demande ce que pensent les membres d'Angel Home au sujet de Kiwako. La responsable n'a été condamnée qu'à une peine de prison avec sursis, mais elle a été reconnue coupable, n'est-ce pas ? ai-je dit, exprimant ainsi une question qui me taraudait depuis longtemps.

— Grâce à "l'affaire", Mme Angel a été encore plus estimée par les membres. Elle avait pourtant été très critiquée par les médias, mais les propos qu'elle avait tenus durant le procès, disant qu'elle ne pouvait chasser quelqu'un venu demander de l'aide, avaient marqué les esprits, et il est vrai qu'à l'époque les candidatures pour devenir membre avaient afflué de tout le pays.

C'est à se demander si elle n'avait pas calculé tout cela dès le début.

Depuis que nous avions commencé à parler d'Angel Home, le chauffeur nous jetait des regards furtifs dans le rétroviseur. Je m'attendais à ce qu'il nous pose des questions, mais il n'a rien demandé.

— Je te le répète, nous n'avons pas besoin d'entrer. Il suffit de faire un tour à l'extérieur.

— Je sais, a répondu Chigusa brutalement avant de se tourner vers la fenêtre en se rongeant les ongles.

D'après Chigusa, Angel Home vendait toujours des produits d'alimentation naturelle, et on y donnait également des cours de yoga et d'aromathérapie pour les femmes. Le principe des donations de biens avait été supprimé, faisant place à un système de caution à payer à l'entrée dans l'institution, quant à la prétendue religion autour de la divinité des enfants perdus et le développement personnel, toutes les activités avaient disparu. Chigusa disait que la particularité de cette communauté était la vitesse à laquelle elle se métamorphosait. Quand le culte de la divinité des enfants perdus était devenu hasardeux, Angel Home était passée à l'alimentation naturelle, lorsque dans les années 1990 il y avait eu un mouvement de répression contre les nouvelles religions, l'institution s'était tournée vers le bien-être, ne cessant d'évoluer habilement au fil des tendances en vogue. Tout semblait avoir un sens, mais ce n'était que du vide. Je me suis alors souvenue des propos de Kiwako, lus par hasard dans un hebdomadaire. "Elle m'avait traitée de coquille vide."

Chigusa s'est penchée en avant, regardant droit devant elle. J'ai suivi son regard. Au bout de la route de montagne, une haie blanche est soudain apparue.

On pouvait voir qu'elle était vétuste. Au-delà de la haie, on apercevait un bâtiment carré. Un bâtiment froid comme un hôpital. Le taxi a tourné à gauche et s'est arrêté devant un portail métallique.

— Vous voulez que je vous attende ? a demandé le chauffeur.

— Non, merci, ai-je répondu.

Pendant que Chigusa réglait la course, je me suis approchée du portail à barreaux de fer. À chaque pas, mon cœur battait plus fort. Derrière le portail s'étendait une grande pelouse soigneusement entretenue et le bâtiment sans artifices n'en semblait que plus imposant. Les fenêtres reflétaient le ciel bleu. L'endroit semblait désert et pourtant je me sentais observée, je me suis arrêtée à quelques mètres du portail.

— Alors ? Ça te rappelle quelque chose ? entendis-je derrière moi.

Sans me retourner, j'ai embrassé du regard tout ce qu'il m'était donné de voir du terrain. Et alors que je faisais face au bâtiment, j'ai compris que ce que je voyais était le paysage vu d'une des fenêtres.

J'étais à l'extérieur, mais ma mémoire redessinait le paysage vu des fenêtres. L'étendue du ciel, les arbres en hiver, dont les branches semblaient toucher les nuages, la pelouse scintillante et les statuettes blanches, la crête des montagnes dans la brume, les contours vagues des maisons en contrebas…

— Non, ça ne me dit absolument rien, ai-je murmuré.

Mais des sensations oubliées émergeaient du passé. La vaste salle de bains tout embuée, une silhouette qui s'éloignait en se retournant plusieurs fois, les rires réprimés sous la couette, les chocs de la vaisselle en plastique. Les sensations seules réapparaissaient et j'étais incapable de me souvenir des pensées qui me traversaient à ces moments-là, de ce qui me faisait rire ou pleurer. Je n'arrivais pas à me remémorer ma propre image dans ma petite enfance. De la même manière qu'il m'était impossible de me souvenir de mon propre visage dès que je m'éloignais du miroir.

— Tu sais, quand j'ai écrit mon livre, je me suis toujours demandé pourquoi Mme Angel avait accepté Kiwako. Pourquoi avait-elle introduit une femme aussi suspecte, accompagnée d'une enfant qui n'était pas la sienne ? On avait évoqué le fait qu'elle avait de l'argent, un bon diplôme et un bon parcours professionnel, mais je pense qu'il y avait autre chose.

— Quoi, à ton avis ?

— Ce n'est qu'une supposition... Au moment où Kiwako est arrivée, je pense qu'Angel Home était sur le point de devenir une véritable institution à vocation religieuse. Cela correspondait à une période de transition où l'on voulait passer à une autre dimension, tant au point de vue économique qu'au niveau de l'organisation et même de la renommée, et plus seulement une institution centrée sur la vente de produits naturels.

— Tu veux dire qu'ils voulaient augmenter l'effectif des membres ?

— Non, je pense que ce n'est pas Kiwako qu'ils voulaient, mais toi, en fait.

— Quoi ?

— D'après mes recherches, Angel Home a commencé à accepter les enfants juste avant les années 1980. J'ai été parmi les premiers à y entrer. À cette époque, s'ouvrant au conseil aux femmes en difficulté, ils ont commencé à s'engager dans l'aide financière aux mères célibataires, pour l'accouchement, pour l'éducation des enfants. Il n'y avait aucune publicité, les femmes chargées de la vente itinérante en parlaient aux ménagères qui venaient faire leurs achats, tout s'est transmis par le bouche à oreille. Les femmes célibataires enceintes, celles qui avaient des enfants et avaient des difficultés, ainsi mises au courant, se tournaient vers Angel Home. On payait leurs frais d'accouchement, on les autorisait à vivre dans l'institution, on les aidait financièrement pour l'éducation des enfants. Mais depuis l'époque de la Maison des anges, c'était une communauté uniquement de femmes, n'est-ce pas ? Il y avait une évidente réticence à accueillir des hommes. Les mères qui avaient déjà un garçon ou celles qui avaient donné naissance à un garçon étaient obligées de venir travailler de l'extérieur. Tu ne t'en souviens sûrement pas, mais tous les garçons qui fréquentaient l'École venaient de l'extérieur. Les enfants des membres n'étaient que des filles.

J'écoutais Chigusa en contemplant la pelouse soigneusement tondue qui s'étendait sous les rayons du soleil. Je ne comprenais pas tout ce qu'elle disait. Mais au fait, n'y avait-il pas eu des statuettes blanches alignées dans le parc ? On ne les voyait pas, je me suis demandé où elles avaient disparu.

— J'ai fait des recherches, en me basant sur les souvenirs de ma mère ou des gens rencontrés au cours de mon enquête, et j'ai finalement trouvé quelqu'un. Une femme dont l'accouchement avait été financé pour moitié par Angel Home. Elle a refusé de me dire pourquoi elle s'était adressée à l'institution, mais elle a bien voulu me dire comment cela s'était passé. On ne pouvait pas accoucher où l'on voulait, il fallait que ce soit un hôpital agréé par Angel Home. On lui avait fait signer un contrat dans son dernier mois de grossesse. Il y était stipulé le montant des frais d'accouchement, le montant de la part de subvention d'Angel Home et le fait qu'il n'y avait pas obligation de remboursement, et en bas du contrat, en petits caractères, on trouvait un court paragraphe.

Chigusa, le regard tourné vers le parc derrière le portail, continuait à parler, avec une sorte de fièvre. Que regardait-elle ?

— Le contenu du paragraphe précisait qu'il fallait confier l'éducation de l'enfant qui allait naître à Angel Home. Lorsque la femme en demandait la raison, on lui donnait une réponse parfaite. Certains membres mettaient leurs enfants dans des maternelles ou des écoles primaires privées et demandaient à Angel Home de prendre en charge les frais de scolarité, c'était la raison pour laquelle cet article avait été ajouté au contrat, afin que de tels cas ne se reproduisent pas. On lui disait aussi qu'Angel Home prodiguait des cours qui rassemblaient tous les enfants, que c'était une occasion de leur apprendre l'importance de la vie en communauté, qu'il était souhaitable que l'enfant assiste aux cours plusieurs fois par semaine. Les femmes en fin de grossesse et sans argent n'avaient d'autre solution et signaient le contrat sans se soucier du dernier paragraphe. Est-ce que tu comprends ce que cela veut dire ?

J'ai secoué la tête.

— L'institution voulait créer sa propre race d'enfants. Elle n'acceptait pas les femmes qui n'avaient jamais avorté ou celles qui avaient encore la possibilité d'être enceinte. C'est pourquoi les femmes qui avaient accouché avec une aide financière d'Angel Home et les mères célibataires avec leur enfant devaient aller travailler à l'extérieur. L'institution ne voulait pas les mères, mais les enfants. Pendant que les mères étaient au travail, les enfants étaient à l'École. Quand les enfants atteignaient l'âge de raison, on les séparait de leur mère et ils dormaient à Angel Home, ils appelaient ça des camps d'entraînement. On y apprenait qu'il n'y avait pas de genre, ni fille ni garçon. Le nombre d'enfants nés dans l'institution et immergés dans leurs préceptes avait augmenté peu à peu. L'institution avait des projets à long terme, ce qui était rare. En fait, Mme Angel, à cette époque, voulait des enfants à tout prix. Et plus ils étaient petits, mieux c'était.

— Ce qui veut dire qu'on voulait me récupérer moi aussi, quand j'étais bébé ?

— C'est ce que je pense, mais ce n'est qu'une supposition. De plus, on tablait sur le fait que Kiwako ne pouvait pas s'échapper d'Angel Home, en conséquence, toi, sa fille, tu étais conforme pratiquement à cent pour cent à leur projet. Tu aurais appris à parler là-bas, tu aurais grandi là-bas, tu y serais devenue adulte, sans rien connaître du monde extérieur, tu serais devenue une enfant pure race de Mme Angel.

— J'aurais peut-être pris la succession de Naomi, alors ?

Je n'avais pu m'empêcher de tourner cette histoire déplaisante en dérision, mais Chigusa n'a pas ri.

— Oui, sûrement, a-t-elle murmuré avec sérieux, tournée vers le bâtiment.

— Mais faire grandir un enfant au sein d'Angel Home, c'était contraire au principe selon lequel les membres devaient être des femmes qui avaient déjà avorté ou qui étaient stériles, non ?

— Oui, mais les filles élevées à Angel Home ne connaissaient pas les hommes. Elles arrivaient vierges à l'âge adulte.

À ces mots, j'eus froid dans le dos. Je me souvenais de ce qu'elle m'avait confié, qu'elle n'avait jamais eu de relation amoureuse. J'ai détourné le regard pour contempler les barreaux du portail qui se dressait devant nous.

— Je me demande s'il y a des petites filles qui ont été élevées comme ça. Des enfants dont l'éducation aurait été fondée sur les calculs de Mme Angel et qui seraient encore là.

— Je ne pense pas. Si mes supputations sont exactes, tous ces projets à long terme ont échoué. Les parents qui pensaient qu'on leur avait pris leurs enfants se sont rebellés, les autorités administratives et la police sont entrées dans Angel Home. Les enfants ont dû fréquenter les écoles publiques du voisinage et se sont retrouvés en contact avec le monde extérieur. Ensuite Kiwako a été arrêtée et Angel Home s'est encore retrouvée sous le feu des projecteurs. Je pense que tout ce qui semblait problématique, comme les contrats, tout cela a été aussitôt étouffé par Angel Home. Avec l'affaire du gaz sarin en 1995, tout ce qui était religion a été apparenté à un mouvement sectaire et toute secte était dangereuse, c'est le schéma qui s'est répandu, Mme Angel a dû changer rapidement de stratégie à ce moment-là, c'est l'analyse que je fais de la situation. Je ne l'ai pas évoqué dans mon livre. J'ai eu le sentiment que je ne devais pas le faire. Pas pour épargner l'institution mais quand j'ai pensé à toutes ces femmes qui avaient accouché là-bas, à leurs enfants qui vivaient sans doute encore quelque part, je n'ai pas pu écrire.

Chigusa a ri dans un soupir, la tête baissée. J'ai fait un pas vers le portail et j'ai regardé une à une les fenêtres où se reflétait le soleil. Les nuages défilaient sur les vitres.

— Si tes suppositions sont exactes et si Kiwako n'avait pas pris la fuite, je vivrais sans doute encore ici, alors, ai-je murmuré, tandis que des scènes oubliées, comme de petites lueurs vacillantes, venaient titiller mes cinq sens. Et même si ça avait été le cas, j'aurais eu la même vie que maintenant. Manger, rire, pleurer et dormir la nuit.

Curieusement, je me voyais assez facilement vivre dans ce vieux bâtiment sans âme. Je me suis dit que, où que je sois, même si je n'avais pas été enlevée de l'appartement de Hino, ou même si j'avais grandi à Angel Home, des jours identiques se seraient succédé. Chigusa n'a rien dit. Elle scrutait le parc comme si elle y cherchait quelque chose. C'était la même chose pour elle, si sa mère n'avait pas quitté l'institution, elle serait sans doute derrière une de ces fenêtres, à m'observer.

— Mais on est de ce côté maintenant, ai-je murmuré.

— Oui, on est de ce côté, a approuvé Chigusa à mi-voix.

Kiwako prit la fuite au moment où Angel Home avait accepté la visite des autorités administratives. Au début, elle avait caché avoir obtenu l'adresse de la maison de Kumi Sawada mais la vérité fut dévoilée à travers les témoignages de celle-ci et de sa mère, Masae.

Les deux femmes avaient été entendues, étant soupçonnées d'avoir aidé Kiwako, mais elles avaient toujours nié. Lors de son témoignage demandé par l'avocat de la défense, Kumi Sawada avait affirmé qu'au sein d'Angel Home, Kiwako et elle s'appelaient par le nom qui leur avait été donné et qu'il était strictement interdit d'évoquer son histoire personnelle, ce qui fait qu'elle n'avait aucun moyen de connaître la véritable identité de Kiwako. Lorsqu'on lui avait demandé pourquoi elle avait donné son adresse à une femme dont elle ignorait tout, Kumi avait répondu de la façon suivante :

"Après mon divorce, mon mari m'a retiré l'autorité parentale, je me suis tournée vers Angel Home parce que j'étais pétrie de remords et de culpabilité, je n'avais plus la force de vivre, j'étais désespérée. Après quelques mois de vie là-bas, j'ai compris que toutes les femmes qui se trouvaient là avaient un passé douloureux. À Angel Home, j'avais vraiment la sensation qu'on élevait les enfants toutes ensemble, sans se soucier des liens de filiation. Et je pense que c'est ce qui m'a sauvée. Quand la visite des autorités a été décidée, j'ai senti, à son comportement, que Kiwako allait partir. Je n'ai pas pensé qu'elle avait commis un crime, mais j'imaginais qu'il ne fallait pas que son mari ou des proches sachent où elle se trouvait. Je lui ai donné l'adresse de ma mère pour lui permettre de se cacher si c'était nécessaire."

La mère de Kumi, Masae Sawada, qui avait embauché Kiwako, avait également témoigné. Elle aussi avait reconnu avoir entendu parler de "l'affaire" mais sans faire le lien avec Kiwako. Les gens de l'île sont tenus pour des gens suspicieux à l'égard des étrangers, en revanche, ils sont très confiants lorsqu'il s'agit de gens qu'ils connaissent. Masae avait fait aussitôt confiance à Kiwako lorsqu'elle avait su que c'était une amie de sa fille, elle avait expliqué à son entourage qu'il s'agissait d'une parente éloignée, si bien que tout le monde l'avait crue.

Après le procès, Masae et Kumi avaient expliqué dans des interviews qu'elles étaient persuadées que Kiwako était la mère de Kaoru, et n'en avaient jamais douté. Parmi les commerçants chez qui Kiwako avait ses habitudes, certains pensaient même que la petite Erina était un garçon. Elle portait les vêtements de garçonnet donnés par Masae et son prénom, Kaoru, convenait aussi bien à un garçon qu'à une fille.

Par la suite, seule Kumi Sawada avait refusé toute interview.

Après le procès, la fabrique de nouilles Sawada était devenue célèbre et les équipes de journalistes s'y succédaient. Pendant un temps, les hebdomadaires avaient raconté par le menu la vie de Kiwako sur l'île. Elle s'était introduite chez les Sawada en cachant son identité, avait profité de la bienveillance de ces gens simples qu'étaient les habitants de l'île et avait poussé la fourberie jusqu'à fréquenter un employé de la mairie en vue d'un mariage ; d'autres articles décrivaient de façon pittoresque "la vie misérable de Kiwako en cavale, qui ne portait que des vêtements d'occasion, ne mangeait que des brisures de pâtes et se privait de tout".

En 1992, une femme écrivain qui avait recueilli le témoignage de Masae fit remarquer que la bienveillance de Masae à l'égard d'une parfaite inconnue venait sans doute de la nature de sa relation avec sa propre fille Kumi. Après le lycée, celle-ci avait voulu faire ses études dans une école professionnelle à Tokyo mais ses parents s'y étaient fermement opposés. Kumi avait alors pratiquement fugué pour se rendre à Tokyo. Les relations avec ses parents s'étaient espacées et six ans plus tard Masae avait été informée du mariage de sa fille. Ensuite, les relations avec ses parents s'étaient un peu améliorées. Kumi était rentrée à la maison pour accoucher et y avait vécu jusqu'à ce que le bébé ait trois mois. De retour à Tokyo, Kumi avait vécu avec les parents de son mari, d'après Masae elle téléphonait souvent pour parler avec insouciance de l'enfant ou demander des conseils d'éducation, et Masae était convaincue que la cohabitation avec les beaux-parents, tant redoutée par Kumi, se passait parfaitement bien.

Les relations s'étaient à nouveau détériorées après le divorce de Kumi qui était revenue sur l'île avec son fils. Elle avait expliqué à ses parents que si elle était restée à Tokyo, on lui aurait pris son fils mais Masae, qui était persuadée que sa fille n'avait aucun problème, avait été désorientée d'apprendre brusquement qu'elle avait divorcé et qu'il lui fallait un endroit pour cacher son fils ; sa réaction fut de sermonner Kumi, lui reprochant son manque de ténacité et son égoïsme qui allaient causer le malheur de l'enfant. Masae avait voulu inciter sa fille à prendre une attitude positive, et le lendemain Kumi avait quitté l'île sans dire où elle allait. Quelques mois plus tard, elle avait informé laconiquement sa mère qu'elle avait perdu le procès et qu'on lui avait retiré son fils puis n'avait plus donné de nouvelles.

C'est alors que Kiwako était apparue, se présentant comme une amie de Kumi. Masae, qui ressentait une profonde culpabilité à l'égard de sa fille, et espérant que Kiwako pourrait l'aider à se réconcilier avec celle-ci, l'avait accueillie sans se renseigner sur son identité ou son passé.

L'écrivaine avait posé à Masae la même question que celle qui lui avait été posée lors du procès : "Auriez-vous quelque chose à dire à Kiwako Nonomiya ?" Alors qu'elle avait gardé le silence au moment du procès, cette fois, Masae avait répondu, après un long silence : "Quel bonheur si elle n'avait pas été Kiwako Nonomiya mais Kyoko Miyata ! C'est ce que je pense encore aujourd'hui."

Lorsque nous sommes arrivées à l'hôtel qui nous avait été indiqué par le bureau de l'office de tourisme de la gare, il était près de six heures. Le ciel avait pris une teinte outremer et il m'a semblé qu'on y voyait plus d'étoiles qu'à Tokyo, mais ce n'était peut-être qu'une impression. Chigusa, allongée sur un lit simple, la télécommande en main, zappait sans répit.

— C'est la première fois que je séjourne dans un hôtel, ai-je dit en regardant par la fenêtre les lueurs des maisons en contrebas.

— Ah bon ? C'est vrai ?

— Je suis déjà allée dans un *love hotel* mais c'est différent. Je m'y sens plus tranquille.

— Normalement, c'est le contraire, non ? s'est-elle exclamée en riant, tapant des pieds sur le lit.

— Chez nous, on n'est jamais partis en voyage en famille. Les vacances d'été, le Nouvel An, on ne célébrait aucune fête. J'ai su qu'on mangeait du gâteau la veille de Noël quand j'étais déjà au collège, et c'est en fréquentant Kishida que j'ai appris que les anniversaires se fêtaient tous les ans.

Je m'efforçais de parler sans rancœur. D'ailleurs je ne ressentais aucune aigreur. Mon père disait que les autres étaient les autres et il avait raison. J'étais simplement née dans une famille où il n'y avait ni fête ni célébration. Une famille incapable de se comporter normalement comme les autres.

Chigusa a arrêté de rire.

— Pour moi, c'est la même chose. Longtemps, je n'ai pas connu ma date d'anniversaire. À Angel Home, on célébrait celui du jour où on avait été baptisé par Mme Angel, a-t-elle dit simplement.

Un silence pesant s'est installé entre nous. Je me suis aperçue, tardivement, que je ne savais rien à son sujet. Elle me posait beaucoup de questions mais ne parlait jamais d'elle. Je me suis dit que si je parlais l'atmosphère allait devenir encore plus pesante mais j'ai néanmoins pris la parole, assise sur le lit.

— Pourquoi ta mère est-elle entrée à Angel Home et comment a-t-elle pu en partir ?

Chigusa, toujours allongée, a arrêté de tripoter la télécommande et a éteint la télévision.

— Quand j'ai eu trois ans, ma mère a eu un fibrome utérin. Elle a subi une hystérectomie, est sortie de l'hôpital et a commencé à vivre normalement, mais un jour, elle s'est disputée avec mon père qui lui a dit qu'elle n'était plus une femme. Ma mère n'a jamais pu l'oublier. Je ne comprends pas très bien ce sentiment, mais elle m'a dit que ça avait été un choc terrible pour elle. Tu sais que des femmes d'Angel Home faisaient de la vente itinérante de produits naturels, ma mère a fait leur connaissance, a parlé avec elles et elle a quitté la maison en m'emmenant. Je devais avoir cinq ans.

— Et tu te souviens de cette époque-là ?

— Non, pas du tout. Je n'ai pratiquement aucun souvenir de mon père. Quand j'ai atteint l'âge de raison, j'étais déjà à Angel Home. J'ai tout appris par la suite. Avant de partir ma mère avait menacé de lui faire un procès, elle l'a forcé à divorcer et à faire le partage des biens, elle a tout emporté et a trouvé refuge à Angel Home. Ce dont je me souviens, c'est que je ne pouvais pas dormir avec ma mère. Jusqu'à l'arrivée de Ru-san, je veux dire Kiwako Nonomiya, les relations filiales étaient niées, les mères étaient séparées de leur enfant qui dormait avec d'autres membres. Il ne fallait pas appeler sa mère "maman". C'était dur pour moi. Je me souviens, je pleurais tous les soirs. La plupart des femmes étaient gentilles mais certaines étaient colériques. Il n'y avait pas de violence, mais quand je pleurais, il arrivait qu'on me crie dessus. Parfois j'étais livrée à moi-même. Ou alors, il y avait des femmes qui me serraient dans leurs bras et me chantaient des berceuses. Au début, je ne pensais qu'à une chose : rentrer chez moi. Retourner dans un endroit où mon père et ma mère m'appartiendraient. Je n'aimais pas mon prénom bizarre et il n'y avait pas assez de sucreries et de jouets. Mais je n'étais qu'une enfant et n'y pouvais rien, je n'avais d'autre solution que de m'adapter.

Chigusa s'est interrompue et a fixé le plafond. Elle le contemplait comme si elle y voyait quelque chose, j'ai levé la tête également. Je n'y ai vu qu'un carré orange pâle éclairé par une lumière indirecte.

— Je me suis habituée et j'ai arrêté de prendre les choses trop à cœur. C'était la seule façon de faire pour vivre là-bas. Si je ne pleurais pas, personne ne me grondait. En dehors de ma mère, il y avait d'autres femmes que j'aimais bien. Et quand tu es arrivée, j'étais si contente. Tu étais sage et tranquille, j'ai eu l'impression d'avoir une petite sœur, j'étais ravie. Tu me suivais partout. Tu ne dois pas t'en souvenir, d'ailleurs. Tu sais qu'en 1987, ils ont fait entrer les autorités administratives à l'intérieur de l'institution ? Les enfants qui suivaient les cours de l'institution ont été obligés de fréquenter les écoles publiques des environs et on a pensé que ce serait réglé, mais avec la pression médiatique, Angel Home a demandé une enquête de police. Je me souviens de l'agitation qui régnait à cette période. Il y avait une foule de journalistes derrière le portail et des parents qui réclamaient leurs filles, d'autres la restitution de leurs biens, qui ont manifesté plusieurs jours de suite. Au regard de la loi, il n'y avait pas de délit et cela n'avait donc pas eu de conséquences, mais toute cette agitation avait généré une certaine instabilité au sein d'Angel Home.

Chigusa se rongeait les ongles, elle a poursuivi.

— Toutes les femmes là-bas avaient arrêté de réfléchir par elles-mêmes. Celles qui n'en étaient pas capables étaient expulsées. Pour cette raison, lorsqu'il y avait les visites de personnes étrangères à l'établissement et que les journalistes affluaient, elles perdaient leur sang-froid. En plus, il n'y avait que des femmes ! Elles paniquaient, étaient perturbées à la moindre rumeur. Elles considéraient le monde extérieur comme un ennemi et se sont mises à penser, de façon excessive, qu'Angel Home était un lieu sacré, et les affrontements, inexistants jusqu'alors, sont devenus de plus en plus fréquents. Le soir il y avait des réunions appelées "Étude" où l'on débattait des problèmes rencontrés dans la communauté, la teneur en est devenue de plus en plus répugnante. On y accusait certaines d'avoir tiré au flanc, d'avoir médit de quelqu'un, on mettait quelqu'un sur la sellette et on finissait par l'expulser. À cette époque, c'était peut-être pour elles le seul moyen d'atteindre un certain équilibre. C'est aussi ce que j'ai compris plus tard, après avoir enquêté, bien sûr. À cette période, j'avais déjà plus de dix ans, je comprenais donc très bien qu'une atmosphère détestable régnait à Angel Home. Je me suis dit que vous étiez parties parce que vous saviez que cela allait finir ainsi. Car personne ne m'avait expliqué les raisons de votre départ. Ensuite, c'est ma mère qui a été mise sur la sellette. J'en ai appris la raison une fois adulte et cela m'a bouleversée.

Chigusa s'est interrompue et a éclaté de rire en tapant des pieds sur le lit. Brusquement elle s'est redressée pour s'asseoir en tailleur.

— La raison, c'est qu'on a dit qu'elle pratiquait l'onanisme, a ajouté Chigusa en me fixant, puis elle s'est mise à rire, se laissant tomber sur le dos.

— C'est quoi, ça ?

— Exactement. Je ne te le fais pas dire ! On a dit qu'elle faisait ça toutes les nuits, qu'elle n'avait pas oublié le monde extérieur, qu'elle souillait l'image d'Angel Home. Lorsque ma mère m'a raconté ça, j'avais plus de vingt ans et je lui ai demandé sérieusement si c'était vrai. Ma mère a nié. En fait, elle avait la photo de mon père dans un mini-album. Il y avait des photos avant son mariage, des photos de la cérémonie de mariage, des photos de famille avec moi bébé. Elle les avait gardées pour me les montrer plus tard. Et quelqu'un les avait trouvées. À Angel Home, il y avait surtout des femmes qui ne pouvaient pas avoir d'enfant, des femmes qui n'avaient pas pu se marier, des femmes adultères, bref un grand nombre de femmes avec un lourd passé. Alors que chacune était censée s'être délestée de tout fardeau, ma mère conservait encore un album de photos qui témoignait apparemment de ses années de bonheur, cela a dû susciter de la jalousie. Les femmes, quand tout va bien, sont paisibles et douces, mais dès qu'il y a un problème, le groupe explose. Cette période correspond au moment où Angel Home était au centre de la tourmente, ma mère a alors été exclue du groupe d'une manière sordide avant d'être chassée avec une certaine habileté. Si l'on voulait se débarrasser d'une personne, on la poussait à retourner travailler dans le monde extérieur. On nous a chassées, sans un sou. Malgré les beaux principes, absence d'identité de genre, la vraie libération, etc., on a bel et bien été persécutées pour des motifs tellement mesquins. Bon, il est vrai que, grâce à ça, j'ai pu quitter l'endroit.

Chigusa a éclaté d'un rire nerveux avant de se taire brusquement.

— Et alors, après ? Vous avez fait quoi ? lui ai-je demandé alors qu'elle ne disait plus rien.

Elle avait les yeux rivés sur la télécommande et elle m'a jeté un regard avant de s'allonger.

— On est allées à Yokohama, chez ma grand-mère. Quand elle est entrée à Angel Home, ma mère avait été chassée de la maison familiale, donc tous les jours c'était la guerre avec ma grand-mère. Ma mère passait son temps à dénigrer sa mère et Angel Home. Je n'en pouvais plus. Elle y était quand même allée de son plein gré. Moi, je n'arrivais pas à m'adapter à l'école, j'avais d'autres soucis. Aujourd'hui, en apparence on s'entend bien, mais je n'oublierai jamais ce qui s'est passé à cette époque.

— Je te comprends, ai-je dit malgré moi. – Elle m'a regardée furtivement. – Quand ma mère me racontait tout en détail, cela m'épuisait. Et je croyais que c'était ma faute.

— Exactement ! Alors que ma mère m'avait emmenée là-bas sans me demander mon avis, lorsqu'elle critiquait Angel Home, qu'elle pleurait, qu'elle était rongée par le remords, je croyais que j'avais fait quelque chose de mal et c'était très dur.

Nous nous sommes tues. Dans ce silence, j'ai imaginé le passé de Chigusa. Je voyais cette enfant qui ne connaissait que le monde encerclé par cette clôture blanche, je la voyais oppressée par les hauts buildings et la foule, je la voyais prendre le train et arriver dans une ville inconnue, apprendre que cette étrangère était sa grand-mère, je la voyais porter un uniforme pour la première fois et aller à l'école. Dans mes pensées, à un moment, je suis devenue Chigusa. Moi écolière, puis collégienne, toujours entourée de silence.

— J'ai une petite faim, me suis-je exclamée pour briser ce silence pesant.

— On vient de dîner ! m'a fait remarquer joyeusement Chigusa, apparemment soulagée de changer de sujet.

— J'aurais bien envie de quelque chose de sucré. Un gâteau roulé, par exemple.

— Bon, d'accord. Je vais en acheter ?

— Je vais avec toi.

J'ai tiré les rideaux avant de quitter la chambre derrière elle.

L'air de la nuit était plus mordant qu'à Tokyo. Le froid était vif. Presque toutes les boutiques étaient fermées. Tout était paisible. Tandis que je marchais à côté de Chigusa, le souvenir de la nuit où nous avions acheté le test de grossesse m'est revenu à l'esprit. Cela ne faisait que trois mois, mais j'avais l'impression que cela s'était passé très longtemps auparavant. De me tenir à un endroit aussi éloigné que ce moment-là. La lumière blanche de la supérette brillait, se diluant dans la nuit. Je me suis adressée à Chigusa en fixant la lumière.

— Dis, la femme, elle a dû sortir de prison depuis un moment, n'est-ce pas ? Elle est où maintenant ?

— D'après les recherches de mon éditeur, elle est sortie en 1996. Les médias aussi avaient cherché à savoir ce qu'elle était devenue à sa sortie de prison. Certains savent peut-être où elle est mais d'après ce que j'ai appris, personne ne le sait vraiment. Cinq ans auparavant, l'avocat qui la défendait avait reçu une carte postale de Kiwako, apparemment elle habitait à Tokyo.

— Tokyo ! ai-je crié malgré moi.

Il était donc possible que cette femme vive à Tokyo. Ce qui voulait dire que je l'avais peut-être croisée sans le savoir. J'en avais la chair de poule. Le bébé a bougé dans mon ventre, que j'ai aussitôt caressé. Ça va aller, lui ai-je murmuré secrètement.

— Moi, je pense que c'est une feinte. Je pense qu'elle n'est pas à Tokyo.

— Pourquoi ?

— Eh bien, Kiwako n'a pas un seul souvenir agréable à Tokyo.

Nous sommes entrées dans la supérette et une masse d'air chaud nous a enveloppées. Une odeur de légumes mijotés dans la sauce de soja envahissait l'endroit.

— Et tu penses qu'elle se trouve où, alors ? ai-je questionné en me dirigeant vers le rayon des desserts.

— L'île de Shodo, a répondu Chigusa avec légèreté en prenant un panier jaune.

Tendant la main vers le rayon, j'ai interrompu mon geste et je l'ai fixée.

— Mais pourquoi ?

— C'est là qu'elle est arrivée après Angel Home, je pense qu'elle y a de bons souvenirs.

— Pourtant…

Une voix derrière nous m'a interrompue. Une jeune fille nous jetait des regards vindicatifs tandis que nous discutions devant les rayonnages. Désolées ! Nous nous sommes excusées en nous écartant promptement. La jeune fille s'est dirigée vers la caisse et sans un mot, nous avons pris le dessert tant convoité pour le mettre dans le panier jaune.

Chigusa a sorti son porte-monnaie mais j'ai inter-rompu son geste et j'ai payé. Nous étions convenues que je réglais uniquement mes frais de transport tan-dis que Chigusa payait les frais d'hôtel et les repas. Chigusa dit en riant qu'il s'agissait d'une dépense nécessaire mais j'avais des scrupules à tout lui faire payer.

Lorsque nous sommes sorties du magasin, l'air glacial nous a refroidies immédiatement.

— Mais elle a dupé les habitants de l'île, tu crois qu'elle pourrait y retourner, l'air de rien ? ai-je pour-suivi, sur le chemin sombre qui menait à l'hôtel.

— C'est sûr. Peut-être qu'elle est dans un endroit où elle ne connaît personne ou sur une autre île de la mer Intérieure de Seto.

Le souffle coupé, j'ai regardé Chigusa. Elle s'est aussi arrêtée et m'a regardée avec des yeux ronds.

— Chigusa, si ça se trouve... – Ma voix trem-blait. – Si ça se trouve, tu sais où elle est et tu avais le projet de nous mettre en présence l'une de l'autre ? Dans l'intention d'en faire un roman minable ? C'est pour ça que tu m'as proposé de faire ce voyage avec toi ? Et c'est pour ça que tu prends tous les frais à ta charge ?

Je ne voulais pas hausser le ton, pourtant ma voix s'amplifiait et maintenant je m'entendais crier. Un cycliste qui passait s'est retourné plusieurs fois pour nous dévisager.

— Mais non, pas du tout, je ne sais vraiment pas où se trouve Kiwako, a dit Chigusa d'une petite voix.

J'ai détourné les yeux et j'ai marché rapidement vers l'hôtel. J'ai senti que Chigusa me suivait en pres-sant le pas. J'entendais dans mon dos le bruissement du sac de la supérette.

À peine arrivée dans la chambre, j'ai pris le sac de Chigusa et l'ai vidé sur le lit. J'ai trouvé le cahier qu'elle ne lâchait pas depuis que j'avais fait sa connaissance et l'ai serré contre moi.

— Qu'est-ce que tu fais ? a-t-elle murmuré, plantée devant le placard.

— Je ne veux pas que tu écrives quoi que ce soit sur moi. Ne publie rien. Ne me traite pas en phénomène de foire ! Ne me ramène pas à l'endroit dont j'ai réussi à m'échapper !

N'étais-je pas incapable d'élever un enfant ? Je ne savais rien, je n'avais pas l'âme d'une mère, je ne savais comment m'occuper d'un enfant, comment le gronder, comment le consoler, comment se réconcilier avec lui, comment lui souhaiter son anniversaire, je ne savais rien. Tout ce que je connaissais, c'était l'ombre d'une femme qui n'était pas ma mère et une mère qui me regardait comme un animal étrange.

J'avais vieilli, j'avais travaillé, j'avais quitté la maison, j'avais aimé et j'avais fait l'amour mais une part de moi était encore cette petite fille qu'on avait mise dans le Shinkansen, que des inconnus avaient accompagnée à l'hôtel. J'étais toujours plantée là, comme le jour où j'avais fait pipi dans ma culotte, pétrifiée. Comment avais-je pu me sentir capable d'avoir un bébé ? Celui que j'allais mettre au monde allait m'en vouloir tôt ou tard. De la même manière que j'en voulais à la femme qui m'avait enlevée, mon enfant allait en vouloir à sa mère incapable d'en être une.

Chigusa me fixait. J'ai cru que dans l'instant elle allait grimacer, se mettre à pleurer, mais elle a éclaté de rire. Elle s'est approchée de moi en riant, les mains tendues vers mon ventre.

— Laisse-moi toucher. Laisse-moi toucher ton bébé.

— Quoi ? Je te parle sérieusement, tu m'écoutes ? Je te demande de ne pas écrire de livre, ton cahier, je vais le déchirer ! Toi, ça t'amuse, en fait ! Moi je tombe enceinte comme une idiote, je m'obstine à vouloir garder l'enfant alors que je suis incapable de l'élever, et toi, ça te fait bien rire, hein, c'est ça ? Ça t'amuse, tu te dis que je fais la même chose que l'autre, c'est ça ?

Sans prêter attention à ce que je disais, elle a caressé mon ventre, puis soudain, elle s'est agenouillée pour y coller son oreille. J'ai voulu la repousser mais elle maintenait mes hanches et gardait sa joue sur mon ventre.

— Quand je t'ai rencontrée la première fois, j'ai pensé que tu allais me dire ça, m'a dit calmement Chigusa, l'oreille toujours contre mon ventre. Je croyais que tu me dirais de retourner d'où je venais, que tu n'avais rien à me dire, mais ça n'a pas été le cas. Tu m'as fait peur. Tu semblais tout accepter sereinement, tu en parlais comme si c'était l'histoire de quelqu'un d'autre. Tu peux détruire ce cahier, ça m'est égal. Je n'ai plus peur de toi, maintenant.

— Qu'est-ce que tu racontes ? lui ai-je dit, la repoussant toujours. Je ne comprends rien à ce que tu dis. – Ma voix était éraillée. – Je n'aurais jamais dû venir ici. Je ne veux pas aller à Shodo. Demain matin, je rentrerai seule.

— Dis, Erina. Tu peux devenir mère, tu sais. Tu as été amoureuse de cet homme, dont j'ai oublié le nom. Tu as compris ce que c'était d'être aimée, ce que c'était d'être essentiel à quelqu'un, n'est-ce pas ? Donc tu pourras être mère.

Toujours agenouillée, la joue sur mon ventre, elle avait parlé doucement comme pour consoler un enfant.

— Si tu as peur, je pourrai être mère avec toi. Je ne suis peut-être pas d'un grand secours, mais à deux on s'en sortira mieux, tu ne crois pas ?

Elle a fermé les yeux et respiré lentement. Le chauffage ronronnait.

— Je me suis toujours sentie coupable d'avoir grandi là-bas. Je ne l'avais pas choisi, tu comprends. Mais depuis que tu es enceinte, j'ai réfléchi. Là-bas, toutes les femmes étaient ma mère. Il y en a que j'aimais moins que d'autres mais toutes étaient ma mère. Un enfant normal n'a qu'une mère, mais nous, nous en avons eu plusieurs, c'est pour ça que quand ton enfant naîtra, je serai sa deuxième mère et je suis sûre que je pourrai t'aider. Je n'ai encore jamais aimé un homme, je n'ai jamais été aimée mais je sais que je pourrai t'aider à devenir mère, c'est ce que je me suis dit.

Elle s'est interrompue et a respiré profondément.

— Je ne veux plus passer ma vie à compter tout ce que je n'ai pas, a-t-elle murmuré.

Elle était agenouillée devant moi, m'enlaçant le ventre, j'ai vu une goutte d'eau tomber sur son manteau et j'ai réalisé que je pleurais. Son manteau absorbait mes larmes comme l'asphalte la pluie. Chigusa, je le sais, je le sais bien que tu ne t'amuses pas à écrire un livre sur moi. Je sais que tu ne me considères pas comme un phénomène de foire. Puisque tu n'avais pas pu. Tu n'as pas pu écrire au sujet de la femme dont l'accouchement avait été financé en partie par Angel Home. Tu as eu peur de blesser cette femme, et tu n'as pas pu écrire. Ce que tu essaies de raconter, ce n'est pas mon histoire, mais la tienne, cela aussi je le sais bien. J'ai simplement peur. Peur d'affronter mon passé, d'affronter mon avenir.

— Avant, tu te souviens, tu m'as raconté l'histoire de la cigale qui ne pouvait pas mourir ? Tu m'as dit que la cigale qui meurt le huitième jour est plus triste que celle qui meurt le septième jour, n'est-ce pas ? C'est ce que je pensais aussi, commença-t-elle doucement. En fait, c'est différent, la cigale du huitième jour va peut-être découvrir des choses que les autres n'ont pas vues. On peut penser qu'elle refuse de voir, mais je pense qu'il n'existe pas que des choses horribles donnant envie de fermer les yeux.

Je me suis souvenue des arbres que Chigusa et moi regardions dans le parc en automne. Nous retenions notre souffle en cherchant les cigales sur les troncs des arbres qui se dressaient dans la pénombre. Et soudain, je me suis dit que cette femme, Kiwako Nonomiya, avait survécu au-delà du huitième jour. Comme mes parents et moi nous nous évertuions à le faire.

— Tu entends quelque chose ?

— J'entends juste des battements de cœur, mais je ne sais pas si ce sont ceux du bébé ou les tiens, a dit Chigusa avec un grand sérieux.

Sa silhouette penchée sur mon ventre semblait brouillée par mes larmes, comme derrière un rideau de pluie. Je me suis répété les paroles de Chigusa, en sanglotant, reniflant, et laissant couler mes larmes.

Je ne sais pas si ce sont ceux du bébé.

Nos cœurs battaient, c'était une évidence dont je prenais conscience à nouveau. Moi aussi, j'aurais voulu mettre mon oreille sur mon ventre, comme Chigusa, et écouter. Le bruit de la vie du bébé. Le bruit de ma vie.

L'indice qui avait mené jusqu'à Kiwako Nonomiya était un cliché de photographe amateur. Une photo prise lors d'une fête sur l'île de Shodo avait reçu un prix dans un journal local et avait été publiée dans l'édition nationale. La photo représentait Kiwako près d'une enfant en pleurs, elle était prise de côté, en biais. Avait-elle perdu toute méfiance ou était-elle trop absorbée par l'enfant, Kiwako semblait ne pas avoir remarqué l'appareil photo.

Takehiro Akiyama vit le journal au bureau de la compagnie d'assurances où il travaillait et le rapporta le soir chez lui. Le soir même, le couple Akiyama appelait la police.

Le 19 septembre 1988, Kiwako fut arrêtée alors qu'elle attendait le ferry au port de Kusakabe sur l'île de Shodo. Elle avoua avoir voulu s'enfuir à Takamatsu. L'enfant qui l'accompagnait avait été recueillie par les autorités. Elle était en bonne santé et avait un poids et une taille légèrement au-dessus de la moyenne pour une enfant de quatre ans.

L'affaire de cette femme qui avait enlevé l'enfant de son amant et qui avait fui pendant trois ans et demi fut relayée le jour même dès l'après-midi et fit la une du journal du soir et de celui du matin suivant, et l'image de Kiwako emmenée par la police, la tête cachée par un blouson fit le tour des chaînes de télévision dans les émissions d'actualités à sensation. La première audience du procès se tint deux mois après l'arrestation de Kiwako, en novembre 1988 au tribunal de première instance de Tokyo, et le verdict fut arrêté en décembre 1990. Kiwako reconnut les faits sans jamais modifier sa version tout au long du procès, ne contestant jamais les faits.

Au sujet de l'incendie, elle avait d'abord nié toute implication mais ensuite elle était revenue sur ses propos d'une manière ambiguë, laissant entendre qu'elle ne pouvait affirmer qu'elle n'avait pas bousculé le radiateur électrique.

La relation de Kiwako avec Takehiro, dévoilée peu à peu à partir du témoignage de son amie à l'université, la brève infidélité d'Etsuko, le harcèlement exercé par celle-ci sur Kiwako, avaient offert aux hebdomadaires un matériau idéal, générant quantité d'articles. Les articles présentant Takehiro comme un homme qui s'était joué de Kiwako, où le couple Akiyama apparaissait comme un couple sans amour, tous les deux infidèles, et ceux qui se focalisaient sur le harcèlement dont avait été victime Kiwako étaient nombreux, au point que la plupart des gens blâmaient le couple plus que Kiwako. Répondant aux interviews des journalistes, les Akiyama avaient dit avoir été harcelés à l'époque par des coups de téléphone et des lettres anonymes, si bien qu'ils étaient psychologiquement épuisés.

Le procureur général avait déclaré que Kiwako, sur une motivation totalement arbitraire et égoïste, avait kidnappé un nourrisson, avait prémédité sa fuite, privant ainsi les parents de la petite enfance de leur fille, et souligna qu'au moment de son arrestation elle avait encore l'intention de fuir. La blessure psychologique infligée aux parents était considérable et il était probable que l'enfant kidnappée garderait les séquelles de son enlèvement toute sa vie. La déposition de Kiwako Nonomiya insinuait plutôt une culpabilité des parents eux-mêmes, et jusqu'à présent, elle n'avait jamais exprimé le moindre regret ou la moindre intention de réparation. Le procureur prenait en considération qu'elle avait reconnu tous les faits, qu'elle s'était occupée de l'enfant avec soin, mais cela n'atténuait pas pour autant la responsabilité de l'accusée dans ce crime et elle fut jugée coupable d'enlèvement d'enfant et d'incendie volontaire d'une habitation, la rendant passible d'une peine de douze ans de prison ferme.

À la douzième audience du procès, à l'issue du réquisitoire, le juge demanda à Kiwako si elle voulait demander pardon à ses victimes, elle répondit ainsi : "Je regrette profondément mes actes insensés et je suis reconnaissante à M. Akiyama de m'avoir permis de goûter à la joie d'élever cette enfant pendant quatre ans."

Lorsqu'on lui demanda alors si plutôt qu'être reconnaissante, elle ne voulait pas demander pardon, elle avait répondu d'une petite voix : "Je suis sincèrement désolée, je ne trouve pas les mots pour demander pardon."

Au cours des deux années de procès, ce fut la première et la dernière fois que Kiwako exprima des remords. Le lendemain matin, les journaux avaient titré : "Nonomiya exprime une reconnaissance déplacée. Elle n'a pas le moindre regret." "La joie d'élever un enfant, scène finale de la tragique cavale."

Quant à l'incendie, au centre des débats, le juge condamna Kiwako à huit ans de prison ferme, sans le retenir comme chef d'accusation, déclarant qu'on ne pouvait éluder la possibilité que le radiateur électrique fût tombé accidentellement.

Dans la matinée, nous avons quitté l'hôtel, sommes allées de Nara à Osaka et de Shin-Osaka nous sommes montées dans le Shinkansen. La veille au soir, j'avais voulu retourner à Tokyo mais je n'avais pas envie de prendre le train Nozomi de Shin-Osaka à Tokyo. Comme si Chigusa me poussait, m'encourageant d'un "Tu es bien venue jusqu'ici, il faut continuer", j'ai acheté mon billet et suis montée dans le train pour Hakata. Mais dès le départ du train, j'ai senti que j'y allais à contrecœur.

Cette île où j'avais passé quelque temps dans mon enfance. L'île où j'avais voulu retourner à pied, en quittant l'appartement de Hachioji. Cet endroit que je croyais trouver obligatoirement au bout du quartier résidentiel.

En allant là-bas, j'allais peut-être retrouver les paysages qui apparaissaient parfois dans mes rêves, qui se dissipaient comme une brume devant mes yeux, des paysages aux contours flous. Les souvenirs pratiquement disparus allaient peut-être se révéler clairement dans mon esprit.

Pourtant j'avais peur. J'avais peur qu'il n'y ait là-bas des gens qui m'avaient connue. J'avais peur qu'ils ne me demandent ce que j'étais venue faire là après si longtemps. Je craignais d'avoir la preuve que ce passé redoutable que j'avais occulté était bien une réalité. Mais je n'ai pas pu dire à Chigusa que je voulais rebrousser chemin parce que j'avais peur. Je ne pouvais prendre la fuite en la laissant seule. Le front sur la vitre, je contemplais le paysage qui défilait à toute vitesse. J'avais l'impression de retourner vers la petite fille de quatre ans. Le jour où, terrorisée par la vitesse du train, celle-ci avait été incapable de regarder par la fenêtre.

— Qu'est-ce qui se passe ? Tu te sens mal ? Tu as faim ? Tu veux que j'aille acheter des biscuits ? m'a dit Chigusa, inquiète, tandis que je fixais la fenêtre, immobile. Pour la rassurer, je lui ai souri.

— C'est bizarre, le chemin continue sans fin, on est juste assis et on peut aller très loin, ai-je dit.

— Qu'est-ce que tu racontes, on dirait une gamine ! Tu es bien allée en voyage de fin d'études, non ?

— Non, ai-je répondu. À l'école primaire, je n'y suis pas allée en prétextant une maladie. Au collège, j'ai eu de la fièvre, vraiment. Au lycée, quand j'ai su qu'on allait à Hiroshima, j'ai encore prétexté une maladie. Pour aller à Hiroshima, il fallait passer par Okayama. À l'époque, j'aurais préféré mourir plutôt que d'aller là-bas.

— Ah bon ? Pas une seule fois ?

— Non, pas une seule, ai-je répondu les yeux rivés sur la vitre.

Jamais jusqu'alors, je n'aurais pensé quitter Tokyo pour aller quelque part. Tellement cela me terrorisait. De constater que la route continuait et qu'elle rejoignait mon passé.

Les résolutions que j'avais prises pour la gestion de ma vie après mon retour de ce court voyage me sont revenues à l'esprit. Me préparer à être mère, décider de ce que j'allais faire pour l'université, réfléchir à mon travail, réfléchir à chacune de ces choses sérieusement. Je me persuadais que j'étais venue jusqu'ici pour cela, j'avais même emprunté de l'argent pour faire ce voyage.

Le train est arrivé à Okayama et nous sommes descendues sur le quai. Je me suis arrêtée et j'ai respiré profondément, embrassant du regard les alentours. Les voyageurs passaient à côté de moi. Un groupe de femmes aux rires enjoués, des employés pressant le pas.

Je ne connaissais rien ici. Je pouvais imaginer une enfant prenant le train, entourée d'inconnus mais cette image ne se juxtaposait pas à mes souvenirs.

— Passe-moi tes bagages.

Obéissant à Chigusa, je lui ai tendu mon sac.

— On va prendre le taxi jusqu'au port d'Okayama.

Chigusa a descendu lentement les escaliers vers la sortie, comme pour me protéger. Le bébé m'a brusquement donné un coup vigoureux. Comme s'il était partie prenante de mon appréhension.

— Vous venez de Tokyo, mesdemoiselles ?

À peine étions-nous dans le taxi que le chauffeur âgé nous adressait la parole avec le sourire. Tout en écoutant Chigusa répondre affirmativement, je regardais encore par la fenêtre. Une route large, de hauts immeubles qui se dressaient, plus hauts les uns que les autres, l'étendue du ciel plus vaste qu'à Tokyo.

— Vous allez au port, vous voulez dire que vous vous rendez à l'île de Shodo ?

— Oui, on fait du tourisme.

— Ah bon ! Vous avez visité Okayama ? Il faut visiter. Se promener dans Kurashiki, aller voir le parc de Korakuen. Aller manger des bara-zushis. Il faut leur dire, aux gens de Tokyo, comme c'est bon les bara-zushis !

Le chauffeur a ri de bon cœur, Chigusa également. Le taxi a traversé le centre-ville puis a commencé à rouler le long de la rivière. J'ai senti quelque chose d'humide glisser sur ma tempe que j'ai effleuré de mon index, c'était de la transpiration. Mon front était en sueur. Le fleuve s'élargissait. Il scintillait d'innombrables points lumineux qui vacillaient, absorbant les rayons du soleil. En regardant simplement la surface de l'eau, on aurait pu se croire en été. Mon ventre a eu un mouvement souple, comme une ondulation, je l'ai aussitôt enveloppé de mes mains. J'ai eu la sensation que le bébé ressentait mon trouble et voulait exprimer quelque chose en me donnant coups de pied et coups de coude. Ce n'est rien, tout va bien, tout va bien, lui ai-je dit en silence.

Le port est alors apparu. On voyait le ferry à quai. Le taxi s'est avancé sur le parking de l'embarcadère.

— Quand le petit sera né, il faudra l'amener ici ! Et lui faire manger des bara-zushis !

Le vieux chauffeur de taxi m'a adressé un sourire dans le rétroviseur tout en prenant les billets que lui tendait Chigusa. Je l'ai remercié en souriant mais ma voix était enrouée et mon visage crispé.

Nous sommes descendues du taxi, j'ai suivi Chigusa qui portait un sac dans chaque main, le paysage a chaviré autour de moi, je me suis accroupie.

— Qu'est-ce que tu as ? Ça va aller ? – Chigusa s'est approchée en courant. – Tu es fatiguée, tu as mal quelque part ? Tu veux te reposer dans la salle d'attente ? Tu veux qu'on aille à l'hôpital ? – Elle me pressait de questions à un rythme saccadé.

— Ça va aller. Juste un étourdissement, ai-je répondu avant de m'agripper à elle pour me relever.

Dehors, tout était lumineux sous les rayons du soleil mais la salle d'attente était plongée dans l'ombre. Les bancs étaient alignés, face à la mer. La salle d'attente était presque vide, à part une femme et un homme, des cartons empilés à ses pieds, assis sur un banc.

Pendant que Chigusa achetait les billets, j'ai pris place sur le premier banc, et j'ai contemplé la mer limpide en me caressant le ventre. Une femme qui se trouvait là, en blouse bleue, le dos arrondi, balayait consciencieusement l'extérieur. Un homme en costume est arrivé, s'est assis devant moi, a commencé à taper un message sur son téléphone portable. La dame du kiosque échangeait gaiement avec le chauffeur de taxi.

Brusquement, les scènes devant mes yeux se sont mêlées à des scènes du passé. L'homme qui tapait un message, les îles qui flottaient sur une mer d'huile, la femme qui balayait avec ardeur, les nouilles blanches qui pendaient comme des rideaux, le ferry à quai, les serres qui brillaient dans la nuit, le personnel du ferry qui descendait du bateau, une femme de dos qui gravissait une côte en s'agrippant fermement à une chaîne métallique, un flot d'images jaillissait en désordre.

J'ai réalisé que je connaissais tout cela. Je n'avais pas besoin de me souvenir, je savais. Les odeurs et les couleurs qui s'étaient effacées au moment de mon arrivée à Tokyo, accompagnée par des inconnus, tout a déferlé, comme une vague. Cette énergie m'a fait vaciller.

Le soleil couchant orange, la mer argentée comme un miroir, les îles vertes et rebondies, les fleurs rouge vif dans le vert des rizières, les feuilles pâles frissonnant au vent, l'odeur douce et émouvante de la sauce de soja, le muret en pierres à moitié effondré du rempart des sangliers où nous jouions à faire la course ; les odeurs et les couleurs que je n'avais pas demandé à retrouver, les scènes du passé que j'avais refoulées au fond de ma mémoire pour les tenir à distance, tout cela me tombait dessus comme une pluie torrentielle. Kaoru. Une voix m'appelait. Kaoru, tout va bien, n'aie pas peur. Je n'avais eu besoin d'aucun de ces souvenirs. Ni la mer d'huile, ni la sauce de soja ni un autre prénom. Rien que j'aie voulu ou choisi. Et pourtant je connaissais tout cela. Tous ces souvenirs que j'avais d'un endroit où je n'étais jamais allée de ma propre volonté. Combien j'étais riche de tous ces souvenirs !

Parce que la cigale du huitième jour va peut-être découvrir des choses que les autres n'ont pas vues. On peut penser qu'elle refuse de voir mais je pense que les choses horribles ne sont pas les seules à donner envie de fermer les yeux

La voix de Chigusa murmurait à mon oreille.

La femme qui balayait s'est arrêtée et nous a dévisagées. Lorsque nos regards se sont croisés, elle a détourné la tête précipitamment et s'est remise à balayer. La poussière dansait dans la lumière du soleil. J'ai réalisé que je pleurais. Je me suis dépêchée de me frotter les yeux avec ma manche.

Je n'avais pas voulu renoncer à cette vie inconcevable avec la femme. Je voulais tant retourner là-bas que j'avais quitté seule la maison pour chercher cet endroit. Et j'avais été incapable de le reconnaître. Je m'interdisais d'avoir envie de la retrouver, dussé-je en être écartelée. J'avais été enlevée par la plus mauvaise femme au monde. Si je n'arrivais pas à m'adapter à ma famille, si mes parents me tournaient le dos, c'était la faute de cette femme, penser cela me soulageait un peu. Il me fallait haïr pour être soulagée. J'ai haï aussi mes parents qui avaient attiré cette femme chez nous. J'avais été sauvée et j'avais trouvé la paix à travers la haine.

Mais je ne voulais pas haïr. Je m'en rendais compte pour la première fois. Je ne voulais haïr personne. Ni cette femme, ni mes parents, ni mon passé. La haine m'apaisait mais elle m'enfermait aussi. Et plus la haine m'envahissait, plus j'étais oppressée.

— Le ferry part bientôt.

Chigusa, un sac en plastique débordant de provisions à la main, m'a vue m'essuyer les yeux, s'est tue puis est venue s'asseoir près de moi. Elle m'a tapoté le genou, comme pour me consoler. Elle a posé le sac sur ses genoux, j'ai vu qu'il contenait des biscuits, du chocolat, une barquette de makis.

Chigusa a sorti une canette de café et me l'a tendue. Elle était chaude.

— Dans le parc, quand j'ai su que j'étais enceinte… – J'entendais ma propre voix de loin. Comme si quelqu'un d'autre parlait. – J'ai pensé avorter. Je savais que je ne pouvais pas compter sur Kishida et il y avait plein d'autres obstacles. Et jamais je n'avais eu envie d'être mère. Avorter ne m'effrayait pas particulièrement.

Chigusa a acquiescé.

Une musique a retenti dans la salle d'attente. Le début de l'embarquement était annoncé. Une femme, tenant par la main un petit enfant, est entrée dans la salle. L'enfant s'est arrêté devant le kiosque, il ne bougeait plus, ignorant les appels de sa mère. L'homme au téléphone portable s'est levé en le glissant dans sa poche. L'homme d'un certain âge a soulevé ses cartons pour sortir. Chigusa et moi sommes restées assises, regardant vaguement les gens.

— Quand je suis allée à la clinique gynécologique, j'avais l'intention de prendre rendez-vous tout de suite pour l'intervention. Mais tu sais, Chigusa, le vieux médecin m'a dit que l'enfant allait naître au moment où la nature serait la plus belle. Alors, comment dire, tout s'est éclairé et j'ai vu un paysage. La mer, le ciel, les nuages, la lumière, les arbres, les fleurs, j'ai découvert une vaste étendue qui contenait toutes ces jolies choses. Un paysage jamais vu auparavant. Je me suis dit alors que j'avais le devoir de montrer tout cela au petit dans mon ventre. La mer, les arbres et la lumière, plein de belles choses. Les choses que j'avais vues, celles que je n'avais pas vues, toutes les belles choses. – Ma voix résonnait dans le lointain, consolatrice. – Même si moi je détourne le regard de tout cela, je dois permettre à ce petit être qui est déjà là de disposer de cette beauté. Car cet être n'est pas moi.

Une annonce a indiqué que l'heure du départ était imminente.

— Qu'est-ce qu'on fait ? On attend le suivant ?

— Non, non. On y va.

La canette de café serrée dans ma main, je me suis levée, protégeant mon ventre.

L'enfant a commencé à pleurnicher pour que sa mère lui achète quelque chose. La mère, qui s'était accroupie pour le calmer, se résigna à le prendre dans ses bras pour se diriger vers le ferry. Les pleurs s'amplifiaient. Au moment de quitter la salle d'attente, emboîtant le pas de Chigusa qui portait nos bagages, je crus que quelqu'un m'appelait et je me suis retournée.

La femme de ménage discutait en souriant avec la commerçante du kiosque, tandis que celle qui était au fond de la salle restait assise, n'ayant apparemment pas l'intention de prendre le ferry.

— Qu'est-ce qui se passe ? m'a demandé Chigusa, arrêtée quelques mètres plus loin.

— Non, rien.

Je me suis mise à marcher lentement. En sortant de l'avant-toit, alors que nous étions en hiver, le soleil était si ardent que j'ai dû plisser les yeux.

L'intérieur du ferry était un espace plat d'un seul tenant, où presque toutes les places étaient vides. Nous nous sommes assises vers l'avant, près des hublots. Assise à mes côtés, Chigusa s'est mise à sortir du sac ce qu'elle avait acheté. Des sandwiches, des boules de riz.

— Tu en as acheté des choses ! ai-je dit en riant malgré moi.

— Eh oui, tu as toujours faim ! Tu dois manger pour deux, non ? Le médecin t'a dit que tu pouvais grossir plus, s'est-elle justifiée en me mettant un sandwich entre les mains.

J'ai ouvert l'emballage et j'en ai mangé un morceau.

Bientôt, des vibrations se sont fait sentir sous nos sièges et le ferry a changé lentement de direction. Le front collé à la vitre poussiéreuse, j'apercevais la salle d'attente sombre qui a disparu derrière nous.

— Cela ne tangue pas tant que ça, finalement.

Chigusa, qui mangeait un maki, observait le paysage à la fenêtre.

— C'est normal, c'est la mer Intérieure de Seto, ai-je dit, surprise par mes propres mots.

Comme si quelqu'un parlait à ma place. Quelqu'un qui n'était pas moi, comme si on lui avait fait signe de parler, a commencé à s'exprimer. Je m'écoutais comme s'il s'agissait de quelqu'un d'autre.

Tu sais, Chigusa, la mer Intérieure de Seto est une mer très calme. C'est vrai, on dirait un miroir. Et dans ce miroir, il s'y reflète quoi, à ton avis ? Eh bien, figure-toi qu'il ne s'y reflète rien. Les nuages, les îles aux alentours, c'est un mystère, mais rien ne s'y reflète. C'est un miroir qui ne reflète rien. C'est simplement une paisible étendue. Le soleil s'y couche, glissant sur la surface argentée. Et les îles aux formes rebondies deviennent peu à peu des silhouettes. – Je parlais avec un léger accent.

Pourquoi tenais-je de tels propos ? Je trouvais cela étrange mais je le comprenais aussi. Lorsque j'avais décidé de garder l'enfant, les paysages qui sont apparus devant mes yeux étaient peut-être ceux-là. La mer, le ciel, les nuages et la lumière.

J'ai réalisé que la terreur qui m'avait envahie dans le Shinkansen avait totalement disparu. Il me semblait qu'une main me caressait le dos, pour me dire "Ça va, ça va aller, c'est sûr".

Oui, ça irait. Il n'y avait pas à s'inquiéter. Après la naissance du bébé, je retournerais à Tachikawa chez mes parents. Avec ma mère qui n'avait jamais pu devenir une mère pour moi, qui ignorais le genre de mère que j'allais devenir, nous élèverions l'enfant ensemble. Mon père, qui avait toujours fui sa paternité, allait choyer mon enfant comme un père.

Et si mes parents ne m'étaient d'aucun secours, si j'étais une mauvaise mère, Chigusa serait là. Marina aussi. Je travaillerais. Lui achèterais de jolis vêtements, lui ferais manger de bonnes choses, lui apprendrais la sérénité. Et quand j'aurais envie de revoir Kishida, je serrerais mon enfant très fort. Ainsi que Kishida l'avait fait pour moi, je lui répéterais à l'oreille qu'il était ce que j'aimais le plus au monde. Cela m'éviterait sûrement de haïr Kishida. Tout se passerait bien.

— Bon, alors ce soir, restons dans un endroit d'où on voit le soleil couchant. J'espère qu'il y a un hôtel comme ça.

Chigusa, la bouche pleine, ouvrait un guide touristique.

— Il y en a sûrement. Même s'il n'y a pas d'hôtel, il y a une montagne d'où l'on embrasse tout le paysage. En gravissant la montagne avant le soir, on peut voir le soleil plonger dans la mer. Et quand on redescend, il y a plein de singes, tu sais. Tu seras étonnée, tu verras. Il y a aussi une vieille école en bois. Avec un vieil harmonium, des petits pupitres alignés. Si on n'a pas le temps aujourd'hui, on ira demain. On peut entrer dans la salle de classe, et derrière l'école, c'est la mer.

Chacun de mes mots dévoilait un nouveau paysage, comme si une porte s'ouvrait. Je parlais avec fièvre. Chigusa me regardait avec des yeux ronds et elle a éclaté de rire.

— C'est du vrai tourisme, alors ! C'est bien aussi, remarque !

— Oui, faisons du tourisme ! Profitons-en au maximum. Quand le bébé sera là, je ne pourrai plus voyager pendant un moment.

J'ai regardé par la fenêtre. Les îles vertes qui flottaient sur la mer défilaient derrière nous. Le ciel était haut et clair. La surface de la mer, sous les rayons du soleil, n'était qu'une étendue argentée. On entendit l'annonce de l'arrivée imminente. Chigusa a fini en hâte son maki et a commencé à rassembler les déchets. Derrière nous, les rires de l'enfant qui pleurait un moment plus tôt se sont fait entendre. Dans mon ventre, le bébé a donné un coup de pied, comme une caresse, et les mots de Kiwako Nonomiya, prononcés dix-sept ans plus tôt sur le port, me sont revenus avec netteté.

"La petite n'a pas encore pris son petit-déjeuner."

Oui, c'est ce qu'elle avait crié à l'adresse des policiers qui m'emmenaient.

La petite – n'a pas encore – pris – son petit-déjeuner.

Au moment où elle se faisait arrêter, où tout était fini, cette femme s'était souciée de mon petit-déjeuner.

Comme elle était sotte ! Etsuko Akiyama, qui s'était précipitée vers moi, m'avait serrée dans ses bras et m'avait repoussée quand j'avais fait pipi dans ma culotte, tout comme Kiwako Nonomiya, étaient toutes les deux, pareillement, des mamans. Je venais de le comprendre.

Scrutant l'horizon, je vois apparaître le port de Tonosho. Je vois une petite fille entourée d'adultes inconnus. Elle porte un sweat-shirt bleu orné d'un ours, un jean et des tennis roses et se tient là, immobile. Elle ne sait pas ce qui se passe et, comme sous l'effet d'une brûlure cuisante, elle comprend qu'elle se trouve seule, elle est bouleversée, terrorisée, elle voudrait pleurer mais ne le peut pas, elle serre les dents, ferme la bouche, le visage contracté. L'enfant se métamorphose lentement en adulte. C'est moi. J'ai grandi avec la même expression sur le visage et je suis là. Pour la première fois, je vois distinctement mon visage, alors qu'il n'y a pas de miroir.

Le ferry est entré lentement dans le port, les vibrations sous nos sièges se sont arrêtées brusquement.

— Ça va ?

Chigusa, portant de la main droite les deux sacs de voyage et le sac de provisions, s'est levée et m'a tendu sa main gauche. Je l'ai regardée et je lui ai pris la main tranquillement.

— Ça va.

Je suis descendue du ferry en tenant la main de Chigusa. Le rideau du kiosque qui ondoyait, les montagnes verdoyantes qui se dressaient au loin, l'odeur de la mer, le fumet d'une grillade à la sauce de soja, la mer argentée et les rayons du soleil au zénith, tout m'a enveloppée à ma descente du ferry.

J'ai balayé du regard le quai d'un bout à l'autre. Un groupe de femmes entre deux âges, les chauffeurs d'autobus qui fumaient, assis sur le banc du kiosque, des personnes âgées chargées de sacs de souvenirs. Je me suis retournée, la mer calme scintillait d'un éclat argenté, réfléchissant les rayons du soleil d'hiver. La mer scintillante s'étendait paisiblement à l'infini.

Comme pour serrer dans mes bras la petite fille que j'étais, à la mine terrorisée, et que j'avais vue du hublot du ferry, j'ai ouvert grands les bras, et j'ai inspiré profondément l'air qui sentait la mer.

Lorsque les deux jeunes filles entrent, Kiwako les regarde furtivement. L'une est visiblement enceinte. L'autre l'aide à s'asseoir et se dirige vers le guichet pour acheter les billets.

Kiwako détourne le regard pour contempler la mer qui s'étend devant elle. Ensuite elle porte à nouveau son regard sur la jeune femme assise sur le premier banc.

Elle a des cheveux courts qui découvrent ses oreilles. Elle porte un manteau gris et une écharpe rouge. C'est elle. Cette pensée traverse Kiwako mais elle se reprend aussitôt. Ces derniers temps, dès qu'elle voit une jeune femme, par réflexe, elle se demande si ce n'est pas sa Kaoru. Elle a l'impression que certaines ont le même menton, les mêmes oreilles, sans s'en rendre compte elle les fixe, si bien qu'un jour, une jeune fille aux cheveux décolorés, agressive, lui a demandé ce qu'elle lui voulait. Elle a pourtant eu l'impression que même ce visage menaçant avait quelque chose de Kaoru mais elle a perdu contenance et détourné le regard. Kiwako est réapparue au sein de la société sans aucun espoir, aucun désir, sans se demander quelle vie elle souhaite, ce qu'elle veut faire. Elle sait qu'elle n'a plus rien. Qu'il n'y a plus rien pour elle. Elle s'abandonne au désespoir.

Sans but précis, elle marche jusqu'à la gare la plus proche. Il fait chaud ce jour-là. Lorsqu'elle aperçoit les pans du rideau du restaurant devant la gare, avec l'idéogramme de la glace, elle réalise qu'elle a très soif et elle entre sans réfléchir. Il n'y a aucun client, une vieille femme en tablier est assise à une table. Elle est absorbée par la télévision fixée au plafond, la paume de sa main soutenant sa joue. Kiwako parcourt sur le mur le nom des plats du menu dans le restaurant sombre et climatisé.

Granité à la fraise, granité au melon, granité au thé vert avec haricots rouges. Soupe de nouilles, soupe de nouilles au porc, raviolis chinois, riz cantonais, limonade, soda à la crème glacée.

Alors qu'elle voulait surtout se désaltérer, la lecture du menu lui donne faim. Lorsque la vieille femme vient prendre la commande, elle demande de la soupe de nouilles et un Coca. Le temps semble s'être arrêté dans le restaurant. Elle a la sensation d'avoir encore vingt ans.

On lui apporte les nouilles fumantes, Kiwako les goûte et, collant son visage au bol, se met à les aspirer avidement. Le goût salé, le gras la ramènent en arrière avec nostalgie. Incapable de s'arrêter, elle mange tout et boit le bouillon jusqu'à la dernière goutte. Une fine pâte est restée collée au fond du bol, elle l'attrape avec ses baguettes. Elle est stupéfaite de son comportement. Stupéfaite, tout naturellement, de trouver cela bon.

Elle ne croit plus que sa vie lui appartient. Après ses études à l'université, elle a travaillé et, comme d'innombrables femmes, elle aurait dû se marier, quitter son travail, devenir une épouse heureuse, une mère de famille épanouie. Avant de réaliser cela, elle est devenue une criminelle recherchée à travers tout le pays.

Cela aurait pu aller avec Kaoru à ses côtés. Mais celle-ci n'était plus là. À tout jamais. De retour au sein de la société, Kiwako ne sait absolument pas quoi devenir, ni vers où aller.

Pourtant, même dans cette situation, elle arrive à trouver savoureux le bol de nouilles qu'on lui a servi dans un misérable restaurant. Et elle est là, à vouloir manger jusqu'au dernier petit morceau. Cette constatation l'ébranle.

Peut-être va-t-elle pouvoir recommencer à vivre. Peut-être va-t-elle devoir vivre.

Assise dans le coin d'un restaurant sombre dans le bruit de la télévision, elle pense à cela.

Pendant un temps, elle a vécu à Tokyo. Un jour, un inconnu est venu lui demander de raconter son histoire et elle a pris la fuite. De Tokyo à Saitama, Ibaraki, Sendai, Kanazawa, chaque fois qu'un visiteur inconnu se présente, que l'on murmure qu'elle a été inculpée dans une affaire, elle se hâte de fuir. Pourtant elle n'a plus rien à préserver, mais elle a l'impression que depuis le jour où elle a emmené Kaoru hors de l'appartement de Hino, elle n'a plus cessé de fuir.

À certains moments, en réchauffant un plat sous vide, en faisant la queue à la caisse d'un supermarché, en vérifiant les étiquettes sur les boîtes de conserve dans l'usine où elle travaille, en regardant par la vitre de l'autobus la nuit, elle avait entrevu des paysages apparus furtivement. Les paysages de l'île où elle avait vécu sous un faux nom. Les plus beaux endroits de cette île où elle avait tant désiré vivre lui reviennent à l'esprit. Contrairement à l'endroit où elle se trouve actuellement, les paysages entraperçus sont toujours baignés de lumière. Il n'y a pratiquement plus de visiteurs inconnus, et les faits divers qui se succèdent ont relégué l'affaire du bébé kidnappé au fond de la mémoire collective et pourtant Kiwako continue à changer d'endroit, de Kanazawa à Chiba, Osaka, Kobe avant de prendre conscience qu'elle souhaite désespérément retourner sur l'île. Après avoir travaillé dans un supermarché à Kobe, elle a rejoint Okayama.

Elle est allée directement au port où elle était arrivée vingt ans plus tôt avec Kaoru et a acheté un billet de ferry pour l'île de Shodo. Lorsque le ferry a accosté quelques dizaines de minutes plus tard, elle avait les jambes coupées, n'a pu se lever du banc de la salle d'attente.

Le ferry est parti, un autre est arrivé. Elle a voulu se lever pour monter dans le bateau, mais en a été incapable. Lorsqu'elle y parvenait enfin, son corps tout entier était pris de tremblements.

Ce jour-là, elle a vu quatre ferries partir. L'île où elle a tant espéré vivre autrefois n'est qu'à une heure de traversée mais elle est aussi loin d'elle que les souvenirs de son inaccessible passé, quand elle avait moins de vingt ans.

Kiwako s'est installée à Okayama. Elle a trouvé un travail de femme de ménage dans un *business hotel* où elle est logée, et quand elle a eu assez d'économies, elle a loué un petit appartement. Les jours où elle finit tôt, à seize heures et les jours de congé, infailliblement, elle se rend à l'embarcadère du ferry.

Elle s'assied dans la salle d'attente et, de son banc, contemple le ferry qui prend la direction de l'endroit où elle est incapable d'aller. De temps en temps, des scènes vécues dix-sept ans plus tôt lui reviennent. Le visage ravi de Kaoru prenant des biscuits dans la boutique sans payer, le contact de la paume de sa petite main, Kaoru terrorisée par le ferry, qui s'agrippe à elle, tout lui revient de manière vivace.

Quand l'image de Kaoru apparaît, elle entend toujours une voix lui murmurer à l'oreille. Coquille vide, dit la voix. C'était vrai et, chaque fois, cela lui donne envie de rire. Elle a tout perdu et la voilà vide. Pourquoi cette expression l'a-t-elle autant blessée sur le moment ? La colère l'avait envahie et elle avait perdu la tête. Ce que la femme avait dit était pourtant vrai. Mais on pouvait continuer à vivre, apparemment.

Ce jour-là, elle est venue à l'embarcadère après son travail. Elle s'est assise sur un des bancs au fond de la salle et a contemplé le paysage extérieur baigné de lumière.

Elle regarde vaguement les gens assis devant. Un homme qui manipule son téléphone portable, une jeune fille avec une écharpe rouge, un autre homme avec des cartons empilés dans le passage. La jeune femme qui voyage avec la femme enceinte est revenue. Elles se parlent. Kiwako se demande ce qu'elles vont faire à Shodo.

Ce n'est certainement pas un voyage touristique, peut-être la jeune femme retourne-t-elle chez ses parents pour accoucher. L'autre femme est peut-être sa sœur aînée. Elle imagine.

Quel bonheur de pouvoir accoucher sur cette île. En ouvrant les yeux, l'enfant verra la mer d'huile, les îles qui semblent flotter sur la mer, les feuilles d'olivier qui ondoient au vent, le ciel haut et pur, il va respirer l'odeur de sauce de soja qui flotte alentour, et il sera tranquille, car issu de cet endroit obscur, il va connaître toute cette beauté prête à célébrer son arrivée.

Le départ du ferry est annoncé. Les gens dans la salle d'attente se lèvent les uns après les autres pour quitter la salle.

Devant le kiosque, une petite fille s'est mise à pleurer. Elle veut des biscuits. Elle observe l'enfant et la mère qui essaie de la calmer. Malgré elle, Kiwako sourit. Résignée, la mère prend la petite dans ses bras et presse le pas vers le ferry. Kiwako se revoit dix-huit ans plus tôt, sa propre image et celle de Kaoru superposées à celle de la mère et de son enfant. Ce jour d'été où elle a marché en sortant du restaurant de pâtes et où elle a décidé de rester, pour la mer et le soleil. Les fêtes, la barbe à papa que Kaoru lui a rapportée. Les innombrables petits sanctuaires et la brise fraîche qui souffle de la mer. Kiwako se tient au milieu de ses souvenirs. Je n'irai nulle part. La voix de Kaoru lui parvient nettement.

Comment va Masae ? Kumi est-elle revenue au restaurant ? Shinnosuke et Yuri, que font-ils maintenant ? Hana est-elle partie à Tokyo pour étudier le dessin ? Elle poursuit les paysages et les gens qui se pressent dans sa tête. Elle voit alors les mues de cigales alignées sur le sol. Les carapaces que les enfants avaient ramassées dans le parc du temple. Des carapaces vides et sèches. Pour balayer toutes ces scènes, Kiwako secoue légèrement la tête en soupirant. Ses souvenirs deviennent plus précis de jour en jour mais il lui semble que leur netteté dépend de leur place dans le temps, plus ils s'éloignent, plus les couleurs en sont vives. La mémoire est cruelle.

La jeune femme enceinte, dont elle pensait qu'elle ne prendrait pas le ferry, se lève lentement, en tenant son ventre.

À contre-jour, elle distingue mal son visage, les rayons du soleil derrière elle nimbent sa silhouette. Kiwako est captivée par la scène. Une vision presque irréelle.

Celle qui semble la sœur aînée et qui marche devant appelle la jeune femme enceinte qui se dirige vers le ferry. Kaoru ! Kiwako crie son nom en silence. Dès qu'elle voit une jeune femme d'environ vingt ans, elle crie son nom.

Kaoru, attends ! Kaoru.

La jeune femme, passant de l'ombre à la lumière, se retourne, comme si on l'appelait. Elle semble chercher quelque chose puis continue à avancer. La lumière l'enveloppe.

Kaoru, murmure Kiwako en la suivant des yeux. Que tu échappes à la souffrance que je t'ai apportée. Que ta vie soit toujours baignée de lumière. Ma Kaoru.

Kiwako suit du regard le ferry qui s'éloigne, emportant ses passagers, puis elle se lève.

— Il fait chaud, aujourd'hui, n'est-ce pas ? lui dit la femme de ménage qui la connaît de vue.

— C'est vrai, le printemps arrive ! répond Kiwako en souriant.

— Ce serait trop beau ! Il paraît que demain il va faire froid !

— Mais dans un mois, c'est le printemps.

Kiwako salue la femme en souriant et quitte la salle d'attente. Elle traverse le trottoir et prend le chemin du retour, et, décidant de faire des courses pour le dîner, elle fait un détour. Un vieillard qui promène son chien la dépasse. Elle longe lentement le fleuve.

Pourquoi ?

En marchant, Kiwako tend ses mains vers le ciel. Pourquoi ? La haine, le terrible crime. Elle a profité de la bienveillance des gens avant de les tromper sans état d'âme, elle a fui, toujours, elle a tout perdu, elle est devenue une coquille vide et pourtant il lui semble avoir encore quelque chose entre les mains, pourquoi ?

La chaleur, la douceur, le poids de l'enfant, ces sensations transmises à ses mains quand elle a pris le bébé dans ses bras, consciente de son acte, ces sensations perdues depuis longtemps, elle a l'impression de les avoir gardées au creux de ses mains, pourquoi ?

Kiwako ouvre ses deux mains et regarde le ciel à travers ses doigts. Comme pour saisir l'azur, elle ferme ses poings et les serre, les glisse dans ses poches et se dirige vers le supermarché. En marchant, Kiwako se retourne. Elle voit le ferry s'éloigner. Elle imagine la jeune femme enceinte et sa sœur, le front collé à la vitre, contemplant la mer. Un jour, arrivera-t-elle à faire à son tour la traversée ?

Sous les rayons du soleil, la surface de la mer scintille. La lumière espiègle danse sur l'eau, lui offrant reconnaissance, consolation et pardon.

OUVRAGE RÉALISÉ
PAR L'ATELIER GRAPHIQUE ACTES SUD
REPRODUIT ET ACHEVÉ D'IMPRIMER
EN MARS 2015
PAR NORMANDIE ROTO IMPRESSION S.A.S
À LONRAI
POUR LE COMPTE DES ÉDITIONS
ACTES SUD
LE MÉJAN
PLACE NINA-BERBEROVA
13200 ARLES

DÉPÔT LÉGAL
1re ÉDITION: AVRIL 2015